古典文獻研究輯刊

十九編

曾永義 主編

第25冊

杜貴晨文集（第六卷）：
《儒林外史》與《歧路燈》等燈話小說研究

杜貴晨 著

國家圖書館出版品預行編目資料

杜貴晨文集（第六卷）：《儒林外史》與《歧路燈》等燈話小說
研究／杜貴晨 著 — 初版 — 新北市：花木蘭文化事業有限公
司，2019〔民 108〕
序 2+ 目 2+294 面；19×26 公分
（古典文學研究輯刊 十九編；第 25 冊）
ISBN 978-986-485-658-9（精裝）
1.儒林外史 2.歧路燈 3.研究考訂
820.8   108000800

古典文學研究輯刊
十九編　第二五冊　　　　　　　ISBN：978-986-485-658-9

杜貴晨文集（第六卷）：
《儒林外史》與《歧路燈》等燈話小說研究

作　　者　杜貴晨
主　　編　曾永義
總 編 輯　杜潔祥
副總編輯　楊嘉樂
編　　輯　許郁翎、王筑　美術編輯　陳逸婷
出　　版　花木蘭文化事業有限公司
發 行 人　高小娟
聯絡地址　235 新北市中和區中安街七二號十三樓
　　　　　電話：02-2923-1455／傳真：02-2923-1452
網　　址　http://www.huamulan.tw 信箱 hml810518@gmail.com
印　　刷　普羅文化出版廣告事業
初　　版　2019 年 3 月
全書字數　235928 字
定　　價　十九編 33 冊（精裝）新台幣 64,000 元　　
版權所有‧請勿翻印

杜貴晨文集（第六卷）：
《儒林外史》與《歧路燈》等燈話小說研究

杜貴晨　著

作者簡介

　　杜貴晨，字慕之。山東省寧陽縣人。1950 年 3 月 25（農曆庚寅年二月初八）日生於寧陽縣堽城鄉（今鎮）堽城南村。六歲入本村小學，從仲偉林先生受業初小四年；十歲入堽城屯小學讀高小二年；十一歲慈母見背；十二歲入寧陽縣第三中學（初中，駐堽城屯）；十五歲入寧陽縣第一中學（駐縣城）高中部；文革中 1968 年畢業，回鄉務農。歷任村及管理區幹部。1978 年高考以全縣第一名考入中國人民大學中文系；1979 年 10 月作為學生代表列席全國第四次文代會開幕式；1980 年開始發表文章，1981 年參加《文學遺產》編輯部舉辦的青年作者座談會；1982 年七月大學畢業，畢業論文《〈歧路燈〉簡論》發表於《文學遺產》（1983 年第 1 期）。

　　1982 至 1983 年短暫在全國人大常委會法制工作委員會辦公室工作。1983 年 3 月調入曲阜師範學院中文系（今曲阜師範大學文學院），先後任講師、副教授、教授、碩士生導師，教研室主任；2000 年 10 月調河北大學人文學院，任教授、博士生導師、教研室主任；2002 年 7 月調山東師範大學文學院，任教授，古代文學、文藝學博士生導師、博士後合作導師，學科負責人。2015 年 4 月退休。兼任中國《三國演義》學會副會長，《歧路燈》研究會副會長，羅貫中學會副會長，中國水滸學會、中國《儒林外史》學會（籌）常務理事，中國《金瓶梅》學會理事等；創立山東省水滸研究會並擔任會長；擔任山東省古典文學學會副會長兼秘書長。

　　先後出版各類著作 19 部；在《中國社會科學》《文學評論》《文學遺產》《北京大學學報》《中國人民大學學報》《復旦學報》《清華大學學報》《明清小說研究》《河北學刊》《學術研究》《齊魯學刊》《山東師範大學學報》《南都學壇》等刊，以及《人民日報》（海外版）、《光明日報》等報發表學術論文、隨筆等約 200 篇。多種學術觀點，在學界以至社會有一定影響。

提　　要

　　本卷收錄吳敬梓《儒林外史》、李綠園《歧路燈》以及若干「燈話小說」研究的文章。雖然皆非系統的研究，但是也能如本文集其他諸作一樣，一般都有一個與眾不同的看法。在吳敬梓《儒林外史》諸如「功名富貴為一篇之骨」是全書的思想線索，《儒林外史》「假託明代」是一個偽命題，《儒林外史》是「儒林」「寫實」小說，周進形象有作者吳敬梓曾短暫為塾師的影子，以及吳敬梓與袁枚之人與文學異同等的討論；在李綠園《歧路燈》則主要是較早提出《歧路燈》是「我國第一部，也是唯一的以教育為題材的古典長篇小說」，李綠園《歧路燈》名義與佛教有某種緣分，《歧路燈》的「愛民主義」，以及「《歧路燈》『全生靈』故事，……生動顯示了《歧路燈》熱切而新銳的古代人道主義精神，與孟子以降一脈傳承並日漸發揚光大的『仁政』理想」等；在「燈話小說」雖然僅是《歧路燈》《剪燈三話》等幾部燈話小說個案研究文章的集合，然而確實涉及了古代「燈話小說」最主要的作品，所以也當得起把這一個概念用到標題中去。

自　序

　　「文革」十年，我上大學晚了八年。1981 年末至 1982 上半年，我讀大學做畢業論文，寫成《〈歧路燈〉簡論》一文，後發表於《文學遺產》1983 年第 1 期，使我與《歧路燈》進而古代小說研究有了不解之緣。

　　我大學畢業後，先留北京工作。後爲了養家，輾轉到離家七十里鄰縣境上的曲阜師院中文系教書，又於 1988 年在該校圖書館發現了《光明日報》曾作新聞報導過的曾衍東《小豆棚》》（又名《小豆棚閒話》）的申報館印本，得中州古籍出版社（當時名中州書畫社）支持校注於 1989 年出版；後來是歐陽健、蕭相愷二位先生主編《中國通俗小說總目提要》，約寫《歧路燈》和《豆棚閒話》等條；再後來是由侯忠義、安平秋二位先生主編《古小說評介叢書》，約寫其中《李綠園與〈歧路燈〉》一種於 1992 年出版，以及春風文藝出版社出版的《插圖本中國文學史叢書》約寫《剪燈三話》，作爲該叢書的第 66 種於 1999 年出版；乃至今又應出版社之約整理《豆棚閒話》以及重寫《李綠園與〈歧路燈〉》至三十萬字左右的規模。如此等等，構成我三十五年來研究斷續不離與書名叫做「燈」和「話」的幾部古典小說的緣分，逐漸形成除上述兩本小冊子和這幾十篇涉及「燈」和「話」小說的文稿。兩部小冊子擬與《羅貫中與〈三國演義〉》合編爲本集第九卷，今收拾有關《儒林外史》研究與有關「燈」「話」小說研究的文章爲本卷，題曰「《儒林外史》與《歧路燈》等燈話小說研究」。

　　我寫《儒林外史》研究的文章始於上世紀八十年代初，當時《歧路燈》研究中學者多作與《儒林外史》之成就高下優劣、包括這兩部書對待科舉制度態度異同方面的比較。受此影響，我就這個問題思考的成果就是收在本卷

的《〈歧路燈〉對科舉制的態度》一稿。此後因爲應邀參加有關會議等的推動，以及逐漸產生對這部書的興趣等原因，三十多年來乃斷續有關於吳敬梓《儒林外史》研究的這些述作。因此之故和由於《儒林外史》比《歧路燈》成書略早，本文集把有關兩書研究的文章編爲本卷，並有這樣一個次序的安排。

　　本卷有關吳敬梓《儒林外史》研究的文章雖然僅能表示我是此一研究領域的「打醬油」的一個人，但是自信也能如本文集其他諸作一樣，一般都有一個與眾不同的看法，諸如「功名富貴爲一篇之骨」是《儒林外史》思想的線索，《儒林外史》「假託明代」是一個僞命題，《儒林外史》是「儒林」「寫實」小說，周進形象有作者吳敬梓曾短暫爲塾師的影子，以及吳敬梓與袁枚之人與文學異同等的討論等；有關李綠園《歧路燈》研究的文章主要是較早提出「我國第一部，也是唯一的以教育爲題材的古典長篇小說」，李綠園《歧路燈》名義與佛教的緣分，《歧路燈》的「愛民主義」，以及「《歧路燈》『全生靈』故事，……生動顯示了《歧路燈》熱切而新銳的古代人道主義精神，與孟子以降一脈傳承並日漸發揚光大的『仁政』理想」等。

　　「燈話小說」之稱固然爲切於內容的實際和把書名取得簡潔一些，但更是由於這類以「燈」「話」命名的小說，數量頗多，實已形成可名之爲「燈話小說」的傳統。這一傳統明顯體現於命名的方式，但作品內容與形式上前後啓發、後先相承的聯繫也是客觀的存在，有值得提出作一系統研究的必要與可能。唯是長期以來，本人主動或被動及之，每見樹木不見森林，於此一傳統覺悟太晚，故所積累僅是《歧路燈》《剪燈三話》等幾部燈話小說個案研究的文稿。至於「燈話小說」作爲一個古代小說傳統是否存在和有什麼規律與特點，都未能深入探討，從而本卷有關文章只是關於燈話小說的散論，而非系統的研究，於「燈話小說」只是提出了一個概念而已。

　　本卷曾經信陽師範學院文學院講師許中榮博士文字校正，特此致謝！

二〇一八年四月三日星期二

目

次

第一輯　《儒林外史》研究

「功名富貴爲一篇之骨」
——論《儒林外史》的結構主線

　　關於《儒林外史》的長篇藝術結構，「五四」以來，我國的研究者鮮有比較充分的肯定，甚至有胡適那種「沒有結構」〔註1〕的全盤否定的看法流行一時。對此，美國學者林順夫《〈儒林外史〉的禮及其敘事結構》一文〔註2〕，從中西哲學和文學思想的比較，指出胡適等人的偏見乃是「由於西方思想的框框和西方小說完整的情節結構影響」，忽略了「在《儒林外史》中發現的那樣特殊的結構典型」，認爲《儒林外史》結構的「條理性和完整性，決不比非常出色的西方小說作者遜色」。這是一位外國學者客觀地觀察研究中國古典小說所取得的重要成果，值得我們重視。

　　但是，林先生認爲「吳敬梓把『禮』的原理作爲貫穿他的小說整個情節的原則」，卻是我們所不敢苟同的。他說：「禮儀在《儒林外史》中，基本上有兩個結構功能：第一，它將一連串分散的插曲構成一個較大的集中的部分；第二，它又將這些較大的部分，組成一部優秀的完整的書……因此，吳敬梓用禮儀（實質上是一種公開的儀式表現）當作主題是非常合適的。」

　　首先應該說明，「禮儀」作爲一種封建禮教的「公開的儀式表現」並非《儒林外史》的主題。一部《儒林外史》描寫了大大小小的許多聚會，除祭泰伯祠是儒家禮樂大典之外，其他雖也或多或少地帶點禮儀的色彩，但究其實不過是當時知識分子的詩文酒會或封建家庭的婚喪嫁娶而已。它們雖然在作品

〔註1〕《五十年來中國之文學》。
〔註2〕《文獻》第十二輯。

起到了聯綴故事的作用，但都是作者所描繪的生活中合理地發生的普遍而典型的生活事件，而非作者所著意宣揚的「禮儀」。譬如第一回中三個不知名的貢士一邊野餐一邊談論著名譽與財富的情節；第十二回中在鴛胭湖組織了一次出遊；第十八回四名「名士」和四位「考查範文」的選家在西湖上舉行「詩會」等等，顯然是不能看作什麼禮教的「公開的儀式表現」的。倘若這是「禮儀」，是作者以之貫串全書的主題的結構原則，那麼，如林先生所說「當傳統的中國方式和思想方法受到現代中國知識分子徹底挑戰的關鍵時刻（提醒讀者注意：『禮教』在當時是像吳虞和胡適這樣的激進作家嚴厲抨擊的目標之一），並沒有發生對《儒林外史》結構進行一場具體的圍攻」，這事實本身就很難解釋了。當年胡適那樣的「激進作家」不從「吳敬梓把『禮』的原理作爲貫穿他的小說的整個情節的原則」方面否定《儒林外史》的結構，卻說此書是「沒有結構的」，恰恰證明林先生的這個「原則」在作品中是不存在的。不然「胡適具有淵博的知識和現代文學上的成就」，何以看不出這是一部以「禮儀」爲主題並結構全書的長篇小說呢？

當然，林先生說：「應用文人聚會當作一種結構設計（像我們在《儒林外史》中看到的那樣），正如張心滄在解釋『宴會式小說』時所論述的，那就是《水滸傳》中曾經運用的宴會形式。」這個類比有一定道理，能給人以啓發。但是，如果說《儒林外史》中的「文人聚會」與《水滸傳》中的「宴會形式」有相通之處，那麼《儒林外史》中的「文人聚會」與中國古代的「禮儀」就沒有什麼必然聯繫了。林先生文中所表現的對中國文化的造詣，筆者是深爲佩服的，但在這一點上，卻小有失誤。從而使他對《儒林外史》結構所作的高度的評價建立在對全書主題和主線的誤解上，不能不說是一個大的疏忽。

那麼《儒林外史》的主題和結構主線是什麼呢？閒齋老人序《儒林外史》說：

其書以功名富貴爲一篇之骨。有心豔功名富貴而媚人下人者；
有倚仗功名富貴而驕人傲人者；有假託無意功名富貴，自以爲高，
被人看破恥笑者；終乃以辭卻功名富貴品地最上一乘爲中流砥柱。

此《序》有人疑爲吳敬梓本人所作，尚待考實。但序作者對吳敬梓其人知之頗深，並對當時儒林和社會的風習有切身的感受則是肯定的。知其人兼知其世而序其書，方能出語中肯，提綱挈領，洞幽燭微，成爲研究此書的不刊之論。有的論著引「功名富貴爲一篇之骨」以說明《儒林外史》的主題是十分正確的。

但是，在論及《儒林外史》的結構時，人們卻往往忽視其中「功名富貴爲一篇之骨」一語。其實它不僅道出此書主題所在，更點明了此書結構的主線——吳敬梓正是以對功名富貴的態度安排人物、布局全書的。作品的主線與主題之不可分割本是很淺顯易見的道理，《儒林外史》以對待功名富貴的態度褒貶人物也是顯而易見的事實。只要我們不囿於西方小說多以一個中心人物或事件爲結構主線的觀念，承認長篇小說結構的靈活性和多樣性，得出《儒林外史》以「功名富貴」爲結構主線的結論是不困難的。然而林順夫先生從「宴會形式」想到「文人聚會」，進而把這種聚會與祭泰伯祠並舉，視「禮儀」貫穿全書，反倒深求而失諸僞了。

「功名富貴」爲《儒林外史》結構的主線還可以從開篇《蝶戀花》詞後作者所作的解釋中看出。他說：

> 這一首詞，也是個老生常談。不過說人生富貴功名，是身外之物；但世人一見了功名，便捨著性命去求他，乃至到手之後，味同嚼蠟，自古及今，那一個是看得破的！

這一番話要人們看破功名富貴，實際上是爲全書「敷陳大義」。而「尾聲」《沁園春》詞下闋云：

> 無聊且酌霞觴，喚幾個新知醉一場。共百年易過，底須愁悶；千秋事大，也費商量。江左煙霞，淮南耆舊，寫入殘編總斷腸！從今後，伴藥爐經卷，自禮空王。

這種視「千秋事大，也費商量」的遁世態度，「伴藥爐經卷，自禮空王」的最後聲明，不正是作者從他的時代得出，並通過全書的描寫以顯示的看破紅塵、否定功名富貴的結論麼？

如果說上述開頭結尾的這種照應表現爲作家主觀的議論和抒情，那麼「楔子」中「隱括全文」的王冕的形象和「尾聲」中四個市井奇人的形象，則可以進一步說明作者布局的意圖。王冕是作者心目中的理想人物，他有種種在那個朝代值得稱道的優良品質，但這些品質中最突出也是書中描寫得最多的，正是不慕功名富貴的高風和辭卻功名富貴的亮節。作品寫他最力的幾筆，除學畫外，就是避不與時知縣、危素等官僚結交；見了吳王「也不曾說就是吳王，只說是軍中一個將官，向來在山東相識的，故此來看我一看」；「天下一統」之後辭卻朝廷徵聘，隱居並終老會稽山中。這幾件事所表現的王冕正是「辭卻功名富貴品地最上一乘爲中流砥柱」的人物。四個市井奇人中，季

遲年每日寫字所得筆資，除維持自家生活外，剩下的錢送給窮人。施御史叫他寫字，他「迎著臉大罵道：『你是何等之人，敢來叫我寫字！我又不貪你的錢，又不慕你的勢，又不借你的光，你敢叫我寫起字來！』」王太下棋，贏了那位有「天下的大國手」的盛名且很自負的馬先生，大笑道：「天下那裡還有個快活似殺矢棋的事！我殺過矢棋，心裏快活極了，那裡還吃的下酒！」蓋寬的「親戚本家都是些有錢人的，他嫌這些人俗氣」，不與親近，後來自己日子窮了，更不向人求幫，只安貧樂道，爲泰伯祠的破敗荒涼而興歎。荊元「每日尋得六七分銀子，吃飽了飯，要彈琴，要寫字，諸事都由得我；又不貪人的富貴，又不伺候人的眼色，天不收，地不管，倒不快活？」這四個人職業行爲各異，但有一個共同的特點，即不慕勢利富貴，這與王冕是相通的。王冕是元末明初上層知識分子的優秀代表，四個奇人是二百年後的「萬曆二十三年」儒林墮落後的市井細民，所屬社會階層雖不同，但這種「禮失而求諸野」的形象描寫，正顯示了作者對儒林中人終於未能看破功名富貴的怨歎之情。顯然，這些內容是「禮儀」或「反科舉」主線說無法貫串概括的。

　　以對待功名富貴的態度爲結構主線，書中主體部分的所有重要人物的安排都可以得到合理的說明。例如書中主要描寫了五種人：一種是周進、范進、馬二先生之類科舉迷；一種是王惠、湯奉、嚴貢生之類的惡俗勢力；一種是婁琫、婁瓚、蘧公孫、匡超人、牛浦郎之類的名士；一種是杜少卿、虞博士、莊紹光、遲衡山之類的眞儒、賢士；一種是向知縣、蕭雲仙之類敬重斯文提倡禮樂兵農的文武官吏。以對功名富貴的態度，第一種人中，馬二先生信那舉業文字能治病，爲了功名想著求籤，但人品尙未墮落；而周進、范進則純乎「心豔功名富貴而媚人下人者」。第二種人，王惠、湯奉、嚴貢生等，顯係「倚仗功名富貴而驕人傲人者」。第三種人多是「科名蹭蹬」之後，視科舉爲畏途，「假託無意功名富貴，自以爲高」的名士，他們在書中的下場一個個都是「被人看破恥笑者」。第四、五兩種人是作者程度不同地予以肯定的正面人物。其中杜少卿是個辭卻徵辟以後，「鄉試也不應，科歲也不考，逍遙自在，做些自己的事」的人；遲衡山輕視舉業，專一地提倡制禮作樂；莊紹光進京朝見皇帝之後，仍請准辭官歸田；虞博士也是位辭徵辟的人物。杜、莊、虞三人都是「遇高官而不受」者，其原因，用杜少卿的話說，是「正爲走出去做不出什麼事業，徒惹高人一笑，所以寧可不出去的好」（第三十三回）。而向知縣身在功名中卻原是個也做過「曲子」的「大才子、大名士」，幾乎因「相

與做詩文的人」等事被參罷官;蕭雲仙是軍中的一位千總,在青楓城修水利,勸農桑,興學校,幾乎把禮、樂、兵、農的事都做了,但到頭來落得被追賠修城的費用;湯奏平苗打了大勝仗,卻奉上諭:「湯奏辦理金狗洞匪苗一案率意輕進,糜費錢糧,著降三級調用,以爲好事貪功者戒。」這三位文武官員的形象,可看作杜少卿「正爲走出去做不出什麼事業,徒惹高人一笑」的注腳。蕭、湯兩人的立功被貶,客觀上雖體現了作者禮樂兵社會理想的破滅,直接意義則是爲貪功名者戒。這樣,作者就從正反兩個方面肯定了「辭卻功名富貴品地最上一乘」的人格。這裡附帶要說明的是,蕭、湯二人已超出儒林的範圍,以反科舉作全書的主線,則只好認爲這是游離於主題之外的形象,或者乾脆以爲這兩個人的故事是後人竄入的章節。至於林先生以「禮儀」爲全書結構主線,不僅祭泰伯祠以後的內容「零亂冗長」不好解釋,而且這兩個重要人物也就沒了著落。這可能是他避而不談的原因所在罷。然而捉住「功名富貴」這條主線,這些問題都可以得到合理的解釋,它們都是全書有機的組成部分。

當然,以「禮儀」或「反科舉」作結構主線也不無一定的理由。例如祭泰伯祠的禮儀確是作者爲全書所安排的高潮,書中所描寫的主要人物的確多數都表明了對科舉制的態度。但如上所說,這些理由還不夠充分,缺漏太多。即祭泰伯祠的儀式突然出現在第三十三回至三十六回的描寫中,無論從儀式本身或提倡禮樂的社會理想方面考察,我們都很難相信它能起到結構全書的功能,因爲在這前後的大量內容描寫幾乎都與它毫不相干。其主要意義並不在書中所說:「藉此,大家習學禮樂,成就出一些人才,也可以助一助政教。」而在於「我們這南京,古今第一個賢人是吳泰伯,卻不曾有個專祠。那文昌殿、關帝廟,到處都有。」我們知道,吳泰伯是因爲讓王位而被儒家尊爲賢人的,文昌殿、關帝廟則是士子們祈求功名富貴的場所。吳敬梓要爲他的正面人物「蓋一所泰伯祠,春秋兩仲,用古禮古樂致祭」,正表示了對主持文運、誘人以功名富貴的「文昌」「關帝」的不滿,對於「辭卻功名富貴」的高度贊許。這才是這一「禮儀」的實質,是全書貫串滲透的否定功名富貴的思想情感的集中表現。

祭泰伯祠的盛典不能用「反科舉」加以貫穿和解釋是不言而喻的。即使那些可以用對科舉制的態度加以區分的人物,也不如用「功名富貴」更能區分出他們不同的個性。從理論上說,科舉是手段,功名富貴才是目的。所以,

熱中科舉的，一定熱中功名富貴。但熱中功名富貴的人，卻可以不考科舉而走做名士的路子。所以，就有名士景蘭江那種社會心理：「可知道趙爺雖不曾中進士，外邊詩選上刻著他的詩幾十處，行遍天下，那個不曉得有個趙雪齋先生？只怕比進士享名多著哩！」作品描寫這樣的人物，於反對科舉制也許並非絕無關係，但顯然與揭露他們「假託無意功名富貴，自以爲高」的聯繫更爲直接和明確。至於鮑文卿這個人物，更與科舉制無緣。但他不貪圖不義之財，認定「須是自己骨頭裏掙出來的錢才做得肉」。所以書中也著力地描寫他，並借向知縣的口誇「他雖生意是賤業，倒頗多君子之行」。書中大量出現的這些科舉之外、乃至儒林之外的人物，顯然不能用「反科舉」的線索一一貫穿。但以「功名富貴爲一篇之骨」，這些形象就無一不能被看作是全書中有機的存在。

總之，否定功名富貴，不僅是《儒林外史》的主題，也是它藝術結構的主線。這條主線在書中不是人或事的實體的存在，而是思想線索的貫穿。誠如托爾斯泰在回答一位批評家指責《安娜‧卡列尼娜》的兩個主題缺乏聯繫時所説：

> 相反，我以建築自豪——拱頂鑲合得那樣好，簡直看不出嵌接的地方在哪裏。我在這方面費力也最多。結構上的聯繫既不在情節，也不在人物間的關係（交往），而在內部的聯繫。」〔註3〕

《儒林外史》也正是這樣。它通過種種人對待功名富貴的不同態度的對照，在作品內部建立起有機的聯繫，它使「楔子」、主體和「尾聲」三大部分「鑲合的那樣好」，以致粗心的人們由於「看不出嵌接的地方在哪裏」而誤以爲沒有嵌接起來；它使全書中各色各類雜亂紛繁的人和事，構成一幅意象單純而又鮮明的畫面，加上書中主體部分的章回之間情節和人物的安排，借鑒了《水滸傳》前半部的寫法形成「連環短篇」（吳組緗先生語）的外部結構樣式，可以説全書的結構一意貫穿、通體血脈相連，沒有任何大的游離的成分。這種結構樣式是獨特的，它對於作品描寫二百年間「儒林」之「外史」內容是合乎藝術規律的。其所取得的成就，並不亞於中外任何優秀的古典長篇小説。這是吳敬梓對我國和世界長篇小説藝術的一個傑出貢獻。

（原載《齊魯學刊》1986 年第 1 期）

〔註 3〕段寶林編《西方古典作家談文藝創作》，春風文藝出版社 1980 年版，第 548 頁。

《儒林外史》「假託明代」論

　　《儒林外史》以明代社會爲背景，實際描寫和反映的主要是清代的社會生活。這種情況向來被視爲「假託」，並被認爲作者所以如此，一是要與現實保持一定距離，以避開文字獄的迫害和其他可能的干擾；二是其時尙有明季遺風，託明事以寫當代也最爲方便。總之，這是個表現手法問題，作品對所託的明代並無認眞的反思和深入的表現。因此，很少有人把《儒林外史》與明史聯繫起來加以考察。研究者對此書內容和思想傾向的認識，除一般地說到「對明、清科舉制度的批判」云云之外，絕少涉及作品寫及明代歷史的意義，以爲那只不過是形式而已。

　　這是《儒林外史》研究長期存在的一個誤區。因爲，從理論上說，《儒林外史》的假託明代不可能只是一種形式，而必然包含相應的內容，即它託明寫清的地方正就是明、清共有或可能共有的。讀者若單認它寫了清朝，而以作品之描寫與明朝並無關係，就未免深求而失諸僞了；而且《儒林外史》的假託明代也不僅是借一個年號，而是在給全書一個幾乎是明代全史的框架的同時，還有關於明代人物事件的具體描寫和議論，是決不可以忽略的。因此，即使不從它寫清即是寫明的辨證效應去看，而單論其有關明史的實際描寫，也是全面考量和正確判斷該書思想價值的應有之義，爲之試論如下。

　　清代康、雍、乾三朝文禍連綿，小說家下筆多忌諱，反映世情往往託古，但託古的方式每有不同。一類假借其朝代歲月、人物姓名，而故事並無根據，如《綠野仙蹤》的「點綴以歷史」〔註1〕，《紅樓夢》甚至「並無朝代紀可考」

〔註1〕　《小說小話》，轉引自侯忠義《綠野仙蹤》校點《前言》，北京大學出版社 1986 年版。

（第一回）等，對所託之「古」並無認眞具體的描寫，從而沒能形成眞正思想的意義；二是假借其朝代歲月，同時穿插描寫了某些歷史人物和事件，顯示了作者褒貶愛憎的傾向，表現了作者對所託時代歷史過程的一定的認識。這部分內容雖然最終配合作品表現當代的中心，但自身有一定獨立的意義，構成作品內容的一個方面，如《女仙外史》寫唐賽兒起義和燕王「靖難之役」，《歧路燈》中有關明嘉靖間朝政的描寫議論等都是如此〔註 2〕。《儒林外史》假託明代就屬於這後一種情況，而且典型地代表了考據之風方興之際的清中葉知識分子對明史特有的關懷和認識，委婉含蓄地表達了一定民族主義思想感情。

作家是創作的主體。作者的身世經歷學養興趣從根本上決定作品的面貌。吳敬梓出身科舉世家，自幼篤好經史。吳檠的詩說他「何物少年志卓犖，涉獵群經諸史函。」〔註 3〕金榘贈他的詩中也說：「見爾素衣入家塾，穿穴文史窺秘函。」〔註 4〕據平步青《霞外捃屑》記載，吳敬梓曾撰有「《史漢紀疑》未成書」，可見他生平對《史記》《漢書》是下過工夫的。這影響到《儒林外史》的創作，臥閒草堂本第一回評說「作者以史、漢才，作爲稗官」，第二回評說：「非深於《史記》筆法者，未易辦此。」第三十三回評說：「想作者學太史公讀書，遍歷天下名山大川，然後具此種胸襟，能寫出此種情況也。」第三十五回又評說：「作者以龍門妙筆，旁見側出以寫之。」第五十六回回末總評又照應說：「一上諭，一奏疏，一祭文，三篇鼎峙，以結全部大書。綴以詞句，如太史公自序。」天僇生《中國歷代小說史論》也說《儒林外史》「源出太史公諸傳」〔註 5〕。雖然動輒以《史》《漢》相標榜爲明清小說評點家之習，但是，聯繫吳氏生平學問素養，上引諸多議論應是反映了他寫作《儒林外史》的實際。

〔註 2〕 分別參見杜貴晨《〈女仙外史〉的顯與晦》，《文學遺產》1995 年第 2 期；《關於〈歧路燈〉的幾個問題》，《文學論叢》第 4 期，黃河文藝出版社 1985 年版。

〔註 3〕 《爲敏軒三十初度作》，轉引自李漢秋編《儒林外史研究資料》，上海古籍出版社 1984 年版，第 3 頁。

〔註 4〕 《次半圍（吳檠）韻爲敏軒三十初度同仲弟兩銘作》，轉引自李漢秋編《儒林外史研究資料》，上海古籍出版社 1984 年版，第 4 頁。

〔註 5〕 也不乏說《儒林外史》「篇法仿《水滸傳》」（黃小田《儒林外史評》），或說「《外史》用筆實不離《水滸傳》《金瓶梅》」（張文虎《儒林外史》評）者，但關於《水滸傳》《金瓶梅》的評點也往往要說到仿《史》《漢》筆法，與上引諸說並無根本的不同。

　　《儒林外史》本文正有著取法《史》《漢》羽翼正史的特點。首先，此書名標「儒林」，取自《史》《漢》的《儒林傳》；第一回《說楔子敷陳大義，借名流隱括全文》，明顯有「儒林傳序」的性質。而全書主體敘事系統也是「紀傳性結構」〔註6〕；其次，自金和《儒林外史跋》，至何澤翰《〈儒林外史〉人物本事考略》及其後來多家研究成果的相繼出現，也不斷加強證明本書非同一般的紀實性風格，正如魯迅所說「《儒林外史》所傳人物，大都實有其人」〔註7〕。這顯然不是作者缺乏想像力所致，而是其有意把「江左煙霞，淮南耆舊，寫入殘編」（第五十六回），借小說以傳人。故臥本閒齋老人《序》說：「夫曰《外史》，原不自居於正史之列也；曰『儒林』，迥異於元（玄）虛荒渺之談也。」這種「紀傳體」和「紀實性」，表現了作者平生耽於經史而養成的小說創作的史家態度和思路，它必然貫串體現於《儒林外史》「假託明代」的總體構思和具體描寫之中，從而讀者有理由認為它的「假託」可能是有深意的。

　　另外，吳敬梓治史留意歷代治亂興衰的經驗教訓，而各種因素使他尤為關注明代史事。這既是他寫《儒林外史》假託明代的部分原因，也是他的「假託」所要表現的部分真實內容。吳敬梓的時代，由顧炎武重開端緒的漢學方興。但是，由於環境的壓迫，當時的學人大都效顧氏考據之法，而遺其經世致用的精神。吳敬梓則似乎不然。他沒有史著留存下來，但僅存的一些有關史事的詩文，都不徒為考據，而是借歷史事實發為關懷社會人生的浩歎。《金陵景物圖詩》中《冶城》有句云：「庾亮清談日，蘇峻稱兵時。」慨歎西晉的清談誤國；《青溪》有句云：「築城斷淮流，悵然思李昇。」緬懷南唐李昇改築金陵的業績；《天印山》詩序據南史考證「方山在六朝時，亦為用兵設險之地。」等等，都確考時地，究論興廢。顧炎武勉徐元文曰：必有體國經野之心，而後可以登山臨水；必有濟世安民之略，而後可以考證古今。吳敬梓詠史的態度正有所體現了這種經世致用的精神。《金陵景物圖詩》雖寫於《儒林外史》之後，但其中治史以究興廢的學風文心卻非一朝一夕之漸，不可能不早就體現於《儒林外史》的創作。

　　值得注意的是，吳敬梓《金陵景物圖詩》涉及史事最多的是六朝和明代。這當然因為金陵是六朝古都，又是明朝開基立國的所在，更因為作者長期生活在這裡。但是，涉及史事中明代的又多於六朝，卻可能是作者對明代史事

〔註6〕張錦池《〈儒林外史〉的紀傳性結構形態》，《文學遺產》1998年第5期。
〔註7〕魯迅《中國小說史略》，人民文學出版社1973年版，第191頁。

有更多的關心所致。而作者並不掩飾他對金陵作為明初都城的特殊感情。且看他寫「這南京乃是太祖皇帝建都的所在」（第二十四回）一段文字，竟是充滿自豪，無疑是戀懷故明感情的流露。而作者對明史的思考也可以從他最為人稱道的《老伶行》一詩中窺見消息。這首詩中寫康熙南巡說「駐蹕金陵佳麗地，舊京憑弔思明季」，固然主要是紀事，但是，康熙「思明季」干作者何事？因吳敬梓對康熙「舊京憑弔思明季」的注意，而推想其本人之並未忘卻甚至常常思考明亡之教訓，應當是順理成章的。當然，在清朝膾炙人口的文字獄箝制之下，到了乾隆初，明史早就是漢族知識分子論議的禁區〔註8〕；其時又入清已久，吳敬梓一代人生為清朝的臣民，對前明沒有舊國舊君之義，自然不會有明遺民那樣激烈的反清情緒。但是，他作為一位深受儒家思想薰陶的漢族知識分子，又遭受困厄，也絕不會忘記清朝是所謂異族的統治。並且清初是「前明遺老支配學界的時代」〔註9〕，生當其後的吳敬梓從前明遺老接受某些關於明史的認識，表現於他「假託明代」敘事跨越二百餘年歷史過程的小說中，也是很自然的事情，從而使作品帶有了對明史的反思和民族主義的思想情緒。本世紀五十年代以來，姚雪垠、吳組緗先生先後提出《儒林外史》的民族主義思想的問題，指出了正確的方向，但苦於沒有具體的說明，迄今未得學術界廣泛的認可。竊以為從此一路做深入的探討，有可能找到較有說服力的根據。

　　明朝滅亡之後，學者們痛定思痛，除了恨「闖賊」和那班閹黨降臣之外，很自然地就想到朝廷三百年養士，何以顛危之際沒出幾個力挽狂瀾的干城之才？前明的遺老們幾乎都歸咎於科舉制度的實行。顧炎武說：

> 時文之出，每科一變。五尺童子，能誦數十篇而小變其文，即可以取功名，而鈍者至白首而不得遇。老成之士，既以有用之歲月，銷磨於場屋之中，而少年捷得之者，又易視天下國家之事，以為人生之所以取功名者，唯此而已。故敗壞天下之人材，而至於士不成士，官不成官，將不成將，夫然後寇賊奸宄得而乘之，敵國外侮得而勝之。〔註10〕

〔註 8〕　參見姜勝利《清人明史學探研》，南開大學出版社 1997 年版，第 15～17 頁。
〔註 9〕　梁啟超《中國近三百年學術史》，《梁啟超論清學史二種》，朱維錚校注，復旦大學出版社 1985 年版，第 109 頁。
〔註10〕　《顧亭林詩文集》，中華書局 1983 年版，第 23 頁。

朱舜水也說：

> 明朝以時文取士。此物既為塵羹土飯，而講道學者又愚腐不近
> 人情。……講正心誠意，大資非笑，於是分門標榜，遂成水火，而
> 國家被其禍。〔註11〕

清初這樣的議論甚多，綜合起來即是說八股文和理學相表裏，誘困讀書人於功名利祿之途，使學非所用，人材匱乏，「當明季世，朝廟無一可倚之臣」，〔註12〕至於有「斷送江山八股文」之說。這些議論雖不無偏頗，卻也不失為對明代弊政的一個深刻的批評。二百多年後，梁啓超作《中國近三百年學術史》，還說導致明朝亡國的是「一群下流無恥的八股先生」和與他們相反對的「上流無用的八股先生」。吳敬梓生當這些前明遺民的著作逐漸流佈的時期，受到它們的影響乃是很自然的。《儒林外史》所寫的正就是這兩種八股先生。在某種意義上，吳敬梓是把讀書人的命運、八股取士制度和明王朝的興亡聯繫起來作文學的思考，用《外史》的巨幅畫卷形象地總結了明朝以八股亡國的歷史教訓。

首先，這可以從《儒林外史》的總體布局得到一定的說明。筆者以全書原本五十六回，由三大部分組成：第一回「楔子」「敷陳大義」「隱括全文」；第二回至第五十五回是全書正文；第五十六回「幽榜」為全書結尾。這三大部分敘事流年幾乎跨超越整個明朝：「楔子」從元末至明洪武初，其時八股取士制度確立，作者借王冕之口論定「這個法卻定得不好」「一代文人有厄」；正文從第二回開始於成化末至第五十五回結於萬曆二十三年，其時八股盛行已久，人才日至於敗壞，初還有虞育德、莊紹光那樣的「真儒」，杜少卿那樣的「豪傑」，而終於在萬曆二十年左右「那南京的名士都已漸漸消磨盡了」；結尾五十六回終於萬曆四十四年（1616），這年滿洲努爾哈赤統一女真各部稱帝為後金天命元年，成了明王朝後來的剋星。這一年份的相值應當不是無謂的巧合。而第五十六回開篇說：

> 話說萬曆四十三年，天下承平已久，天子整年不與群臣接見。
> 各省水旱遍災，流民載道，督撫雖然題了進去，不知那龍目可曾觀
> 看。

〔註11〕 《舜水遺集·答林春信問》，轉引自梁啓超《中國近三百年學術史》，《梁啓超論清學史二種》本，復旦大學出版社1985年版，第95～96頁。

〔註12〕 〔清〕李塨《恕谷集·書明劉戶部墓表後》。

這番話的情調如《三國演義》的開篇，預示了大亂將作。然後是結局「幽榜」的故事，最後綴以「詞曰」一首。論者有以爲《儒林外史》的敘事編年是經過精心考慮的，很有見地〔註13〕。若進一步指出作者精心的用意，則好像正應該從這三大部分的時間跨度上作些考慮。

明代科舉取士可上溯到吳元年（1367），至洪武三年（1370）正式定科舉制度、「制義」格式，十七年頒科舉取士式（即八股），後乃逐步完備和進於僵化。近人商衍鎏《清代科舉考試述錄》一書，論及八股取士制度的變遷，以爲「定於明初，完備於成化，泛濫於有清」。其實科舉弊端泛濫之勢早在明末已經形成。而明朝政治的變遷，洪武至宣德間爲開國和鼎盛之期；正統至嘉靖間爲中葉轉衰的時期，一切敝政大端始於此期成化一朝〔註14〕；萬曆至崇禎末爲後期，但論者謂「明不亡於崇禎，而亡於萬曆」〔註15〕。這個說法無論是否一定正確，卻是吳敬梓時代一個很時髦的見解。把這兩件事的時序相對照，洪武——成化——萬曆三朝，既是八股取士制度確定——完備——泛濫的三個關鍵時期，又是明王朝興盛——衰落——滅亡的三個具有決定意義的時期。《儒林外史》以這三個時期分別爲全書起——中——結三部分敘事的中心，特別是結束於後金立國努爾哈赤稱帝的萬曆四十四年，其敘事編年的用心大約就有「斷送江山八股文」之意。這應該就是它書名爲「史」又敘事作如此大跨度安排的用意。因此，我們不能認爲，《儒林外史》的對八股取士科舉制度的反映僅僅是文化的批判，而應看到它進而深入到了政治的歷史的批判，即對明史一代興亡歷史教訓的反思和總結。

其次，更進一步，《儒林外史》在它敘事編年的範圍內穿插描寫評論了明史若干重要人物和重大事件，在對明史作總體考量的前提下，也表現了對明史的具體看法和一般歷史的觀念。一是關於明太祖朱元璋的描寫，第一回「楔子」從他「起兵滁陽，得了金陵，立爲吳王，乃是王者之師」敘起，寫他入浙後戎馬倥傯之中，親臨茅舍，問治道於王冕；後來得了天下，詔請王冕入朝爲官，頗具明王聖君的氣象。第九回還借鄒吉甫的口稱讚「在洪武爺手裏過日子，各樣都好」，「怎得天可憐見，讓我們孩子們再過幾年洪武爺的日子就好了」。這反映了明清一般民眾的看法。但是作爲一位文人、思想家，吳敬梓更借王冕之口著重指出明太祖八股取士制度「這個法卻定的不好」，從此「一

〔註13〕 章培恒《〈儒林外史〉原貌初探》，《學術月刊》1982 年第 7 期。
〔註14〕 參見孟森《明清史講義》第二編第三章第六節《成化朝政局》。
〔註15〕 〔清〕趙翼《二十二史札記·萬曆中礦稅之害》

代文人有厄」；又借遲衡山之口評議「我朝太祖定了天下，大功不差似湯、武，卻全然不曾制禮作樂」。一部大書的主旨和敘事就是從批判朱元璋制八股、薄禮樂推衍而來。雖然這一批判不免也可以看作是指向了作者的當世，但是明朝的事實顯然不能只是被看做清朝社會的影子，作者首要表明的是對一代明史嚴肅的看法，仍然是「斷送江山八股文」。

二是有關高啓文禍的描寫，實際也包含了對朱元璋迫害文人的針砭。第三十五回盧信侯私藏《高青邱集》一案，金和跋說：「《高青邱集》即當時戴名世詩案中事。」胡適則認爲是指清雍正間劉著私藏顧祖禹《方輿紀要》事，也許是對的。但是，書中第八回寫枕箱的案件，早就有了蘧公孫冒名刊刻箱中《高青邱詩話》驟享大名的描寫。這兩件事應當聯繫起來看，不排除影射當世文禍的成分，但是，認爲這僅僅是影射當世而與明初詩人高啓之禍沒有任何實際的聯繫，是說不通的。因爲高啓畢竟是歷史人物，他被明太祖枉殺，著作在後世不禁而禁，是人所共知的事實；而且高啓才華橫溢，作爲有明一代詩人之冠，他的死爲千古痛惜，說到明詩便不能不說到高啓，而且因此不難想到明朝自朱元璋發難，文禍也曾是空前的嚴重。所以，寫高啓直接正面的意義首先還應當是這一冤獄的本身，是對高啓之死的同情和對「洪武爺」大搞文字獄的針砭。正是他制八股輕詩文，摧殘了明初的文壇，造成「一代文人有厄」，滿清統治者只是襲其衣缽變本加厲而已。因此，有關高啓文禍的描寫首先不是託明以寫清，而是寫明以諷清，不可誤會。

值得注意的是，《儒林外史》作者有關高啓文禍的描寫，用心似不僅在於揭露和影射，還有教人防範自保的用心。蘧太守說：「須是收藏好了，不可輕易被人看見。」莊紹光說：「青邱文字，雖其中並無譏謗朝廷的言語，既然太祖惡其爲人，且現在又是禁書，先生就不看他的著作也罷。」李漢秋先生說這是宣揚無傷而隱的主題〔註16〕，自全書大處觀之，是完全正確的。但大禍臨頭，要想「無傷」，作者亦深知不能不有所作爲。所以他寫上述兩案中當事和有關聯的人各都能團結起來，與告訐者鬥爭，與官府周旋，或者化解無事，或者「反把那出首的人問了罪」。作品稱讚爲蘧公孫解釋困厄的馬二先生爲「斯文骨肉的朋友，有意氣！有肝膽」；寫莊紹光面對緹騎爲盧信侯擔保，「遍託朝中大老，……把盧信侯放了」；盧信侯則臨危不懼，自稱「硬漢」，不肯帶累他人。作者的意思似要寫出各類與文禍作鬥爭的榜樣，這在朝廷日以殺人

〔註16〕 李漢秋《儒林外史研究縱覽》，天津教育出版社版1992年版，第169頁。

焚書爲事的清中葉是有現實政治意義的，而對於明代文禍就是總結歷史的教訓，二者不可分割。

三是關於「寧王之亂」和朱棣「靖難之役」的評論，主要有以下文字：

（婁）四公子道：「據小侄侄看來，寧王此番舉動，也與成王差不多。只是成祖運氣好，到而今稱聖稱神；寧王運氣低，就落得個爲賊爲虜，也要算一件不平的事。」……每常只說：「自從永樂篡位後，明朝就不成個天下！」（第八回）

鄒吉甫道：「小老還是聽我死鬼父親說：在洪武爺手裏過日子，各樣都好。二斗米做的酒，足有二十斤酒娘子。後來永樂爺掌了江山，不知怎樣的，事事都變了，二斗米只做得出十五六斤酒來……」（又說）「我聽見人說：『本朝的天下要同孔夫子的周朝一樣好的，就爲出了個永樂爺就弄壞了。」（第九回）

杜慎卿道：「列位先生，這『夷十族』的話是沒有的。……永樂皇帝也不如此慘毒。本朝若不是永樂振作一番，信著建文軟弱，久已弄成個齊、梁世界了！」蕭金鉉道：「先生，據你說，方先生何如？」杜慎卿道：「方先生迂而無當。天下多少大事，講那皇門、雉門怎麼？這人朝服斬於市，不爲冤枉的。」（第二十九回）

「寧王之亂」和「靖難之役」是明史大事。作者借人物之口發爲評論，雖小說家言，但此等大事，出自一位嚴肅作家之手，卻不可能是純然的遊戲筆墨，而是包含對明史一代政治所作的認眞思考。這些出自各種人物之口的話看似矛盾，其實互文見義。大致說來，作者以爲皇帝無所謂正統僭閏，不過勝者王侯敗者賊，論定皇帝的功過，一在於他是否使百姓過上了好日子，二在於他是否使政治一統，國力強盛。永樂沒能做到前一點，所以不如「洪武爺」；但是他做到了後一點，所以比起「建文軟弱」來總還是好的。在永樂還是建文誰做皇帝這類問題上，做臣子的可以完全不去管它，只論天下「大事」。方孝孺「講那皋門、雉門」，「迂而無當」，正就是梁啓超所說「上流無用的八股先生」一類人，明朝的天下就斷送在他們手裏。這既是對明史的直接評判，也有抨擊道學八股的意義。

綜上所述，《儒林外史》的假託明代並不只是一個手法問題。魯迅說「時距明亡未百年，士流蓋尚有明季遺風」〔註17〕，固然帶來假託的方便。但是，

〔註17〕魯迅《中國小說史略》，人民文學出版社1973年版，第190頁。

吳敬梓卻不僅在創作的形式而且在內容上恰當地利用了這一方便，上下求索，探討了八股取士制度與明朝一代興亡的關係，以小說對明亡的歷史教訓作了深入的反思。這雖然不是作品的中心，顯示的史識也無多卓越之處，但在作品內容是一個客觀的存在，研究者不應忽略。

如前所述，假小說以作這類反思探討的還有與《儒林外史》先後成書的《女仙外史》《歧路燈》，說明清中葉屈辱於滿清統治的漢族知識分子不忘前明歷史教訓，仍是較爲普遍的現象。這對於業已消沉的反清復明的鬥爭也許已經沒有了實際的意義，但是，無論如何還是那一鬥爭在人們意識深處的餘響。而吳敬梓作爲一個漢族知識分子，在滿清的民族壓迫最爲奏效而士氣最爲低落的時期，還能想到漢官威儀的明朝，用他的小說引起人們對前明的追悼與懷念——「怎得天可憐見，讓他們孩子們再過幾年洪武爺的日子就好了！」（第九回）——不能不說是民族感情和氣節的表現。然而，藝術使思想變得隱蔽，關於歷史的思想更隨著歷史遠去的背影由濃而淡，生當二百多年後的今天的讀者，對《儒林外史》假託明代在當時委婉曲折的社會意義，也就不很容易清楚了。

（原載《中國人民大學學報》2000 年第 1 期）

《儒林外史》新議

　　《儒林外史》是我國清代文學家吳敬梓（1701～1754）所著的一部長篇小說。二百多年來，特別是近百年來，《儒林外史》的研究取得很大成績，形成了不少共識，但是，在包括其思想與藝術特點的認識上仍有不少可議之處，因爲之論說如下。

一、爲「儒林」立品的正面文章

　　《儒林外史》有五次說到「自古及今」〔註1〕，顯示強烈的歷史意識。它的故事託於明代，敘事時間跨越元明之際到萬曆中葉的幾乎整個明代；涉及人物事件，除了王冕及其與吳王（即明太祖朱元璋）等人的交往，還有明初取士之法、靖難之役、寧王之亂、高啓之獄等明史上的大事，有不少相關的描寫與議論，未必不有反思明亡教訓的用心。近今學者僅以之爲「假託」，似明於此而暗於彼，有失精鑒〔註2〕。

　　但是，《儒林外史》所描摹的仍主要是以作者所處清康（熙）、雍（正）、乾（隆）時代背景之下「儒林」的生活。而「名之日《儒林》，蓋爲文人學士而言」〔註3〕。其書「窮極文士情態」〔註4〕，「所傳人物，大都實有其人」〔註5〕，

〔註1〕　分別見第一、第十、第十一、第三十、第三十四回。
〔註2〕　杜貴晨《〈儒林外史〉假託明代論》，《中國人民大學學報》2000年第1期。
〔註3〕　朱一玄、劉毓忱編《〈儒林外史〉資料彙編》，南開大學出版社1998年版，第274頁。
〔註4〕　〔清〕程晉芳《文木先生傳》，《〈儒林外史〉資料彙編》，第134頁。
〔註5〕　魯迅《中國小說史略》，人民文學出版社1973年版，第191頁。

杜少卿就是作者自況。「作者以史、漢才，作為稗官」〔註6〕，點化「江左煙霞，淮南耆舊」（第五十五回，下引本書不出注），「述往思來」，「以抒其憤，思垂空文以自見」（班固《漢書·司馬遷傳》）。所以，其書雖以「指摘時弊」〔註7〕見長，但是，從全書首重「名流」，中標「名賢」，末述「四客」的布局看，作者之本意，實為立品矯俗，而《儒林外史》首先是一部為「儒林」立品的正面文章，其次才是為「世人」矯俗的「諷刺之書」。

作為「儒林」立品的正面文章，《儒林外史》塑造了眾多古代優秀讀書人的形象。「楔子」中的王冕本是歷史人物，作者引為壓卷的「名流」以「隱括全文」，寫他「天文、地理、經史上的大學問，無一不貫通」，卻「性情與人不同，既不求官爵，又不交納朋友，終日閉戶讀書」。知縣來拜，他避而不見；吳王登門求教，他僅說以「仁義」數語，而淡然處之。後來預見到「一代文人有厄」，加以風聞朝廷將徵他做官，便奉母入會稽山中，隱居以終。正文寫杜少卿是「海內英豪，千秋快士」「自古及今難得的一個奇人」。他出身科舉世家的高門，卻看不起時文，最討厭「開口就是紗帽」，又「正為走出去做不出什麼事業」，託病以辭朝廷的徵辟，「逍遙自在，做些自己的事」。但其豪宕自喜，鋒芒外露，不如「莊紹光之恬適」。莊紹光名尚志，「十一二歲時就會做一篇七千字的賦，天下皆聞。……名滿一時，他卻閉戶著書，不肯妄交一人」。他既因「君臣之禮」而應徵辟，卻在筮知「我道不行了」之後，即時「懇求恩賜還山」，得「賜居元（玄）武湖」以著書立說，「在湖中著實自在」。但其為人「卻有幾分做作」〔註8〕，不如「虞博士之渾雅」。虞博士本赤貧之士，為了「糊口」，科舉求官，四十一歲中舉，五十歲上才成進士，做了南京國子監的博士，六、七年後陞轉入朝。他「不但無學博氣，尤其無進士氣。他襟懷沖淡，上而伯夷、柳下惠，下而陶靖節一流人物」，於「出處」之間，「難進易退，真乃天懷淡定君子」。他種種的善行，「並不是有心要人說好，所以難得」。「看虞博士那般舉動，他也不要禁止人怎樣，只是被了他的德化，那非禮之事，人自然不能行出來」。這就是作者所謂「真儒」「聖賢之徒」，並通過其被推為泰伯祠的主祭，成為能主「千秋大事」的「書中第一人」〔註9〕，

〔註6〕《儒林外史回評》第一回，《〈儒林外史〉資料彙編》，第256頁。
〔註7〕《中國小説史略》，第189頁。
〔註8〕《臥閒草堂本回評》第三十五回，《〈儒林外史〉資料彙編》，第273頁。
〔註9〕《臥閒草堂本回評》第三十六回，《〈儒林外史〉資料彙編》，第273頁。

爲「上上人物」〔註10〕。

如果說王冕是吳敬梓心目中前代理想人格的化身，杜少卿、莊紹光、虞育德則是他現實人格理想的體現，而以虞育德爲最高的代表。雖然以「文行出處」論，書中虞育德自認「文」不如杜少卿的「才情」，又恐怕還在才「名滿一時」的莊紹光之下；而且論「出處」，虞育德科舉做官與杜少卿之辭「徵辟」的選擇幾乎對立。這樣一個人主祭泰伯祠，並且三獻即終獻者不是杜少卿或遲衡山，反倒是八股文選家馬二先生。這就說明《儒林外史》以「文行出處」論人，卻不以「文」和「出處」的形迹爲重，而是以做人的根本——「行」即「德行」爲第一條標準。書中寫匡太公臨終囑咐兒子匡超人說：「功名到底是身外之物，德行是要緊的。」又寫婁太爺臨終囑咐杜少卿甚至說：「銀錢也是小事。……德行若好，就沒有飯吃也不妨。」而以「德行」論，虞育德字果行，取自《易經》「君子以果行育德」，自是「德行」的化身，從而取得「書中第一人」的地位。其超越諸賢之處，就在於其善不僅發自本心，而且不露形迹，正是吳泰伯「民無得而稱焉」的「至德」（《論語・泰伯》）之遺，所以其能獨爲「眞儒」和「聖賢之徒」，爲「上上人物」。而莊紹光的殯葬兩位老者，馬二先生的殯葬洪憨仙，正與虞博士之心性相通，——「並不是有心要人說好，所以難得」；特別是馬二先生「以一窮酸而能作慷慨丈夫事」〔註11〕，更非杜少卿的「平居豪舉」所能及，所以二人也就依次成爲亞獻、終獻的人選。

雖然如此，作者並不因虞育德能爲「上上人物」而肯定科舉做官。書中寫他的經由科舉出仕是因爲「赤貧」，要「積俸」「糊口」。他說，不然，「我要這官怎的」。這就是《孟子・萬章下》所說的「仕非爲貧者也，而有時乎爲貧」，與「事業」不相干的。所以，他雖然做了六七年博士，還續有升遷，卻幾乎沒有什麼「政績」，更不到「出則可以爲王佐」的地步，——他也根本不曾想到這一層。至於祭泰伯祠的大典由他主持，則是因其爲「眞儒」和「聖賢之徒」受到儒林人士的推戴。所以，虞育德之科舉做官與王冕所說「這個法（即八股取士考試制度）卻定的不好」，和杜少卿所說「正爲走出去做不出什麼事業，……寧肯不出去的好」並不矛盾，而還反證了莊紹光的歸隱、杜少卿的不出是恰當的選擇。同時書中還寫有若干做官欲成「事業」的人，結

〔註10〕 金和《〈儒林外史〉跋》，《〈儒林外史〉資料彙編》，第 279 頁。
〔註11〕 《臥閒草堂本回評》第十五回，《〈儒林外史〉資料彙編》，第 264 頁。

果都是枉費心力。如湯鎮臺平苗「成功」得到的是「著降三級調用，以爲好事貪功者戒」，蕭雲仙在青楓城禮、樂、兵、農的舉措換來的是被追賠「浮開」錢糧，從而都成了「走出去做不出什麼事業」的注腳。而南昌太守蘧祐歸田後自道爲官「也不曾做得一些事業。……不想到家一載，小兒亡化了，越覺得胸懷冰涼，細想來，只怕還是做官的報應」。雖然過甚其辭，但孔子曰：「君子哉蘧伯玉！邦有道則仕，邦無道則可卷而懷之。」（《論語‧衛靈公》）蘧太守兒子蘧景玉的死，卻是作者詛咒「邦無道」的一個極端的象徵。

因此，《儒林外史》的「出處」原則仍是儒家「有道則見，無道則隱」（《論語‧述而》），「可以仕則仕，可以止則止」（《孟子‧公孫丑上》），爲「無可無不可」（《《論語‧微子》）。但是，君子「與時偕行」（《周易‧乾文言》），在「走出去做不出什麼事業」的時代，它當然更傾向於「處」爲「眞儒」，從而更欣賞杜少卿那種辭了「徵辟」，「鄉試也不應，科、歲也不考，逍遙自在，做些自己的事」的「豪傑」性格。這就使人誤以爲「其書以功名富貴爲一篇之骨。……以辭卻功名富貴，品第最上一層，爲中流砥柱」〔註12〕，或者以爲「批評明朝科舉用八股文的制度……是全書的宗旨」〔註13〕。其實不然。觀其以科舉做官的虞博士爲「書中第一人」，以畢竟應召得賜元（玄）武湖居住的莊紹光爲第二人，以八股文選家馬二先生爲祭泰伯祠的終獻，以及蕭雲仙在青楓城興學請先生教的仍然有八股制藝，可知其書並不以是否「辭卻功名富貴」和弄八股爲論人的標準。同時，還可注意的是，書中雖然認爲「這個法卻定得不好」，但同時也寫了應徵辟的莊紹光並未被重用，甚至虞博士比較求人「薦舉」，寧肯走科舉之途，顯示作者看來「薦舉」之法也並不就是善策；而出於對現實的考慮，科舉之途也未便完全拒絕。又從湯奏、蕭雲仙、木耐等經歷的坎坷看，「將來到疆場，一刀一槍，博得個封妻蔭子，也不枉了青史留名」的話，也是靠不住的，反倒是已革生員萬青雲弄假成眞得了中書之銜。所以，統觀全書，作者對是否有「功名富貴」，其實只是一個淡然的態度，而對朝廷一切選士之法都不以爲然，卻又無可處方，只好反對「世人一見了功名，便捨著性命去求他」。

這是極有分寸的，即如果不是「捨著性命去求」，而如莊紹光盡「君臣之禮」而應召、虞博士的「有時乎爲貧」科舉做官，便未嘗不可。而杜少卿既

〔註12〕〔清〕閒齋老人《儒林外史序》，《《儒林外史〉資料彙編》，第255頁。
〔註13〕《吳敬梓傳》，《胡適古典文學研究論集》，上海古籍出版社1988年版。

不必「爲貧」而仕，又「走出去做不出什麼事業」，當然就「寧肯不出去的好」。但如果「走出去」能做「什麼事業」，他也可以「高興長安道」了。所以，《儒林外史》雖以厭棄科舉、淡泊「功名富貴」爲高，甚至有些很激烈的言辭，卻並無教人一定不科舉、不徵辟、不做官、不要「功名富貴」的意思。它要做的是把「富貴功名」與「性命」相對比，把科舉做官等「榮身之路」與「文行出處」相對比，強調「性命」即個體生命價值和意義，主張把講求「文行出處」作爲「人生立命」的根本，把做出「事業」而又「逍遙自在」作爲人生追求的目標。這是人的教育和社會心理養成的問題，責任首在朝廷，而求治之道卻在復興「禮樂」。但是，「我本朝太祖定了天下，大功不差似湯武，卻全然不曾制作禮樂」，這件事就落在民間一班「名流」「眞儒」肩上。所以，莊紹光雖然「辭爵」，卻不忘「把教養的事，細細做了十策」奏上，而全書頭一件大事祭泰伯祠，也爲的是「大家習學禮樂，成就出些人才，也好助一助政教」。

　　《儒林外史》首先是爲此而作。其橫說豎說，有破有立，最終是要樹一種「文行」兼備、「出處」有道之「至德」的「眞儒」人格，爲「儒林」乃至「世人」的楷模。這也就是全書自「楔子」以後，大半從反面用筆，而至第三十一回才陸續推出正面人物的原因。儘管作者也深知「眞儒」理想的虛幻，筆下不能不寫出後來「虞博士那一輩」「賢人君子，風流雲散」，泰伯祠也破敗不堪。但是，在經過第四十八回的「泰伯祠遺賢感舊」之後，終卷第五十五回仍有「添四客述往思來」的神來之筆。這「禮失而求諸野」的安排，顯示作者頑強堅持其「眞儒」理想的決心和信心，並不因最後《沁園春》詞「從今後，藥爐經卷，自禮空王」數語，而使人以爲作者有了眞正的失望。

　　以「德行」爲統領，《儒林外史》於「儒林」人物「文行出處」有一節可取，都給予肯定和表彰。如寫向知縣對鮑文卿的始終如一的友誼，馬二先生助人爲樂的古道熱腸，楊執中辭教諭之職並甘於清貧的「品高德重」，爲葬父而謀財的余大，代兄受過的余二，還有那個在五河縣那種「惡俗地方」堅守「名教」立場的虞華軒，等等。此外，《儒林外史》還把這個標準推及「儒林」以外人物，如寫鮑文卿雖是「戲子」，卻知道尊重愛惜人才，又執著「須是骨頭裏掙出來的錢才做得肉」的見識，不肯貪賄爲人說情；還有秦老爹、牛老爹、卜老爹的純樸厚道，才女沈瓊枝的不慕富貴、不懼權勢，乃至篇末「四客」的清操雅韻，都體現了作者欲以德化人、移風易俗的苦心。其中就有某

些新質的思想成分，於「四客」之末荊元的形象上集中表現出來。它是位裁縫而愛好「彈琴寫字，也極喜歡做詩」。有人勸他改業，他說：「難道讀書識字，做了裁縫就玷污了不成？」又說：「而今每日尋得六七分銀子，吃飽了飯，要彈琴，要寫字，諸事都由我。又不貪圖人的富貴，又不伺候人的顏色，天不收，地不管，倒不快活？」這在全書除有布局上的意義之外，更是作者晚年潦倒而傲對世俗之反抗精神的自然流露。

二、為「世人」矯俗的「諷刺之書」

《儒林外史》雖主要是一部為「儒林」立品的正面文章。但是，它從「功名富貴」入手，卻沒有也不可能完全否定「功名富貴」；以八股取士科舉制度之「榮身之路」為批判的重要對象，卻不能不認為它有時是現實的一種選擇。作者在很大程度上是一個帶有「復古」傾向的理想主義者，但是，晚年生活的挫磨，使他正如杜少卿對「那從前的事，也追悔不來了」，從而對現實能有一定清醒的認識和真切的關注，《儒林外史》的宗旨也就不是隱逸避世，而是淑世救人；不僅在破壞，更重在建設。惟其遭遇「一代文人有厄」的時局，「看來我道不行了」，從而比較建設的構造，理想的張揚，它更多對「辭卻功名富貴」的欣賞與褒揚，也就更多對因「功名富貴」而生的「風塵惡俗」的諷刺與批判，並取得了更大的成功。在這個意義上，魯迅稱其為「說部中足稱諷刺之書」〔註14〕，無疑是十分正確的。

作為「諷刺之書」，《儒林外史》深刻揭發批判了「世人」的庸俗，而「機鋒所向，尤在士林」〔註15〕，特別是集中於以八股取士科舉制度為代表的各種「榮身之路」所造成「儒林」的不幸與墮落。如周進中秀才前不僅受了新進秀才梅玖當面的侮辱，還為了參加鄉試撞號板昏死過去，醒來又哭得吐血，向商人下跪求乞；范進中舉而喜極發瘋，更不幸是他的母親喜極而死；荀玫因為中了進士，就沒能為他的母親送終，還要為著候選企圖匿喪不報；匡超人本是一個孝子，一旦去考秀才，就害他病中的父親想得一直哭。後來「貢了」入京，拋下妻子患病不及救治而死。他還對馬二先生與潘三忘恩負義；嚴貢生不僅橫行鄉里，而且欺詐弟媳；王德、王仁兩秀才為了銀子，連親姊妹之情都可以出賣；倪霜峰「做了三十七年的秀才，就壞在讀了這幾句死書，

〔註14〕 《中國小說史略》，第189頁。
〔註15〕 《中國小說史略》，第189頁。

拿不得輕，負不的重，一日窮似一日」，生了六個兒子，死了一個，倒有四個「賣在他州外府去了」；王玉輝「做了三十多年秀才」，成為一個「迂拙的人」，先是說女兒殉夫是「死得好」，後來又「轉覺得傷心」；杜慎卿標榜「和婦人隔著三間屋就聞見他的臭氣」，卻以「嗣續大計」為名娶妾，還好男風；魯編修「因女婿不肯做舉業，心裏著氣……」，導致中風；牛布衣為了「詩名」客死他鄉，就比魯編修更進一步，真的把「性命」捨了。如此等等，作品不僅寫出了「而今人情澆薄，讀書的人，都不孝父母」，而且展示「世人一見了功名」，就把夫妻之義、父子之親、兄弟之悌、朋友之信等倫常以至身家性命都「看得輕了」。書中寫楊執中夫妻貧賤相守，郭孝子萬里尋父，余二代余大受過等等，都是與此相形的安排。

「儒林」的不幸與墮落還表現在一班進士、舉人鄙陋無知，如范進中舉，後來還成進士而官至學道，竟不知蘇軾為何人，並與湯知縣、張舉人都不知本朝的劉基為何許人也。又有一幫「斗方名士」，除了世事不通，還大都言行相悖，厚顏無恥，如「大名士」諸葛天申不認得香腸和海蜇；景蘭江開頭巾店，把「兩千銀子的本錢，一頓詩做得精光」；權勿用「怪模怪樣」，因為好事，被誣「奸拐霸佔」尼僧入獄。總之，《儒林外史》「窮極文士情態」，寫出了「世人一見了功名，便捨著性命去求他」的結果，無不是「費盡心情，總把流光誤」。

《儒林外史》的諷刺進一步指向皇帝、官場和社會。它寫「備弓旌天子招賢」，但是，「聖天子求賢問道」之後，卻聽信太保「不由進士出身」云云的胡說，「歎息了一回，隨教大學士傳旨：『莊尚志允令還山……』」，這就使人懷疑天子「備弓旌」招賢到底有多少誠意。而官場的黑暗，除一般的貪賄之外，最突出是幾乎全然無序，如萬青雲冒充中書而弄假成真；向知縣被人告了，偶因鮑文卿的幾句話就化解無事；盧信侯已被拿問，莊紹光「遍託朝裏大老」，就輕易地把他放了……。其中是非曲直姑且不論，而因此可知法令等同虛設，官場裏真正起作用的是所謂「潛規則」〔註16〕。在這種今世俗說「沒真事」情況下，必然就有王舉人那樣的人，一旦出任南昌知府，首先打聽的是「地方人情，可有什麼出產？詞訟裏可略有什麼通融」，終於是贓官和酷吏，叛臣和逃犯。也必然會有湯知縣枷死回民反把幾個回民「問成奸民挾制官府」的怪事。總之，「儒林」是官場的後備，讀書人一旦把「文行出處看

〔註16〕吳思《潛規則：中國歷史中的真實遊戲·自序》，雲南人民出版社 2001 年版。

得輕了」，不學有「術」，官場這塊本應是才智之士「立德」「立功」（《左傳‧襄公二十四年》）競技之地，就變成了人世間最骯髒的地方。

官場連著社會，浸漬而形成「風塵惡俗」。書中寫周進中秀才之前，新秀才枚玖罵他「呆」。而中舉後，梅玖逢人便稱周進是自己的老師，而「汶上縣不是親的也來認親，不相與的也來相與」；胡屠戶對女婿范進更是前倨後恭。「五河縣勢利薰心」，那裡「有一個冒籍姓方的」鹽商，又「有個中進士姓彭的」，當地虞家、余家的「紳衿」中就有「非方不親，非彭不友」的「呆子」，又有「非方不心，非彭不口」的「乖子」。他們可以撇下本家的節孝，去送外姓方鹽商家老太太入祠。而成老爹謊稱方六老爺請他吃中飯，被虞華軒捉弄「一直餓到晚」。這種惡濁的風俗最下延伸到妓院，嫖客、妓女之間都在談論科舉、做官，乃至有一個丁詩字言志的「呆名士妓館獻詩」；還有王太太再嫁，挑揀之餘，信著媒人說鮑廷璽是「武舉」，而誤嫁為戲班頭的老婆；妓女聘娘聽了嫖客陳木南的瞎話，竟然夢到自己做了知府的太太。總之，在作者看來，由於「禮樂」之未興，「教養」之不講，社會的風俗真到了「禮義廉恥，一總都滅絕了」的地步。作者為之痛心，卻又無可奈何，只能寄渺茫的希望於市井和未來。從而《儒林外史》在「添四客述往思來」的末尾，以象徵厄運的「變徵之音」結束了它淋漓盡致而又不失優雅的描繪。猶如一首「淒清宛轉」的長歌，其內在深微的感傷情味，使人「不覺淒然淚下」。

三、獨特的藝術成就

《儒林外史》在藝術上也別具一格。作為一部長篇小說，它的題材是前無古人的。有了它，中國才有了第一部以「儒林」即知識分子生活為主要描寫對象的章回說部之書，一部深入探討知識分子命運及人生價值與意義的思想家的小說。它所提出並以形象的描繪所重點剖析的「文行出處」以及「功名富貴」、科舉制藝等問題，不僅是古代讀書人思考的中心，其實質性內容對於現代以至未來社會的讀書人而言，大概也是不能迴避的。換言之，它不僅為明清二代的「儒林」寫照，而且為古往今來讀書人寫心。對照《儒林外史》，每一個成才和準備成才、做官和準備做官、出名和準備出名的讀書人，都可以做出自己的思考與選擇。這就是其題材內容的意義，是歷史的也是現實的，是過去的也是未來的。同時從其具體取材來看，《儒林外史》傳人與自傳的性質，是古代小說在處理生活與藝術關係上成功的嘗試，在小說史上也是一個創造。

　　從題材看，《儒林外史》以「儒林」爲中心描寫世情，還是我國最早一部優秀的社會小說。它在以《金瓶梅》爲代表的以一個家庭爲中心反映社會的家庭小說之外，另開一派，成爲後來社會小說的開山之作。這在小說史上同樣有重大意義。有了它，中國才算有了以長篇形式掃描世相、索隱眾生的眞正的社會小說，而且「說部中乃始有足稱諷刺之書」〔註17〕。它直接的影響，就是開了晚清《官場現形記》《二十年目睹之怪現狀》等「清末譴責小說」〔註18〕的先河〔註19〕，乃至於近今我國大陸、港、臺等都有題關儒林、官場等社會層面的小說仍不絕如縷。

　　作爲一部長篇小說，《儒林外史》還因其內容的需要，創造了一種獨特的表現方式。首先是「楔子」（第一回）──尾聲（第五十五回）的框架，應是受了《水滸傳》或宋元話本的啓發而別出心裁；其次是正文聯綴故事的方式，有似於《水滸傳》前半各故事相對獨立而又有所溝通，卻施之於全書的正文，以至於看來「雖云長篇，頗同短製」〔註20〕。但其溝通往往不止一線，從而除個別難免的罅漏之外，其人物、情節基本上做到了聯翩而下，後先呼應，絲絲入扣。這就成了眞正長篇的結構。

　　其結構的方法，一是在前一故事中引出下一個故事的中心人物來，如「周學道校士拔眞才」以出范進之類；二是前一故事中心的或重要的人物退場之後，一般在後來都會有所交待，甚至重複出場，如馬二先生在第十三回出現之後，參加過第三十七回的祭泰伯祠，至第四十九回還提到被學道「保題了他的優行」進京去了。而第十二回騙了兩婁公子五百兩銀子的冒牌俠客張鐵臂，到第三十二回又出現在杜少卿的座上，並揭出他的名字是張俊民，還有王舉人──郭孝子父子的故事千里伏線，幾乎貫穿全書。三是利用各種聚會，如第十二回鶯脰湖之會，第十八回西湖之「詩會」，第三十回莫愁湖之「風流高會」，第三十七回的祭泰伯祠等，都有縮合人物情節的作用；四是利用人物之間父子（女）、兄弟、岳婿、師生等各種親緣或社會關係增強故事的統一，

〔註17〕　《中國小說史略》，第189頁。

〔註18〕　《中國小說史略》，第252頁。

〔註19〕　筆者認爲「諷刺」與「譴責」固然不同，但當「諷刺」不足以表達的時候，「譴責」乃成爲作者自然的選擇。所以，至少從理論上說，「諷刺」與「譴責」只是風格的不同，而非格調的高低。以爲「諷刺」一定高於「譴責」，大概是受了傳統文論注重「含蓄」的影響所致。

〔註20〕　《中國小說史略》，第190頁。

如王舉人、郭力父子，蘧太守、蘧景玉、蘧公孫祖孫三代，蕭昊軒、蕭雲仙父子，以及蘧公孫經由表叔婁三、婁四公子的牽線和卜者陳和甫作媒，招贅爲魯編修的女婿等。陳和甫出現在第十回之前，至第五十四回又補說陳和甫二十年前來南京算命，「而今死了」，接下來寫他的兒子爲了出名，一溜「混帳」做了和尚等，都遙相關聯。而最多是兩兄弟的關係，如嚴監生、嚴貢生，王德、王仁，婁三、婁四等等約十餘對，各有其故事，而每能相形。五是利用傳統的「數理」〔註21〕敘事模式整合故事內部的聯繫，如周進校士閱范進之卷作三次重複，婁三、婁四公子三訪楊執中才得見面等，都取法《三國演義》等書，明裏暗裏運用了「三復情節」（《古代數字「三」和觀念與小說的「三復情節」》）。總之，《儒林外史》雖然「無主幹」〔註22〕，但是有組織。其組織之法依據人類血緣與社會自然形成的聯繫，比較精心結構之有「主幹」的小說，也許不很合乎近世讀者受西方小說影響的閱讀習慣，卻更接近人類家族與社會生活自然的形態，從而是最適合於中國社會小說的結構樣式。在這個意義上，我們應能同意胡適所稱「這是一種創體，可以作批評社會的一種絕好工具」〔註23〕。

作爲一部長篇小說，《儒林外史》在塑造人物上也取得了很大成功，有不少人物形象能給讀者留下深刻印象，如周進、范進、胡屠戶、嚴貢生、嚴監生、杜少卿等等，均可使人過目不忘。這些人物的特點，一是有貫穿始終的較爲突出的個性特徵，如周進、范進、魯編修與魯小姐等的迷戀科舉，嚴監生、胡三公子等的吝嗇，都是性格的一面或者一點得到強調和突出，給人印象極深。二是人物性格內涵具有一定的豐富性與複雜性，如胡屠戶罵范進中有眷顧之情；而馬二先生雖是科舉迷、迂腐，卻不失古道熱腸。楊執中是「老呆」，但「古貌古心」，「不應考」，還辭了教官的任命，「要做個高人」，窮到夫妻兩個只把一隻心愛的古爐「摩弄了一夜，就過了年」，也無怨無悔；三是注重寫出人物性格的發展變化，如匡超人、牛浦郎各自由好變壞的描寫，生動展示人物性格形成的過程，在此前小說中還屬少見；又如寫王玉輝因女兒殉夫引發內心禮教與人性的衝突，更是經典之筆。總之，《儒林外史》的人物

〔註21〕 杜貴晨《中國古代文學的重數傳統與數理美》，《中國社會科學》2002 年第 4 期。

〔註22〕 《中國小說史略》，第 190 頁。

〔註23〕 《五十年來中國之文學》，《胡適古典文學研究論集》，上海古籍出版社 1988 年版。

多能給人以見其血肉，睹其心性，嗅其氣息之活生生眞實如在的感覺。前人云：「愼毋讀《儒林外史》，讀竟，乃覺日用酬酢之間，無往而非《儒林外史》。」〔註24〕就是其巨大藝術震撼力的證明。

《儒林外史》塑造人物的方法首重白描，即就人物的相貌穿戴、言談舉止等作極精簡的刻畫，如頰上三毫，重在傳神。第二回寫夏總甲、第三回寫范進出場、第五回寫嚴監生臨終「伸著兩個指頭」等，都是精彩之例；其次是注重對比。一是人物之間的，如嚴氏兄弟、匡超人兄弟，乃至第二十八回寫蕭金鉉租房時前後「一個和尙家」與「一個僧官家」的不同態度，也形成鮮明對照；二是同一人物對人對事前後不同態度的對比，如上述梅玖在周進中舉前後、胡屠戶在范進中舉前後態度的變化，都以強烈的對比凸顯出人物的心性；最後卻最重要的是諷刺手法的運用，其根本在於寫實，具體表現爲「秉持公心」「感而能諧，婉而多諷」〔註25〕、「無一貶詞，而情僞畢露」〔註26〕。多半出於作者自覺，也有無心於諷刺，甚至本爲褒揚，卻因寫實而成爲諷刺的，如第三十六回寫虞博士轉託杜少卿做碑文，本是一百兩銀子的酬金，卻自己留下二十兩另外送人，只給了杜少卿八十兩，就不夠誠實。其諷刺藝術的具體運用，除結合了上述白描、對比等手法之外，有時也借助近乎荒誕場景的描寫。如第十回寫蘧公孫入贅魯府喜筵上老鼠、釘鞋的鬧劇，第十二回寫權勿用的「高孝帽橫挑在扁擔尖上」，以及第五十三回寫妓女聘娘的官太太之夢等。又有時借助於巧合，如第四回嚴貢生正在表白自己「不曉得沾人寸絲半粟的便宜」，卻有人來討被關的豬。此外，還雜用了一些「春秋」筆法，如權賣婆在尊經閣上，「一手下扶著欄杆，一拉開褲腰捉蝨了」吃著，看方家「老太太入祠」，以及「公子妓院說科場」等。這些塑造人物的方法多是傳統的，但運用之妙，往往過於古人，特別是諷刺藝術的成功，使之「足稱諷刺之書」，而彪炳小說之林。

此外，《儒林外史》景物、場景的描寫也極爲精工。前者如第一回寫雨後的湖光山色，第十一回寫月下梅花，第四十一回寫秦淮河的夜景；後者如第五回寫嚴監生臨終，第十六回寫匡超人家失火，等等。而其運用白話的成就，曾有人稱「他是國語的文學完全成立的一個大紀元」，「是青年學生的良好讀

〔註24〕 《臥閒草堂本回評》第三回，《〈儒林外史〉資料彙編》，第258頁。
〔註25〕 《中國小說史略》，第189頁。
〔註26〕 《中國小說史略》，第193頁。

物，大可以拿他來列入現在中等學校的『模範國語讀本』之中」〔註 27〕，更是對中國文化的一大貢獻。

四、思想與藝術上的矛盾與不足

《儒林外史》在思想與藝術上也有一些矛盾與不足。如其思想上於「德行」中首重孝道，卻往往與其提倡的「忠」「義」等發生矛盾。例如「有名的郭孝子」二十年萬里尋父，尋的是叛臣在逃的王惠，但是，杜少卿也「心裏敬他」，虞博士、莊紹光還為之寫薦書、送盤費，諸人都根本不想到自己食祿盡忠的臣子身份。又如余大先生為了安葬先人以盡孝道，私和人命，收受賄賂，余二則為之百計掩飾，作者也稱他們是「品行文章是從古沒有的」，又不免顧了孝道而有損於社會的公正。另有一些關於社會問題的討論，如杜少卿關於調停「無子」與「娶妾」的「風流經濟」，遲衡山論「學問」與「功名」「若是兩樣都要講，一樣也做不成」等等，都是作者生活中遇到的矛盾與困惑，正所謂「千秋事大，也費商量」。藝術上《儒林外史》的人物描寫有時與作書的目的不盡相合，如其「竭力寫一虞博士，乃適成一迂闊枯寂之人」〔註28〕，甚至有些像范進「爛忠厚沒用」的樣子；竭力寫杜少卿的「豪傑」，但是其大言「先君有大功德在於鄉里，……就是我家藏了強盜，也是沒有人家來拆我家的房子」，反成了霸氣十足；竭力寫莊紹光的「恬適」，但是其以有「賜居元武湖」「日日可以遊玩」的「富貴」，傲視「杜少卿要把尊壺帶了清涼山去看花」，就有點俗氣。此外還有關於扶乩、勾魂使的描寫近乎荒唐，郭孝子深山遇虎有驚無險的故事則近乎傳奇，與全書寫實的風格不夠和諧。但是，《儒林外史》藝術在近世所受到的批評更多是對其結構的不滿，主要由於西方小說多「有主幹」的觀念先入為主，而論者又忽略其作為社會小說的特殊性所致。在這樣一個重要的問題上，魯迅先生關於《儒林外史》「偉大也要有人懂」〔註29〕的感慨，仍能引起我們的共鳴。

《儒林外史》問世後「人爭傳寫之」〔註30〕，後刻本非一，有五十回、五十五回、五十六回與六十回本諸說。五十回本僅見於程晉芳《文木先生傳》

〔註27〕 錢玄同《儒林外史新序》，《〈儒林外史〉資料彙編》，第 445 頁。
〔註28〕 夏曾佑《小說原理》，《〈儒林外史〉資料彙編》，第 439 頁。
〔註29〕 《葉紫作〈豐收〉序》，魯迅《且介亭雜文二集》，人民文學出版社 1973 年版。
〔註30〕 〔清〕程晉芳《文木先生傳》，《〈儒林外史〉資料彙編》，第 134 頁。

所記，今存唯五十六回與六十回本。六十回本已被公認爲後人妄增四回，今不通行。五十六回的臥閒草堂本是現存最早的刻本。而臥閒草堂本金和的《跋》說：「先生著書皆奇數。是書原本僅五十五卷，於琴棋書畫四士既畢，既（即）接《沁園春》一詞。何時何人妄增『幽榜』一卷，其詔表皆割裂先生文集中駢語纂積而成，更陋劣可咍。今宜芟之以還其舊。」然而今見並無他所說的五十五回本傳世，因此原本是五十五回還是五十六回至今尚有爭議。但是，吳氏爲金和母家，當過從甚密，故金和之說，必有所本；而且「五十五」既是「奇數」，又是《易傳》「天地之數」的總和。以「五十五」爲《儒林外史》篇卷之數，與作者晚年視治經爲「人生立命處」思想亦相契合。

（原載《南都學壇》（人文社會科學版）2004 年第 1 期）

試說《儒林外史》爲「儒林」「寫實」小說
——兼及對魯迅「諷刺之書」說的思考

　　二十世紀初，《儒林外史》（以下或簡稱《外史》）較早被稱爲「吾國社會小說之開山」〔註1〕，但是大約由於「社會小說」所指太過寬泛的緣故，所以行之不久，即因魯迅先生《中國小說史略》（以下或簡稱《史略》）等論著大力的提倡而被稱爲「諷刺之書」〔註2〕，近百年來學者少有異辭。有關的研究雖然並未局限於此，但若說沒有受到它的任何局限，大概也不是事實。所以，有必要對其題材風格作更進一步確切的說明。這樣的說明在前人與時賢研究中或有所涉及，但筆者閱讀所知，尚無專門的討論，乃試說如下。

一、《儒林外史》爲「儒林」小說

　　無論自然或人文科學學術史的經驗都充分表明，學術研究始於分類。沒有類的適當劃分，就不可能明確研究的範圍，形成適當的概念，進行有效的論證，做出正確的結論。而正確分類的關鍵是標準，標準的依據是特徵，同徵同類，異徵異類。以同一特徵爲類標準，研究對象之類才能有效建立並互相區而別之。中國古代小說研究也不能不是如此。

　　因此我們看到，作爲中國古代小說研究奠基之作的魯迅《中國小說史略》，其述史之架構一是縱貫的演進，二是橫斷的鋪展。而無論縱橫的敘述，

〔註1〕 朱一玄、劉毓忱《〈儒林外史〉資料彙編》，南開大學出版社 1998 年版，第 461頁。
〔註2〕 《魯迅全集》（9），人民文學出版社 1981 年版，第 220 頁。

一涉實際，則首先分類，從而《史略》在中國古代小說分類學上做出了奠基性貢獻。但在筆者看來，《史略》的小說分類實有個別微誤。其一即涉及章回小說的分類未能貫徹統一的標準，而是在以題材分爲「講史」「神魔」「人情」「狹邪」「見才學」「俠義」「公案」等七類之後，不作任何說明地突轉爲以手法或風格分出「諷刺」與「譴責」兩類。雖然無論從哪一種角度分類都不可能有完全概括一書特徵的唯一的類名，這兩種分類的標準單獨看各有其合理性和應用價值，但問題在於《史略》同時執行的應該只是一個標準，似不可以先是以題材的標準，而後又以風格的標準，造成所分類名的異質，使研究不能一以貫之。其結果在被歸類爲「諷刺之書」的《外史》和「譴責小說」的《官場現形記》等書的研究來說，一是它們被忽略了從題材角度的說明，二是有關它們的研究在《史略》中成爲相對孤立的系統，不便有與以題材分類諸小說的參照比較，而在《史略》章回小說分類研究的系統性來說，也造成了前後不一的微誤。

《史略》避免或糾正這一微誤的方法也很簡單，即把從「講史」「神魔」「人情」等以題材爲特徵的分類標準堅持到底，至《外史》而據實稱名，順理成章，歸爲「儒林」，至《官場現形記》則歸入「官場」一類，就與前此「講史」等分類原則和系統一脈相承，始終貫穿了。

以《外史》爲「儒林」題材小說，本顧名思義可得。《論語・子路》載，孔子說：「必也正名乎！」又說：「名不正則言不順，言不順則事不成……故君子名之必可言也，言之必可行也。君子於其言，無所苟而已矣。」因此，後世學者文人著書，大都極重立題。又陸機《文賦》曰：「立片言而居要，乃一篇之警策。」因此，古代作家鮮有不於作品名義上再三斟酌，以用少總多，遂其寄託者，其結果就給了後人閱讀以顧名思義之便。《儒林外史》的作者吳敬梓，字敏軒，號文木老人，一生於個人名、字、號等，都極有講究。又晚年好治經，爲小說最尚「眞儒」。由此推論他所作《儒林外史》書名非由苟立，是可以肯定的。而其書名「儒林外史」的意義也並非深隱，不過說是「儒林」之「外史」，「儒林」即其立名之本，稱名之主，以之爲「儒林」小說，當是切合作者之本意。劉咸炘說「書中備載雜流而獨名《儒林外史》，乃深責儒者」〔註3〕，實獲作者深心。

所以，《外史》的「儒林」題材本是顯而易見，以之爲「儒林」小說本當

〔註3〕 《〈儒林外史〉資料彙編》，第483頁。

順理成章。但是，也許《史略》太看輕了繼續貫徹題材分類對全書研究的必要性，而又爲他所感受到《外史》的「諷刺」藝術所吸引，乃致產生偏愛，遂旁逸斜出，捨此就彼，於一直以題材分類的史述中突轉而以風格命名，列《外史》爲「諷刺之書」，並進一步以《官場現形記》等爲「譴責小說」了。其結果是孤立看來，「諷刺」「譴責」這兩大類名的提出自有其學術貢獻，但置之全書則造成對《外史》題材方面特點的忽略或遮蔽，並使《史略》的小說研究因標準未能一以貫之而致分類不精，則不能不說是一個缺憾。

二、《儒林外史》是「寫實」之書

《儒林外史》爲「諷刺之書」說主要始於《史略》專立《清之諷刺小說》一篇，其中有說：

> 迨吳敬梓《儒林外史》出，乃秉持公心，指擿時弊，機鋒所向，尤在士林；其文又感而能諧，婉而多諷，於是說部中乃始有足稱諷刺之書。〔註4〕

但在筆者看來，「諷刺小說」或「諷刺之書」既非作者的初衷，也不是魯迅完整的本意，更不足以概括《外史》的整體風格。

首先，《外史》作者既名其書曰「史」，則一般說應該「寫實」，而不應該意主「諷刺」或專爲「諷刺」。按《外史》爲小說，固然不同於「正史」。但這「小說」既然標榜曰「史」，一般說作者寫作上的考量，也應與「正史」不無關聯。如《女仙外史》大量寫神仙內容，但其基本的框架卻是明初「靖難之役」。所以，古代「小說」別稱甚多，如「外史」之外通俗小說之稱就有「演義」「志傳」「詞話」等名；堪與「外史」相併立或相表裏者，也有「外傳」「內傳」等稱。但吳敬梓小說獨標「外史」，而非其他，無疑也有在內容與風格上與「正史」相表裏的用心，從而形成仿傚史筆的藝術風格。

《外史》的仿傚史筆集中體現於書末自道把「江左煙霞，淮南耆舊，寫入殘編」，而據學者研究，《外史》所寫確乎「大都實有其人」。所以清代評點家說《外史》「作者以史、漢才，作爲稗官」〔註5〕，也正是指出《外史》有迹近「實錄」（班固《漢書·司馬遷傳》）的史筆風格。這決定了《外史》文學總體向「寫實」風格上的努力，從而不可能是意主「諷刺」或專爲「諷刺」。

〔註4〕魯迅《中國小說史略》，人民文學出版社1973年版，第189頁。
〔註5〕《〈儒林外史〉資料彙編》，第256頁。

黃安謹《儒林外史評序》說：

> 《儒林外史》一書……所記大抵日用常情，無虛無縹紗之談；
> 所指之人，蓋都可得之，似是而非，似非而是，故愛之者幾百讀不
> 厭。然亦有以爲今古皆然，何須饒舌；又有以爲形容刻薄，非忠厚
> 之道；又有藏之枕中，爲不龜手之藥者；此由受性不同，不必相訾
> 相笑。其實作者之意爲醒世計，非爲罵世也。〔註6〕

這段話包含兩個方面的內容，一是《儒林外史》所記事乃「今古皆然」的「日
用常情」，所寫之人也大都有原型可考，但經過藝術的「陌生化」處理，變得
與現實有了一定距離，「似是而非，似非而是」了。這就成了小說創作上無「實
事」而有「實情」的「寫實」，從而排除了作者主觀上有意「諷刺」的可能；
二是讀者對《外史》的態度，有「百讀不厭」者，有以爲「饒舌」者，有以
爲「形容刻薄……者」等，種種不同，皆「由受性不同」。

這裡所謂「受性」是黃氏對我國傳統接受美學概念的一大發明。其義當
指決定了讀者有不同閱讀期待與感受的個性，與魯迅所說讀《紅樓夢》「單是
命意，就因讀者的眼光而有種種：經學家看見《易》，道學家看見淫，才子看
見纏綿，革命家看見排滿，流言家看見宮闈秘事」〔註7〕的情況實爲一轍。這
就是說，從「受性」看，《外史》爲何等書雖爲客觀的存在，但「因讀者的眼
光而有種種」，所以有「諷刺之書」說出來。但「諷刺之書」說實亦不過魯迅
作爲「諷刺」家看到「諷刺」，乃其特殊「受性」所致的個人見識而已，並不
證明《外史》在客觀上就是或只是一部「諷刺之書」，甚至魯迅論及《外史》
處頗多，也未見得魯迅僅僅以《外史》爲「諷刺之書」。

其次，事實上「諷刺之書」是魯迅對《外史》藝術效果的感觀，而不是
對其整體風格的概括，魯迅的本意是以《外史》爲「寫實」之書。魯迅在《論
諷刺》一文中說：

> 我們常不免有一種先入之見，看見諷刺作品，就覺得這不是文
> 學上的正路，因爲我們先就以爲諷刺並不是美德。但我們走到交際
> 場中去，就往往可以看見這樣的事實……若寫在小說裏，人們可就
> 會另眼相看了，恐怕大概要被算作諷刺。有好些直寫事實的作者，
> 就這樣的被蒙上了「諷刺家」——很難說是好是壞——的頭銜……

〔註6〕 《〈儒林外史〉資料彙編》，第431頁。
〔註7〕 《魯迅全集》（8），第149頁。

其實，現在的所謂諷刺作品，大抵倒是寫實。非寫實決不能成爲所謂「諷刺」；非寫實的諷刺，即使能有這樣的東西，也不過是造謠和誣衊而已。〔註8〕

由此可見，魯迅於文學並不贊成有意地即「非寫實的諷刺」。所以雖然他於他人倡言《外史》爲「社會小說」之際，最早別立新說以《外史》爲「足稱諷刺之書」，但同時也清楚表明了《外史》的「諷刺」並非作者有意爲之，而是作者意在「寫實」，卻因所寫生活本身的荒誕可笑而結果在讀者看來是「諷刺」。就《外史》本身說，不是因爲「諷刺」而有了「寫實」，而是由於「寫實」才有了「諷刺」，其作爲「諷刺之書」的前提是「寫實」的風格，而「諷刺」是其「寫實」藝術的一個效果，至多是其諸多藝術特點中突出的一個方面，而不是它唯一或全部的特點，所以難言是它的風格。關於《外史》由「寫實」的風格而產生「諷刺」，魯迅還特舉《外史》寫范進的故事作爲說明：

還有《儒林外史》寫范舉人因爲守孝，連象牙筷也不肯用，但吃飯時，他卻「在燕窩碗裏揀了一個大蝦圓子送在嘴裏」，和這相似的情形是現在還可以遇見的……這分明是事實，而且是很廣泛的事實，但我們皆謂之諷刺。〔註9〕

這裡分明說吳敬梓寫的是「事實，但我們皆謂之諷刺」！也就是說在魯迅看來，以作者初衷而論，《外史》是「寫實」之書，以「我們」或說是魯迅一類學者文人的閱讀研究的「受性」所得，則是「諷刺之書」！「諷刺之書」是讀者「受性」所得，而作者自律的追求則是「寫實」，「寫實」才是《外史》藝術整體的風格。

這就是說，《外史》蒙以「足稱諷刺之書」之故，一在於它的刻畫「燭幽索隱，物無遁形……使彼世相，如在目前」〔註10〕的「寫實」藝術的成功。即因「寫實」之故，使「彼世相」自身所具的荒誕可笑格外地凸顯出來，而產生「動人」的效果就是「諷刺」，書亦遂「足稱諷刺之書」。但這在作者吳敬梓卻非有意爲之並始料未及。二在於魯迅一類學者文人作爲「諷刺」者看見的，只有或首先是「諷刺」，乃這些人的「受性」所得，卻與作者之本意和書之整體的風格並不完全相合和真正相關。至於後人也有這樣認爲的，則除

〔註8〕 《魯迅全集》(6)，第277～279頁。
〔註9〕 《魯迅全集》(6)，第277～278頁。
〔註10〕 《中國小說史略》，第190頁。

了也是其「受性」所致者之外，大概就是盲目附合魯迅的人云亦云了。

最後，「諷刺之書」不足以概括《外史》的總體風格。上引魯迅說「所謂諷刺作品，大抵倒是寫實。非寫實決不能成爲所謂『諷刺』，固然是極深刻的見解。但魯迅沒有說，也似不能說「寫實」只有產生「諷刺」，或主要產生「諷刺」。人類生活千變萬化，「寫實」的文學在理論上也一定與生活本身的變化一樣豐富多彩，或有「諷刺」，但也會有勸勉，有褒揚，有憐憫，有同情……卻一般說不會只是「諷刺」，也不一定主要是「諷刺」，甚至並不總是產生「諷刺」。《外史》的實際也正是如此。如書中范進吃大蝦圓子之類因「寫實」而被「謂之諷刺」，誠然是鮮明的事實，但《外史》中同爲「寫實」的，如有關王冕、吳王、杜少卿、莊紹光、遲衡山、匡老爹、卜老爹、祁太公、鮑文卿、虞博士、四個市井奇人等等人物描寫，就肯定不是「諷刺」。乃至寫馬二先生雖有迂腐的行爲，但也寫了其古道熱腸的一面，主要仍不是「諷刺」。如果對《外史》一書所寫人物作一個大略的估計，能眞正稱得上「諷刺」性和堪稱正面人物的，以及二者中間性的人物，恐怕各都在三分之一，正是生活中「儒林」良莠不齊，人心不同，各如其面的「日用常情」。唯是文學「畫鬼容易畫人難」，「諷刺」的成分更容易「動人」，特別是經過近百年來持「諷刺之書」說的批評家們偏重的渲染如給予了特寫鏡頭，使「諷刺」在《外史》中顯得最爲突出，相形之下書中所寫「日用常情」的或褒或勸、或憎或憐的其他方面，反而被遮蔽了，遂使《外史》看來只是一部「諷刺之書」。但這是一個錯覺，而非《外史》的本來面目，即使從全書的架構看，也決非如此。筆者在《齊魯文化與明清小說》中曾經論及：

> 這從全書首重「名流」，中標「名賢」，末述「四客」，最重「眞儒」的布局看，就可以知道作者之主意，實爲立品矯俗，而《儒林外史》首先是一部爲「儒林」立品的正面文章，其次才是一部矯俗的「諷刺之書」。〔註11〕

筆者當下仍然堅持這一看法。有可補充的是，從書末作者感慨曰：「看官，難道自今以後，就沒一個賢人君子可以入得《儒林外史》的麼？」可知《外史》之道，作者之心，實秉於「夫子之道，忠恕而已矣」（《論語‧里仁》），於書中人物，大體上都能以厚道待之，並不曾有太多偏到有意「諷刺」一路上去。而讀者倘能也以「忠恕」待之，則如胡屠戶、魯小姐等爲功名富貴所牽之，

〔註11〕杜貴晨《齊魯文化與明清小說》，齊魯書社 2008 年版，第 447 頁。

又如何能夠僅僅以「諷刺」概括之！

　　總之，單純以《外史》爲「諷刺之書」，實不合於吳敬梓創作的本意，也不是魯迅完整的看法，不足以概括此書真實的全貌，更不合於《外史》自覺攀附「正史」的對「寫實」風格的追求。《外史》是一部文學「寫實」之書，雖然它因「寫實」而有了「足稱諷刺」的特點，但「寫實」給它帶來的不僅是「諷刺」，還有對「真儒」、賢人及普通百姓的歌頌與讚美。這雖然並不排斥因「讀者受性不同」而生的諸如「社會小說」「諷刺之書」等種種「命意」，但這些「命意」產生的基礎卻是《外史》文本的「寫實」。因此，若對《外史》風格作一個概括，「諷刺之書」不足以當之，而只有「寫實」才是《外史》一書總體藝術風格最恰當的說明。

三、「『儒林』題材『寫實』風格」說的意義

　　在《外史》研究中，本文所提出《外史》爲「儒林」題材「寫實」風格說的具體內容，似新而舊，但作爲對《外史》總體內容與藝術風格全面判斷，則似舊而新，並至少具有以下三個方面的意義。

　　首先，是對《外史》題材與風格實事求是的說明。《外史》寫古代「讀書人」實即明清科舉中人的事，傳統上即「儒林」之人與事，因題材內容而論其類，許之以「儒林」小說，乃天經地義，爲唯一最恰當的做法。因此而使《外史》在古代小說研究中，能使其既能與其他小說並立於諸題材小說之林，又能與其他小說鮮明區別開來，自有面目，並彰顯其承上啓下，獨開「儒林小說」一派的意義，其價值似亦不在「諷刺之書」以下，不可小覷；至於以「寫實」概括《外史》藝術的整體風格，則一方面使《外史》因魯迅的深刻揭示，其「寫實」而成「諷刺」的開創性貢獻自在其中，沿此以論其「足稱諷刺之書」，仍不無方便；另一方面也便於深入考察《外史》在「寫實」風格之下，除「諷刺」之外，尚有「史筆」影響下作者所自覺遵循的最重要藝術手段如「白描」等。事實上《外史》絕不是由於「諷刺」，而是因爲「白描」的成功，才收致「燭幽索隱，物無遁形，凡官師，儒者，名士，山人，間亦有市井細民，皆現身紙上，聲態並作，使彼世相，如在目前」〔註12〕的藝術效果，使文本所透溢的思想意義與感情色彩如生活中一般地豐富多樣，部分

─────────────

〔註12〕《中國小說史略》，第190頁。

地即所謂「諷刺」。雖然「白描」作為《外史》「寫實」的重要手段，不僅產生了「諷刺」，但《外史》式「諷刺」的基礎卻一定是「白描」。這只要把《外史》與有「新《儒林外史》」之稱的錢鍾書《圍城》作一對照，就可以知道二者的區別或高下，似只在能否做到和誰更好地達到了「無一貶詞，而情偽畢露」〔註13〕的地步。

其次，把《外史》研究納入《史略》所開創通俗小說題材分類研究的主流中來，便於作一貫的觀照。古代小說變遷的標誌，除語言、篇製等的因素之外，最重要的當是題材與風格。以題材論，如上所述及，《史略》既已分立「講史」、「神魔」「人情」等類，則在《外史》來說，分明把「儒林」這一特定人群作為描寫對象也就是題材的類名了，只需如實認可下來，更進一步在處理所謂「譴責小說」時也認可其以「官場」為題材的類特徵，則《史略》所主要遵循的通俗小說題材分類原則，就一以貫之了。其於研究的便利不言而喻；至於風格的判斷，「寫實」與「諷刺」雖然不屬同一譜系的概念，但傳統上「寫實」之說是相對於「講史」「神魔」等題材小說的誇張虛誕，以言如《金瓶梅》至《外史》一脈小說「所記大抵日用常情，無虛無縹緲之談」的「人情」小說風格，比較「諷刺」的主要是文學手法之一種，似為更高層級上的理論判斷。因此，關注《外史》的「寫實」成就，也就關注到了這部書在中國小說發展史上的地位。清乾隆以降特別是「五四」時期的學者們，如錢玄同、陳獨秀為 1920 年上海亞東版《儒林外史》作序和胡適的《文學改良芻議》等就大都重在從「寫實」或「實寫」的角度來肯定這部書的。

最後，由以上兩點可以推想來的，一是近百年來的小說研究，已經有了許多以題材分類的小說史，應主要是由於有了《外史》為「諷刺之書」說的支持，也早就有了中國諷刺小說史，都是重要的成就。因此我們一旦認定《外史》為「儒林」小說，則必將提升對「儒林」題材小說的關注，作此類小說貫通的研究，並且因為納入到了題材分類研究的體系，而更方便於橫向比較參照的探討；二是以《外史》的基本藝術風格為「寫實」，可以在中國小說「寫實」藝術的發展上，更加注重《外史》成功的經驗，實起到了中國近、現代小說前驅的帶動作用，而作古今貫通的研究。這是一個大課題，而即使與《金瓶梅》《紅樓夢》相比，《外史》以其絕無淫穢內容和神話色彩的清新現實畫面，在古代小說「寫實」傳統的發展上也佔有更特殊的地位。

〔註13〕《中國小說史略》，第 193 頁。

綜上所論，《儒林外史》在題材上是一部寫明代以及於清代的「儒林小說」，它源於史家「實錄」精神的高度「寫實」的文學成就，雖使其有「足稱諷刺之書」之譽，但「諷刺」僅其「寫實」效果的一面，又係讀者「受性」自得，而非作者有意爲之。《儒林外史》的總體藝術風格是「寫實」，而非「諷刺」。《儒林外史》是我國古代最優秀、最純粹的「儒林」題材「寫實」風格的長篇小說。

（原載《求是學刊》2012 年第 3 期）

傳統文化與《儒林外史》人物考論

　　清代同治八年（1869），金和作《儒林外史跋》考「書中杜少卿乃作者自況」，並斷言此書「或象形諧聲，或廋詞隱語，全書載筆，言皆有物，絕無鑿空而談者；若以雍乾間諸家文集細繹而參稽之，往往十得八九。」〔註1〕至1923年魯迅著《中國小說史略》，引申此論說：「《儒林外史》所傳人物，大都實有其人。」〔註2〕。1946年又有錢鍾書先生作《小說識小續》，也以爲「吾國舊小說巨構中，《儒林外史》蹈襲依傍處最多。」〔註3〕並做有考證若干。終至於 1957 年何澤翰先生著《儒林外史人物本事考略》，周穀城先生爲之序，譽爲「考證精確，材料豐富，是一部對《儒林外史》的研究很有貢獻的書」〔註4〕。前後將近百年，才有了關於此書人物原型、情節本事的集中清理，其於《儒林外史》研究意義之大，自不待言。但是，自金和以降，諸先生的考證都重在「以雍乾間諸家文集細繹而參稽之」，雖間及於明清筆記，但是比較吳敬梓「行年五十仍書癡」〔註5〕（金兆燕《寄吳文木先生》）的閱讀儲材之富，已有考證的視野總嫌太窄。如吳敬梓視爲「人生立命處」〔註6〕（程晉芳《文木先生傳》）的儒家經典，通俗小說家必然要借鑒的前代小說特別是明代「四大奇書」的傳統，無疑都應該是錐探考量這部書人物原型、情節本事的重要

〔註 1〕朱一玄、劉毓忱《〈儒林外史〉資料彙編》，南開大學出版社 1998 年版，第 280 頁。

〔註 2〕魯迅《中國小說史略》，人民文學出版社 1973 年版，第 191 頁。

〔註 3〕《錢鍾書精品集》，人民文學出版社 2006 年版，第 300 頁。

〔註 4〕何澤翰《〈儒林外史〉人物本事考略》，上海古籍出版社 1985 年版，第 1 頁。

〔註 5〕《〈儒林外史〉資料彙編》，第 136 頁。

〔註 6〕《〈儒林外史〉資料彙編》，第 133 頁。

方面，而諸先生幾乎完全沒有注意到。雖然近年偶而可見研究者如李漢秋先生的發明〔註7〕，但是相對於這部書受儒家經典與前代小說影響之深，筆者仍以爲這方面的探索，還大有可爲。故爲此文，以儒家經典爲主，兼及於前代小說，考察《儒林外史》所受傳統文化的影響，以期對其「偉大也要有人懂」〔註8〕之接受困境的改善，能有微小的幫助。

一、蘧景玉

蘧景玉是南昌太守蘧祐的獨生子，有關描寫不多，卻是作者著意歌頌的正面人物。這不僅表現在第八回「翩然俊雅，舉動不群」，還在其人「仙遊」以後不時寫及。如在蘧公孫資助逃犯王惠以後，借「蘧太守不勝歡喜道：『你眞可謂汝父之肖子。』」又如「婁三公子道：『表兄天才磊落英多，誰想享年不永……』」乃至第十回寫數年之後牛布衣還對蘧公孫說起：「范學臺幕中查一個童生卷子，尊公說出何景明的一段話，眞乃『談言微中，名士風流』！」〔註9〕均頌揚備至。總之，蘧景玉在書中雖然出場甚少，但不是如胡屠戶、二嚴等人，甚至也不像王冕，是所謂「事與其來俱起，亦與其去俱訖」〔註10〕之人，而是作者心中念念不置，筆下時有提及的一個重要人物。

那麼，在這個人物身上，作者有些什麼寄託或寓意呢？這自然要從有關他不多的描寫來看。《儒林外史》寫蘧景玉只做了兩件事：一是第七回寫他在山東得以菽水承歡，這是人生至樂之事。」王太守道：「如此更加可敬了。」范學道（進）幕中爲客，范進受恩師周進之託照顧荀玫，卻到發榜前還找不到荀玫的卷子一段：

> 一會，同幕客們吃酒，心裏只將這件事委決不下。眾幕賓也替疑猜不定。內中一個少年幕客蘧景玉說道：「老先生這件事，倒合了一件故事。數年前，有一位老先生，點了四川學差，在何景明先生寓處吃酒。景明先生醉後大聲道：『四川如蘇軾的文章，是該考六等的了。』這位老先生記在心裏。到後典了三年學差回來，再會見何老先生，說：『學生在四川三年，到處細查，並不見蘇軾來考。想是

〔註7〕 李漢秋《〈儒林外史〉與傳統文化》，《文學遺產》1989年第5期。
〔註8〕 《葉紫作〈豐收〉序》，魯迅《且介亭雜文二集》，人民文學出版社1973年版。
〔註9〕 按朱一玄《儒林外史故事編年》（見《〈儒林外史〉資料彙編》），荀玫考取秀才在第10年，牛布衣追憶此事在第16年。
〔註10〕 《中國小說史略》，第190頁。

臨場規避了。』」說罷，將袖子掩了口笑。又道：「不知這荀玫是貴
老師怎麼樣向老先生說的？」范學道是個老實人，也不曉得他說的
是笑話，只愁著眉道：「蘇軾既文章不好，查不著也罷了。這荀玫是
老師要提拔的人，查不著，不好意思的。」

讀者從這段描寫所見，一般只是對范進的諷刺。然而，作為與范進迂腐淺陋
的對照，其實也寫了那位說「笑話」者即蘧景玉的為人，顯示他不僅有冷眼
觀世、鄙視庸俗的內質，而且有後來牛布衣所稱道的「談言微中，名士風流」。

　　按「談言微中」語出《史記·滑稽列傳序》，是說出語若不經意，不相關，
實則切中肯綮，密合事理。但在《史記》本句的後面，緊跟了一句「亦可以
解紛」，這就使「談言微中」，不僅是語言的技巧，而且是原本於「滑稽」之
人談笑諷諫的一種為主者釋疑解惑的能力。但在《儒林外史》，蘧景玉的「笑
話」卻只是譏諷，真為范進「解紛」的，反而是牛布衣就事論事的指點。從
而蘧景玉的「談言微中」，就有別於《史記》「滑稽」的為主者「解紛」，而只
是成了對惑者范進正面的揶揄與婉曲的諷刺。這正面的揶揄即蘧景玉曰「老
先生這件事，倒合了一件故事」云云，其意是說你老師莫不是像當年何景明
老先生那樣，是要你找一個「如蘇軾」的，你卻誤以為就是「蘇軾」其人，
而實際上根本就沒有這麼一個人，是在辦一件糊塗事！這諷刺的婉曲，使范
進不僅沒有聽出其中揶揄之意，反而信以為真，蠢相盡露，又說出「蘇軾既
文章不好」云云的傻話來，顯示也與那位學差同樣，既不懂「如蘇軾」語的
所指，更不知蘇軾為何人。從而范進頭腦的多烘與學識的淺陋，盡現紙上，
而蘧景玉鄙薄范進，正如吳敬梓「獨嫉時文士如仇」〔註11〕（程晉芳《文木
先生傳》）的性格，也就同時並作，如畫如見。

　　《儒林外史》寫蘧景玉做的另一件事，是第八回代父親向王太守（惠）「交
盤」：

　　　　王太守道：「尊大人精神正旺，何以就這般急流勇退了？」蘧公
子道：「家君常說：『宦海風波，實難久戀。』……而今卻可賦《遂
初》了。」王太守道：「自古道：『休官莫問子。』看老世臺這等襟
懷高曠，尊大人所以得暢然掛冠。」笑著說道：「將來，不日高科鼎
甲，老先生正好做封翁享福了。蘧公子道：「老先生，人生賢不肖，
倒也不在科名。晚生只願家君早歸田里，這是人生至樂之事。」……

說到交代一事，王太守著實作難。蓬公子道：「老先生不必過費清心。家君在此數年，布衣蔬食，不過仍舊是儒生行徑。歷年所積俸餘，約有二千餘金。如此地倉穀、馬匹、雜項之類，有甚麼缺少不敷處，悉將此項送與老先生任意填補。家君知道老先生數任京官，宦囊清苦，決不有累。」王太守見他說得大方爽快，滿心歡喜。

　　須臾，擺上酒來，奉席坐下。王太守慢慢問道：「地方人情，可還有甚麼出產？詞訟裏，可也略有些甚麼通融？」……蓬公子見他問的，都是些鄙陋不過的話，因又說起：「家君在這裡無他好處，只落得個訟簡刑清。所以這些幕賓先生在衙門裏，都也吟嘯自若。還記得前任臬司向家君說道：『聞得貴府衙門裏，有三樣聲息。』」王太守道：「是那三樣？」蓬公子道：「是吟詩聲、下棋聲、唱曲聲。」王太守大笑道：「這三樣聲息，卻也有趣的緊。」蓬公子道：「將來老先生一番振作，只怕要換三樣聲息。」王太守道：「是那三樣？」蓬公子道：「是戥子聲、算盤聲、板子聲。」王太守並不知這話是譏誚他，正容答道：「而今你我替朝廷辦事，只怕也不得不如此認真。」

讀者也許從這裡看到的只是對王太守的諷刺，至多還有對前任蓬太守的稱頌，卻忽略了蓬景玉此來，既是為了代父履行向後任官員交代的公事，也是踐行了儒家的教義，即《論語》載：

　　子張問曰：「令尹子文三仕為令尹，無喜色；三已之，無慍色。舊令尹之政，必以告新令尹。何如？」子曰：「忠矣。」曰：「仁矣乎？」曰：「未知，焉得仁？」（《公冶長》）

以此顯示蓬氏父子忠於職守，恪遵儒訓，然後才是對王惠的諷刺。而且在諷刺王惠的同時，也突出了蓬景玉正是與「鄙陋不過」之王惠相反對的一位「襟懷高曠」的賢者。

　　具體說來，以上一段文字寫蓬景玉，雖是稱揚乃父，鄙薄王惠，卻在從他眼中看人的同時，也寫了他本人一如其父親，「仍舊是儒生行徑」。乃至有所過之，即他的父親雖然能夠淡泊，卻畢竟科舉出仕，官至知府。而即使官做得確實很好，卻也終於未能免俗，所以有後來蓬景玉早逝，蓬太守便說了「細想來，只怕還是做官的報應」（第八回）的話。這個話似乎落了佛教因果報應的俗套，但根本上卻是在把兒子蓬景玉之死作為對自己做官懲罰的同時，也作為了「天下無道」的一個象徵。

　　按據諸家考證，這一寫范進拔士的情節，自錢謙益《列朝詩集》丁集六汪道昆傳載翰林姜寶遺事化出。但作者寫講故事的人為蘧景玉，大概首先是從汪道昆字「伯玉」想起，而汪字「伯玉」卻是取自上古蘧姓賢人。按上古蘧姓賢人最著名的是蘧伯玉，名瑗，春秋衛大夫，與孔子同時代並有過交往。《論語》載：「蘧伯玉使人於孔子，孔子與之坐而問焉，曰：『夫子何為？』對曰：『夫子欲寡其過而未能也。』」（《憲問》）又載：「子曰：『……君子哉蘧伯玉！邦有道則仕，邦無道則可卷而懷之。』」（《衛靈公》）《儒林外史》寫南昌前任賢太守蘧祐，其姓氏取定溯源應即《論語》「君子哉蘧伯玉」。而蘧祐父子形象就都分別與蘧伯玉有「血緣」聯繫。蘧太守的形象主要是模自蘧伯玉「邦有道則仕」即為官的一面，而蘧公子名景玉，卻是取自蘧伯玉「邦無道則可卷而懷之」的一面，後者無疑更合於《儒林外史》「終以辭卻功名富貴，品第最上一層，為中流砥柱」〔註12〕的題旨。但他卻早早死了，固然不會是如其父所說「做官的報應」，卻應該如《楔子》寫王冕的聞徵召而逃入深山一樣，是生當「邦無道」之時代，賢人「卷而懷之」〔註13〕亦不可能，就只有死路一條。從中就可以看出吳敬梓不滿意於現實，對他所處時代的憤慨來。

　　蘧景玉之早死作為「邦無道」意義的象徵所以可信的原因，就在於書中寫蘧門蘧祐、景玉、公孫（來旬）到公孫的兒子祖孫共四代人，其中蘧祐做過官，而公孫後來是名士，公孫的兒子應是被他的母親魯小姐教成了八股時文之士。只有他雖為生員，卻似已如王冕的母親所「看見這些做官的都不得有甚好收場」，堅執「人生賢不肖，倒也不在科名。晚生只願家君早歸田里，得以菽水承歡，這是人生至樂之事」的道理，淡泊純孝，是真正《論語》所謂「守死善道」（《泰伯》）的典型。其一定被寫作是「本無宦情」，卻因做了官而後悔的蘧太守的兒子，並早早「仙遊」去了，實在只是作者拿他做了《論語》孔子所謂「守死善道」一句的「過硬」的注腳。

二、周進、范進與王冕

　　清閒齋老人序《儒林外史》謂「有《水滸》《金瓶梅》之筆之才」〔註14〕，

〔註12〕　閒齋老人《儒林外史序》，《〈儒林外史〉資料彙編》，第 255 頁。

〔註13〕　《論語注疏》：「包曰：『卷而懷，謂不與時政柔順，不忤於人。』」《十三經注疏》縮印本，中華書局 1980 年版，第 2517 頁。

〔註14〕　《〈儒林外史〉資料彙編》，第 255 頁。

張文虎評也說：「《外史》用筆，實不離《水滸》《金瓶梅》。」〔註15〕但都語焉未詳。這裡僅從人物形象塑造略考其所受《水滸傳》的影響。

從人物形象的塑造看，《水滸傳》寫江湖，《儒林外史》寫儒林，所關注社會層面迥異。但是，兩書寫人物之間關係，卻有一驚人的相似點，即除萍水相逢者之外，最多是同胞兄弟。如在《水滸傳》有武大、武二，宋江、宋清，解珍、解寶，孫新、孫立，穆弘、穆春，李逵、李達，孔明、孔亮，張橫、張順，童威、童猛，朱仝、朱貴……，以及阮氏三雄、祝家三虎等等。在《儒林外史》則有二嚴（貢生、監生），二王（德、仁），二婁（三、四），二余（行、持），二唐（二棒椎、三痰），二匡（大、二），二湯（由、實），以至三湯（奉、奏、六爺）等等。這種主要是「哥倆」的人物組合模式，在明清其他小說中都無如此之多。因此可以認為，在這一點上，《儒林外史》受有《水滸傳》的影響。當然也有變化，即《儒林外史》與「哥倆」的組合相輔，還多「爺（娘）倆」的組合，如王冕母子，范進母子，楊執中父子，匡超人父子，倪霜峰父子，陳禮父子，王惠父子，晉爵父子等等。此外還有一家數代人如蘧祐，翁婿如胡屠戶與范進、魯編修與蘧公孫等等的組合。這些組合相互交織，直逼「儒林」社會的真實。

然而在人物的塑造方面，《儒林外史》最見「《水滸》……之筆之才」，「用筆實不離《水滸》」者，首推還應是周進、范進即「二進」的描寫。這兩個人物，無論從命名、出場與後來相互的關係等方面看，都明顯自《水滸傳》所寫王進與史進——亦是「二進」而來。其次從第一回即「楔子」中王冕的形象，我們還可以看到《水滸傳》王進形象的影子。

首先，讀者一旦注意於此，便不難看出兩個「二進」描寫有諸多相似之處：1、各自都取名為「進」；2、各自見於正文的開篇，都有領起正文的意義；3、都是先後出場，由前一個「進」教導並提攜了後一個「進」，形成師生關係；4、都是前一個「進」在收後一個「進」為門生並把他提攜起來之後，就不再被提及，或不再出現。這四個方面的幾乎一致表明，《儒林外史》寫「二進」的格局，一如上論「哥倆」的模式，也是追摹《水滸傳》而來，可謂亦步亦趨。唯是二書題材有異，所寫人物階層、身份、職業、性情相去懸遠，同時二書的人生取向，一個要「一刀一槍，博得個封妻蔭子，久後青史上留得一個好名」（《水滸傳》第三十二回），一個「不過說功名富貴是身外之物」

〔註15〕 《〈儒林外史〉資料彙編》，第 293 頁。

（《儒林外史》第一回），幾乎南轅北轍，從而讀者難得對照聯繫來看，也就察不及此。結果就有如胡適先生那種只看到《儒林外史》「開一種新體」〔註16〕，《官場現形記》等「諸書，皆爲《儒林外史》之產兒」〔註17〕那種片面的深刻，卻忽略了這一「新體」恰又是更早於它的《水滸傳》的「產兒」，自然是我們後來的人應該補充完善的。

其次，《水滸傳》的「二進」不僅啓發了《儒林外史》的「二進」，而且《水滸傳》的寫王進，還直接影響了《儒林外史》對王冕原型的改造；《儒林外史》范進的形象，也帶有《水滸傳》寫史進形象的影響。

先說王進與王冕。這兩個人物的相似點，一是一個在正文，一個在楔子，大致都出現在全書開篇的部分，一如金聖歎評王進是所謂「開書第一籌人物」，吳敬梓也以王冕爲「隱括全文」的「名流」，都是作者精心塑造，寄託甚深的形象，卻又都在一回書寫過之後「神龍無尾」〔註18〕，再未出現；二是這兩個人物的完成即其退場的原因，都是爲境遇所迫，避世或者避地，遠走他方。這兩點基本的相似、相近，使我們有理由推測二者具後先相承的聯繫。

進一步考察可見，這種聯繫具體表現爲《水滸傳》寫王進「卻無妻子，只有一個老母」（第二回）而賢。其爲避高太尉夜走延安府，是奉母而行，「蓋孝子也」〔註19〕；而據文獻記載可知，王冕有母或早卒，所以他避世是「攜妻孥隱於九里山」〔註20〕。但是，吳敬梓棄史實而不取，《儒林外史》中所寫王冕竟也如《水滸傳》中的王進，成了「卻無妻子，只有一個老母」而賢，並且他同樣地「善體親心，是謂孝子」〔註21〕。這一改造的結果，就是除了王冕是在母親死後隱居而王進是奉母夜遁的不同之外，其他與《水滸傳》所寫王進的情形就幾乎完全一樣了。結合了上述《儒林外史》自覺追摹《水滸傳》的表現看，《儒林外史》寫王冕明棄史籍的記載，而所寫更接近《水滸傳》

〔註16〕《五十年來中國之文學》，《胡適古典文學研究論集》，上海古籍出版社 1988 年版，第 146 頁。

〔註17〕《再寄陳獨秀答錢玄同》，《胡適古典文學研究論集》，第 719 頁。

〔註18〕〔清〕金聖歎評，陳曦鍾、侯忠義、魯玉川輯校《水滸傳會評本》，北京大學出版社 1981 年版，第 60 頁。

〔註19〕〔清〕金聖歎評語，《水滸傳會評本》，第 54 頁。

〔註20〕〔清〕錢謙益《列朝詩集小傳（節錄）》，朱一玄、劉毓忱編《〈儒林外史〉資料彙編》，南開大學出版社 1998 年版，第 3 頁。

〔註21〕〔清〕張文虎《儒林外史評》，《〈儒林外史〉資料彙編》，第 294 頁。

王進的情形，只能表明吳敬梓是參照了《水滸傳》的王進，對歷史上的王冕作了改造，從而《儒林外史》的王冕帶有了《水滸傳》王進形象的影子。

後說史進與范進。這兩個人物的相似點也非常明顯，即《水滸傳》寫史進有父（史太公），《儒林外史》寫范進有母；但《水滸傳》寫史太公告訴王進有這樣的話：「老漢的兒子從小不負農業，只愛刺槍使棒；母親說他不得，一氣死了。」（第一回）而《儒林外史》寫范母因兒子中舉發迹變泰，喜極而死！這樣史、范「二進」母親的死，雖然一為氣死，一為喜死，卻只是死法不同，因兒子而死並沒有什麼兩樣。這就是說，范進一如史進，都因自己的行為致母親暴亡，是同樣極端的不孝。放到《儒林外史》追摹《水滸傳》的藝術背景來看，《儒林外史》以范母之死寫范進不孝的情節，應該正是從《水滸傳》寫史太公追述史進氣死其母的話啟發而來。

自然，我們絕不會因為前賢與本文如上求同的考證，就會認為《儒林外史》是一部模擬形似的作品，更不會因此否認《儒林外史》的「偉大」。因為事實上即使如上所考論《儒林外史》「二進」等追摹《水滸傳》的表現，也並未停留在模擬的階段，而是脫胎換骨，滅迹刮痕，以故為新。從而讀者唯覺其新，而不知其有故，誠小說家移花接木，或借體還魂，化腐朽為神奇之妙。

三、馬二先生與匡超人

《儒林外史》寫這兩個人物命名有相關之處，所以放在一塊說。又書中寫馬二先生先出場，由他引出匡超人來，所以先說馬二先生。

按《儒林外史》寫馬二先生字純上，金和《儒林外史跋》揭其原型云：「馬純上者馮萃中。」〔註22〕魯迅同意金和的見解，並議論說：「此馬二先生字純上，處州人」〔註23〕云云，幾乎把意思說盡了。但仍有可補充者：一是「馬二」拆「馮」字而成，是一般都容易看得出來的，但作者既以拆字法化原型為小說人物，那麼又使這人物熱心幫助一個拆字的人，也就不一定是偶然，而很可能有思維的某種邏輯起了作用。第十五回：

> 馬二先生送殯回來，依舊到城隍山吃茶，忽見茶室旁邊添了一
> 張小桌子，一個少年坐著拆字……

〔註22〕 《〈儒林外史〉資料彙編》，第 280 頁。
〔註23〕 魯迅《中國小說史略》，人民文學出版社 1973 版，第 191 頁。

雖然小說寫這少年不妨就是拆字的人，也可以不因為他是一個拆字的就一定有什麼特別，但他畢竟被小說作者寫為一個拆字的人，而不是做其他的營生，就不能不使我們感到，這裡面有作者從原型姓「馮」拆字得「馬二」先生名號的思維慣性的作用，進一步匡二即匡超人的得名，就又從他受馬二先生之教的經歷而來。但其中奧妙，非細心尋繹，不容易明白。

這個「坐著拆字」的少年就是匡超人，而馬二先生給匡超人的第一個教誨也不離「拆字」，說：「這拆字到晚也有限了，長兄何不收了，同我到下處談談？」談談的開篇就是馬二先生那篇著名的講演：「賢弟，你聽我說。你如今回去，奉事父母，總以文章舉業為主。人生世上，除了這事，就沒有第二件可以出頭。不要說算命、拆字是下等，就是教館、作幕，都不是個了局……」結果就是馬二先生慷慨解囊助學，匡超人從此改志，不再做拆字的下等營生，一心專注，做人世上第一件可以出頭的事——舉業。卻因此由一個孝順純樸的青年，一步步蛻變墮落為庸俗勢利的小人。這個變化中就有了匡二的命名，一是結果可為「迥」異與前，二是導致這一結果的原因則是馬二先生的「匡」，結果便是使之成了「超人」。但這個「超人」卻不是如今褒義的，而是譏其墮落為「不當人子」（吳承恩《西遊記》第七回）。總之，匡二姓「匡」名「迥」字「超人」的命義，就從他因馬二先生的誘導而走上弄八股墮落之途的種種情節抽象而來，對於刻畫這一人物，可謂「名正言順」，盡象傳神。

這裡值得注意的是，馬純上是「馬二」，匡超人是「匡二」，匡二受教於馬二之年，正當二十二歲。這諸多的「二」也不是偶然無義的，而都是在「二」即「貳」，即不「一」的意義上，寄寓有某種針砭的意義。即在馬二先生來說，他作為「一定要『處片』」〔註24〕的「處州」人，卻對不起他出生之地名的「處」字，沒能堅守「處」為真儒的立場，而一味心豔功名富貴，做出與「純上」不相符的事來；在匡超人而言，則是譏其沒有能夠保持原本純孝樸實的品質，因馬二先生的教唆，改志入了功名利祿之途，墮落為一個無恥的小人。這些都是「二」即「貳」，即不「一」的結果，是古代數理在《儒林外史》人物命名上的表現。雖然書中並非凡排行第「二」之人物的命名，都一定有這樣一層意義，但是，對於「馬二」與「匡二」來說，我們可以相信作者的命名之意，確實包含了這一用心。

〔註24〕 《選本》，《魯迅全集》（6），人民文學出版社 1981 年版，第 131 頁。

四、王惠、王德、王仁、王蘊

　　《儒林外史》寫王惠與王德、王仁兄弟在書中先後出現，這三個人物姓「王」，當諧音「亡」。「亡」通「無」，則三人命名意義，分別即無「惠」、無「德」、無「仁」，是無疑的；而作為儒林人物，這「惠」「德」「仁」均取義儒家的經典也是無疑的。但是，三人分別名「惠」「德」「仁」的具體用心，還可以稍加分別。

　　考「惠」「德」「仁」集中見於《論語》，分別為「惠」字十五次，「德」字四十次，「仁」字出現更多達一百一十次，都是儒家道德的基本概念。王舉人名「惠」，當是因其後來為官，取《論語》「其養民也惠」（《公冶長》）之義，譏其以「惠」為名，假「養民」之名為南昌太守，卻苛剝百姓，打得「合城的人……睡夢裏也是怕的」，是一個十足「亡惠」的官員，名實相悖，造成強烈的諷刺。至於王德、王仁兄弟，為秀才當作鄉里表率，所以分別取名一個「德」或「仁」字，書中還寫王仁「拍著桌子道：『我們念書人，全在綱常上做工夫……』」（第五回），但實際做出來的，卻是根本不顧姐弟同胞之親，見利忘義，各得了一百兩銀子，就在其姐尚在之際，答應甚至急不可待地催促嚴監生扶正了趙氏。這就與其名為「德」為「仁」之義恰好相反，是「亡德」「亡仁」之人，乃實不稱名，言不顧行、行不顧言的「小人儒」。

　　王蘊作為書中人物更廣為人知的是他字「玉輝」。如今有以其為「偽君子」者〔註 25〕有以其為「古君子」者〔註 26〕，各都是據書中具體描寫立論，也似各有道理。但是，《儒林外史》這部書也如大多數古代寫世情的小說，人物命名取義實已隱括了作者對他的態度。若不結合作者為之命名取義的實際來看，只從言行舉止的具體描寫作概括，有時便不容易得到要領。以王蘊字玉輝而言，書中固然描寫了他「良心與禮教之衝突」〔註 27〕，但是，這樣一個人物，你說他天良未泯或者後來還自我發現了也罷，說他受了禮教的害而不自覺仍然信奉禮教也罷，都說不上好還是不好，也就是說不上作者是完全的褒還是完全的貶。從而無論說他是「偽君子」還是「古君子」都有一定的道理，卻又不易定於一是。然而作者的態度，卻也不是模棱兩可，而是很分明的，何以見得？就寄寓為他的命名之中了。

〔註 25〕　陳美林《〈儒林外史〉人物論》，中華書局 1998 年版，第 219 頁。
〔註 26〕　李漢秋《王玉輝的悲劇世界》，《文學遺產》2000 第 6 期。
〔註 27〕　《中國小說史略》，第 224 頁。

　　按這一人物姓「王」仍然是諧音「亡」通「無」之義；而「古者，名以正體，字以表德」（《顏氏家訓・風操第六》），「體」通「禮」。王藴名「藴」字「玉輝」的取義，應是說「禮」的根本，正如玉之光輝，貴在內藴充實，不在於外表發見。以這個標準看王玉輝，作者爲之命名「藴」之義，應是以他先勸女兒殉夫，「仰天大笑」稱讚女兒「死得好！死得好！」（第四十八回），後又「轉覺心傷」，辭了不肯參加旌表女兒入祠的儀式，爲「王（亡）藴」，太過張揚，不合於「玉者，君子比德焉。溫潤而澤，仁也……《詩》曰：『言念君子，溫其如玉。』」（《荀子・法行》）的高行，徒有「玉輝」之字而已。

　　這也就是說，吳敬梓對王藴迂執古禮同意女兒殉夫的「呆」，並無眞正的反對，他反對的只是王藴即使在女兒的死這樣一件事上，也首先想到並且作爲唯一理由的，是「青史上留名的事」，如做八股文的一般，是個尋死的「好題目」（第四十八回）。這就並非眞正內藴禮教精神的「呆子」，而是以「迂拙」面目出現的理學的「乖子」「巧人」了。總之，這個人物的命名取字，一如上述的三王，都是藉以點出其性格的缺陷，正在於姓「王」之諧音「亡」，即失去了儒家道德的眞義，走向了各自名與字的反面，成爲實不稱名或名實相悖的人。

　　綜上所考論可知，一是儘管本文得之甚少，但已足證《儒林外史》人物塑造的取資，除可以從「雍乾間諸家文集細繹而參稽之」之外，還大有可以從作者所熟知的各種文獻，特別是從儒家經典中探賾索隱，以求新解的餘地；二是這些看似瑣碎的考證，既是該書創作文化淵源的具體發現，又往往能夠成爲理解書中相關人物、情節乃至某一方面意義有所發明的參考，所以值得下些工夫；三是任何一部小說，除作者的閱歷之外，都還至少是作者所讀過的書、所接觸過的文化傳統的產物，研究者「知人論世」，就不僅是要從作者身世、生平、著作等方面看問題，更要顧及他讀過的和可能讀過的書，接觸過和可能接觸過的文化，在盡可能廣大的文化背景上考量，然後才可能有更多的收穫。

　　　　（原載《山東師範大學學報》（人文社會科學版）2007 年第 1 期）

《儒林外史》考補

在吳敬梓《儒林外史》研究中需要考證的方面，前修時賢，後先相繼，所獲已多，似乎沒有什麼可以做的事情了。但近年來，筆者讀書留心這方面的資料，居然仍小有所得，先後寫成《傳統文化與〈儒林外史〉人物考論》〔註1〕、《〈儒林外史〉的「天下」「古今」與山東》〔註2〕、《吳敬梓「設帳」與周進「做館」》〔註3〕等文，對該書文本描寫與作者生平及其相互關係的某些方面，略有考辨。這些很可能是不成熟的認識與與結論，固然並未引起許多學者的注意，但敝帚自珍之餘，仍得隴望蜀，樂此不疲，閱讀中時時留意的結果，是繼續有瑣屑的發現，可作以往考證的補充。茲分述於下。

一、嚴貢生「把豬關了」

《儒林外史》中嚴貢生的原型，自金和《〈儒林外史〉跋》、平步青《霞外捃屑》相繼指為清乾隆前期達官莊有恭之後，學者們雖然將信將疑〔註4〕，但也未見人有所深考。而以常情論，書中寫嚴貢生始終不曾做官，有關他的情節與細節所顯露的，都不過一無賴鄉紳的作風，根本與莊有恭科第青雲的

〔註1〕 杜貴晨《傳統文化與〈儒林外史〉人物考論》，《山東師範大學學報》2007年第1期。收入本卷。

〔註2〕 杜貴晨，《〈儒林外史〉的「天下」「古今」與山東》，《南都學壇（人文社會科學版）》2007年第2期。收入本卷。

〔註3〕 杜貴晨《吳敬梓「設帳」與周進「做館」》，《數理批評與小說考論》2006年版，第372頁～380頁。收入本卷。

〔註4〕 朱一玄，劉毓忱《〈儒林外史〉研究資料》，南開大學出版社1998年版，第15頁。

達官身份和可能的爲人不沾邊兒。從而金和等人所說，即使還不便認爲一定不確，卻至今別無旁證，更不見其有任何指導閱讀的價值。從而有關這一人物原型本事的考論，就可以試以跳出金和等給定的框框，放眼作者創作全部廣大的文化背景，重新加以酌量。例如第五回寫他「把豬關了」：

> （湯知縣）正要退堂，見兩個人進來喊冤，知縣叫帶上來問。一個叫做王小二，是貢生嚴大位的緊鄰。去年三月內，嚴貢生家一口才過下來的小豬，走到他家去，他慌送回嚴家。嚴家說，豬到人家，再尋回來，最不利市。押著出了八錢銀子，把小豬就賣與他。這一口豬在王家已養到一百多斤，不想錯走到嚴家去，嚴家把豬關了。小二的哥子王大走到嚴家討豬。嚴貢生說，豬本來是他的，「你要討豬，照時值估價，拿幾兩銀子來，領了豬去。」王大是個窮人，那有銀子？就同嚴家爭吵了幾句，被嚴貢生幾個兒子，拿拴門的閂，桿麵的杖，打了一個臭死，腿都打折了，睡在家裏。所以小二來喊冤。

這個故事的基本情節線索是：嚴貢生家的小豬跑到了王小二家→嚴貢生把小豬強賣給了王小二家→小豬在王小二家長成了大豬，又跑回到嚴貢生家→嚴貢生「把豬關了」，「說豬本來就是他的……」。

可以與這個故事相比較的，筆者見到《三國志·魏書·武帝操》裴松之注引：

> 司馬彪續漢書曰：騰父節，字元偉，素以仁厚稱。鄰人有亡豕者，與節豕相類，詣門認之，節不與爭；後所亡豕自還其家，豕主人大慚，送所認豕，並辭謝節，節笑而受之。由是鄉黨貴歎焉。

這個故事的基本情節線索是：鄰人之豕與曹節之豕相類→鄰人亡豕→鄰人錯認曹節之豕爲己豕，「節不與爭」→鄰人亡豕自還其家→鄰人送還曹節之豕……

兩相對比可知，雖然有一頭豬與兩頭豬之別，又嚴貢生關豬訛錢與曹節聽任鄰人錯認己豕性質完全相反，結局也迥然不同，但是，如果說吳敬梓此想是從曹節故事反面模仿而來，大約是可以的罷。

順便說到如上曹節的故事，還被寫入《三國志通俗演義》卷之一《劉玄德斬寇立功》：「操曾祖曹節，字元偉，仁慈寬厚。有鄰人失去一豬，與節家豬相類，登門認之，節不與爭，使驅之去。後二日，失去之豬自歸，主人大

慚，送還節，再拜伏罪。節笑而納之。其人寬厚如此。」〔註5〕但是，這一情節在清代流行的毛本《三國演義》中被刪去了。所以，如果吳敬梓此想確係如上曹節故事的反模倣的話，還應該說是從讀《三國志》而來。

二、嚴貢生虛錢「取利」

還是第五回寫王小二告狀之後，又一個告狀的，仍然是狀告嚴貢生：

> 知縣喝過一邊。帶那一個上來，問道：「你叫做甚麼名字？」那人是個五六十歲的老者，稟道：「小人叫做黃夢統，在鄉下住。因去年九月上縣來交錢糧，一時短少，央中向嚴鄉紳借二十兩銀子，每月三分錢，寫立借約，送在嚴府，小的卻不曾拿他的銀子。走上街來，遇著個鄉里的親眷，說他有幾兩銀子借與小的，交個幾分數，再下鄉去設法，勸小的不要借嚴家的銀子。小的交完錢糧，就同親戚回家去了。至今已是大半年，想起這事來，問嚴府取回借約。嚴鄉紳問小的要這幾個月的利錢。小的說：『並不曾借本，何得有利？』嚴鄉紳說小的當時拿回借約，好讓他把銀子借與別人生利。因不曾取約，他將二十兩銀子也不能動；誤了大半年的利錢，該是小的出。小的自知不是，向中人說，情願買個蹄、酒上門取約。嚴鄉紳執意不肯，把小的的驢和米同稍袋都叫人短了家去，還不發出紙來。這樣含冤負屈的事，求太老爺做主！」

此節故事的核心情節是嚴貢生並不曾把二十兩銀子借給黃夢統，僅憑著黃做事大意不曾要回的一紙空約，就向黃索要利錢。

這個故事使筆者想到《水滸傳》第三回寫金翠蓮所受鄭屠的欺詐：

> 那婦人（金翠蓮）便道：「……鎮關西鄭大官人，因見奴家，便使強媒硬保，要奴作妾。誰想寫了三千貫文書，虛錢實契，要了奴家身體。未及三個月，他家大娘子好生利害，將奴趕打出來，不容完聚。著落店主人家，追要原典身錢三千貫。父親懦弱，和他爭執不的。他又有錢有勢。當初不曾得他一文，如今那討錢來還他。沒計奈何，父親自小教得奴家些小曲兒，來這裡酒樓上趕座子。每日但得些錢來，將大半還他，留些少子父們盤纏。這兩日酒客稀少，

〔註 5〕〔元〕羅貫中《三國志志通俗演義》，上海古籍出版社 1980 版，第 9 頁。

違了他錢限，怕他來討時受他羞恥……」〔註6〕

這個故事的基本情節是鄭屠憑著「虛錢實契」的一紙空約，不但「要了」金翠蓮「身體」，而且還把「虛錢」當作實有「典身錢」來追討。

兩相比較可知，故事的中心雖然有人與物根本的不同，嚴貢生與鄭屠的行徑也有索要「利錢」與可以稱之爲「本錢」的區別，但是，憑一紙空約訛詐弱者的做法與性質，兩者並無很大的差別，可視爲「《外史》用筆，實不離《水滸》《金瓶梅》範圍」〔註7〕之又一證明。

順便說到古代小說中與此相類的故事，還有凌濛初《二刻拍案驚奇》卷十六《遲取券毛烈賴錢，失還魂牙僧索剩命》所寫毛烈以田券詐索陳祈銀錢的故事。但是，那個故事並非如篇題所示陳祈「遲取券」，而是毛烈收了陳祈的贖銀，卻推故不還田券，並發展到憑著實際已是非法佔有的田券向陳祈詐錢。反而上引《外史》的故事中，黃夢統眞正是因爲「遲取券」而招致嚴貢生虛錢「取利」的勒索。這裡即使並不一定表明《儒林外史》受有《二刻拍案驚奇》的影響，也可以認爲它們都是古代契約進入小說描寫發展鏈條上有機的環節。

三、嚴監生「每日算賬」

《儒林外史》第五回寫嚴監生的守財虜性情，在夫人王氏去世以後，因無意中發現了王氏積攢下的五百銀子，感動得哭了一場又一場，竟因此得病，漸漸沉重：

> 過了燈節後，就叫心口疼痛。初時撐著，每晚算帳，直算到三更鼓……

一般說這樣的情節完全可以得自日常生活的見聞，但吳敬梓作爲六朝古都南京的寓公，仍不免使筆者聯想到《世說新語·儉嗇》記那位賣李鑽核之吝嗇鬼王戎的另一個故事：

> 司徒王戎既貴且富，區宅、僮牧，膏田水碓之屬，洛下無比。

> 契書鞅掌，每與夫人燭下散籌算計。

兩相比較，都是寫富翁守財嘔心瀝血是不必說了，都在夜間持籌握算也不必說了，最奇在一文言一白話，卻都明著著一個「每」字！加以吳敬梓對六朝

〔註6〕 〔元〕施耐庵、羅貫中《水滸傳》，人民文學出版社1984年版。
〔註7〕 《〈儒林外史〉研究資料》，第293頁。

掌故的熟悉，我們說他寫嚴監生算帳的一筆，是從王戎夫婦「散籌算計」的故事受到了啓發，應該不屬牽強，而是比較合理的判斷。

四、成老爹赴宴

《儒林外史》第四十七回寫成老爹被虞華軒捉弄，去方老六家趕趁酒食不得，餓著肚子告辭：

> 成老爹走出大門，摸頭不著，心裏想道：「莫不是我太來早了？」又想道：「莫不他有甚事怪我？」又想道：「莫不是我錯看了帖子？」猜疑不定。又心裏想道：「虞華軒家有現成酒飯，且到他家去吃再處。」一直走回虞家。

> 虞華軒在書房裏擺著桌子，同唐三痰、姚老五和自己兩個本家，擺著五六碗滾熱的肴饌，正吃在快活處，見成老爹進來，都站起身。虞華軒道：「成老爹偏背了我們，吃了方家的好東西來了，好快活！」便叫：「快拿一張椅子，與成老爹那邊坐，泡上好消食的陳茶來，與成老爹吃，」小廝遠遠放一張椅子在上面，請成老爹坐了。那蓋碗陳茶，左一碗，右一碗，送來與成老爹。成老爹越吃越餓，肚裏說不出來的苦。看見他們大肥肉塊、鴨子腳魚，夾著往嘴裏送，氣得火在頂門裏直冒。他們一直吃到晚，成老爹一直餓到晚。等他送了客，客都散了，悄悄走到管家房裏，要了一碗炒米泡了吃。進房去睡下，在床上氣了一夜。

這裡最有趣味的是虞華軒一邊自己同客人「大肥肉塊、鴨子腳魚，夾著往嘴裏送」，「正吃得快活」，一邊使人把「那蓋碗陳茶，左一碗，右一碗，送來與成老爹。成老爹越吃越餓，肚裏說不出來的苦」。

再來看《世說新語‧輕詆》記吳中豪右戲侮褚季野之事：

> 褚太傅初渡江，嘗入東，至金昌亭，吳中豪右燕集亭中。褚公雖素有重名，於時造次不相識別。別敕左右多與茗汁，少著粽，汁盡輒益，使終不得食。褚公飲訖，徐舉手云：「褚季野。」於是四坐驚散，無不狼狽。

這裡「茗汁」即茶；粽即粽子，又稱角黍，糯米煮成的茶點。文中儘管沒有寫諸公有「肚裏說不出來的苦」，但其在諸豪右「燕集」之側，「越吃越餓」是可以想見的。這正是諸豪右「別敕」要達到的目的，不然，後來一聽是「褚

季野」，就不至於「四坐驚散，無不狼狽」了。

兩相比較，雖然《儒林外史》中虞華軒對成老爹的惡作劇，與《世說新語》吳中豪右對褚季野的有眼不識泰山，有故意捉弄與誤會輕薄的不同，但都在宴飲之際，使客旁坐飲茶的戲弄之心與戲侮的做法，眞是何其相似乃爾！由此推論《儒林外史》的這一情節自上引《世說新語》一事化出，應該有一定的合理性。

五、吳敬梓「設帳」的提示

拙文《吳敬梓「設帳」與周進「做館」》曾揭出吳敬梓於「乾隆六、七年間他四十一至四十二歲時，應歙縣鹽商程氏（晉芳）家所請，爲塾師『數月』」，並且認爲：

> 我們既知他有此一度在大鹽商家爲塾師又「不數月別去」的經歷，就可以更好地理解《儒林外史》爲何多寫到鹽商又獨惡鹽商的了，此且不論。這裡要說的是，我們既知他有此一度爲塾師「心驚不得寐」的經歷，也就很大程度上可以理解他爲什麼把一位塾師的故事，置於《外史》正傳領起地位的原因了。而且既知其有此一番經歷，也就可以想像《外史》中周進的形象，應或多或少融進了他「偶遊……設帳」的經歷乃至生平其他有關的記憶了。例如《外史》中寫王擧人說周進「曾考過一個案首」，而吳敬梓於雍正七年（1729）在滁州參加科考，取得「冠軍小得意」的成績，也正是「曾考過一個案首」。其身所曾經與筆下所寫如此地一致，就不會是一個偶然的巧合，而是作者有意地把自身這一經歷融爲周進其人其事的成份。因此，吳敬梓創作《儒林外史》，不僅如學者向來所公認以杜少卿爲自況，而且他還分身有術，使別個形象至少是周進這一形象也在一定程度上成爲自己的影子。這對於理解《外史》一書的內容與藝術顯然是有意義的。〔註8〕

這些意見是不是正確的，還有待考驗。但是筆者仍要提出進一步的看法，即吳敬梓「設帳」的發現，使我們可以對《儒林外史》的創作時間作重新考量。

《儒林外史》的寫作年代，胡適先生考爲「大概作於乾隆五年至十五年

〔註8〕杜貴晨《數理批評與小說考論》，齊魯書社 2006 年版，第 375 頁。

（一七四○至一七五○）之間」〔註9〕；孟醒仁、孟凡經先生考爲「乾隆元年之前，已經寫了不少於二十回的篇幅，可以獨立成書，足以傳世永久了」〔註10〕，「從一七三六年至一七四八年，又用了十多年的時間，斷斷續續完成了古典現實主義巨著《外史》」〔註11〕；陳美林先生考爲始於他「移家南京之際」（乾隆元年，1736），至「乾隆戊辰十三年（1748）到乾隆庚午十五年（1750）之間大體完成」〔註12〕，各以其成書下限是乾隆十三年（1748）或乾隆十五年（1750），或乾隆十三年（1748）到乾隆十五年（1750）之間。但是，我們細讀他們論證中都曾引程晉芳《春帆集》，一致以程作《懷人詩》在乾隆十四年己巳（1749），吳敬梓四十九歲時，（上引拙文以程詩作於吳逝世之後，誠粗疏之至，也在此一併補正）程詩既已說吳「外史紀儒林，刻畫何工妍。吾爲斯人悲，竟以稗說傳」，實已確證《儒林外史》在乾隆十四年（1749）就已經成書。換句話說，依胡適、陳美林兩先生的考證，《儒林外史》成書下限的結論，應該糾正爲乾隆十四年（1749），其時作者四十九歲。

但是，胡適說《儒林外史》開始寫作的時間是乾隆五年，卻沒有舉出切實的證據。陳美林引吳敬梓乾隆元年（1736）題畫家王溯山《左茅右蔣圖》的詩中「著書仰屋差自娛」之句，以爲這「著書仰屋，當然也只能是這部舉世聞名的《儒林外史》了」〔註13〕，從而以《儒林外史》始作在乾隆元年，更難以取信。因爲，除了「著書仰屋」的典故未必指所作書一定是《儒林外史》之外，聯繫下一句「無端擬獻金門賦」的意思，還應該認爲那「仰屋」所「著書」一定是文章，而不是小說，更不能具體爲《儒林外史》一書。在這個問題上，胡適辨證「《外史》刻本有『乾隆元年春二月閒齋老人』的一篇序，這個年月是不可靠的。……那時的吳敬梓決做不出一部空前的《儒林外史》來」〔註14〕，所論應更爲近實。

然而，胡適有關《外史》開筆於乾隆五年的推測，於事實真相可能不遠，卻也並未中的。因爲，如果筆者所考吳敬梓在周進形象上融入了自己在乾隆六、七年間一度「設帳依空園」之經歷是一個事實的話，那麼《儒林外史》

〔註9〕　胡適《吳敬梓年譜》，《〈儒林外史〉研究資料》第178頁。
〔註10〕　孟醒仁、孟凡經《吳敬梓評傳》，中州古籍出版社1987年版，第106頁。
〔註11〕　孟醒仁、孟凡經《吳敬梓評傳》，中州古籍出版社1987年版，第253頁。
〔註12〕　陳美林《吳敬梓評傳》，南京大學出版社1990年版，第441頁。
〔註13〕　《吳敬梓評傳》，第440頁。
〔註14〕　《〈儒林外史〉研究資料》，第177～178頁。

開筆至早也只是乾隆七年（1742）初夏以後的事。而總計吳敬梓《儒林外史》全書的創作時段，大致應該是乾隆七年至十四年（1742～1749）之間，首尾八年。這一認識與、孟凡經、陳美林諸家結論相去較遠，又看似與胡適「大概作於乾隆五年至十五年（一七四〇至一七五〇）之間」的判斷差不許多，卻不僅判斷本身的精確度提高了，而且形成這一新判斷的過程可加深了對其人其書的瞭解，其意義也不在判斷本身之下。

六、「添四客」淵源臆測

《儒林外史》第五十五回《添四客述往思來，彈一曲高山流水》，寫琴、棋、書、畫四個「市井奇人」，以寄託其「述往思來」，知音難覓之意。這一做法在小說的結尾雖屬新奇，但仔細想來，卻也並非全無模倣之迹。

首先，吳敬梓寫「添四客」用「添」字提醒我們注意：一是從寫作過程看，「四客」故事可能並非他原來構思中就有，而是順筆寫來，即興增加的，故曰「添」；二是從文本結構看，《儒林外史》雖無主幹，但前後人物故事仍有呼應連貫，而「添四客」之人物故事，既與前面的沒有任何干係，又各自獨立，明顯爲全文的後綴，在一般通俗小說敘事，類乎畫蛇添足，故曰「添」。從而這一個「添」字使我們想到，在吳敬梓以前，雖然並沒有這樣爲小說結尾的先例，但明末以降，有關百二十回本《水滸傳》後半「征四寇」的討論，自袁無涯謂《水滸傳》刊刻「有因四大寇之拘而酌損之者，……郭武定本……於寇中去王、田而加遼國，猶是小家照應之法。」〔註 15〕袁無涯《忠義水滸全書發凡》至金聖歎「腰斬」《水滸》，以七十回爲施耐庵原本，招安後「征四寇」爲羅貫中「橫添狗尾」，後又有好事者「截取百十五回本之六十七回至結末，稱《後水滸》，一名《蕩平四大寇傳》」〔註 16〕，遂突出了《水滸傳》後五十回爲續增之文，而「四寇」爲「添」加人物故事的嫌疑。吳敬梓生當《水滸傳》「金本」流行的時代，對因「金本」《水滸》出現而「四寇」故事地位驟成疑案的情況自然是熟悉的，更因其「《外史》用筆，實不離《水滸》《金瓶梅》範圍」，使我們不能不認爲，其書結末「添四客」在形式上很可能受有《水滸傳》後半「征四寇」的影響，爲從後者模擬而來。

其次，「添四客」所添「奇人」，一定爲遁迹市井的四隱士，倘以爲無所

〔註 15〕　《〈儒林外史〉研究資料》，第 148 頁。
〔註 16〕　魯迅《中國小說史略》，人民文學出版社 1973 年版，第 121～124 頁。

講究，固然也未嘗不可；但若要上溯其在古代寫人敘事傳統中的淵源，也還可以找到類似的情況。例如《論語・微子》有四隱士：長沮、桀溺、接輿、荷蓧丈人；《史記・留侯世家》索隱引《陳留志》稱秦末東園公、角里公、綺里季、夏黃公隱於商山，時稱「商山四皓」，也是四隱士；又《三國演義》寫劉玄德「三顧茅廬」，先後遇到的司馬徽（水鏡先生）、崔州平、石廣元、孟公威，也是四位隱士。這種以四隱士爲一組合的敘例，在雜學旁收的吳敬梓當能熟知。而且我們如果能夠多讀書，也許還能夠於上述之外，發現更多類似敘例。從而《儒林外史》「添四客」的設計，縱然不便坐實是對哪一具體敘例的模倣變化，細微的異同也難言其詳，但大略看來，不外是我國《論語》以來敘事以四隱士爲一組合模式之傳統的繼承與發展。

綜觀以上考述，多爲細枝末節，似都不足論，尤其不足爲文章，如本文做來近乎雜湊。雜湊誠是也。然而，一是在這類決不能說空話的地方，雜取種種而言也並非易事；二是圍繞一個中心的叢雜湊泊，自有其結構，也就必非沒有意義；三是如胡適所說：「我和馬隅卿、孫子書諸人在文學史上的貢獻只是用校勘考證的方法去讀小說書。」〔註17〕這樣的考證本屬小說研究的基礎工作，乃小說研究的首義；四是還如胡適所提倡的「小題大做」，「千萬不可作大題目」〔註18〕，瑣屑的考證也未必不可以是小處見大，做出有價值的發明；五是如果把這些竹頭木屑似的考論作概觀的考量，豈不可以看出吳敬梓《儒林外史》的創作，除直接得之於生活的閱歷與感受之外，還大量是從讀書中來嗎？這個事實豈不又啓發我們治古代小說，不僅不可以只守定一書，而且研究一書的學問，也非要讀大量的各種各樣的書，特別是作者可能讀過的古代的書不可。如果研究這一部書就只讀這一部書，或者只想當然地圍繞這一部書來讀，當時見效也許較快，但一般很難持久，到頭來也難得有大成就。當然，這只是筆者的一點體會，又僅從《儒林外史》的管窺蠡測而來，不足爲經驗，誠請能得到讀者的批評。

（原載《山東師範大學學報》（人文社會科學版）2008 年第 1 期）

〔註17〕 《胡適覆王重民（1943 年 5 月 25 日）》，杜春和，韓榮芳，耿來金編《胡適論學來往書信選》上冊，河北人民出版社 1998 年版，第 74 頁。

〔註18〕 胡適《讀書與治學》，三聯書店 1999 年版，第 298 頁。

評《〈儒林外史〉引起的一場風波》
——與孟醒仁、孟凡經先生商榷

　　吳敬梓（1701～1754）、袁枚（1716～1798）同為清代傑出的文學家。吳敬梓於一七三三年（雍正癸丑）移家白下（今南京），居秦淮水亭，在那裡完成了不朽的名著《儒林外史》，直到一七五四年遊揚州病逝，寓居南京達二十一年之久〔註1〕；袁枚於一七四二年（乾隆七年壬戌）改官白下，一七四九年（乾隆十四年己巳）辭官退隱江寧（今南京）小倉山下隨園，直到一七九八年去世，在南京生活著述五十餘年〔註2〕。其間吳、袁同在南京的時間約十二年（1742～1754），秦淮水亭距隨園不過一箭之地；二人又都性喜交結文士，有許多當時當地活動的文人是他們共同的朋友；《儒林外史》所寫審理沈瓊枝一案的開明知縣方某還是以袁枚為原型的。但是，二人及同時人的著述，竟不見涉及二人交往的記載，似乎二人真的雞犬之聲相聞，至老死不相往來。這不是一個令人奇怪的問題嗎？

　　這顯然是一個能激起人們興趣的迷。研究者們當有不少也注意到了，但史有闕文，也就難以置喙，所以多年未見有正式提出加以討論的文章。近讀孟醒仁、孟凡經同志合著《吳敬梓評傳》，該書第十五章之四《由〈儒林外史〉引起的一場風波》（以下簡稱《風波》）專論此事，可謂知難而進，令人欣喜。但拜讀之餘，只感到失望。《風波》欲發人之所未發，卻治絲愈棼，傳信適足滋疑，在《評傳》中成了一處遺憾的硬傷。

〔註1〕孟醒仁、孟凡經《吳敬梓評傳》，中州古籍出版社1987年版。
〔註2〕傅毓衡《袁枚年譜》，安徽教育出版社1986年版。

　　《風波》認為，「吳、袁關係破裂」是由《儒林外史》引起的（這意味著《風波》作者認為吳、袁早有正常交往，但實際上卻沒有這方面的證據——引者），但是：

> 　　袁枚正式看脫稿後的《外史》……大發議論，鬧了一場風波。其間雖經友人程延祚、程晉芳等居中調停，風波仍然得不到平息……為此，吳敬梓特作一次專訪，企圖澄清事實，辯明事非，但出乎意料，他竟被袁氏拒絕於隨園門外！這一下可真觸怒了吳敬梓，他回到青溪寓廬，立即作書予以辨駁。袁氏接信後作《答某山人書》詆毀吳敬梓和他的《外史》，並以身不在朝，無義務接見為辯解。

如此等等。《風波》敘事的根據從原文看有三條材料：一是袁枚的《答某山人書》，二是袁枚的《寄程魚門》詩之四，三是袁枚的《答魚門書》。但我們仔細研讀這三份材料之後，卻覺得《風波》的敘述基本上只是想像力的產物。

　　袁枚《答某山人》書共兩件，收載《小倉山房文集》卷十七，題曰《答某山人書》和《再答某山人書》。「某山人」姓名及來書均無考，但從袁枚答書內容看，這位被袁枚拒之門外的「某山人」不可能是吳敬梓。首先，《答某山人書》針對來書說：「書來，責僕不相見，詞甚煩，氣甚盛，僕敢不覆一函以開足下。」又說：「今足下乃悻悻然以不見為慍，或者其有所求乎？」可知某山人來書的內容僅是「責僕不相見」和「以不見為慍」，並沒有什麼「予以辯駁」的內容；從而也就知道某山人的造訪袁枚，並非「企圖澄清事實，辨明是非」。而《再答某山人書》中說：「僕與足下，素無睚眥，何所窮怒而必極之於既往？」似袁枚雖拒不接見某山人，但與某山人之間並未發生友人「居中調停」而「仍得不到平息」的「風波」。這些與《風波》所述是不合的；其次，《答某山人書》是袁枚辭官退居隨園後所作，時當在一七四九年吳敬梓四十九歲以後，而《答某山人書》稱某山人「忽挾賢挾貴以臨之，一誇門第，再誇交遊」，其態度之鄙劣，不像是「晚年亦好治經」的吳敬梓所能做出來的；再次，袁枚退居隨園時當三十四歲，至吳敬梓去世的一七五四年也才三十八歲，而《再答某山人書》中說：「僕老矣，覽書得古人姓名，尚不省記」。又說：「蓋前賢接後進，理固宜然，僕審審己未必如韓、柳，而所以絕人者，必欲過之。」完全是長者對後生的口氣，既不像三十餘歲人寫的，又可能此時吳敬梓早已作古；再有什麼「風波」也不會與他直接相關了。

　　袁枚《寄程魚門》詩之四載《小倉山房詩集》卷六，作於一七四九年（乾

隆十四年己巳）他辭官後不久。全詩如下：

綿莊窮六經，賢者識其大。紛紛井大春，意聖沈不害。跪起何
舒遲，遺蛇其冠帶。太矜舒雁容，致招蜀犬怪。忽受虛弦驚，無故
出居外。六石青蠅矢，竟為儒生戒。君書致諄諄，居間求郭解。我
將肺合歡，騎驛使愉快。儒林與文苑，古無鴻溝界。一史偶作俑，
千秋竟分派。我雖韓柳才，敢不殷陸愛！我雖孔明賢，敢不簡雍拜！
為渠思者三，子母言之再。

《風波》釋義說：「『君書致諄諄，居間求郭解。』顯然這個『郭解』就是借
喻晉芳」。又說：「『儒林與文苑，古無鴻溝界』。但因『一史偶作俑，千秋竟
分派！』從此以後，『六石青蠅（蠅，《風波》誤作『繩』）矢，竟為儒生戒』
了。最後，還直接告誡晉芳，說：『為渠思者三，子母言之再！』『一史』顯
然指的是《外史》。『六石青蠅矢，竟為儒生戒』，當然是誣衊《外史》的內容。
所謂『渠』自然是吳敬梓了。」其實，《風波》的這個解釋一點也不自然。只
要不懷成見，任何一個研究者都能讀懂袁枚這首寄角門的詩是關係程綿莊遇
到的一件麻煩事。「太矜舒雁容，致招蜀犬怪。忽受虛弦驚，無故出居外」的
是程綿莊；「六石青蠅矢，竟為儒生戒」是指程綿莊所受讒言之毀；「君書致
諄諄，居間求郭解」，是魚門致書求袁枚為綿莊緩頰，解脫困境。這個「郭解」
是指袁枚自己，所以袁枚說「我將肺合歡，騎驛使愉快」，表示願做這個「郭
解」。「我雖韓柳才」以下四句申明願做的理由：以韓、柳和孔明自比，以殷
陸和簡雍借喻程綿莊，說明自己與綿莊雖志趣不同（枚好文章，綿莊是經學
家），但對綿莊還是既愛又敬的。接下來「為渠思者三，子母言之再」二句，
正是承上應允之意向魚門表明自己對綿莊的事有考慮，不必再致書諄諄，「居
間」央求了——「渠」指程綿莊，這樣詩意才上下貫通。不然，依《風波》
所說，「渠」指吳敬梓；則全詩起首「綿莊窮六經」以下八句敘事將無著落，
而誰能認為使筆如舌的袁子才連敘事也不能清楚呢？

從《寄程魚門》之四的內容看，程綿莊遇到的麻煩是文士間的學術之爭
造成的。「儒林與文苑，古無鴻溝界。一史偶作俑，千秋竟分派」四句，就透
露了個中消息。蓋我國自古有文人相輕的陋習，而自《後漢書》以下正史一
般把經學名家入《儒林傳》，詩文名家入《文苑傳》，又加深了文壇上以名垂
青史為治學鵠的經學家與詩文家的隔閡。清代漢學復熾，乾、嘉二朝文壇更
重經術而輕詩文，從而造成經學家與文士的嚴重隔閡和對立。袁枚《答友人

某論文書》〔註3〕中說：「要知爲詩人、文人，談何容易？入《文苑》，入《儒林》，足下亦宜早自擇，寧從一而深造，毋泛涉而兩失也。嗟乎！士君子意見不宜落第二義，足下好著書，僕好詩文，此豈第一義哉？」顯然，袁枚所謂「入《文苑》，入《儒林》」是指文人傳名後世的問題，是當時爲學的兩條不同途徑；而「著書」和「詩文」都是將來可能「入《文苑》」的，在《儒林》即經學下屬「第二義」。然而袁枚對「士君子」們視「著書」和「詩文」爲第二義的偏見向來是不滿的，他在《答惠定宇書》〔註4〕中說：「來書懇懇以窮經爲勖，慮僕好文章，舍本而逐末者。然比來見足下窮經太專。……夫德行本也，文章末也。《六經》者，亦聖人之文章耳，其本不在是也。」正是出於這種認識，詩中才說「《儒林》與《文苑》，古無鴻溝界」，並進而慨歎「一史偶作俑，千秋竟分派」了。「一史」是指范曄《後漢書》，自《史記》立《儒林列傳》，《漢書》因之，將儒學與文學之士統入《儒林傳》；范曄《後漢書》始分出文學之士另立《文苑傳》，後世史書沿此體例，故云「千秋竟分派」。這是略知我國古史體例的人都能理解的。若依《風波》所說「一史」指《儒林外史》，那麼「千秋竟分派」將無從解釋。《儒林外史》當時剛剛問世，袁枚怎麼能預言它會造成「儒林與文苑，千秋竟分派」的深遠影響呢？他肯給《外史》這樣高的估價嗎？事實上《儒林外史》單著「儒林」而反八股科舉，基本上不涉及詩文酬唱之事，就已經表明它的作者注意到儒林與文苑「分派」的文壇格局，而《吳敬梓評傳》的作者似乎對此毫無察覺。

袁枚《答魚門》書載《小倉山房尺牘》，文長不便全錄。這封信的大意是申明自己不能接受魚門的建議棄隨園遷居村野，又反過來批評魚門「高談心性，不事生產，家中豪奢……出千進一，逋負山積，自累其身」，結束語云：

> 儒者以讀書傳名爲第一計，必不當以治生理財爲第二計。開源
> 節流，量入爲出，經紀之道，不過如此。聞會事將成，殊爲可賀，
> 然亦從盡歡竭忠得來。錢文爲白水，來難去易，尤易愼持之。我輩
> 身逢盛世，非有大怪癖、大妄誕，當不受文人之厄；唯恐不節之嗟，
> 債臺獨上；徒然仰屋，不能著書；白駒過隙，沒世無稱，可爲寒心
> 刻骨也。

袁枚與程魚門是摯友。魚門經營鹽業，袁枚借錢給他，「明知其江河日下（指

〔註3〕《小倉山房文集》卷十九。
〔註4〕《小倉山房詩文集》卷十八。

生意折本——引者），而不忍抽提程本」〔註5〕。後來魚門鹽業倒閉，身死異鄉，袁枚不僅慨然放棄五千金的債權，而且致書友朋，籌金撫魚門遺孤，是何等篤於友情。這封《答魚門》書正寫於魚門家業將傾之際，愛之深，憂之深，故責之切。所謂「大怪癖、大妄誕」「文人之厄」云云，都是針對魚門的苦口良藥、逆耳忠言。而《風波》竟以爲此說「文人之厄」是針對《儒林外史》反科舉的「一代文人有厄」而言，「大怪癖、大妄誕」是對吳敬梓的「誣衊」，這不是太武斷牽強了嗎？

固然，吳敬梓與魚門同好治經，又都不事生產，性好揮霍，遇貧輒施，終至窮困潦倒，與治生理財處世精明的袁枚是不同類型的文人。袁枚可能也熟知吳敬梓的情況，批評魚門中或者也捎帶了吳敬梓，「文人之厄」也不一定是偶然的巧合，但這至多是一種帶合理性的推測，不能坐實爲信史。而且即使眞的有批評吳敬梓的意向，就「不習治生」〔註6〕方面而言，也非全屬冤枉。詩窮而後工，但我們並不希望偉大的文學家必工「詩」而「窮」。袁枚的精於聚財或不足爲訓，但程、吳的「不事生產」，或「不習治生」，到頭來或「逋負山積」，或「可憐只剩典衣錢」〔註7〕，也不值得特別的恭維。難道吳敬梓的偉大眞的是在「得錢，輒飲酒歌呶，未嘗爲來日計」〔註8〕嗎？

《風波》因爲袁枚「誣衊」了吳敬梓而代抱打不平：「袁枚不過是仕途經濟上的幸運兒，龐大官僚機構中的擺設和點綴品。他竭力否定『一代文人有厄』，不僅僅是維護他個人的一得，而且是出於他的階級本性，既得利益只是促使他成爲封建王朝的衛道士。」這就更離譜和走火了。我們知道，吳敬梓出身「五十年中，家門鼎盛」的貴族，是從富貴中跌落下來的人；袁枚則是出身貧賤而進入富貴溫柔鄉的人。就結局而言，二者固有幸有不幸。但是，如同吳敬梓晚年猶念昔日榮華，袁枚在富貴中也未忘少時苦況，其《秋夜雜詩》之九云：「吾少也貧賤，所志在梨棗。阿母鬻釵裙，市之得半飽。敲門聞所負，啼呼藏匿早。推出阿母去，卑詞解煩惱。」〔註9〕其《黃生借書說》言幼時讀書之難：「余幼好書，家貧難致。有張氏藏書甚富，往借不予，歸而形

〔註5〕 《與程原衡》，載《小倉山房尺牘》。
〔註6〕 程晉芳（魚門）《文木先生傳》。
〔註7〕 程晉芳《哭吳敏軒》。
〔註8〕 程晉芳（魚門）《文木先生傳》
〔註9〕 《小倉山房詩集》卷十《秋夜雜詩》之九。

夢。」〔註 10〕正是這樣一位過來人，才真正知道在那種社會裏「儒者以讀書傳名為第一計，必不當以治生理財為第二計」，更知道「錢文為白水，來難去易」，從而視魚門「高談心性，不事生產」等行為為「大怪癖、大妄誕」，是很自然的。所以，若論階級本性，袁枚的精於治生理財是市民階級的本性，而程晉芳、吳敬梓的「不事生產」「不習治生」則是地主貴族的傳習，難道這是可以為賢者諱的嗎？

比較吳敬梓，袁枚是「仕途經濟上的幸運兒」。但這只是做官人比不做官人的幸運。在做官人中，袁枚恰恰不是幸運的。袁枚少年應鴻博，弱冠中進士、入翰林，但因不善滿文而外放，四任知縣，政績卓然卻不獲升遷。他以三十三歲年輕致仕，根本原因是仕途不順和對大清朝政的不滿。袁枚中年以後曾有詩云：「自笑匡時好才調，被天強派作詩人」〔註 11〕，猶對未能致身卿相匡時輔政感到不平和遺憾，這能算是「仕途經濟上的幸運兒」嗎？《儒林外史》「以功名富貴為一篇之骨」，「以辭卻功名富貴品地最上一層為中流砥柱」〔註 12〕。而《吳敬梓評傳》的作者卻把壯歲陳情的袁枚誣為「封建王朝的衛道士」，文木老人泉下有知，能以為然嗎？

更令人詫異的是《風波》把袁枚《答魚門》書中所批評的「文人之厄」，與《儒林外史》「一代文人有厄」的說法聯繫起來，從而指責袁枚「對八股科舉所造成的『一代文人有厄』的殘酷事實……非但熟視無睹，而且竭力爭辯」。這就更離譜了。首先，從《答魚門》書行文看，袁枚所批評的「文人之厄」僅僅是魚門一類文人的「不節之嗟，債臺獨上，徒然仰屋，不能著書」，完全是吃飯與著書的關係問題，與《儒林外史》反對的八股興而「一代文人有厄」並無關係。即使不是偶然的巧合，也只可看作字面上的借用，至多表示袁枚對吳敬梓反八股科舉態度的激烈不太讚賞，卻不能因此認定袁枚出於既得利益而維護科舉制。事實上袁枚雖少年登科沾科舉的皇光，但他對八股科舉並不一味吹捧，還是有自己的看法的。例如他說：

> 僕少不好作四書文，雖入學，雖食餼，雖受薦於房考，而心終不以為然。……四戰秋闈皆罷……齒漸壯，家貧，兩親皤然，前望徑絕，勢不得不降心俯首，惟時文之自攻……於無情處求情，於無

〔註 10〕《小倉山房文集》卷二十二。
〔註 11〕《小倉山房詩集》卷十六《自嘲》。
〔註 12〕〔清〕閒齋老人《〈儒林外史〉序》。

味處索味。如交俗客，強顏以求歡。……捷南宮，入詞館。四十年
來，真與時文永訣。然則僕之棄時文作古文，乃假道於虞以取虢，
而非貿然遽恃晉以絕秦也。〔註13〕

又說：

　　　　（周）筠溪生平無他嗜，成制藝一篇，必喜躍；雖寒夜，亦籌
　　　燈而起。夫時文非古所有之，非士君子之可以終身誦之之物也。乃
　　　天性溺之，如先主之髦、嵇康之鍛者。然其志可哀而哂也。〔註14〕

這些議論明確地視八股為敲門磚，與吳敬梓從根本上否定科舉制固然有間，
但據此以為袁枚隨世浮沉則可〔註15〕，認定袁枚對八股科舉之弊「熟視無睹」
則不可。其實，袁枚非但看不起八股文，而且認為古來一切「功令之文」都
沒有好文章；所以千古不能廢，只是因為它「無益而有用」〔註16〕。「有用」
即是在上者可以之用人，在下者可以之取功名富貴。平心而論，這種見解比
較當時一般人泛泛地批評八股文，更有深刻之處。

　　綜上所述，《風波》關於吳敬梓與袁枚交往的揭謎半為臆測，半為羅織，
其失誤在於未能真正佔有和審慎地使用可靠的材料，根源恐怕是立傳態度的
偏頗，這是筆者不想也無須多說的。筆者倒是願意在這裡對《評傳》作者首
次揭謎的探索精神表示由衷的敬意，因為錯誤往往是正確的先導，焉知《評
傳》的作者將來不能就這個問題做出真正有價值的發現呢？至少《風波》的
失誤會進一步引起學術界對些問題的關注和探討，才使筆者有此自以為是的
淺見。把學術發明作為一個系統工程看，具體成果本質上應該是研究者共同
的發現。

　　　　　　　　　　　　（原載《明清小說研究》1990 年第 1 期，有訂正）

〔註13〕　《小倉山房續文集》卷二十一《與備之秀才第二書》
〔註14〕　《小倉山房文集》卷十四《周筠溪哀詞並序》。
〔註15〕　袁枚得隋園舊址，易「隋」為「隨」，以示為人隨時處順之則。《小倉山房文
　　　　　集》卷十二《隨園記》。
〔註16〕　《小倉山房續文集》卷三十一《與備之秀才第二書》。

吳敬梓「一字文木」考釋

　　程晉芳《文木先生傳》云：「先生姓吳氏，諱敬梓，字敏軒，一字文木。」「敬梓」取義於《詩經·小雅·小弁》：「維桑與梓，必恭敬止。」「敏軒」，或謂取義於《尸子·止楚師》：「楚有長松文梓。」和《論語·公治長》：「敏而好學，不恥下問，是以謂之文也。」等語。唯「文木」出處、取義爲何，未見有人說明。今請試言之。

　　查《辭源》「文木」有二義。一爲樹名，晉崔豹《古今注》：「璧木，出交州林邑，色黑而有文，亦謂之文木。」《文選》晉左太沖（思）《吳都賦》：「文欀楨橿。」劉淵林注：「文，文木也，材密緻無理，色黑如水牛角，日南有之。」一指有用的木材，以別於不中用的散木。《莊子·人間世》：

>　　匠石歸，櫟社見夢曰：「女將惡乎比予哉？若將比予爲文木耶？
>
> 夫柤梨橘柚果蓏之屬，實熟則剝，剝則辱，大枝折，小枝泄。此以
>
> 其能苦其生者也。故不終其天年而中道夭，自掊擊於世俗者也。

竊以爲敬梓「一字文木」取《莊子》之義。但《辭源》引文僅及「女將惡乎」二句，故釋義未妥。以上引一段文字看，「文木」爲有用的樹木，是一類乾鮮果木之總名。

　　敬梓「一字文木」不取義於《古今注》等所載樹名，乃因爲「敬梓」的「梓」字已是樹名，疊床架屋，智者不爲。而取《莊子》「文木」之義，合乎敬梓中年後處境及心態。首先，敬梓《移家賦》透露他移家南京後，曾產生「莊叟物外之思」，這因爲生活挫折而生的牢騷遁避心情，正與《莊子》「文木」被「剝」「辱」「折」「泄」而「苦其生」的命運相通；其次，敬梓雖辭徵辟，反科舉，但用世情殷，不僅曾捐資修南京泰伯祠，而且晚年「好治經」，

又慕阮籍、嵇康之為人，「披衣箕踞」，有《莊子》「文木」「自掊擊於世俗」之風；最後，敬梓《移家賦》有云：「千戶之侯，百工之技，天不予梓也，而獨文梓焉。」以獨有「文」自憐自得，而「文木」與「文梓」「敬梓」義有連屬，取以為表字便自然而然。

　　古人於稱名取義大都慎重而講究，晚年改字、另號往往標誌處境、思想感情的轉變，吳敬梓「一字文木」的情況也是如此。他以又字「文木」象徵自己用世而為世所不容以苦其一生的命運，以之名居室，名文集，欲使天下後世知其淑世愛人不得已之心，有似於「文木」。此屬學術研究之小處、僻處，但可為讀《儒林外史》之一助，吾故揭出之。

（1992 年 3 月 6 日）

杜少卿的「風流經濟」

《儒林外史》第三十四回寫道：

> 當下擺齊酒肴，八位坐下小飲。季葦蕭多吃了幾杯，醉了，說
> 道：「少卿兄……何不娶一個標致如君，又有才情的，才子佳人，及
> 時行樂？」杜少卿道：「……況且娶妾的事，小弟覺得最傷天理。天
> 下不過是這些人，一個人佔了幾個婦人，天下必有幾個無妻之客。
> 小弟為朝廷立法：人生須四十無子，方許娶一妾。此妾如不生子，
> 便遣別嫁。是這等樣，天下無妻子的人或者也少幾個。也是培補元
> 氣之一端。」蕭柏泉道：「先生說得好一篇風流經濟！」遲衡山歎息
> 道：「宰相若肯如此用心，天下可立致太平！」

據遲衡山的感歎，這一篇「風流經濟」是杜少卿的一個創見；有的論者也以
為「杜少卿反對娶妾制度」，「超出了尊重婦女，歌頌愛情的範疇，而帶有天
下人共享生活樂趣的民主思想成份了」。其實，這是不符合實際的。

娶妾作為一種制度，在我國古代是長期實行過的。有財有勢的人為了滿
足淫欲，廣納姬妾，使天下眾多的窮人成為光棍漢，必然形成社會問題。封
建統治階級為了王朝「長治久安」，也往往立法限制納妾。社會輿論也反對那
種為滿足淫欲的納妾，所以《儒林外史》寫杜慎卿和宋為富娶妾，都是悄悄
的，暗做手腳。杜少卿反對的正是這樣一種納妾：為了個人「及時行樂」，使
天下「多出幾個無妻之客」。這一篇「風流經濟」顯然有利於一班窮光棍，也
有利於能納妾的人「培補元氣」。但是，遲衡山的話似乎更能代表作者吳敬梓
讓杜少卿發這一通高論的目的，那就是使天下「立致太平」，保障封建王朝的
長治久安，而不是為婦女的利益著想。

　　但是，納妾畢竟是一種制度，在制度允許的條件下，納妾還是一種冠冕堂皇的行動。它的最深刻根源不僅在於滿足男人的淫欲，而且在於根源封建經濟的承嗣觀念，所謂「不孝有三，無後爲大」，並且這個「後」專指男子。爲了後嗣而納妾，不僅是合法的，而且能得到輿論的諒解和支持。親戚朋友自不必說，就是做妻子的也應贊助，大開方便之門，這被視爲賢慧的極致。可以說，在整個封建社會，沒有哪一個男子甚或女子公開反對過爲後嗣納妾的。吳敬梓也正是這樣，他寫杜愼卿納妾，是讓他用「嗣續大計」做掩護；寫杜少卿的「風流經濟」也只做到「人生須四十無子，方許娶一妾；此妾如不生子，便遣別嫁」，骨子裏還是主張爲後嗣娶妾的。他的開明處，只在反對爲「及時行樂」娶妾，和過早過多的娶妾；還反對霸攬不生子的妾，使天下多一個「無妻之客」。這種娶妾的設法，眞是「經濟」得很。

　　然而杜少卿的「風流經濟」或吳敬梓的開明，大半不是自己的創見。《儒林外史》假託明代的事，而明朝納妾的制度中即有「民年四十以上無子者，方聽娶妾，違者笞四十」（《明會典・刑部・律例四》）。遲衡山抑或竟是清朝的吳敬梓不知道這個規定，便以爲宰相不肯「如此用心」。其實宰相是「用心」過的，還寫進了法律，只是奈何不了那日趨墮落的社會風氣罷了。至於「此妾如不生子，便遣別嫁」，仍然是站在男人的立場上打主意：把妾作爲天下男人生子和玩樂的器具，以「物」盡其用。

　　或曰客觀上對女子有些好處。其實不然，蕭伯納《玩偶之家》一劇中，出走的娜拉尙且吉凶未卜，中國封建社會裏被「遣」的「妾」還會有什麼好下場？只有那句娶妾「最傷天理」的話帶些人道主義氣息。但是，這一種觀念早在春秋戰國時代就有了萌芽，《左傳》載晉國魏顆不聽其父臨終以妾殉之亂命，而將其父妾改嫁，得老人結草報恩，已經表達了對爲妾女子的同情。吳敬梓的開明處，只在於把娶妾制度用「天理」的標準作衡量，而這個「天理」仍然在儒家仁學和倫常的範圍之內，他只做到了「束身名教之內，而能心有依違」〔註 1〕，如此而已。若論「民主思想」，這一篇「風流經濟」中實在沒有。民主者，人民做主也。吳敬梓爲「朝廷立法」，是不會提出「民主思想」的；人民者，男人、女人也，吳敬梓站在男人的片面立場上，也不可能提出眞正「民主思想」──男女平等決非男人對女人的憐憫和施捨。

　　這不是吳敬梓的過錯，是時代使然；但是，他對改良娶妾制度所作的這

〔註 1〕魯迅《中國小說史略》，人民文學出版社 1973 年版，第 193～194 頁。

篇「風流經濟」的思考，代表了彼時中國男子負擔沉重的良心。文學是人心
的歷史。吳敬梓的偉大，正在於他是一個敢講也講出了眞心話的人，所以作
爲歷史的文獻而顯得可貴。可是，眞話不一定是眞理。今人倘或只是站在男
人的立場上讀這篇「風流經濟」，給吳敬梓一個「民主思想」的桂冠，倒可能
招致自己缺乏「民主思想」的嫌疑。與吳敬梓同時寓居南京的文學家袁枚的
詩說：「雙眼自將秋水洗，一生不受古人欺」。吾人讀古書，也要謹訪上當。

（原載《語文函授》1990 年第 5 期）

周進形象考論

　　清代同治八年（1869），金和作《儒林外史跋》考「書中杜少卿乃作者自況」，並斷言此書「或象形諧聲，或廋詞隱語，全書載筆，言皆有物，絕無鑿空而談者；若以雍乾間諸家文集細繹而參稽之，往往十得八九。」〔註1〕至1923年魯迅著《中國小說史略》，引申此論說：「《儒林外史》所傳人物，大都實有其人。」〔註2〕又至上世紀五十年代何澤翰《〈儒林外史〉人物本事考略》出，「考證精確，材料豐富」〔註3〕，乃使金和、魯迅所論被進一步證明。此後幾十年至今，又有不少關於《儒林外史》人物原型、情節本事被發現出來，便更加證明吳敬梓《儒林外史》雖爲小說，但是其所描寫多有現實生活中人與事的根據。

　　然而隨著《儒林外史》中越來越多的重要人物形象找到了現實生活中的原型，那些剩下越來越少還沒有被找到原型的人物形象也就越發引人注目。最引人注目的當然就是全書第一回「說楔子」寫王冕故事之後，第二回開篇所寫實際是全書「正傳」的第一個人物周進的形象。這一形象的至今未見有人論及其有無原型或依傍，對於關注《儒林外史》研究的讀者來說，簡直就是一件很令人詫異的事。因爲按照《儒林外史》所寫重要人物幾乎都有歷史的依傍或現實生活中原型的風格，周進這位被置於全書「正傳」第一個出場

〔註1〕〔清〕金和《〈儒林外史〉跋》，朱一玄、劉毓忱《〈儒林外史〉資料彙編》，南開大學出版社1998年版，第279頁。

〔註2〕魯迅《中國小說史略》，人民文學出版社1973年版，第191頁。

〔註3〕周穀城《序》，何澤翰《〈儒林外史〉人物本事考略》，上海古籍出版社1985年版。

之先爲塾師後成達官的人物形象，還會是一無依傍的嗎？又還值得思考吳敬梓是安徽人，各種記載和古今學者的考證，都不曾説他到過山東，而何以周進的故事託以「山東兗州府汶上縣有個鄉村，叫做薛家集」（第一回）？本文以下試對這些問題略抒拙見。

一、「經學」上的依傍

其實，《儒林外史》寫周進，雖然沒有可直接對號的現實人物原型，但在中國古代文學的傳統上，卻是一個有一定依傍的人物形象。這要從全書的創作風格説起。對此，筆者曾著文引閒齋老人《〈儒林外史〉序》謂「有《水滸》《金瓶梅》之筆之才」。張文虎評也説「《外史》用筆，實不離《水滸》《金瓶梅》」，認爲《儒林外史》這一特點的表現非止一端，而突出體現於人物形象的塑造：

> 然而在人物的塑造方面，《儒林外史》最見「《水滸》⋯⋯之筆之才」，「用筆實不離《水滸》」者，首推還應是周進、范進即「二進」的描寫。這兩個人物，無論從命名、出場與後來相互的關係等方面看，都明顯自《水滸傳》所寫王進與史進──亦是「二進」而來⋯⋯兩個「二進」描寫有諸多相似之處：1、各自都取名爲「進」；2、各自見於正文的開篇，都有領起正文的意義；3、都是先後出場，由前一個「進」教導並提攜了後一個「進」，形成師生關係；4、都是前一個「進」在收後一個「進」爲門生並把他提攜起來之後，就不再被提及，或不再出現。這四個方面的幾乎一致表明，《儒林外史》寫「二進」的格局，一如上論「哥倆」的模式，也是追摹《水滸傳》而來，可謂亦步亦趨。唯是二書題材有異，所寫人物階層、身份、職業、性情相去懸遠，同時二書的人生取向，一個要「一刀一槍，博得個封妻蔭子，久後青史上留得一個好名」，一個「不過説功名富貴是身外之物」（《儒林外史》第一回），幾乎南轅北轍，從而讀者難得對照聯繫來看，也就察不及此。〔註4〕

筆者至今仍堅持以上的意見，不過又有了一點新的猜測，即《水滸傳》寫「二進」之師父姓「王」而徒弟姓「史」，相應《儒林外史》寫老師姓「周」而弟

〔註 4〕 杜貴晨《傳統文化與〈儒林外史〉人物考論》，《山東師範大學學報》2007 第
　　　　1 期。收入本卷。

子姓「范」，是否「王」與「史」「周」與「范」的字面意義上的聯繫就有某種寓意呢？

這當然要從《水滸傳》和「王」與「史」說起。《水滸傳》的主旨是「替天行道」，而「替天行道」本身和達到的目標無疑就是「王道」。所以，因為姦臣高俅的逼迫，「王進夜走延安府」，路上收了個徒弟名「史進」，然後「王進」銷聲匿迹，剩下就是「史進」及其以下人物的故事，也就是「王進」隱而「史進」出。這應該是一個象徵。原因是《水滸傳》雖然是襲取《大宋宣和遺事》等而寫有「史進」，但是「王進」這一人物卻是《水滸傳》的作者創造出來做了「史進」的師父。這也就是說，《水滸傳》寫「二進」雖因「史進」而有「王進」，但是有了「王進」之後的「史進」就不再只是一個人物的姓名，而是因與「王進」的關係而被連帶賦予了一定的寓意。否則，其何必就「史進」之姓名而設「王進」？也就是何必設一「王進」與「史進」為師徒成為「二進」？

對此，金聖歎批改《水滸傳》曾有以下的解釋：

王進去後，更有史進。史者，史也。寓言稗史亦史也。夫古者史以記事，今稗史所記何事？殆記一百八人之事也。記一百八人之事，而亦居然謂之史也何居？從來庶人之議皆史也。庶人則何敢議也？庶人不敢議也。庶人不敢議而又議，可也？天下有道，然後庶人不議也。今則庶人議矣。何用知其天下無道？

曰：王進去，而高俅來矣。

史之為言史也，固也。進之為言何也？曰：彼固自許，雖稗史，然已進於史也。史進之為言進於史，固也。王進之為言何也？曰：必如此人，庶幾聖人在上，可教而進之於王道也。必如王進，然後可教而進之於王道，然則彼一百八人也者，固王道之所必誅也。[註5]

上引金氏論「王進去，而高俅來」喻「天下無道」，「史進」喻作者「自許，雖稗史，然已進於史也」等，看似穿鑿，實為獨具隻眼。其有所不明處，在於他視「彼一百八人也者，固王道之所必誅也」，所以除了看到「王進去，而高俅來」象徵「天下無道」之外，沒有進一步把「史進」的形象與「王進」合而觀之，以致其總體判斷未能深入到位。

〔註 5〕〔清〕金聖歎評，陳曦鍾、侯忠義、魯玉川輯校《水滸傳會評本》，北京大學出版社 1981 年版，第 54 頁。

　　具體來說，金氏顧名思義言「王進」意謂「進之於王道」和「史進之爲言進於史」都是對的，但這畢竟是表面的意思，還應深入人物形象的命運及二者的關係考察。最突出有兩個特點，一是「王進夜走延安府」後再不回來，而且終其一書未再現身。這樣的結局，豈非明白說那時的宋朝已經是「王道」不彰了嗎？而「王進」於出走的路上收「史進」爲徒弟，在藝術上正如「楔子者，以物出物之謂也」〔註6〕，可謂「以人出人」。從而《水滸傳》因正傳開篇有「王進」這一人物形象的設置，而使「史進」之姓名，一面可以釋爲「進於史」，另一面可能更重要的意義是說，由於「王道」不彰之故，才有了《水滸傳》這一大稗史之作。這也就是說，《水滸傳》設爲「二進」和寫爲「王進」隱而「史進」出，確有作者自許其書「進於史」的寓意，但是這一寓意的實現不僅在「二進」姓名的直解，更在於是有經典上的出處。《孟子·離婁下》載：

　　　　孟子曰：「王者之迹熄，而《詩》亡，《詩》亡然後《春秋》作。
　　　晉之《乘》，楚之《檮杌》，魯之《春秋》，一也。其事則齊桓、晉文，
　　　其文則史。孔子曰：『其義則丘竊取之矣。』」

把《水滸傳》正傳開篇寫爲「王進」隱而「史進」出，與上引《孟子》的話相對照，不是很容易看出《水滸傳》作這樣的人物與情節設計很可能就是因於《孟子》「王者之迹熄……然後《春秋》作」之論嗎？作者之「自許」甚高，乃因取法乎上，以此「王」「史」「二進」之一隱一出，隱喻《水滸傳》爲效法孔子《春秋》之作。其意若曰：《水滸傳》一書，「其事」則晁蓋、宋江，「其文則史」，「其義」則「替天行道」，比孔子修《春秋》而爲之。

　　雖然數百年而下，未見讀者有此會心。然而倘非如此，則如何解釋《水滸傳》作者妙寫「王進」之「夜走」引出百零八人中之「史進」，然後就杳無音信了呢？顯然作者決非忘掉了這一人物，而是有意以其出走的結局凸顯孔子所說「篤信好學，守死善道。危邦不入，亂邦不居。天下有道則見，無道則隱。邦有道，貧且賤焉，恥也；邦無道，富且貴焉，恥也」（《論語·泰伯》）的觀念，並以引出「史進」的情節象徵了《水滸傳》之作可比於「王者之迹熄……然後《春秋》作」的因果。

　　從各種跡象看吳敬梓精熟《水滸傳》，於《水滸傳》的藝術最能會心。同時，作爲《儒林外史》的作者吳敬梓又出身科舉世家，「晚年亦好治經，曰：

〔註6〕　《水滸傳會評本》，第39頁。

『此人生立命處也。』」〔註7〕因此，吳敬梓絕不會昧於孟子「王者之迹熄……然後《春秋》作」云云一番道理，而於《水滸傳》正傳首出和命名「二進」之義憬然會心，並仿之於《儒林外史》與《水滸傳》（金聖歎評本）〕正傳開篇同一的位置，也有了以「周進」引出「范進」的「二進」！不過，《儒林外史》旨在崇「眞儒」，所以其仿於《水滸傳》之「二進」乃棄武就文而爲八股科舉時代的儒生。儒生以孔子爲宗，當然要如孔子那樣「郁郁乎文哉，吾從周」（《論語‧八佾》）。《儒林外史》之「周進」即「進於周」之義，當即由「吾從周」化出。接下來他的學生亦「從周」以「周進」爲「範」而有了自己的出身，故名之曰「范進」，不是很合乎邏輯的嗎？

但是，與《水滸傳》寫「二進」的用意大體只限於明作書之旨不同，《儒林外史》寫「二進」卻在寄寓作者推崇「眞儒」之用心的同時，還通過無論「周進」「范進」之所「進」都與其姓名根於「從周」之義相反的描寫，顯示在「功名富貴」的誘惑和科舉制的鉗制之下，這些本來有心「從周」並有可能成爲「眞儒」的儒生，已經與孔子的教導和自己爲學的初衷背道而馳，淪爲唯科舉功名是務的庸人，愈「進」而離「周」之「文」愈遠了。作者痛心疾首於儒教不振，士林墮落，就由此全書入手即寫「二進」而可見一斑。

總之，以「周進」打頭，《儒林外史》爲「二進」之命名雖仿於《水滸傳》，但是比較《水滸傳》的憫「王（道）」之「夜走」不「進」，《儒林外史》更憤慨的是「周（文）」之垂「範」的墮落（不「進」）。《水滸傳》用心在政治，《儒林外史》措意在文化。但即使有此著眼點的不同，《儒林外史》寫「二進」對《水滸傳》的模倣，特別是又經閑齋老人和張文虎輩先後揭出，就至多是「青出於藍而勝於藍」。而若僅從藝術上看，則都不過是我國古代文人好行詭譎之「廋詞隱語」而已。但是，畢竟其中有作者之意在，讀者尤其是今天的讀者可以不必十分看重，但是作爲對古人作品的深入把握，仍是必須知道的一層道理。知其一，未知其二，非眞知也。

二、作者的「影子」

按明清相沿以八股科舉取士，城鄉的私塾皆以教授八股文爲業。而吳敬梓如其好友程晉芳所說「獨嫉時文士如仇。其尤工者，則尤嫉之」〔註8〕，從

〔註7〕 《〈儒林外史〉資料彙編》，第133頁。
〔註8〕 〔清〕程晉芳《文木先生傳》，《〈儒林外史〉資料彙編》，第133頁。

而他就應該對教授八股時文的塾師之業即使不會視如寇讎，也至少是敬而遠之。所以，百年以來學者考證吳敬梓生平，雖驚異哀憐其窮困潦倒至「以書易米」〔註9〕，卻對並未發現吳敬梓有過窮讀書人往往不免的舌耕糊口生涯而感到有什麼奇怪。但是，這樣一來，《儒林外史》正傳開篇就寫周進是一位塾師，反而就顯得有些異樣了。雖然這一看來異樣的現象從沒有人提出過討論，也應該由於「文獻不足故也」（《論語·八佾》），但實際的情況卻是「文獻」俱在，而認識不足。這一文獻就是吳敬梓《儒林外史》研究專家們一般都比較熟悉甚至多所引用的程晉芳《懷人詩》，從中推考就可以發現吳敬梓其實有過短暫的塾師經歷。

這首詩見於程晉芳《勉行堂集》卷二《春帆集》，一組十八首，其第十六首原注「全椒吳敬梓，字敏軒」，全篇如下：

> 寒花無冶姿，貧士無歡顏。嗟嗟吳敏軒，短褐不得完。家世盛華纓，落魄中南遷。偶遊淮海間，設帳依空園。颼颼窗紙響，槭槭庭樹喧。山鬼忽調笑，野狐來說禪。心驚不得寐，歸去澄江邊。白門三日雨，竈冷囊無錢。逝將乞食去，亦且憑春焉。《外史》紀儒林，刻畫何工妍！吾為斯人悲，竟以稗說傳。〔註10〕

對於這首詩中所含吳敬梓曾暫為塾師的信息，筆者曾在一部發行量甚少的書中有較為詳細的論述。今請讀者鑒諒因為本文專論周進和筆者欲轉益多師之意，移錄相關部分文字如下：

> 這首詩寫於乾隆十四年（1749）。全篇追敘吳落魄南遷後偶遊和窮居的經歷，慨念之情，溢於言表，是學者研究吳敬梓生平公認的重要資料。

> 按程晉芳（1718～1784），字魚門，一字蕺園。祖籍歙縣（今屬安徽）人，高祖輩遷揚州為鹽商發家，至乾隆初晉芳年輕時，尤為淮揚巨富。程晉芳年齡晚吳敬梓十八歲，乾隆二十七年（1762）召試，授內閣中書；三十六年成進士，改禮部主事，授編修。據胡適《吳敬梓年譜》，程晉芳初識吳敬梓在乾隆六年（1741），時年二十四，吳年四十一，正當「程氏尤豪侈，多畜聲色狗馬」的盛時。此後二人過從甚密，至乾隆十九年（1754）十月十四日吳敬梓暴卒前

〔註 9〕　《文木先生傳》，《〈儒林外史〉資料彙編》，第133頁。
〔註10〕　〔清〕程晉芳《懷人詩》，《〈儒林外史〉資料彙編》，第131頁。

七日，兩人還曾遇於揚州，執手相對泣。後十餘年，程晉芳爲作《文木先生傳》，學者奉爲信史。因此，上引程詩敘吳敬梓生平事迹，也應無可懷疑，而必須認真全面地加以研究利用。然而遺憾得很，近百年來學者引用此詩，幾乎只是用其「白門」句以下內容，對於以上過半篇幅所敘，幾乎從無注意者。胡適《吳敬梓年譜》於「歸去澄江邊」句下曾注云：「此指先生到程家住數月之事。」卻沒有進一步據詩來說明此數月吳在程家做了什麼。其實正是這部分文字透露了吳敬梓生平一段重要經歷，即這位「獨嫉時文士如仇」，後寫《儒林外史》批判科舉制度「竟以稗說傳」的吳先生，當年貧不得已又在大鹽商程氏的邀請之下，也曾暫爲塾師，向童生教授他所極爲擅長卻又極爲厭惡的八股文學問。

　　拙筆行文至此，如已引起讀者對這首詩前半內容的注意，大概也就不必繞舌了。因爲上引詩的前半有一個並不難懂的關鍵詞，已經把本文所求索的主要謎底提破。這一關鍵詞就是「設帳」。在中國古代，「設帳」只有一個解釋，那就是「開館，執教」（《辭源》1979年修訂本）。鑒於如上所論及程詩紀吳敬梓事的可靠性，「設帳」這一關鍵詞雖爲孤證，卻是鐵證，又無反證，所以已足證明吳敬梓應是貧不得已，曾暫爲塾師，教授他後來激烈抨擊的八股文！

　　這無疑是吳敬梓生平研究中的一件重要的事！而需要進一步說明的是，程詩「白門」句以上內容，竟主要是追記吳敬梓這次「設帳」的經歷，言之近詳，是有關吳敬梓生平這一段重要經歷的寶貴文獻。

　　按上引程詩首四句概說吳敬梓生平，「家世」二句說吳敬梓家事落敗後「南遷」，即自其故里安徽全椒移居南京生活。接下「偶遊」二句，則是說他「南遷」至金陵住下來之後，一度出遊到「淮海間」（即今皖北、蘇北淮河中下游一帶地方）某地，「設帳依空園」，教授生徒爲業。「颼颼」以下四句就寫其「設帳」授徒日常生活孤淒之狀，爲下聯首句「心驚」句張本。而「歸去澄江邊」句中，「澄江」本南齊謝朓《晚登三山還望京邑》詩「澄江靜如練」句，應指長江；全句則是說他辭館即撤帳後，仍回南京做臨江而居的寓公去了。詩雖以情運，但於這一過程的敘述仍基本清晰，無可置疑。

又按詩中寫其「南遷」以下，接著就是「偶遊」「設帳」云云，可知吳敬梓去「淮海間」做教書先生，是在清雍正十一年（1733）他三十三歲移居南京後。但移家之後，吳敬梓並沒有立刻窮到要教書糊口，所以他這次「偶遊……設帳」的具體時間，應該是在他鬻全椒老屋捐修泰伯祠即「年四十而產盡」之後。而據胡適《吳敬梓年譜》載，恰是在這個期間，有乾隆六年他與程晉芳的初識，並於第二年下記：「程晉芳說：『辛酉壬戌間，延（先生）至余家，與研詩賦，相贈答，愜意無間，而性不耐久客，不數月，別去。」胡譜引程說出程著《文木先生傳》，其中「延」當即爲子弟「延師」之謂，即程晉芳所說，實是他家延請「偶遊淮海間」的吳敬梓爲塾師，而自己因便得「與研詩賦」等。這與前引程詩說吳曾「設帳」正相符合。又程所說「辛酉壬戌間」即乾隆六年至七年之際，這兩年間的「數月」正當冬春之交，與前引程詩所寫「颼颼窗紙響」淮海間夜況淒涼之狀，亦相符合。因此可以肯定，程詩所說吳敬梓「設帳」，就是乾隆六、七年間他四十一至四十二歲時，應大鹽商程氏（晉芳）家所請，居淮揚爲塾師「數月」。從而有關吳敬梓的生平的傳論，都應該增加這數月「設帳依空園」的教書經歷，並考慮到這一節史實的意義。〔註11〕

由此可見，《儒林外史》寫周進一定程度上應該是作者曾暫爲塾師的自況，也就是說周進的形象一定程度上是作者吳敬梓的影子。但是，《儒林外史》寫周進是作者的「影子」的證據，不僅是吳敬梓也曾暫爲塾師，還可見於書中某些值得玩味的描寫。對此，筆者也曾有所探討，這裡作更具體一些的說明，即明清科舉，殿試第一名稱「狀元」，鄉試第一名稱「解元」，縣、府、院三級考試的第一名稱「案首」。狀元、解元都是唯一的，可以憑資格做官。但是「案首」不僅院試進學爲秀才的一次有，而且童生每年一次參加的縣、府學考試都會有一個「案首」，等於一次普通的童生考試得了第一名，算不得功名，更說不到富貴。所以，《外史》中雖然更多地提及了「狀元」「進士」，但是全書也總共有七回十次寫及人物有過考取「案首」的經歷，顯示作者似乎很在意這個「案首」的榮譽！這就有些奇怪。其中原因，雖然首先是文本描寫的實際需要與可能，但是小說家隨意湊泊，其必要頻繁寫及這樣一個功名上沒

〔註11〕 杜貴晨《齊魯文化與明清小說》，齊魯書社 2008 年版，第 439～442 頁。

有多少含金量的名號，就不能不使人想到吳敬梓本人也曾於雍正七年（1729）做童生時參加滁州府試「曾考過一個案首」，被友人記爲「冠軍小得意」〔註12〕的經歷。進而不能不認爲吳敬梓正是把自己「曾考過一個案首」的經歷移寫在被設定爲塾師身份的周進形象，從而加強了周進形象作爲吳敬梓影子的特徵。至此也就可以對吳敬梓《儒林外史》人物形象的塑造有進一步的認識，即其不僅如學者向來所公認以杜少卿爲自況，而且他還分身有術，使別個形象至少是周進這一形象也具有了「自傳」的成份，而一定程度上成了作者的影子。

雖然如此，吳敬梓《儒林外史》創作融入自己的生平主要還是在杜少卿這一人物形象的塑造上；周進形象雖然可以視爲作者的「影子」，但也僅僅是「曾考過一個案首」和有過一段坐館教書的經歷，只是其生平一個很小的插曲而已。並且明顯不同的是周進、范進雖曾歷盡坎坷，但是到頭來還是中進士做了道臺的科舉幸運者。所以，不但周進的全人絕不等同於吳敬梓，以程晉芳後來與吳敬梓篤於友情的交往，也不能想像吳敬梓當年在程家坐館會受到周進在薛家集那樣的冷遇。至於吳敬梓只在程家做了幾個月的塾師就飄然「歸去」的原因，程晉芳說是由於他「性不耐久客」，應該是可信的。但他「獨嫉時文士」的性格也可能影響他不喜以教授時文爲業的塾師生涯，並終於撤帳而歸。總之。吳敬梓有作暫爲塾師的經歷一點是理解《外史》寫周進形象塑造的關鍵，對於完整把握《儒林外史》一書的思想內容與藝術手法也有所幫助。

三、爲什麼是「汶上縣」

按《儒林外史》結末詞中有云:「江左煙霞，淮南耆舊，寫入殘編總斷腸！」自道其所寫人物，至少是主要人物不出「江左」「淮南」範圍。但是，就在第一回「楔子」之後，實際是《儒林外史》正話開篇的第二回《王孝廉村學識同科，周蒙師暮年登上第》也就是本文論周進坐館的一回書中所寫人物，就都不是其所宣稱的「江左煙霞，淮南耆舊」。然而，這又不便理解爲作品描寫的破綻，那麼就只好以爲周進等人，雖被寫在了山東汶上，但他們的原型是「江左」或「淮南」人物了。

〔註12〕〔清〕金兩銘《爲敏軒三十初度作》，轉引自陳美林《吳敬梓評傳》，南京大學出版社 1990 年版，第 134 頁。

　　然而，隨之就產生了一個問題，即既然人物的原型爲「江左煙霞，淮南耆舊」，則何必不寫人物的故事發生在「江左」或「淮南」？又以江淮以外中國之大，吳敬梓爲什麼要把以江淮人物爲原型的周進等人一定寫在山東，並且全書的正話就從「話說山東兗州府汶上縣有個鄉村，叫做薛家集」開始呢？這個問題應該得到回答。對此，筆者在《〈儒林外史〉的「天下」「古今」與山東》一文中曾有過討論。首先說爲什麼寫在「汶上」：

　　　　歷史上的山東汶上是除魯都曲阜之外，與《儒林外史》之「儒」關係最爲密切的地方。按春秋汶上稱中都，是孔子最初出仕爲邑宰的地方，見於《史記·孔子世家》載：「其後定公以孔子爲中都宰，一年，四方皆則之。由中都宰爲司空，由司空爲大司寇。」又見《孔子家語·相魯》：

　　　　孔子出仕，爲中都宰，制爲養生送死之節：長幼異食，強弱異任，男女別塗，路無拾遺，器不雕僞；爲四寸之棺、五寸之槨，因丘陵爲墳，不封不樹。行之一年，而西方之諸侯則焉。定公謂孔子曰：「學子此法以治魯國，何如？」孔子對曰：「雖天下可乎，何但魯國而已哉？」於是二年，定公以爲司空，乃別五土之性，而物各得其所生之宜，咸得厥所。

　　　　可知「汶上」曾是孔子「爲政」牛刀初試之地，當年政績突出，爲「四方則之」的榜樣，如今卻成了周進（士）、王舉人、梅秀才一班「八股」先生的「天下」，「古今」之變，「儒林」墮落，一至於此，可勝歎哉！〔註13〕

雖然筆者至今仍然以爲，這應該是吳敬梓特寫周進在汶上縣坐館的根本原因。但是，現在看來，以上的解釋不夠充分，還可以有以下進一步的說明：

　　一是以周進在汶上縣坐館與孔子爲「中都宰」時古今之異的強烈對比，加強了故事針砭現實的寓意。如上所述論，《儒林外史》寫「周」「范」「二進」，以「周進」爲師，同病相憐地教導提攜了「范進」，從而「范進」出身無論內容與形式上都含有了「從周」之義。而孔子當年在汶上所行「四方則之」的善政，也無疑就是「從周」的實踐。這樣一來，周進在汶上雖授徒頗有聲望，卻受人構陷而連塾師都做不下去的遭際，就與孔子當年「四方則之」的善政

─────────────────────────

〔註13〕 杜貴晨《〈儒林外史〉的「天下」「古今」與山東》，《南都學壇》2007 年第 2 期。收入本卷。

形成《儒林外史》中多所關注的「自古及今」〔註14〕的對比，突出了「汶上」（實也代表了「天下」）這個孔夫子曾「爲政」使「四方則之」的模範縣已是何等的人心不古、世風澆薄，從而故事的意義也就具有了現實的典型性與歷史的深刻性。

二是凸顯了作者憂世傷時的創作意圖。雖然如上所述論，周進故事因孔子與汶上的因緣而被寫在汶上，卻並沒有寫作同樣如孔子做「中都宰」在汶上做官「爲政」，而是寫他窮困潦倒至於舌耕糊口，並且後來連塾師也做不下去了。其中道理應該一是中國古代如朱熹所說「得君師之位以行政教」（《四書章句集注·大學章句序》），「政教」一體，兩者本質上都是要「化成天下」（《周易·賁卦》），但以一位潦倒塾師爲全書正傳打頭，卻可以體現作者有孔子所說「德之不脩，學之不講，聞義不能徙，不善不能改，是吾憂也」（《論語·述而》）的創作意圖。

三是體現作者重視教育的儒家情懷。《禮記·學記》曰：「君子如欲化民成俗，其必由學乎？玉不琢，不成器。人不學，不知道。是故古之王者，建國君民，教學爲先。《兌命》曰：『念終始典於學。其此之謂乎。』」又引「《記》曰：『三王四代唯其師。』此之謂乎？」由此觀之，可以認爲《儒林外史》正傳開篇就寫一位塾師，把「尊師」和學校教育的問題提到「儒林」第一件大事，應該不是沒有特定意圖的安排。有之，豈非《禮記·學記》「古之王者，建國君民，教學爲先」和「念終始典於學」的「王道」！

以上三點或有嫌於穿鑿，但是，若一貫從吳敬梓「晚年亦好治經，曰：『此人生立命處也。』」的性格行爲聯想，就可以堅信這正是他創作周進故事思想與學問的「經學」的根底。

四、爲什麼是「薛家集」

薛家集是《儒林外史》寫周進在「汶上縣」坐館的「一個鄉村」，是否也如寫在「汶上縣」一樣有「『經學』的根底」或可以認爲其與作者「『經學』的根底」有關呢？顯然不能。對此，筆者曾著文考證其有汶上縣某個村莊是「薛家集」的原型：

> 又原來《儒林外史》寫周進「坐館」今屬山東省濟寧市的「山

〔註14〕 分別見第一、第十、第十一、第三十、第三十四回。

東兗州府汶上縣」，歷史上雖然並沒有一個鄉村「叫做薛家集」，卻有一個鄉村應該是「薛家集」的原型。這就要從《儒林外史》第 2 回開篇寫此一鄉村說起。其文曰：

> 話說山東兗州府汶上縣有個鄉村，叫做薛家集。這集上有百十來戶人家，都是務農爲業。村口一個觀音庵，殿宇三間之外，另還有十幾間空房子，後門臨著水次。這庵是十方的香火，只得一個和尚住。集上人家，凡有公事就在這庵裏來同議。

這個名爲「薛家集」的鄉村就是書中周進坐館和王舉人、梅玖、荀玖出現的地方，可說是一部大書故事的發軔之所。對於這樣一個構詞上極普通的小說地名，一般說也就無須考查其在現實中的有無。但是，對於《儒林外史》這部「史」筆在傾向和風格甚爲鮮明的小說來說，筆者多年來雖然並不信其必有，卻也從來未敢斷其必無。

因此在種種的忙碌中思考一段時間之後，筆者終於有當下這一點時間，除翻閱地志，檢得《儒林外史》所寫「山東兗州府汶上縣」，正是其所託明朝的行政建置之外，又（於 2005 年 4 月 12 日）通過電話向汶上縣民政局地名辦查詢，李靜女士據該辦所編《汶上縣地名普調資料》答覆稱：該縣無薛家集，而有薛廟。薛廟今屬康驛鎮，爲行政村。其得名之故，「據《薛氏祖譜》第四章記載，薛姓於明永樂二年（公元 1404）從山西洪洞縣遷至濟寧城北樊章村南落戶，後薛氏人口日益增多，又在村中修天齊廟一座，因此名薛廟」。

又說這個「薛廟村的某些基本情況，與上引《儒林外史》所寫『薛家集』有驚人的相似」：

一、《外史》中薛家集與筆者所調查薛廟或稱薛家廟，都在「山東兗州府汶上縣」；村名雖有「廟」與「集」的不同，但是，薛廟村自古是當地很大的農貿集市，完全可以稱爲「薛家集」，更是在寫入小說時方便易名爲薛家集；

二、《外史》中託於明成化年間寫發生在薛家集周進等人故事，而薛廟村始建於明永樂二年，後來因建有天齊廟而改稱薛廟（或薛家廟），與《儒林外史》所寫薛家集在時間上相當，而有可能是一種寫實；

三、《外史》中薛家集有觀音庵，「這庵是十方的香火」，而薛廟有天齊廟，料即東嶽廟，自古香火不斷。一庵一廟雖然有道、佛的分別，但其均爲俗說的「廟」則並無二致，能給予小說虛構想像上的方便；

四、《外史》中說薛家集的觀音庵「後門臨著水次」，而薛廟村離古代南北交通大動脈運河不遠，因是士子文人舟輯往來南北，泊船登岸，遊觀易至的地方，而容易與產生薛家集觀音庵「後門臨著水次」的聯想。

這些相近相似之點，使我們不能不傾向於認爲，吳敬梓創作《儒林外史》把周進等人的故事寫在「山東兗州府汶上縣……薛家集」，並非完全的向壁虛構，而是以該縣自明初至今實有的薛廟（或薛家廟）村爲地方背景創造而來，帶有一定寫實的成份。否則，二者不可能如此地若合符契。〔註15〕

以上繁引舊說的意思，既是由於筆者至今仍不擬完全放棄原來的猜測，又是爲了引起讀者的注意或有新資料的發現能對拙說作更進一步的證明。但是，一方面考慮到吳敬梓並沒有到過汶上，所以他可以從經史地理知有汶上，卻難得知道汶上有一個「薛廟」；另一方面即使爲了論證的周全，也不能不顧及還有另外的可能，即其寫周進坐館的「薛家集」不僅沒有「『經學』的根底」，也沒有現實中的原型，而完全是一個虛構。其所承繼的，只是古代小說藝術上的某一傳統。

這一小說藝術上的傳統，就是以《金瓶梅》打頭，明清幾部寫世情的章回小說頗多虛構薛姓人物。薛姓在《百家姓》中排名第六十八，雖然也可以稱爲大姓了，但是與在明清有限的幾部寫世情的章回小說名著中薛姓家族、人物出現的數量相比，則遠遠超出了其在《百家姓》中排名六十八的地位，從而明顯是一個偶然或令人納罕的現象。例如以家族言，《醒世姻緣傳》中有薛教授一家，《紅樓夢》中「四大家族」就有薛姨媽一家；以人物言，則除了作爲全書女主角的《醒世姻緣傳》中的薛素姐和作爲女主角之一的《紅樓夢》中的薛寶釵之外，《金瓶梅》更多寫了薛姓的小人物，如男有薛太監（一稱薛內相）、女有薛姑子（或稱薛尼、薛爺、薛師父）、薛媒婆（或稱薛嫂兒、薛

〔註15〕《齊魯文化與明清小說》，第445～446頁。

媽媽），以及《歧路燈》中雖不顯要但後來做了主人公譚紹聞兒媳婦的薛全淑等。特別是《金瓶梅》中一尼姑、一媒婆皆姓「薛」的現象頗值得注意，即其即使不沿襲《水滸傳》寫這類女性小人物往往爲「王婆」而另起爐竈，則又何必以其爲姓「薛」？更又何必以兩個穿針引線的女性小人物都姓「薛」呢？

這使我們懷疑「薛」字在作爲人物姓氏之外，還有什麼可供小說家「作」出來的特別意義嗎？答案是肯定的，卻不是筆者的發明。〔清〕張竹坡評《金瓶梅》早就注意並順便揭示過了。《金瓶梅》第五十回《琴童潛聽燕鶯歡，玳安嬉遊蝴蝶巷》回前張評曰：

> 此回入一薛姑子，見萬奔中有雪來說法，其凋零之象不言可知。故此回又借薛姑子全收拾杏梅等一切春色，而薛姑子特於梵僧相對也。信乎！此回文字乃作者欲收拾以上筆墨，作下五十回結果之計也。上五十回是因，下五十回是果。〔註16〕

又，第五十一回《打貓兒金蓮品玉，鬥葉子敬濟輸金》張評曰：

> 寫一薛姑子，見得雪月落於空寂，而又一片冷局才動頭也。〔註17〕

又，第五十三回《潘金蓮驚散幽歡，吳月娘拜求子息》張評曰：

> 寫王姑子念經者，又爲月娘、薛姑子一映，見月娘誤於雪而空，瓶兒迷於色而忘也。〔註18〕

以上三處引文貫穿一個共同的理念即「薛」諧音「雪」，雪易化而成「空」，因寒而致「冷」。而且不獨有偶，《紅樓夢》中護官符「豐年好大雪」的「薛」，也正是繼承了《金瓶梅》的傳統以「雪」諧音「薛」。這就一方面實際解釋了上列諸小說中薛姓人物形象多女性和偶有男性也是太監的屬「陰」屬「冷」（薛寶釵被稱爲「冷美人」），而薛姓家族均小說女主角一方的原因，另一方面共同強調了該家族、人物的設計如「雪」化而成空，完全是虛構的。吾鄉魯西南稱欺騙爲「雪籠」，當即與雪易化而成「空」虛不實的特性有關。上述有關幾部小說的作者或描寫多與魯西南有關，書中突現大量薛姓女性人物形象的身影，就很可能與當地稱欺騙爲「雪籠」的俗語有關。

說到這裡，我們就可以言歸正傳，由此及彼，認爲《儒林外史》以周進

〔註16〕黃霖編《金瓶梅資料彙編》，中華書局 1987 年版，第 165 頁。
〔註17〕《金瓶梅資料彙編》，第 167 頁。
〔註18〕《金瓶梅資料彙編》，第 169 頁。

坐館的汶上縣一個鄉村爲「薛家集」，雖非人物，但一定是沿襲了《金瓶梅》以降小說以雪易化而成「空」諧音「薛」姓家族、人物爲虛構的小說藝術傳統，變化而爲周進坐館的這一個鄉村命名，成爲「《外史》用筆，實不離《水滸》《金瓶梅》」和「絕無鑿空而談者」的又一例證。只是其太過微妙而近乎隱晦，使人難以置信罷了。

總之，周進是《儒林外史》「楔子」寫王冕之後，正傳開篇第一個重要人物。從來有關這一人物的研究都無考證，本文既考周進形象有作者自己的影子，又論此一人物故事若干方面於「『經學』的根底」及其所承小說藝術的傳統，從而至少使周進這一人物形象也如書中其他重要人物一樣經過一番考證，不再是唯一無本事無來歷的人物形象了。至於本文多因舊稿，有似補綴成文，實際不然。乃爲翻進一層，深入而言。雖未必盡是，但是，朱子詩曰「舊學商量更邃密，新知培養轉深沉」的可能，也許就在於此。

（原載《南都學壇》（人文社會科學版）2015 年第 5 期）

袁枚、吳敬梓異同論

　　吳敬梓（1701～1754）、袁枚（1716～1797），一以小說名，一以詩名，都是清代傑出的文學家。這兩位文學家生年相值近四十年，同在南京九載（1745～1754）〔註1〕。前四年袁枚為江寧（今南京）縣令，吳敬梓為其治下之民；後五年袁枚致仕寓小倉山下隨園，與吳敬梓鄰居不遠；他們有許多共同的朋友，甚至吳著《儒林外史》中審理沈瓊枝一案的開明知縣就以袁枚為原型；《儒林外史》成書流傳後袁枚還在世三十多年。這種情況使人懷想他們之間會有交往，袁枚必定讀過《儒林外史》；人們期望能有發現袁枚對《儒林外史》的評論，是可以理解的。但是，遍索二人及同時人的文集，特別是袁枚卷帙繁富「一生行藏交際俱在於斯」的幾十種傳世著作中，竟無任何他們間往來的記載和有關《儒林外史》的評論。《隨園詩話》甚至留下了有關遠在北京的曹雪芹寫作《紅樓夢》的記載，卻於近在咫尺的吳敬梓《儒林外史》不贊一詞，這不是很令人奇怪嗎？

　　這是文學史上一個不大不小的迷，更彷彿《儒林外史》研究中的一個夢魘。困惑之餘，有人斷定他們之間因為《儒林外史》發生了一場「風波」而絕交，似乎找到了答案，可惜根據並不可靠〔註2〕。沒有直接的證據，這個問

〔註1〕 吳敬梓於 1733 年（雍正十一年癸丑）移家南京，居秦淮水亭，直到 1754 年
　　　遊揚州暴卒；袁枚於 1745 年（乾隆十年乙丑）改官南京，1749 年（乾隆十四
　　　年己巳）辭官退隱小倉山下隨園，直到 1794 年去世，在南京生活著述五十餘
　　　年。其間吳、袁同居一城在 1745～1754 年。參見胡適《吳敬梓年譜》、傅毓
　　　衡《袁枚年譜》。

〔註2〕 孟醒仁、孟凡經《吳敬梓評傳》，中州古籍出版社 1987 年版第十五章第四節
　　　《由〈儒林外史〉引起的一場風波》，《明清小說研究》1990 年第 1 期有晨光

題也許永遠不能最後解決。但是，從他們各自的思想和爲人、爲學做一番考察，比較其異同，特別是揭示其相異之點，應當有利於明確探討這一問題的方向。對於深入認識這兩位作家，進而把握那一時代士人心態和社會思想潮流，也會有所裨益。

吳敬梓與袁枚都是十八世紀的文化人。公元十八世紀是中國自明中葉以來蓬勃發展、於清初遭受挫折的資本主義萌芽又緩慢恢復的時期，伴隨這一經濟增長的是思想界啓蒙民主思潮的重新擡頭。這一思潮上承明中葉以來李贄等王學左派異端和清初顧炎武、黃宗羲、顏元、李塨等人的實學餘緒而表現了某些新的特點，那就是從對宋明理學的抨擊進而懷疑經史，或對經史作新的解釋，發展出對整個封建制度和現實政治的批判及個性解放的吶喊。這方面的代表人物，哲學上首推休寧戴震；文學上則以吳敬梓、曹雪芹、袁枚爲前驅。這幾位思想家各有特點。以吳敬梓、袁枚論，他們進步思想的取徑便有很大的不同。例如與顏、李學派的影響關係，（他們都與顏、李學派的傳人程廷祚交好，論者以爲吳因此受到顏、李學派的影響，少直接的根據而其說可信〔註3〕。）吳從顏、李所受的影響有許多積極的方面，但是也繼承了他們不少消極的東西，例如社會理想明顯的復古傾向。這由《儒林外史》提倡禮、樂、兵、農、辟舉之法等迂闊主張可以看得出來。袁枚對顏、李學說亦頗推崇，《與程戢園書》曰：「宋學流弊，一至於此。恐周、孔有靈，必歎息發憤於地下。而不意我朝有顏、李者已侃侃然言之。……其論學性處，能於朱、陸外別開一徑。」〔註4〕。但是，袁也同時指出了「顏、李文不雅馴，論均田封建太泥」的缺陷，揚棄了顏、李正統儒家思想保守的一面，以現實的態度對待現實問題。

所以，從思想淵源看，吳敬梓接受並發展的主要是正統儒家思想中較爲合理的成分，如魯迅所說「束身名教之內，而能心有依違」，從名教的內部去戰勝名教，用泰伯的「讓」德和周公的「禮樂」去挽救當前儒林的墮落；袁枚則不然。他的思想混合了儒、道觀念而有異端的傾向，用他自己的話說是「三分周孔二分莊」。在當時的思想界，他雖然還不得不打著周公孔孟的旗幟，但是這面旗幟只是他調侃捉弄封建衛道士們變幻手法的道具。他有時候

（本人化名）的商榷文章辨之甚詳。但該文推算吳、袁同寓南京十二年有誤。
〔註3〕陳美林《吳敬梓研究》，上海古籍出版社1984年版，第4頁。
〔註4〕《小倉山房文集》（以下簡稱《文集》）卷十九。

閹割禮教，有時候以禮教之矛攻禮教之盾，妙言破的，使筆如舌，往往使封建衛道士們無言以對而只能以辱罵和恐嚇冒充戰鬥。在當時可能的限度內，他是封建禮教的最大的叛逆。在生活上，他奉行「『隨』之時義大矣哉」的順世原則，而思想上卻當得起清中葉的李贄。當吳敬梓為人心不古以怨懟感傷控訴現實的時候，年輕的袁枚正滿懷激情為進步思想尋找現實的生長點。「雙眼自將秋水洗，一生不受古人欺。」袁枚自許如此似乎太高，但是，如果說吳敬梓和後來的戴震是以復古為革新，那在袁枚看來是遠遠不夠的，甚至不屑為之。這就是他們主要的差距和不同。全面深入的論證不是一篇文章所能勝任，這裡僅就幾個具體的問題略作說明。

這首先表現在人生觀的差異。表現於《儒林外史》中，吳敬梓遵循的是正統儒家的生活理想和準則，例如「文行出處」，「出則可以為王佐，處則可以為真儒」，以及全書提倡「無傷而隱」的傾向；某些看似越軌之行也終不過體現「名教中自有樂地」而已，例如杜少卿攜夫人遊山，實際只是作者對《溱洧》一詩的認識的演義。這些在當時所以還有進步意義，乃是因為那個社會長期瀰漫的是儒、釋、道思想中最為腐朽的東西，儒學精華或某些較為合理的部分尚且大有提倡的必要。袁枚則不然，他在各種場合說法容或不同，但綜觀其言行，真實的原則乃在於一句「率性之為道」〔註5〕。他說「平生行自然，無心學仁義。」〔註6〕「凡事須求一是處」〔註7〕，「人欲當處即是天理」〔註8〕，欲一切摧毀廓清，高倡「性靈」。「性靈說」不僅是他的詩學，更是他整個世界觀人生觀的核心，是當時思想文化界個性解放的一面旗幟。所以吳敬梓雖染有不少六朝名士的狂放習氣，某些生活作風吻合於個性解放的思潮，但論其全人，仍是是古非今冷眼諷世的「真儒」；袁枚雖浮沉宦海周旋名場，日常以「隨」自任，儼然封建政客和幫閒，但搖筆為文，恰是一個明目張膽標新立異「非聖無法」〔註9〕的鬥士。一個外「狂疾」而內正統，一個外「隨」和而內叛逆，其立身處世風格的差異實在太大。

〔註5〕　《小倉山房尺牘・牘外餘言》卷一。語本《禮記・中庸》。
〔註6〕　《小倉山房詩集》（以下簡稱《詩集》）卷二十五《題宋人詩話》。
〔註7〕　《小倉山房續文集》（以下簡稱《續文集》）卷二八《隨園食單序》。又《尺牘・答項金門》作「凡事但求一是處」，同書《答相國》作「伊川先生云：『凡事必求一是處。』」
〔註8〕　《文集》卷十九《再答彭尺木進士書》。
〔註9〕　〔清〕章學誠《文史通義・書坊刻詩話後》。

　　在人生觀方面特別應提到對待功名富貴的態度，這一點吳敬梓與袁枚同中有異。資料表明，吳、袁二人早年均熱中此道。吳二十九歲時還曾爲一領青衿「匍匐乞收」〔註10〕，袁爲會試登第也曾「降心俯首，惟時文之自攻」〔註11〕。但是後來他們都放棄了。吳著《儒林外史》「以辭卻功名富貴品地最上一層爲中流砥柱」〔註12〕；袁三十三歲致仕，後勉強復出未滿一年即歸；從此固請不出，絕意仕途，專注於文學創作，按《儒林外史》的說法，也可以算是「自古及今難得的一個奇人」（第三十四回）了。所以吳、袁對功名富貴的態度有其一致處。同時，吳敬梓不出仕，用他小說主人公杜少卿的話說「正爲走出去做不出什麼事業，徒惹高人一笑，所以寧可不出去的好」（第三十三回），況且可以「逍遙自在，做些自己的事」（第三十四回）。這與袁枚辭官的想法也若合符契。但是吳敬梓沒有做過官，他但看到官場的黑暗而不屑做官，卻不曾想到如果不能徹底驅除這黑暗，那麼世上多一個清官便多一分光明。他太要好，他的古道熱腸至今可以使我們感動。但靜言思之，不能不說有少許的偏頗，例如《儒林外史》寫蘧太守喪子「細想來只怕還是做官的報應」（第八回）；袁枚是有外放翰林的功名富貴而辭官。他辭官不是因爲輕視功名富貴，而是因爲不能盡一個好官的責任，即欲「苦吾身以爲吾民」而不得，終日「不過臺參耳，迎送耳，爲大官作奴耳」，深怕久而不得已同流合污，「喪所守」或「禍厥身」〔註13〕。他辭官不忘官、不悔做官，甚至以曾入翰林爲循吏自詡。「自笑匡時好才調，爲天強派作詩人」，他的特異之處只在有官不做，不貪進取，能激流勇退及時抽身。所以同一辭卻功名富貴，吳敬梓的行事、主張與袁枚的做法和隱衷也大相徑庭。

　　吳敬梓憤世嫉俗，根本反對出仕，自然難能可貴，而且有他的理由，《論語·憲問》所謂「邦無道，穀，恥也」；袁枚辭官當然也主要是因爲「邦無道」，但他辭官並不菲薄做官，並且深知天下不可以無官，而做做好官並不容易。這雖然合了《儒林外史》中杜少卿所說「出動了也做不成什麼事情」的話，但在這吳敬梓必欲絕之的方面，袁枚卻以爲不妨一試。他在《答袁蕙纕孝廉書》中說：「古人之意，重仕不重隱，貴立德功，不貴立言。」又說：

〔註10〕　〔清〕金兩銘《和（吳檠）作》，李漢秋《儒林外史研究資料》，上海古籍出版社 1984 年版第 6 頁。
〔註11〕　《續文集》卷三十一《與備之秀才第二書》。
〔註12〕　〔清〕閒齋老人《〈儒林外史〉序》。
〔註13〕　《文集》卷十六《答陶觀察問乞病書》。

果仕，可以行其學，羞當世之公卿；其次，官一鄉，可以具魚
菽養其親，爲古循吏；……就使入世難合，退而求息，然後積萬卷
書成一家言，其時非獨心閒而力專也，既已磨礱乎世事，閱歷乎山
川，馴習夫海內之英豪，則其耳目聞見，必不沾沾如今已也。〔註14〕

在袁枚看來，做官可以報國、安民、養親，最次也有利於治學爲文。具體到
一個人是否出仕和何時出仕，從另一方面說是否辭官和何時辭官，袁枚也有
自己的看法，《與錢竹初》書說：「夫士君子流行坎止，相時而動，亦不必有
成見捉搦其間。得其道，進未必爲非；失其道，退未必爲是。」〔註15〕這裡
所謂「道」在《與香亭》書中有具體說明：

子路曰：「君子之仕也，行其義也。」非貪爵祿榮耀也。……然
而人所處之境，亦復不同。有不得不求科名者，如我與弟是也。家
無立錐，不得科名，則此身衣食無著。陶淵明云：「聊欲絃歌爲三徑
之資。」非得已也。有可以不求科名者，如阿通、阿長是也。我兄
弟遭逢盛世，清俸之餘，薄有田產，兒輩可以度日，倘能安分守
己，……是即吾家之佳子弟，老夫死亦瞑目矣。〔註16〕

此「道」，袁枚終身由之。總之，對於做官，吳敬梓憤世嫉俗必欲決絕之；袁
枚則以個人爲中心兼顧各方面考慮，取圓通現實的態度，《與錢竹初》書論及
這種態度說「晉人稱王蒙曰：『性至通而自然有節』，此則某一生得力處。」
很明顯，吳敬梓的態度體現的是刻板的正統儒家思想；袁枚的考慮雖不悖儒
家之道，但摻雜了不少市民般的計較。這又是他們一個很大的不同。

吳敬梓以「辭卻功名富貴品第最上一層」，自己亦終身守之，這一點大受
後人的推崇。然而我們上面卻說到這一點有他少許的偏頗。他的偏頗處，乃
在於吳敬梓這種決絕的態度根源於他所推崇的吳泰伯「以禮讓爲國」的「讓
德」，這在古代可說是政治上的浪漫主義。以此救世，正如孟子在戰國的鼓吹
王道，是「迂遠而闊於世情」（《史記‧孟子荀卿列傳》）。而從實踐的觀點來
看，人不幸生於黑暗的時代，倘不能有大力徹底改造之，也當盡其綿薄，減
少一分人民的痛苦，給社會一點光明。這方面的努力可以包括做官，做好官。
社會不可以無官，百姓需要循吏，嚮往清官。即使民主政體下，官員個人素

〔註14〕 《文集》卷十七。
〔註15〕 《小倉山房尺牘》卷六。
〔註16〕 《尺牘》卷八。

質如何也是有效管理的重要條件。所以無論什麼時候，「先天下之憂而憂，後天下之樂而樂」，是仁人志士最高尚的品德。這就是為什麼古來盛行包公戲，而陶淵明不為引車賣漿者流所知。當然，每個人的出、處應視具體情況作適當的選擇，官可做則做，不可做則不做，進退有據而已。若一味反對做官，賢者唯知明哲以保身，潔身以自好，甚至藉不做官、辭官以鳴清高，久而政治越發成了一幫無恥之徒的專利，社會還有什麼指望？

所以，吳敬梓否定功名富貴的意義只在於表現了一種脫俗的精神，高尚的人格。至於人生的意義，未必就在於此，換句話說，不是不做官就好，做官就不好。事實上除自然科學以外，古來有大成就成大事業的都不是離群索居潔身自好的隱士，即使文學家如屈原、李白、杜甫、蘇東坡等等也莫不如此。如上引袁枚所說，陶淵明亦且「聊欲絃歌以為三徑之資」，又何必家家王冕、戶戶雪芹！「詩窮而後工」，但是文人並不是越窮越好。窮愁著書多是不得已的事，並非有什麼人為著書而甘為窮愁。所以，從來文人推崇吳敬梓的多不過紙上談兵，而拿了吳敬梓《儒林外史》的研究文章去評職稱撞大獎，看起來就好像是諷刺。這雖然有些使我輩難堪，但是，我以為，吳敬梓《儒林外史》的研究中倘不把這一點說破，就是有意無意地自欺欺人。其實。乾隆十六年南巡，正當吳敬梓寫作《儒林外史》之際，他的長子吳烺還迎鑾獻詩得賜舉人授中書舍人。可見《儒林外史》的主張，即使在作者的兒子那裡也不能實行。道理很簡單，「白門三日雨，竈冷囊無錢。逝將乞食去，亦且賃春焉。」〔註17〕乃父這般光景不是吳烺願意學樣的。相反，袁枚家無衣食之虞，對兒子就能「不教應試只教吟」〔註18〕，至於寫入《遺囑》以垂訓後人。可見吳敬梓與袁枚對功名富貴的態度，是如何差之毫釐而失之千里。這既由於生活地位的差異造成，又反過來造成生活地位的更大的差異。讀者和研究者萬不可以因為推崇吳敬梓的偉大，把這樣簡單的生活知識都忘掉了。

吳敬梓對功名富貴的決絕態度使他不屑曳裾候門，甚至乾隆南巡駐蹕南京，他也敢「企足高臥向楜床」〔註19〕，表現了難得的骨氣。在這一點上，袁枚廣交海內士大夫，似乎頗形庸俗，其實又不然。袁枚有處人處世的藝術，卻無媚人下人的穢骨。舉例來說，尹繼善是袁枚恩主，四督江南，與袁枚過

〔註17〕〔清〕程晉芳《懷人詩》，《儒林外史研究資料》，第 9 頁。
〔註18〕《詩集》卷三十七《示兒》。
〔註19〕〔清〕金兆燕《寄吳文木先生》，《儒林外史研究資料》，第 13 頁。

從甚密，然皆尹「強招之，宿留之，……公（按指尹繼善）以自爲，而非爲枚也。……而枚於公前之不乞一恩，不幹一事，不妄一語，不受一賜者，則非外之人所得而知也」，願與之「相忘於江湖」〔註20〕。——自謙而不自賤，自重而不自大，袁枚一生廣交海內士大夫，中懷灑落，大率如此。乾隆南巡，吳敬梓身無功名，不必去，亦不必不去；袁枚出身翰林，食祿養親，皇帝御駕降臨，實不敢「企足高臥」，而不得不去誠惶誠恐一番。但是，袁枚在翰院以滿文考試不及格外放，終生爲憾；而以他絕頂聰明，滿文似不應不及格，顯係不喜歡而不用心所致。由此推想他對乾隆皇帝未必有特別的恩感，反倒可能有所不滿，並不十分牽強。《小倉山房外集》卷四《上尹制府書》透露一個鮮爲人知的事實：乾隆某次南巡（時間待考），江南總督尹繼善「將躬隨園之蓬茅，請鑾駕之臨幸」，袁枚上書陳「十不敢」婉言拒絕。這種被《紅樓夢》中趙嬤嬤歎爲「哎呀呀好勢派」的曠世殊榮，袁枚都能「辭卻」，可見其於權勢地位何等淡漠。世間人事是複雜的，有時現象與本質恰恰相反。如袁枚，倘僅以形迹論，則不免厚誣古人。

第二，是對八股取士科舉制度的態度。當時所謂功名富貴只是科舉做官。吳敬梓否定功名富貴，進而否定科舉制度，以袁枚的思想觀點和「隨」和的處世態度，該是能以吳爲同調的。但是吳敬梓因棄絕功名富貴而「獨嫉時文士如仇，其尤工者，則尤嫉之」〔註21〕，那就不是袁枚，同時也就不是當時多數讀書人所能接受的了。袁枚二十三歲成進士，中年有八股文集《袁太史稿》行世，士之求學問業者不絕於門。我想這「尤工者」，如果不是特指袁枚，也該主要是指袁枚。以此得罪袁枚及同時眾多文士，自絕於人，程晉芳說：「余恒以爲過，然莫之能禁。緣此，遇益窮。」〔註22〕如果我們不願意我們卓越的文學家處境「益窮」的話，就不能不承認這的確是吳敬梓處世的一個偏頗，人生的一個誤區。實際當時弄八股的人，多半都以之爲敲門磚，嗜痂成癖眞好八股的人早就不多了。即以袁枚論，雖號稱八股文大家，但他內心從來就不喜八股。不惟不喜八股，並一切考試之文均不看重。其所以不主張「捐科名，絕時文」者，乃在於認爲當時無論「立德功」或「立言」，「勢必藉此梯媒」。他反對八股文的手段很特別：「子不能以憎媒故而勿婚，則不如速婚焉而絕媒氏。僕勸吾子勿絕時文，乃正所以深絕之也。」是謂無可奈何。這些

〔註20〕 《文集》卷十九《答尹相國書》。
〔註21〕 〔清〕程晉芳《文木先生傳》，《儒林外史研究資料》，第11頁。
〔註22〕 《文木先生傳》，《儒林外史研究資料》，第11頁。

看法於《小倉山房文集》中《答袁蕙纕孝廉書》《答俌之秀才第二書》等，可以覆按。另外，吳著《儒林外史》討伐科舉；袁枚在他的小說《子不語》中對八股取士制度也作了辛辣的諷刺，斥之爲「爛八股時文」〔註23〕，「此腐爛之物」〔註24〕，「此事無關學問」〔註25〕等等。在深「絕時文」這一點上，吳敬梓與袁枚本來也沒有什麼根本的分歧。分歧只在恨八股是否立刻就扔掉八股，是否並八股之士而「嫉……如仇」。袁枚的答案是否定的，吳敬梓則取了肯定的態度。

第三，表現在學術觀念的差異。吳敬梓早年好詩文，晚年致力於小說創作，但據程晉芳《文木先生傳》說他晚年「好治經」，把「治經」看作是「人生立命處」，與程綿莊同屬「先兼後割愛」〔註26〕一類。《儒林外史》寫於吳氏晚年，所以書中備受頌揚的是虞博士、莊徵君一類「眞儒」，而殊乏詩文之士。相反，袁枚好文學，雖也做過經史的小考證，但多是疑經翻案，於所謂「漢學」「宋學」均不屑爲之，嘗有詩曰「鄭、孔門前不掉頭，程、朱席上懶勾留」〔註27〕；甚至菲薄六經曰「古有史無經」，「夫道，無統也。」〔註28〕「廢道統之說而後聖人之教大歟？」〔註29〕，從而把所謂「漢學」「宋學」的老根都否定了；他公開宣稱「六經雖讀不全信」〔註30〕，「丈夫貴獨立，各以精神強。」〔註31〕「古來功名人，三皇與五帝。所以名赫赫，比我先出世。」〔註32〕更進一步跳出牢籠，張揚個性，標榜文學，他說：「萬物貴有恃，丈夫重獨行。千秋萬歲後，吾豈無性情？」〔註33〕要於天地間立一個大大的「我」字。其大膽與不羈不僅非同時一般人所敢引爲同調，更在那「儒林」「文苑」壁壘分明的時代爲經生所嫉。當時著名漢學家惠棟就曾致書規箴，吳敬梓「好治經」，也斷不肯以袁爲同調的。

〔註23〕 《子不語》，上海古籍出版社 1986 年版，第 218 頁。
〔註24〕 《子不語》，第 747 頁。
〔註25〕 《子不語》，第 805 頁。
〔註26〕 《文集》卷四《徵士程綿莊先生墓誌銘》。
〔註27〕 《詩集》卷三十三《遣興》之一。
〔註28〕 《代潘學士答雷翠亭祭酒書》，《文集》卷十七。
〔註29〕 《策秀才文五道》，《小倉山房文集》卷二十四
〔註30〕 《詩集》卷十五《子才子歌示莊念農》。
〔註31〕 《小倉山房詩集》（以下簡稱《詩集》）卷二十五《題宋人詩話》。
〔註32〕 《詩集》卷十五《陶淵明有飲酒詩二十首，余天性不飲。故反之作不飲酒二十首》之十二。
〔註33〕 《詩集》卷七《偶成》。

第四，在納妾的問題上尖銳對立。吳敬梓反對娶妾，《儒林外史》第三十四回杜少卿道：「⋯⋯況且娶妾的事，小弟覺得最傷天理。天下不過是這些人，一個人佔了幾個婦人，天下必有幾個無妻之客。小弟為朝廷立法：人生須四十無子，方許娶一妾；此妾如不生子，便遣別嫁。是這等樣，天下無妻子的人或者也少幾個。也是培補元氣之一端。」這一種非難娶妾的「風流經濟」雖然並不徹底，但在當時也是難能可貴的了。袁枚的婦女觀和對婦女的態度有不少值得稱讚的地方，但從個性解放的觀念出發，他把「好色」視為天經地義，加以遲至六十三歲才生子，所以此前年復一年，「無子為名又買春」，隨園花柳，妻妾成群，群雌粥粥，是有名的。《外史》「風流經濟」於反對娶妾雖然留有餘地，但是《春秋》誅心，「最傷天理」的批語頗具刺激，一班熱衷置婢買妾的官僚士紳肯定是看在眼裏，恨在心裏；袁枚也不會容忍。但是《儒林外史》的說法為當時大義所在，「買春」的客官們百口莫辨，只能任他針砭。只是可以想見，這會給吳氏招來多少麻煩，包括袁枚，怕也會嫉之如仇的罷。吳敬梓又「緣此，遇益窮」，是很自然的。但這是他的偉大和光榮，與上述偏頗不可同日而語，只是吳、袁之間又多一不能相得之點，且又是無可解釋的。

吳敬梓與袁枚價值觀念和生活態度的這諸多差異，是當時錯綜複雜社會矛盾作用於他們的結果，更直接是為人個性不同所致。後一點乃深入植根於各自特殊的生活經歷中，耐人尋味，頗有深入尋繹的必要，也試為說明。

吳敬梓出身於「五十年中，家門鼎盛」〔註34〕的官僚世家，雖然後來他這一支衰落了，但在吳二十二歲父親去世之際還「襲父祖業，有二萬餘金」〔註35〕，乃富家闊公子；而袁枚雖於兄弟間也曾自詡「氏族非小草」〔註36〕，但至袁枚已三世衰落，祖、父輩皆遊幕為生，饔飧時或不繼，乃出身貧寒的讀書人。在吳敬梓一生難忘「家聲科第從來美」的同時，袁枚惟坦然自謂「僕本寒人子耳」〔註37〕；在吳敬梓「禿衿醉擁妖童臥，泥沙一擲金一擔」〔註38〕之際，袁枚尚「慚愧少年貧裏過」〔註39〕；當吳敬梓「田廬盡賣，鄉里傳為

〔註34〕 吳敬梓《移家賦》，《儒林外史研究資料》，第 29 頁。
〔註35〕 程晉芳《文木先生傳》，《儒林外史研究資料》，第 11 頁。
〔註36〕 《詩集》卷六《示香亭》。
〔註37〕 《詩集》卷六《示香亭》。
〔註38〕 吳檠《為吳敬軒三十初度作》，《儒林外史研究資料》，第 4 頁。
〔註39〕 《詩集》卷二《乞假歸娶留別諸同年》之一。

子弟戒」〔註40〕不得已移家白下之際，袁枚正矯首雲天，試鴻博、捷進士、入翰林、四任縣令以購置隨園；當吳敬梓窮愁著書與程晉芳執手相泣曰「此境不易處也」徒喚「奈何」〔註41〕之際，袁枚正優游林下，圖史滿前，接四方宦友文客，一紙千金地賣文，兼且置田收租，放債取利……。總之，在那個「人道長安似弈棋」的時代，吳由世家貴胄落到一貧如洗，袁由一介寒儒躋身社會名流。他們彷彿是對開的列車，如果不是各走各的道，那就有相撞的可能。這種可能對於執「『隨』之時義大矣哉」的袁枚來說也許並不算大，而對於「皆言狂疾不可治」〔註42〕的吳敬梓來說就幾乎是不可避免的。

　　出身經歷造就人的性格，性格決定命運。吳敬梓出身世家高門，為人嗣子，席豐履厚，不知稼穡守成之難，耽於文藝而「素不習治生，性復豪上，遇貧輒施，偕文士輩往還，飲酒歌呼窮日夜，不數年而產盡矣」〔註43〕。對於這樣一位地主家庭的浪子，出身寒賤素精於治生的袁枚肯定是不欣賞的。這固然無從舉出直接的證據，但是程晉芳與吳、袁皆稱至友，其「好治經」和「不習治生」與吳同，熱中功名和不能棄絕時文則與袁同，一旦家業凌替，袁枚致書責之曰：

> 僕恰有進於足下者：足下高談心性，不事生產，家中豪奢，業已出千進一矣。又性喜泛施，有求必應，己囊已竭，乞諸其鄰，一家之感未終，一家之怨已伏，久之逋負山積，自累其身。須知孔子之「樂在其中」，顏子之不改其樂」，皆身無逋負也，又恃有簞瓢素食也。若身有逋負，家無簞瓢，則獄訟興，飢寒交迫，活且不能，樂於何有？……儒者以讀書傳名為第一計，必不當以治生理財為第二計，開源節流，量入為出，經紀之道，不過如此。……錢文如白水，來難去易，尤宜慎持之。我輩身逢盛世，非有大怪僻、大妄誕，當不受文人之厄；唯恐不節之嗟，債臺獨上，徒然昂屋，不能著書，白駒過隙，沒世無稱，可為寒心刻骨也。〔註44〕

這封信中有「當初得隨園……，自家口來後，營造十年」等語。袁枚於乾隆二十年（1755）遷家隨園，此信約寫於吳敬梓卒後十一年，與吳並無直接的

〔註40〕　《文木山房集》卷四《減字木蘭花・庚戌除夕客中》。
〔註41〕　《文木先生傳》，《儒林外史研究資料》，第 11 頁。
〔註42〕　〔清〕金兆燕《寄吳文木先生》，《儒林外史研究資料》，第 13 頁。
〔註43〕　《文木先生傳》，《儒林外史研究資料》，第 11 頁。
〔註44〕　《尺牘》卷二《答魚門》。

關係，但所指程晉芳的窘況與吳之生前酷似；「文人之厄」云云，是否與吳敬梓和他的《儒林外史》有關，不能肯定，但也不排除這種可能。即使並非指吳敬梓，而以此移於吳之「素不喜治生」也不啻苦口良藥，只是吳敬梓必不接受而袁枚亦未必肯為此諍友也。

綜上所述，吳敬梓與袁枚都是中國十八世紀卓有建樹的思想家文學家，他們都走在了時代的前列而有巨大的隔膜和差異。吳敬梓是激烈的社會批判家，理想主義者，他出以公心，不憚匹馬單槍與整個庸俗現實作戰；他勇敢地站在那裡，毫不掩飾，毫無顧忌，決不退卻，永遠戰鬥；在他的性格中有一種偉大的孤獨感，近乎宗教熱情的獻身精神；他是顧炎武、顏元等人思想的忠實繼承者，十八世紀中國的堂·吉訶德，倒行的前進者，一個偉大的悲劇性格。袁枚則不然。他的入世的熱情，現實主義的精神，使他成為一個行動著的思想家，理智而圓活的社會生活的指導者；他未曾忘記社會，但他本質上是一個個人主義者；他為了個人，為了個人的名聲和享樂活著，用爭取實現個人價值的言論和行動感染社會形成新的風氣；他混合了顧炎武、顏元和李贄，更偏重於繼承和發展了後者；他有些像司湯達《紅與黑》中的于連，而有更多舊的負擔以致較少冒險精神；有些像賈寶玉，而更加入世和咄咄逼人。總之，中國十八世紀是個新舊交替漸以激烈的時代，思想文化領域裏封建與反封建、垂死的舊道德和市民新生的帶有資產階級性質的人生理想的鬥爭，隨時隨地錯綜複雜地發生進行著，人們喧囂著，吵嚷著，以各種不同的方式表達各種歧見，舊的所謂「漢學」「宋學」的壁壘尚且存在，袁枚思想的根基還植於舊來「文章」的淵源；分化剛剛開始，但是就局部而言，還遠沒有形成分明的壁壘、統一的戰線；進步的思想家們，每個人都還在摸索，他們可能在摸索中成為並肩的同志，也可能互不相謀，甚至發生齟齬和對抗。吳敬梓和袁枚應屬於後兩種情況之一。這是一個遺憾，卻是一種必然。他們一個代表了即將過去時代的餘輝，一個顯示著朦朧中未來的曙光；它們共同照亮世界，卻來自不同的方向；他們之不能攜手並肩是注定的。彷彿寒夜蒼穹的兩顆明星，看起來非常接近，實際上十分遙遠。茫茫人海，聚散無常，我們為這兩位文學巨人的隔絕而遺憾，卻不必因此而太多困惑。

吳敬梓、袁枚雖然都屬於十八世紀進步思潮在文學方面的卓越代表，但是他們思想類型、為人個性的差異導致後世評價的懸殊。吳敬梓因為他的《儒林外史》於今享有崇高的地位，他的偉大舉世公認，不須辭費；然而袁枚卻

從來被誤解，有些誤解還很深。以致今世多數人所知袁枚只是一個有過較大影響的詩人，詩學「性靈說」的提倡者，尙且因被認爲與吳發生過矛盾而橫遭撻伐，這就不公平了。即使在袁枚「性靈說」詩論這一點上，也還有過郭沫若先生被人譏爲吹毛求疵的批評〔註 45〕，這就更不公平了。其實，在筆者看來，袁枚的偉大也許主要還不在詩論甚至不在文學，而在於他作爲一位用筆戰鬥的思想者曾在他的時代使「全隊走狗不敢狂吠」，因此遭到後世衛道士們諸多的誣陷。這是上一個世紀的悲哀，本世紀也還未能完全撥亂返正。

至於對袁枚生活作風的指責挑剔，雖然可以舉出事實，但是，從沒有人聯繫其整體的思想和爲人加以評判。鄙見以爲，那中間既有他封建文人的庸俗，也帶有他某些張揚個性的特點。而學術研究尙論古人，當務其大者遠者。既不應以小眚掩大德，又應注重於光明正大處爲文，自不必於此等細枝末節津津樂道，而墮入封建衛道者的惡趣。物之不齊，物之情也。歌德與貝多芬散步時遇到魏瑪皇室的貴胄，歌德脫帽敬禮，貝多芬昂首側目而過，歌德的鄙俗氣不影響他與貝多芬有同樣的偉大；席勒年輕時曾有過一段動蕩而輕浮的生活，他的放浪也沒有掩蓋偉大思想家文學家的光輝。一八〇八年，當中國的袁枚被章實齋輩罵得狗血噴頭之際，拿破侖正在埃爾福特稱讚歌德：「這才是一個人！」鄙見以爲袁枚正是結合了他的偉大與鄙俗，才成爲我國文學史上形象最鮮明的作家之一。

是的，「這才是一個人！」試檢古人的文集，有幾個不是幾經悔其少作和顧忌裁量後才公諸於世的？而袁枚能不顧一切，唯傳其眞，也就因此在後人看來他可訾議之處似乎更多更突出。袁枚的不幸，部分就在於此。同時我常常想，在古代文學研究中，當我們接受了一位作家的貢獻的時候，也應給他的人非完人予以寬容；對於那怕是作出過少許貢獻的作家，我們都不應以「後來居上」的優越感甚或大權在握的狂妄做簡單的判斷，而應切實地知人論世，甚至推己及人，多一點誠敬心思和做深入具體的理解。袁枚曾治印鑴文曰「錢塘蘇小是鄉親」，某尙書譏之。袁枚說，以今而論蘇小小是妓女無如尙書之貴，但恐千百年後人有知蘇小而不知尙書爲誰人。這一則軼事對以何種態度評價古人可有所啓發，因餘論及之。

（原載《明清小說研究》1997 年第 2 期）

〔註 45〕郭沫若《讀〈隨園詩話〉札記·後記》，作家出版社 1962 年版。

第二輯 《歧路燈》研究

《歧路燈》述評

　　《歧路燈》一百零八回，李海觀著。李海觀（1707～1790）字孔堂，號綠園，又號碧圃老人。河南寶豐縣人。書約創始於乾隆十三年（1748），完成於四十二年。有乾隆新安、嘉慶葉縣等地抄本九種。洛陽石印本、樸社排印本各一種。

　　《歧路燈》〔註1〕主要寫一個宦門子弟如何墮落敗家、又如何回頭向善、重光門第的故事。明代嘉靖年間，河南開封府首縣祥符有一位貢生譚孝移，五世鄉宦，品卓行方，娶妻王氏，中年得子，名端福兒。兒七歲，孝移親自教讀《論語》《孝經》，已大半成誦。一日，孝移接祖籍丹徒縣族侄譚紹衣來書，謀修族譜，遂同來人回籍祭祖展拜。歸來時端福兒已廢書不讀，日與鄰家小兒女玩耍。孝移不悅，乃延請副榜婁潛齋為西席，教端福於碧草軒之上。端福取學名紹聞，同讀有婁潛齋之子婁樸，王氏內侄王隆吉。

　　紹聞資性聰明，更兼婁潛齋端方正直博雅，教授有方，一時學業大進，縣學應試經書，與婁樸同獲獎賞。不久，譚孝移在婁潛齋和僕人王中等的幫助下打通官府關節，保舉賢良方正，進京面君；婁潛齋也中舉，入京會試，譚家只好另外延師。王氏糊塗不明，請了鄙陋偷惰的劣等秀才侯冠玉來到碧草軒。婁樸、王隆吉先後離去。侯冠玉教紹聞拋棄經書，專弄八股，又縱其玩耍，看命相、說陰陽，居然深得王氏信用。及至譚孝移帶銜榮歸，見譚紹聞讀《金瓶梅》，學業荒廢，氣惱成疾，又為庸醫所誤，臨終遺命紹聞：「用心讀書，親近正人。」停柩在家，暫不安葬；又遍囑老僕王中、朋友婁潛齋等，含恨而亡。

〔註 1〕　〔清〕李綠園著《歧路燈》，欒星校注，中州書畫社 1980 年版。

譚紹聞爲父成服封柩，仍從侯冠玉讀書。轉眼三年孝滿，學問沒添什麼，倒養成了沾花惹草、東遊西蕩的習氣。母親王氏也溺愛不明，放縱不管。唯老僕王中甚是憂心，孝滿之日，請准王氏，邀孝移舊日摯友飲宴碧草軒，教責譚紹聞。侯冠玉當眾委過飾非，反誣紹聞不聽教導。惹怒紹聞母子將他開發了。從此紹聞無人教督，信馬由繮。先是由已從商的王隆吉牽線，結盟舊宦公子盛希僑；繼而被綽號兔兒絲的破落子弟夏逢若纏上，終日嬉遊，下賭場、宿妓院、詭謀狎婢女，大把輸錢……。王中、婁潛齋、紹聞未婚妻之父孔耘軒等苦勸嚴責，皆不奏效，反而更大弄起來：養戲班，狎孌童，遭訛詐，裝死恐脅他的母親……。母親的痛苦使他良心不安，又有王中苦諫，紹聞誓志永改過，歸碧草軒讀書。

然而，夏逢若又來勾引，紹聞面嫩心軟，加以繫戀妓女紅玉舊情，決心只去一遭，從此割斷。不料入得賭場就身不由己，又輸一百四十串，不能自拔。而紹聞年齡漸長，母親乃爲娶婦孔慧娘，納婢女冰梅爲妾。冰梅生了興官兒，妻賢妾嬌，一家和睦，亦可謂享人間極樂之福。然而譚紹聞漁色之心未已，又勾搭賃居譚家空房的皮匠之妻，招致皮匠一場羞辱，賠掉百五十兩銀子。後來茅拔茹因此狀告譚紹聞，虧得縣令荊某聽斷明白，扶持人倫，譚紹聞方免受刑。而輸賭、娶親、連遭訛詐，銀錢無出，只得重息借債；妻子孔慧娘因此憂憤成疾；王中勸諫，反被逐出家門。譚紹聞依舊濫交匪類夏逢若、白興吾、管貽安、張繩祖等人。居然有一次賭贏了一百兩銀子，王氏喜歡，惟有孔慧娘一聲兒也不言語。一夕，慧娘、冰梅置酒與紹聞閨中小酌，柔情密語、勸化紹間招、召回王中。紹聞爲眞情感動，念及父親「用心讀書，親近正人」的遺教，決心改志。召回王中，割產還債。自己重又閉門讀書。匪類的勾引，一概正言拒絕。孔耘軒爲女婿擇惠人也爲師。這惠人也是一個迂腐的先生，教書「理學告成，要做到井田封建地位」，把個譚紹聞講的如寸蝦入海，泅七八年不到邊兒，但到底師徒廝守。後來惠人也順著後妻滑氏虧心負兄，得了羞病辭去。譚紹聞也還能在碧草軒獨寫獨誦。

一日，夏逢若爲張繩祖逼使，誆騙譚紹聞進了賭場。紹聞酒醉技癢，故態復萌，又大賭起來。一夜輸銀五百兩，又羞又怕，不敢回家，遂外出逃躲。途中盤纏被盜，流落僧院。家中四處找尋，賭漢又來逼討賭債。待到王中將譚紹聞找回，賭徒張繩祖等已交通衙門，狀告譚紹聞「賴債不償」。縣令程公重懲匪類，又法外施恩，曲全譚紹聞體面。孔慧娘已氣鬱成疾，加之庸醫誤

診，竟不治而亡。夏逢若藉口提親又來纏攪，卻由舅氏王春宇說合，娶了新發迹財主巫家的女兒巫翠姐。從此譚紹聞又由巫家的親戚牽連，結交上巴庚、錢可仰等另一幫匪類，仍舊聚賭狎娼，直到賭場出了人命案，譚紹聞送了賄賂，認了縣令做老師，才脫了關係，自然又賠了大把的銀子。王中恨急，大罵夏逢若，反遭主母王氏和少主母巫翠姐怪罪，重又出宅自己過活。譚紹聞吃喝嫖賭，居然贏了一對金鐲，惹得巫翠姐滿心歡喜。不料那金鐲卻是賊髒，譚紹聞又吃官司，幸虧王中向捕役行賄，又請了一班父執央求縣令邊公，才免於緝拿。眾父執對譚紹聞又一番教責，程嵩淑還慷慨為之延師，請到了博古通今、經綸滿腹的智周萬做了譚紹聞第四任先生，從此碧草軒上，譚紹聞潛心讀書，童子試取了第三名，依舊文名大振。

夏逢若一幫匪類造搖智周萬窺女人上中廁，迫使先生辭館而去。譚紹聞又入賭場，輸銀八百兩，還幾乎鬧出官司。還賭債無路，便尋死上弔，幸而救活。為了添補錢銀虧空，譚紹聞聽信夏逢若的話，在家裏開賭場，養婊子，白晝呼盧叫雉，晚間依翠偎紅，結果又牽連進一樁因奸逼命的大案，引出了譚宅窩賭犯法的事體，幸虧「銀子會說話」，王中上下打點，使紹聞免受皮肉之苦。但欠債越來越多，討債的越來越緊。紹聞無奈，便去已做濟寧州知州的婁潛齋處打抽豐。不料回來的途中遭劫，幾乎丟掉性命。回家後又請道士煉金受騙，與夏逢若秘鑄私錢，被冰梅、王中等阻攔，方未釀成大禍。然而畢竟缺錢使用，只好變賣了墳樹。巫氏揭短，譚紹聞惱羞成怒，打將起來，休回娘家。家反宅亂，奴僕逃散。王中乃再請程嵩淑等一班父執教責譚紹聞，並幫助議定割產還債之法。家產漸將蕩盡。譚紹聞才真正醒悟，立志「用心讀書，親近正人」。不久父子並試，中了秀才。

此時祖籍丹徒族兄譚紹衣已中進士，升任荊州知府，又遷河南開歸道臺，勘亂籌荒，作育人才，多有善政，對譚紹聞父子也盡心教誨扶持。紹聞鄉試中了副榜，王中掘地得一窯藏金，否極泰來。盛希僑也改過向善，只有夏逢若犯法遭戍極邊。後來譚紹衣帶兵平倭，譚紹聞隨軍立功，得官黃岩縣令；家中產業贖回，巫氏自然也從娘家回來，譚紹聞告終養。兒子簣初娶了譚紹衣的外甥女薛全淑為妻，納王中之女全姑為妾，洞房花燭之後，入京會試，神靈呵護，中了進士，欽點翰林院庶吉士。譚紹聞父子俱受皇恩，一門榮寵，可告慰譚孝移於九泉之下。

從上述情節可以看出，這是一部封建時代的教子弟書，世宦地主的「家

政譜」。作者李綠園世代貧苦，到他這一代方讀書做官。兒子李蓬還中了進士，仕至江西督糧道，吏部主事，成了暴發戶。作爲這一家庭的創業者，李綠園深知「成立之難如登天」；作爲身歷三朝（康、雍、乾）、「舟車海內」（《歧路燈‧自序》）二十年，享年八十有三的耆儒，李綠園亦深知「覆敗之易如燎毛」。書中譚孝移說：「我在這大街裏住，眼見的，耳聽的，親閱歷有許多火焰生光人家，霎時便弄的燈消火滅，所以我心裏只是一個怕字。」這番話正是作者心聲的準確流露。所以，他要寫一部《歧路燈》，像佛教的《傳燈錄》那樣，給自家，也給世上那些「火焰生光的人家」，教授使子弟「紹聞衣德」「念祖修德」（譚紹聞字念修），世世永昌的心法，照亮封建家庭的前途。而封建家庭正是封建王朝的細胞，書中如「古純臣之事君」的王中，別本作「王忠」，回文就是「忠王」，大約也就寓含此書以「誠意、正心（書中張類村之侄名張正心）、修身、齊家」爲「治國」說法的用意了。這是一部「道性情，裨名教」（《綠園詩鈔自序》）的「理治」之書，是「忠君愛國」（同前）的「補天」之作。

當《歧路燈》正在寫作的前後，秦淮河畔，被「鄉里傳爲子弟戒」的吳敬梓完成了他的「斷腸」之編（《儒林外史》）；黃葉村中，自傷「無才可去補蒼天」的曹雪芹「將已往……背父兄教育之恩，負師友規勸之德，以至今日一技無成，半生潦倒之罪，編述一集，以告天下人」（《紅樓夢》）。比較同時代兩位偉大作家爲封建制度唱出的無盡輓歌，李綠園卻編造了封建家庭衰而復興、起死回生的神話，豈不倒行逆施，只堪覆瓿了嗎？是的，這使《歧路燈》在《儒林外史》《紅樓夢》風靡人世的二百多年中備受冷落；然而又不完全是，「良書盈篋，妙鑒乃訂」，此古人所以慨歎「知音其難哉！」（《文心雕龍‧知音》）

我認爲《歧路燈》最大的缺陷在於作家創作中療救封建末世的意圖，使他構造的「敗子回頭」的故事在時代文學的大環境裏看來，不是「對現實關係的眞實描寫」（恩格斯《致敏‧考茨基》），因而是不典型的；也使他不能專心於生活圖畫的描繪，不時用抽象的說法代替生動的敘述。結果正如歌德所批評的某些德國詩人那樣，「他們愈醉心於某種哲學派別，也就愈寫得壞」（《歌德談話錄》）。然而，作家的創作意圖既非作家思想的全部，更不完全等於作品的實際。作家以他的全部思想感情傾注於創作，在時代的氛圍中用現實的材料描繪生活的圖畫，「現實主義甚至可以違背作者的見解而表現出來」（恩

格斯《致瑪‧哈克納斯》），《歧路燈》也自然會有它真正閃光的地方。作爲人，李綠園沒能戰勝宋明理學給他的鄙俗氣；但作爲小說家，他的《歧路燈》卻超越主觀的意圖，創造了中國十八世紀外省生活的無與倫比的圖畫，描繪了一代形形色色人物心靈的歷史，《外史》《紅樓》得此而三，正不必先入爲主，過爲軒輊。

《歧路燈》假託明事，實際反映的是清代康、雍、乾時代的生活，內容廣闊，筆觸深刻，有五大長處。

第一，它衷情難昧，透露了中層地主階層人物沒落的心理和家庭敗落的真正原因。從《歧路燈》的題目、情節發展和大團圓結局看來，作者所要表現的是地主階級在封建末世的希望和信心。但實際流露的卻是對自身前途的無可奈何的悲哀。書中五世鄉宦之家的主人譚孝移日常「心裏只是一個怕字」，憂心忡忡以至鬱悶而死，且有死不瞑目之憾。這種心理狀態，決非普通的居安思危，而是當時劇烈的土地兼併衝擊中下層地主家庭「霎時便弄得燈消火滅」造成的沒落感；雖然大團圓的結局，「可以慰譚孝移於九泉之下」，但那是連作者也意識到的非如此「一部書何所歸結」的俗語套。書中對中下層地主家庭前途的真正看法是：「人爲子孫遠慮，怕的不錯。但這興敗之故，上關祖宗之培植，下關子孫之福澤，實有非人力所能爲者，不過只盡當下爲者而已。」這幾乎等於承認了《歧路燈》「用心讀書，親近正人」的「八字小學」無濟於事。書中譚紹聞的墮落也證明如此，他七歲上就《論語》《孝經》「已大半成誦」，婁潛齋更教導使他得了提督學院的獎賞，非但已「用心讀書」，所親也自是「正人」。然而一旦被匪類勾引，便把持不住，讀過的書不頂用了，正人包括他的父親譚孝移也無可奈何。所以《歧路燈》並未真正照亮地主階級的前途，只是顯示了這種腐朽制度下貴族們窮途末路的恐懼和病入膏肓的虛弱。

第二，它愛而知其惡，揭露了理學的虛僞和科舉制的弊端。作者生長於「理學名區」的中州，治學以「裨名教」自任，是一位理學家。但他認爲「正經理學」，「不過是布帛菽粟之言」「飲食教誨之氣」。這種看法是明中葉以來王艮、李贄等百姓日用即道的哲學思想的繼承和發展。它使作者傾向人民，接近實際，「束身名教之內，而能心有依違」（魯迅《中國小說史略》評吳敬梓語），對他心愛的理學和科舉制度做了一定程度的批判。例如，程朱理學的最高觀念是「太極」，而李綠園對之並不欣賞。《歧路燈》寫惠人也教書：「做

的師位，一定要南面，像開大講堂一般」。從「理學源頭」（即「太極」）講到「井田封建」，「早把譚紹聞講的像一寸蝦入了大海，緊緊泅了七八年，還不曾傍著海邊兒。」惠人也剛提到「太極之理」，孔耘軒就趕忙打斷：「後會尚多，徐爲就正，何如？」惠人也子侄取名都分別是一元、兩儀、三才、四象等理學概念，而這樣一位狂熱的理學信徒卻順著老婆坑害他忠厚善良的哥哥。從這個形象，作品揶揄和諷刺了惠人也的愚腐和程朱理學的虛僞。由此生發，作品直斥了理學影響下知識分子的鄙俗氣：

> 從來讀書人性情，拿主意的甚少，旁人有一言而決者，大家都有了主意。（第六回）

> 這「俗」字全與農夫役不相干。那「語言無味，面早目可憎」八個字，黃涪翁專爲讀書人說，若犁地的農夫，掄錘的鐵匠，拉鋸的木作，賣飯的店家，請問老先生看見他們有什麼肉麻處麼？（第九回）

這樣的見解，在明清人的著作裏是罕見的，至今也有精警的意義。

對於科舉制度，作者的態度是矛盾的。一方面，無論從現實的考慮還是從《歧路燈》敗子回頭、家道復興的設計，作者都不能徹底否定科舉；另一方面，作爲科舉中人，作者也洞悉八股取士科舉制度的弊端，時時刺挑給讀者看。例如書中凡是專弄八股的，都是不學無術、胸無點墨。祥符縣副學陳喬擬不得匾額，優等秀才張類村不會撰寫屛文。更可惡的是侯冠玉一類無行文人，教學生從《金瓶梅》學做八股之法，去換取功名富貴，客觀上也是對八股取士制度的辛辣諷刺。書中婁潛齋等正面人物固然都是科舉出身的，但他們會試登第並非因爲八股文寫得好，而是靠了祖先的「陰騭」和鬼神的護祐，從而顯示了科舉制本身並不能選拔眞正的「經濟良臣」。作者借婁潛齋之口說：「前代以選舉取士，這是學者出身正途。」委婉地表示了對八股取士制度的否定，這與《儒林外史》反科舉的傾向是一致的。

第三，它憤世疾俗，揭露了吏臺的腐敗，政治的黑暗。李綠園中過舉、做過知縣，熟悉地方吏治，所以，他能在寫譚紹聞墮落的過程中時時掀起「康乾盛世」虛假的面紗，露出它醜惡的本相。例如官僚的貪贓賣法，書中寫譚孝移保舉賢良方正，譚紹聞一次次免於官刑及立軍功後引見皇上，每一關節無不是送錢打通的，王中有言說得好：「如今銀子是會說話的。有了銀子，陝西人說話，福建人也懂得。」布政司上號房（收發文書的門房）的書辦告訴

王中的話就是：「我姓錢，你要記得著。」作者爲這個人物取的名字就叫「錢萬里」。書中還借滿相公之口說：「天下無論院司府道，州縣佐貳，書辦衙役，不一千人，就有九百七十個是要作弊的。」又借盛希瑗之口說：「即如今日做官的，動說某處是美缺，某處是醜缺，某處是暗缺；不說衝、繁、疲、難，單講美、醜、暗，一心是錢，天下還得有個好官麼？」憤激之情，溢於言表。這樣激烈的言辭只有在後來的「譴責小說」中才能見得到，在《歧路燈》同時和以前的通俗小說中少有。當然，《歧路燈》也寫了一些清官。這些清官形象寄託了作者的政治理想，而書中借鄭州百姓之口說得明白：「我們鄭州，有句俗語：鄭州城，圓周周，自來好官不到頭。」而作爲清官政治理想的載體，這些形象的根本特徵不是忠君，而是勤政愛民。如寫季刺史午夜籌荒政，譚觀察勘災不住公館，不食盛饌，並云：「百姓們鴻雁鳴野，還不知今夜又有多少生離死別，我們如何下咽呢？」這些話，今天讀來也很可以令人感動。

第四，它同情民瘼，抨擊了封建官府對人民的壓迫和剝削。李綠園出身貧苦，又長期生活在農村，能較多暸解人民所受的壓迫剝削，並在《歧路燈》中作了生動的反映。例如書中寫鄧三變催租，揚言一日不交，即拿帖子送入官衙，則百姓之忍辱負重可知；又如寫豪門公子女管貽安霸佔民婦雷妮，逼死其公公劉春榮。雷妮告於縣令邊公，管家乃求雷妮：「只要你有良心，休血口噴人。」雷妮哭道：「您家有良心，俺公公也不得弔死在您門樓上」。這血淚控訴、不屈抗爭的文字出自二百年前一位作家之手，是難能可貴的。

第五，它敏感而深刻，以空前的文學畫面顯示了十八世紀資本主義萌芽對封建制度的衝擊。圍繞譚紹聞的傾家蕩產，《歧路燈》生動地描寫了地主、工商業主和高利貸者之間的矛盾鬥爭及彼此力量的消長。例如譚紹聞的破產首先是嫖賭輸錢，但眞正使他動搖根本的，卻是爲還賭債而借的高利貸。而王經千用從譚紹聞手中賺到的高利貸利息爲兒子買了個省祭官；商人巫鳳山之女巫翠且所以「甘做填房者，不過熱戀譚宅是箇舊家，且是富戶」。而世宦之家的女主人王氏看中巫翠姐做兒媳，倒是圖著巫家那暴發戶有好陪嫁。巫翠姐終於取代孔慧娘成爲譚宅的少主婦，既是資本對封建的勝利，又是資本對封建的依賴和妥協。這一描寫有似於巴爾扎克式的精湛，在中國小說史上是空前的。

不僅此也。《歧路燈》在藝術上也有五大長處。

第一，它是中國唯一以教育爲題材的長篇小說。李綠園大半生教書，三

十年中斷續寫成《歧路燈》，是一位重視小說的教育家，又是一位重視教育的小說家。他以教育家的心腸寫「敗子回頭」的故事，把一個沉悶的教子弟向善的題材做成七十餘萬言的小說，問世與法國啓蒙思想家、文學家盧梭的教育小說《愛彌兒──論教育》幾乎同時，是我國文學史上值得重視的現象。當然，《歧路燈》關於教育的見解有不少是陳腐的。但是，它相信人是可以教育好的，教育要從學校、家庭、社會三方面著力；學校教育首重擇師，家庭對獨生子不應溺愛，同時要治理好青少年成長的社會不環境，等等，都是基於豐富閱歷和人生經驗對教育題材的有益探索和開拓。

第二，它塑造了一批新的文學形象，豐富了我國文學人物的畫廊。例如由好變壞，又由壞變好的轉變型人物譚紹聞。溺愛不明的母親王氏，蒼蠅一般的教唆犯浮浪子弟夏逢若，婁潛齋、侯冠玉、惠人也、智周萬四個不同類型的塾師，高利貸者王經千，商人之女巫翠姐，市井小戶的寡婦姜氏等等，都是前代和同時的文學作品中少見的或未見的，而又都個性分明，栩栩如生。至於其他官僚士紳、書辦衙役、幫閒篾片、義僕牙婆、僧尼道姑、奸商賭徒，三教九流，無不輻輳書中。汴梁（祥符）古城，得此一書敘寫描繪，不啻又添一幅《清明上河圖》也。

第三，它形成了以一個人物命運爲中心的單線發展、大起大落、首尾圓合、針線綿密的長篇結構。我國古代長篇小說源於說話，《三國》《水滸》《西遊》《金瓶梅》《儒林外史》等的布局結構雖各有千秋，但除了曹雪芹的未完成之作《紅樓夢》外，都未形成以一個人物的命運爲中心線索貫穿全書的結構。《歧路燈》從譚紹聞幼年著墨，一瀉千里，都是這一中心人物的性格史、命運史。其間幾番墮落，幾番悔悟，正人與匪類及其他各種人物、閭閣市井及都市鄉村和各具風情的生活場景，都隨之行列來，使人如行山陰道上，應接不暇。而寫「敗」，敗得幾乎徹底；寫「回頭」，回到花團錦簇。雖不免落了大團圓的俗套，但大開大闔，比較以因果報應結構全書者（如《金瓶梅》《醒世姻緣傳》），到底略勝一籌。至於大到開篇即出現紹聞祖籍族兄譚紹衣、小到第八回譚紹聞幼時新正前後「晚上一定放火箭」，爲結末譚紹聞得譚紹衣援引和從軍用火箭破敵立功伏筆，等等，則是首尾圓合、針線綿密的工夫。它絕無閣東話西之弊，也不屑走傳統「無巧不成書」的舊路，情節如蠶吐絲，自然流動。

第四，它嚴肅寫實，平易而生動。李綠園力詆《西遊》之幻，戒絕《金

瓶梅》之穢，創作中持一種近乎刻板的寫實態度，這使《歧路燈》的敘述和描寫沒有過度的誇張，沒有迎合低級趣味的豔情，走了一條從平易中求生動的難行之路。這大大限制了作者才情的發揮，使作品缺乏那種動人心旌的情韻。然而因此卻帶來了雋永的風格和真正諷刺的效果。例如書中寫譚紹聞與再醮之婦姜氏之間的一段纏綿未盡之情，文字淡而有味。又如寫陳喬齡與周東宿兩位學官「悉心品士」：

> 喬齡道：「秀才中有個張維城……前日不是還送咱兩本《陰騭文注釋》……」東宿道：「……我見了，果然滿面善氣，但人未免老了……」喬齡又想了一想，說道：「還有一個程希明，……他也揮金如土，人人都說是個有學問的好人。只是好貪杯兒，時常見他就有帶酒的意思。」東宿道：「……但好酒就不算全美了。」喬齡道：「東鄉有個秀才，……他母親病歿，他就哭的把一隻眼哭瞎了。」東宿道：「這算個孝了，但瞎了一目，如何陛見？……」……東宿歎口氣道：「……看來還是譚忠弼、孔述經吧。」

兩位學官其實都是心裏有底要保舉譚、孔二人的，但都不一下說破，轉一大圈才說出這兩個人，以表示是「悉心品」出來的，這就是官場的把戲。李綠園並無意於諷刺，他不覺得這是笑料而一本正經地寫出，卻達到了諷刺的效果，正是這部書寫實的成功。

第五，它語言圓熟，是我國古代唯一用中州方言寫成的反映當地風土人情的長篇白話小說。這一點，對於一般的欣賞者也許並不重要，卻是語言學、風俗史、文化史上值得格外重視的。

《歧路燈》這十大長處，足以擅美中國古代小說之林。但在它也有一些他書所無的很大的毛病。當作者擺出一幅衛道者的面孔，用三綱五常等封建禮教誠勸讀者的時候，當他的人物為封建道德的理念矯揉造作繭自縛的時候，一切堪稱美的長處都為之減色了。這是一部理障較大的書，一部只適合於中年以後品味的書。黃山谷跋陶淵明詩卷曰：「血氣方剛時，讀此詩如嚼枯木；及綿歷世事，知決定無所用智。」《歧路燈》大概即小說中之陶詩吧。

（原載《中國通俗小說鑒賞辭典》，南京大學出版社 1993 年 5 月版）

《歧路燈》簡論

李綠園（公元一七○七～一七○九年），名海觀，字孔堂，河南寶豐人，生歷康、雍、乾三朝，幾與十八世紀共始終。綠園性「沉潛好學，讀書有得，及凡所閱歷，輒錄記成帙。每以明趨向，重交遊，訓誡子弟」〔註 1〕。《歧路燈》就是他一生所學所得和閱世經驗在文學上的結晶，也是他留給世人的一部誡子弟書，從思想到藝術都具有顯著的個人和時代特色，在文學史上是應該有一定地位的。

據校注《歧路燈》的欒星同志考證，《歧路燈》開筆在《儒林外史》即將脫稿，而比《紅樓夢》早六年的一七四八年。此間，前距清朝立國，後距鴉片戰爭都約一百年，正是清朝統治由盛而衰的轉折時期：一方面，清朝貴族經過近百年的武力與政治征服，在恢復和發展生產的基礎上使政權得到鞏固，史稱「康乾盛世」；另一方面，兩千多年停滯僵化的中國封建社會已經腐朽不堪，瀕於消亡。前者這個社會的現象，後者是它的本質，而這種現象和本質的矛盾已經給當時人們的心理投下了濃重的陰影。乾隆八年（公元一七四四年），瀋陽問安使趙顯命答朝鮮王李昑問及清朝政治說：

> 外似升平，內實蠹壞。以臣所見，不出數十年，天下必有大亂。
> 蓋政命皆出要譽，臣下專事詼說，大臣庸碌，而廷臣輕佻，甚可憂
> 也。〔註 2〕

〔註 1〕 董作賓《李綠園傳略》，載《歧路燈》1927 年樸社版。又見欒星編著《〈歧路燈〉研究資料》，中州書畫社 1982 年版，第 127 頁。
〔註 2〕 朝鮮《李朝英祖實錄》（英祖十九年十月丙子），轉引自《康雍乾時期城鄉人民反抗鬥爭資料》，中華書局 1979 年版，第 3 頁。

這是對一姓王朝的憂慮，但本質上也可以說是對封建末日的預感。這在中國十八世紀中葉是一種極普遍的現象，當時的文學正是這樣一種憂慮和苦悶的產物。《儒林外史》《紅樓夢》《歧路燈》，就都是當時的人們努力從封建末世所造成的巨大社會人生的苦悶中掙脫出來的象徵。

為前途苦悶是共同的，出離苦悶的追求卻因人而異。吳敬梓、曹雪芹都從大富大貴的家庭落到一貧如洗，受盡了世態炎涼，看遍了人間醜惡，關心著社會，愛戀著人生，卻又找不到切實的出路。於無可奈何之際，吳敬梓在《儒林外史》中寫下對「禮樂兵農」的古代的嚮往；曹雪芹在《紅樓夢》裏造了一個「太虛幻境」，讓一僧一道挾著寶玉出世去了。一個寄希望於不可復返的過去，一個憧憬佛道神仙世界的幸福——現實只堪痛苦，他們就詛咒它、否定它、厭棄它，用心造的幻象來代替它。那麼，還有沒有人寄希望於現實，企圖為這個封建末世紀設計一條社會和人生的出路呢？有，那就是李綠園和他的《歧路燈》。

李綠園出身寒微，祖父和父親都是農村窮讀書人，與功名富貴從未沾過邊。因此，他不會有吳敬梓曹雪芹那種因懷舊而產生的人生的虛幻感；他又是把一個普通農村讀書人提高到中上層地主階級的創業者。雖然自己一生科名並不如意，只在晚年做過短短一任邊遠地區的知縣，但到他寫《歧路燈》後半部時，兒子李蘧已經中了進士，並做了吏部的主事，家庭地位驟然提高。因此，他又不會有吳敬梓、曹雪芹那種因家窮無計而對現實的絕望；相反，作為踏著現實的臺階步步登高的暴發的封建家庭創業者，面對「天下必有大亂」的局面，他是一定要在現實中為這個封建家庭尋找出路的。一面，他從自己的閱歷和奮鬥，深感家道「成立之難如登天，覆敗之易如燎毛」，為保住家業而處心積慮，所謂「遺安煞是費精神」；一面，他深知這個家庭的命運與封建制度的存亡息息相關，封建秩序的解體，倫理綱常的敗壞，必然危及這個家庭的前途。所以他留戀這個行將就木的制度，千方百計企圖療救這個內部窳敗的「盛世」。《歧路燈》中譚孝移的形象在許多方面可以看作李綠園自身的寫照。為家計，他痛恨那些走上歧路的敗家子，為封建制度計，他痛恨吏治的腐敗，封建倫理道德的淪喪。而解決這些問題，為封建家庭和社會，為瀕於消亡的地主階級尋一條出路，以他大半生是一個教書先生可能做到的，不過是「以明趨向，重交遊，訓誡子弟」和以詩文「道性情，裨名教」〔註3〕

〔註3〕《〈歧路燈〉作者原序》，載《歧路燈》1927年樸社版。

而已。這就產生了《歧路燈》的主題:「用心讀書,親近正人」;也就產生了《歧路燈》的創作意圖:使「善者可以感發人之善心,惡者可以懲創人之逸志」〔註4〕。顯然,這樣一位作家不可能像吳敬梓、曹雪芹那樣對現實持徹底的否定態度,也不可能像他們那樣懷著絕望的痛苦造出出離現世的幻象。他是十八世紀中國封建營壘中那種「以道德思想來鼓勵自己」〔註5〕的保守派。《歧路燈》的題目就是作者所謂彝常倫理間的發明,它取法佛家典籍,以「燈」喻勸誡之義,標誌了這是一部旨在宣揚封建倫理道德,企圖為封建末世照亮前途的作品。它出自李綠園之手,成書於宋明以來即為「理學名區」的中州,絕不是一個偶然的現象。

作者這樣一種衛道的創作意圖,極大限制和損害了《歧路燈》的思想和藝術。首先,它促使作者虛構了一個地主階級的「敗子回頭」的故事。這在當時的社會裏也許並非絕無僅有,但是從封建末世這樣一個大的社會環境看來,肯定是不真實、不典型的。作者熱心於這樣一個故事的描繪,體現了他延續封建統治的強烈願望。他又把譚紹聞的「敗」歸結為個人的「面嫩心軟」、不近經書;把譚紹聞的「回頭」說成是家庭有「根柢」和父執中一幫「正人」,從而掩蓋了腐朽的封建制度這個導致一般地主階級子弟墮落的社會根源,宣揚了恪守封建倫常的地主家庭終能富貴長久的神話,這就從根本上削弱了作品批判現實的力量。其次,這樣一種創作意圖,這樣一種對地主階級前途的強烈希望和信心,也使作者不能專心於生活圖畫的描繪,不時用抽象的說教代替生動的敘述,影響了藝術形象的完整、鮮明與和諧,使作品帶有封建修身教科書的氣味,一些章節如第一、二、三、四回等令人不堪卒讀;在故事構思上,則使《歧路燈》沿襲了「凡是歷史上不團圓的,在小說裏往往給它團圓」〔註6〕的俗套。這些,都有力地說明了作家的落後思想對創作的局限。

但是,作家的創作意圖並非作家思想的全部,而作家思想是一個矛盾的整體,不可能是絕對落後或反動的。特別是李綠園出身寒微,閱歷豐富而又「沉潛好學」,思想上也自然會有一些來自社會生活實際和受當時進步思想影響的成分——在這樣一部容量巨大的作品中,它是一定要被表現出來的。讀

〔註 4〕 《〈歧路燈〉作者原序》。
〔註 5〕 馬克思《鴉片貿易》,轉引自《馬克思恩格斯論中國》,人民出版社 1950 年版,第 95 頁。
〔註 6〕 魯迅《中國小說的歷史的變遷》。

《歧路燈》，這是不可忽視的一個方面。另外，從文學欣賞的實際來看，「倘要讀完全的書，天下可讀的書怕要絕無」〔註7〕。《歧路燈》儘管有這樣那樣嚴重的缺陷，算不得「完全的書」，在思想上和藝術上都是一個「爛蘋果」，但是，認真地「剜」過，還是可「吃」的。同時，我們應當看到，作者雖然標榜「道性情，裨名教」，但文學創做到底還是要靠形象思維。《歧路燈》較一般優秀之作說教成分稍多，但就它自身而言，仍還是以敘述和描繪為主，以塑造人物形象為主，整體上不失為一幅形象的圖畫。而形象往往大於思想，所以馬克思說：「把某個作家實際上提供的東西，和只是他自己認為提供的東西區別開來，是十分重要的。」〔註8〕我們讀《歧路燈》，就不僅要讀出作者的創作意圖來，而且要讀出形象在客觀上所顯示的超越了作家主觀意圖的那部分思想意義來，讀出這個區別來。

李綠園創作《歧路燈》的意圖雖是衛道的，但他的創作態度卻是相當嚴肅的。這就是他在《〈歧路燈〉自序》中，通過詆毀《三國演義》《西遊記》等所表露的那種刻板的寫實主張。這種否認文學想像和幻想的刻板的創作態度，固然使《歧路燈》未能成為浪漫主義的奇葩，然而卻促使它成為一部比較廣泛而深刻地描寫了現實的書。《歧路燈》未踐明末清初一般戲曲小說敷陳帝王將相、才子佳人、神怪傳奇的窠臼，直接取材於現實社會普通人的日常生活，以一幅幅生動的畫面多方面地觸及了封建末世日益尖銳的社會矛盾，表現了一個封建時代的嚴肅的文學家關心和正視現實的勇氣。《歧路燈》如《儒林外史》一樣假託明事，實際上寫的卻是康、雍、乾時期的社會生活。由《歧路燈》，我們可以看到在這樣一個特定的歷史時期，地主與農民、地主與新興的市民和高利貸者，以及地主階級內部兩代人之間、主奴之間、妻妾之間等諸方面的矛盾和鬥爭；可以看到地主階級浮浪子弟的驕奢淫逸給人民帶來的痛苦和引起的社會風氣的墮落；可以看到八股取士的科舉制造成的鄙陋學風和學術文化的荒蕪，乃至賭場的侵淫，戲劇的濫觴，風俗的沿革，東南海疆的戰事，都在作者所描繪的藝術畫面中得到了相當生動的表現。顯然，沒有對社會現實矛盾的深切關心和瞭解，沒有形象地把握和表現各種生活側面的能力，是很難這樣廣闊地反映當時的社會現實的。特別值得注意的是，作者在表現這些社會矛盾時，一定程度上揭露和譴責了地主階級的罪惡，傾注了

〔註7〕魯迅《我怎麼做起小說來》。
〔註8〕《馬克思恩格斯全集》第32卷，第343頁。

某些進步的同情人民的思想感情。

　　《歧路燈》寫的是地主階級的「敗子回頭」。從主題和題材看，它不得不在寫這些浮浪子弟的「敗」上多用筆墨。從作品的實際看，作者也是比較自覺地大量暴露了他們的罪惡。這樣，在作者的描繪中就必然觸及地主與農民這個封建社會的基本矛盾。書中多次寫王中到鄉下催租，顯示了譚紹聞的吃喝嫖賭本是建立在對農民的經濟剝削之上的；第五十三回寫鄧三變挨家催租，揚言一日不交，即拿帖子送入官府，暴露了地主階級對農民經濟剝削原是與對農民的政治壓迫相結合的；第六十四回，作者以大半的篇幅寫管貽安霸佔民婦雷妮，逼死其公公劉春榮，表現了當時地主與農民這個封建社會的基本矛盾相當尖銳。當然，作者表現這些矛盾的出發點根本上在於惋惜舊家的沒落，但有些地方流露了對人民痛苦的同情。例如邊公審管貽安逼死人命案一段描寫：

　　　　邊公吩咐：「傳雷氏到案。」左右一聲喊道：「傳雷氏！」管貽謀慌了，緊到家中，見了雷妮，說道：「好奶奶！只要你說好話，不中說的休要說。」管家婦人一齊說道：「一向不曾錯待你，只要你的良心，休血口噴人。」雷妮哭道：「您家有良心，俺公公也不得弔死在您門樓上。」……

作者這樣細緻地描繪應不僅是為了頌揚邊公的德政，也是為了表示對管家罪惡的不滿和憤怒，其中滲透了對雷妮一家命運的同情和對她反抗精神的讚揚。

　　作者寫《歧路燈》的中間約有二十年「舟車海內」，並做過知縣，對當時地方吏治的狀況是相當熟悉的，以致他對貪官污吏的描繪十分精湛，常能寥寥幾筆勾畫出他們卑污的靈魂。第四十六回寫祥符縣主簿董守廉因能得到張繩祖一百兩銀子的賄賂，不問青紅皂白，當即答應要拿譚紹聞問罪。書中寫道：

　　　　董守廉心中動了欲火，連聲道：「這還了得！這還了得！只叫令表侄，等我上衙門去，補個字兒就是。這還了得！」

然而，這樣一個「褲帶拴銀櫃——原是錢上取齊的官」，居然升任祥符正堂，在另一案件中，又因為受了譚紹聞通過鄧三變送去的厚禮，毫不猶豫地為案犯譚紹聞開脫。書中寫同案犯錢可仰剛供出譚紹聞的話頭：

　　　　董公猛然想起鄧三變送禮的情節，喝道：「打嘴！」打了十幾個耳刮子，錢可仰就不敢再說了。

同一個董守廉在前後兩個案子中，對案犯譚紹聞的態度判若兩人，這種變化無非是金錢的妙用。作者在這裡揭露了當時吏治的腐敗，顯示了金錢對封建政治的腐蝕和衝擊。而且，這種揭露和批判是貫串全書的：第一百零五回，作者借盛希瑗之口說：「即如今日做官的，動說某處是美缺，某處是醜缺，某處是明缺，某處是暗缺；不說衝、繁、疲、難，單講美、醜、明、暗。一心是錢，天下還得有個好官麼？」這即使不能看作對整個封建政治的否定，也顯然是對吏治黑暗腐敗的憤激的抗議。在那個「文字獄」盛行的時代，即使是曹雪芹也要以「非傷時罵世」「毫無干涉時世」〔註 9〕為自己的作品加一層保護色，而李綠園卻持這種激烈的批判態度，沒有一點「敢於如實描寫」〔註 10〕的勇氣是不行的。

如果說作者對一些貪官污吏的暴露與批判是符合人民願望的，那麼，他對一些「清官」「經濟良臣」的歌頌也側重他們愛民的品質，一定程度上體現了人民的要求。周恩來同志說：「不要以為只有描寫了勞動人民才有人民性。歷史上的統治階級中也有一些比較進步的人物。人民在那個環境中沒有辦法擺脫困難，有時就把希望寄託在這些人物身上。」〔註 11〕《歧路燈》所描寫的婁潛齋、邊公，譚紹衣等就是這樣一些一定程度上寄託了當時人民希望的人物。譚紹衣曲全幾十家白蓮教徒的性命，保護和支持開倉賑民的季刺史，對減輕當時人民的痛苦有一定意義，而他自己卻要冒著丟掉官職甚至生命的危險。李綠園歌頌這種行為，表現了一定同情人民的傾向。雖然，他這種對人民的關心和同情一般地尚未超出儒家「仁政」思想的局限，然而，對這樣一個時代的作家，我們還能有什麼更高的要求呢？

《歧路燈》的作者是一位教書先生，中過舉，曾是科舉中人。然而，在《歧路燈》中他卻處處鄙薄八股制藝，對當時的科舉制進行了深入地揭露和批判，這是耐人尋味的。粗粗讀來，《歧路燈》為地主階級後代指出的正路不過是「讀書——科舉——做官」，譚紹聞改邪歸正、復興家業正是走的這樣一條道路。這與《儒林外史》否定功名富貴、批判科舉的思想傾向是背道而馳的。然而，細細考察，我們卻可以發現，在「讀書——科舉——做官」的表面文章下，正蘊含著作者對八股取士科舉制度的不滿與否定，在許多主要之

〔註 9〕　《紅樓夢》庚辰本第一回。
〔註 10〕　魯迅《中國小說的歷史的變遷》。
〔註 11〕　周恩來《關於崑劇〈十五貫〉的兩次講話》，《文藝研究》1980 年第 1 期。

點上與吳敬梓在《儒林外史》中所表現的思想有驚人的相似之處。首先，他像吳敬梓一樣，以藝術的形象揭露了八股取士科舉制的種種弊端。在他的筆下，凡是專弄八股過來的，都是不學無術、胸無點墨的人。祥符縣副學陳喬齡因為自己是個「時文學問」（亦即八股學問），不敢擬區額；張類村是個優等秀才，卻不會撰寫屏文。然而，他們人還老實，受了八股文的害知道痛心。他們的自愧，實際上是對八股制藝摧殘人材窒息文化的罪惡的控訴。侯冠玉一類無行文人就不然了。他們把八股文當作敲門磚，一心裏想著功名利祿，全不管什麼品行道德、真才實學。侯冠玉對譚紹聞說：「……總之，學生讀書，只要得功名，不利於功名，不如不讀。若說求經史、摹大家，更是誣人……你只把我新購這兩部時文，千遍熟讀，學套，不愁不得功名……」然後是一番查八字、看命相的混賬話。在侯冠玉這個形象上，作者暴露了八股取士的科舉制如何誘使封建時代知識分子喪失了為人和治學的起碼的道德，墮落成為功名利祿的不可藥之蠹。作者「從三十歲到四十歲共三逢會試，他可能不止一次去北京應考，然終未博春官一第〔註12〕。湊巧《歧路燈》中也就集中寫了三次會試。第一次是婁潛齋，因為試策中有影射皇帝信方士崇道教的句子而落第；第二次是婁潛齋的兒子婁樸，也因為卷中有「關節」「閻羅」的字樣幾乎被主考官「奉屈」了，還是由於婁潛齋做官「所積陰騭」才中了進士；第三次是譚紹聞的兒子譚簣初，中進士也是由於鬼魂護祐。通過這些描繪，作者顯示了當時的科舉制度不過是要搜羅一批阿君媚聖的奴才和庸才，對真正的「經濟良臣」反倒是個障礙。其中鬼使神差的情節固然荒誕，但是，我以為作者是在表示，縱然一二有才具者僥倖中了，也不是由於八股取士這個辦法好，而是他們祖上有德於民，該做官了。作者是這樣地鄙薄八股文和科舉制，卻沒有像吳敬梓在他的小說中那樣直截了當地宣佈「這個法卻定得不好」（《儒林外史》第一回），而是借婁潛齋之口說：「前代以選舉取士，這是學者進身正途」，委婉地表示了對科舉制的否定。因此，《歧路燈》對科舉制的態度不如《儒林外史》徹底，但二者反科舉的傾向在根本上是一致的。

其次，《歧路燈》與《儒林外史》反科舉的思想基礎也是基本相同的。《歧路燈》所謂讀書，是指「窮經」。譚孝移說：「窮經所以致用，不僅為功名而設；即令為功名起見，目不識經，也就言無根柢。」又說：「……如此讀去，做秀才時便是端方醇儒；做到官時，自是經濟良臣，最次的也還得個博雅文

〔註12〕 欒星《〈歧路燈〉校本序》。

士。」這裡的「窮經」「致用」都是明末清初顧炎武、黃宗羲等進步思想家的主張。他們早就批判了八股取士制度。李綠園繼承了顧、黃的這個思想，講求經史，以和八股文相對抗，這與吳敬梓從治經是「人生立命處」〔註13〕出發反對八股制藝是完全一致的。而進則可以爲「經濟良臣」，退則可以是「博雅文士」的目標，與吳敬梓講究「文行出處」——「處則不失爲眞儒，出則可以爲王佐」的要求也是相同的，都是儒家「用之則行，捨之則藏」的立身行事標準的具體化。但是李綠園的生活道路比吳敬梓要順利行多，又入世思想較重，因而更側重「出」和「用」，就是要做官、得功名，不甘心「最次做個博雅文士」。而要做「經濟良臣」，在當時是非通過科舉不行的，所以他儘管把八股取士制度的弊病看得很透，仍還是要讓他的正面人物一個個地去應試，並藉以完成了《歧路燈》的大團圓。總之，以作者的見識，是否定科舉制的，但作者的勢利之心和救世濟時的政治抱負又使他與科舉制妥協，這就造成了《歧路燈》對待科舉制的矛盾態度：食之無味，棄之可惜。雖然不如吳敬梓的堅決徹底，但是在那個「學士又以四書文義相矜尙……，士不工四書文（即時文，亦即八股文——引者）不得爲通」的時代〔註14〕，李綠園寫出《歧路燈》，承顧、黃之餘緒，與《儒林外史》《紅樓夢》前後呼應，一反流俗，抨擊八股取士的科舉制，也不失爲文學上的一個壯舉。

《歧路燈》還通過一些人物形象和細節諷刺了封建知識分子的迂腐，揭露了假道學的虛僞。第四回，作者借程嵩淑之口批評婁潛齋等人「滿口掉文，惹人肉麻」；第六回，作者寫道：「從來讀書人性情，拿主意的甚少，旁人有一言而決者，大家都有了主意。」這些批評對於封建知識分子由脫離群眾脫離實際而產生的腐酸氣都是很中肯的。相反，作者卻極力讚揚勞動人民的質樸和純眞。第九回他借柏公之口說：

> 這俗字全爲農夫匠役不相干，那「語言無味，面目可憎」八個字，黃涪翁專爲讀書人說，若犁地的農夫，掄錘的鐵匠，拉鋸的木作；賣飯的店家，請問老先生看見他們有什麼肉麻處麼？

在那個「萬般皆下品，唯有讀書高」，「勞心者治人，勞力者治於人」的時代，李綠園這樣從總體上批判封建知識分子的劣根性，肯定勞動人民的高尙品質，可以說是對幾千年舊傳統觀念的一個大膽的挑戰。而這種進步認識是以他「正

〔註13〕程晉芳《文木先生傳》。
〔註14〕章學誠《答沈楓墀論學書》。

經理學」，「不過是布帛菽粟之言」「飲食教誨之氣」的哲學觀爲基礎的，它實際上是王艮、李贄等百姓日用即道的哲學理論在新形勢下的繼承和發展，帶有近代民主主義的色彩。由此，還產生了他對假道學的嫌惡和抨擊。《歧路燈》寫綽號「聖人」的惠人也順著妻子哄騙忠厚老實的哥哥，揭露了那些滿口「誠意正心」的道學家，卻往往是只會說不會做、甚至言行相悖的僞君子。相反，只要能做點對社會人生有益的事，即使朝廷特別鄙視的「商家」，他也視爲「資生之要」的「正務」。這裡又可以看到黃宗羲工商「皆本」〔註15〕思想的影響。至於在婚喪嫁娶、慶賀壽誕等方面反對陳規陋習，主張保存文化典籍等在當時亦有一定進步意義。總之，《歧路燈》的主觀思想傾向就主導的方面說是落後或是反動的，但是在表現社會矛盾中作者所流露的某些同情人民的思想感情，在對某些重大社會現象的評價上所體現的一些進步的社會認識，也是不可忽視的。因爲在當時的歷史條件下，並不是每一個知識分子都能夠做到的。

當然，《歧路燈》的不朽就思想意義說來，更在於其藝術形象本身所包含的作家未曾意識到的那部分歷史內容，也就是形象超出或違背了作家主觀意願所顯示出來的東西。

從《歧路燈》的題目和構思看來，作者所要表現的是地主階級對封建末世的希望和信心。他以正統儒者的誠摯和天眞賦予《歧路燈》一種廉價的樂觀情調，這是與所謂「盛世」的表象相一致的。然而，在作者的描繪中所流露的常常是地主階級對前途的失望和恐懼，客觀上顯示了十八世紀中國封建社會那種不可救藥的沒落的本質。這樣，作爲一部形象和作家的主觀思想（指其主導方面而非全部）相矛盾的作品，恰恰成了那個封建制度迴光返照的時代的影子。在一絲苦笑掩蓋下的，是對即將到來的社會大變動的預感，是對封建制度「無可奈何花落去」的沉重悲哀。

譚孝移是一個世宦之家的主人，雖不是一方巨富，但政治上有地位，經濟上每年有近兩千銀子的進項，三口之家，「不亦樂乎」？然而，他卻終日憂心忡忡以至鬱悶成疾而亡，且有死不瞑目之憾。我以爲，這絕非一般的居安思危，而是那個時代在他心靈上造成的創傷。他說：

> 兄在北門僻巷裏住。我在這大街裏住，眼見的，耳聽的，親閱歷有許多火焰生光人家，霎時便弄得燈消火滅，所以我心裏只是一個「怕」字。

〔註15〕《明夷待訪錄‧財計三》。

譚孝移這個痛苦的人生經驗，正蘊含了他對封建家庭以至整個封建制度難免「燈消火滅」的朦朧的預感。這是當時一般中下層地主家庭的社會處境造成的。史載清康熙中葉以後，隨著農業的發展，產生了劇烈的土地兼併；由於商業資本和高利貸資本的參與，這種兼併集中表現為地權轉移的頻繁：土地「屢易其位，耕種不時」，「人之貧富不定，則田之來去無常」，「地畝之授受不常」「田時易主」〔註16〕。這種地權的「無常」「不常」，不僅標誌了自耕農的加速破產，顯然也標誌了地主階級中下層家庭地位的不穩。由此產生譚孝移那種危若累卵的擔心和恐懼是很自然的。這正是一種大雷雨到來之前的苦悶的象徵，然而這苦悶是消極的，它不會導向新生而只會帶來毀滅。譚孝移被這苦悶窒息而死了，臨終遺囑譚紹聞暫不要殯葬，死後還要呆在家裏伴兒子守業，那情景是很慘的。它使我們想到清初《納蘭詞》中那種「不知何事縈情抱」的百無聊賴的煩惱和「苦天公不肯惜愁人，添憔悴」的痛感。這譚孝移的死難道不正是從清初即已產生，百年來日益沉重的那種時代憂鬱症的一個絕妙的象徵麼？不正是地主階級下行到十八世紀終於精神崩潰的一個生動寫照麼？

譚孝移含恨死去了。他給兒子留下了財產地位，卻沒有留下支撐這箇舊宦門戶的堅強性格。他那種「有一點縫絲兒，還要用紙條糊一糊」的保守教育，把譚紹聞從小養成了一個面嫩心軟的嬌公子，以致根本經不住盛希僑、夏逢若等人的引誘，亦步亦趨地走向墮落。從譚紹聞身上，我們可以看到地主階級的教育除野蠻地剝奪其兒孫們的天性要求之外，已經不能賦予他們任何自立的能力，只會造成《紅樓夢》中賈母所說的「如今的兒孫一代不如一代」的敗相。因此在這個封建社會解體的時候，出現夏逢若、管貽安、張繩祖、王紫泥這一幫「匪類」是必然的現象。在中國文學史上，他們是高衙內、西門慶的「後裔」，只是十八世紀中葉的社會環境又在其遺傳的無賴氣中復加了一種沒落感。張繩祖是一個祖上「兩任宦囊是全全的」舊家子弟。他說到自己嗜賭：「……一日膽大似一日，便大弄起來。漸次輸得多了，少不得當古董去頂補。豈沒贏的時候？都飛撒了。到如今少不得圈套上幾個膏粱子弟，好過光陰。粗糙茶飯我是不能吃的，襤褸衣服我是不能穿的，你說不幹這事該怎的……」王紫泥的饞癮、賭癮、酒癮竟是出奇得大，眼睛疼得「七八分要瞎的樣子」，還捨不得那骰子、酒盅子，帶了兒子作替身，自己「依舊掩著

〔註16〕 《清史簡編》（上），遼寧人民出版社 1980 年版，第 308 頁。

眼聽盆」。這兩個「匪類」無可奈何的告白，不能自拔的沉淪，和對墮落生活
的麻木，都反映了當時一班浮浪子弟普遍的精神狀態。很明顯，如果說高衙
內還有一種天生富貴、莫可如何的自負，西門慶還多一些強梁霸氣，那麼張
繩祖、王紫泥等人則連這一點「餘勇」也沒有了。這些喪家的和未喪家的地
主階級犬子的性格和命運，同樣標誌了地主階級的窮途末路。《歧路燈》未能
使人看到行路人前途的光明，這自然是違背了作者的創作意圖的。但是，文
學以形象的真實訴諸讀者。《歧路燈》的作者無論怎樣企圖使人們相信地主階
級的「敗子」可以「回頭」，可以家業復興，但是，這個硬造的光明的尾巴總
是給人以虛假的感覺。所以，《歧路燈》大團圓的結局掩飾不了它所描寫的地
主階級終將「燈消燈滅」的命運，因為前者是虛假的，後者卻是生動真實的
文學形象。作者自道《歧路燈》的寫作「前半筆意綿密，中以舟車海內，輟
筆者二十年；後半筆意不逮前茅，識者諒我桑榆可也」〔註 17〕。可見，作者
對此亦是有覺察的。然而原因應不僅是「輟筆二十年」，主要的還是前半的創
作以「親閱歷」為源泉，而後半則是作者生造來安慰和鼓勵自己的幻想，是
作者主觀願望的圖解。

　　圍繞譚紹聞的傾家蕩產，《歧路燈》描寫了工商業者、高利貸者和地主階
級三者之間的矛盾和鬥爭，以空前的文學畫面，在客觀上顯示了十八世紀日
漸發展的資本主義萌芽對封建制度的衝擊，彼此間力量的消長，具有很高的
歷史真實性。

　　關於資本主義萌芽的產生和發展，在明代小說如《金瓶梅》《三言》《二
拍》中都多少有所反映。但是，比較深入全面細緻地顯示這種社會發展新動
向的古典長篇小說，唯一的是《歧路燈》。在《歧路燈》中，僅出現的工商業
者的形象就有王春宇、宋雲岫、王經千、孟嵩齡、鄧吉士、巫鳳山、竇叢等
一二十人，他們都是大商人，有的兼營高利貸；書中涉及的工商業活動就有
布匹、綢緞、煤炭、海味等多種，足見當時工商業和高利貸活動之盛。這種
狀況，造成對內部已經失調的地主經濟的嚴重威脅。第四十八回寫譚紹聞賣
了三頃地、一處宅院得銀三千兩，還不夠商人兼高利貸者王經千原銀一千五
百兩的生息債。譚宅這個地主經濟的細胞的潰瘍根本上在於自身的腐朽，但
是，新興工商業者兼營的高利貸和典當對它的腐蝕和蠶食也確實是致命的打
擊。王中苦勸譚紹聞棄產還債的心理，就很能反映地主經濟對這種外部打擊

〔註17〕　《〈歧路燈〉作者原序》。

的恐慌；而王經千對譚紹聞放債「如數奉上」，索債咄咄逼人的情節，則一方面顯示了這些滿身銅臭的暴發戶唯利是圖的本性，另一方面也是他們各自所屬的兩種社會力量之間殊死鬥爭的縮影。

這種鬥爭必然發展為市民階層對自己政治地位的要求，《歧路燈》以生動的形象真實地反映了當時歷史發展的這種新動向。王春宇經商致富，卻時時為自己門第低微而自卑，表現了他們提高自己政治地位的強烈願望；而在王經千那裡願望則變成了行動，他用從地主譚紹聞手裏攫取的銀子為兒子買省祭官，帶有早期市民階級用經濟力量謀取政治地位的一般特點；這種謀取還常常通過聯姻的手段。商人巫鳳山之女巫翠姐所以長到二十歲不嫁，後來卻「甘做填房者，不過熱戀譚宅是箇舊家，且是富戶」。而封建世宦之家的女主人王氏看中巫翠姐做兒媳，倒是由於羨慕巫家是財主，圖著好陪嫁。他們一拍即合，促成了以戲文作生活準則的巫翠姐，取代恪守封建閨範而死去的孔慧娘，成了譚宅的少主婦。這個結合本質上是封建地主與市民暴發戶之間的相互利用和滲透，又是這兩種社會勢力之間的妥協，是它們在當時社會歷史條件下矛盾的特殊形態。《歧路燈》對中國十八世紀社會特點的描繪，無疑是對於人類現實關係的深刻評述，具有無可辯駁的歷史價值。

正如《歧路燈》思想內容上的精粗與藝術形式上的一定概念化傾向和修身教科書氣的缺陷相聯繫一樣，它思想內容上的精華又總與藝術上的一些獨特造詣分不開。而且與其思想深度相比較，藝術上更具有獨創性，對中國古典長篇小說藝術形式的發展，有一定貢獻。

首先，它是我國第一部，也是唯一的以教育為題材的古典長篇小說。它的成書，與法國啓蒙思想家、文學家盧梭的教育小說《愛彌兒——論教育》幾乎是同時。儘管它的教育思想在許多方面是陳腐的《三字經》的翻版，但是反對父母溺愛子女，重視和探討青少年教育中家庭、學校、社會諸方面的影響和作用，在這一題材的開掘上取得了成功的進展。

其次，它和《紅樓夢》一樣，是我國古典小說中最完整意義上的個人創作的長篇。我國長篇小說的個人創作首創於《金瓶梅》，但它從《水滸傳》第二十至二十六回的情節敷演而來，仍有依傍的痕跡；《儒林外史》是一部完整的個人創作，「唯全書無干」，「雖云長篇，頗同短製」〔註18〕，在長篇小說形

〔註18〕魯迅《中國小說史略》，人民文學出版社 1973 年版，第 190 頁。

式的發展上，似應作別論。而《歧路燈》的創作，正如作者自己所說的，是「空中樓閣，毫無依傍」〔註 19〕，在我國小說史乃至整個文學史上，其獨創性的地位是值得重視的。

當然，這並不否定《歧路燈》曾借鑒以前的作品。很明顯，它以一個家庭之盛衰寫社會生活是借鑒於作者所極力詆毀的《金瓶梅》的。但《歧路燈》視野更爲廣闊，其廣泛地取材於現實、以個人和家庭命運爲焦點來反映某些社會側面則更加嚴肅自覺，藝術上更爲成熟。

黑格爾說：「性格就是理想藝術的眞正中心。」《歧路燈》正是以譚紹聞、王氏、王中等幾個主要人物的性格命運爲中心展開描寫的，因而它具有我國古典小說藝術成熟的基本特點。同時它的結構大而嚴謹，還帶有《紅樓夢》打破過去小說「敘好人完全是好，壞人完全是壞」〔註 20〕的舊傳統的特點，在一定程度上寫出了人物性格的發展變化及其複雜性。如譚紹聞的變壞和變好，王氏的愛子和糊塗，巫翠姐的勢利和聰明潑辣等。可以看出作者在創作實踐中，主要還是從生活出發，突出人物性格描寫。至於它在細節眞實生動，運用方言古語的嫺熟和對人物心理刻畫等方面的成功之處，也斑斑可見。

然而，《歧路燈》終於未如《紅樓夢》流傳廣泛、影響深遠，也未如《儒林外史》爲現代讀者所熟知和津津樂道，即使在一般文學研究者看來，也還算「出土文物」。這就暴露了《歧路燈》自身有較大的局限性。但在客觀上，我以爲《歧路燈》所以流傳不廣，一方面是由於「市井俗人喜看理治之書甚少，愛適趣閑文者特多」〔註 21〕，李綠園這部小說，籠罩了濃厚的說「理」氣息，終於被人冷落；另一方面，此書問世以後，特別是「五四」運動以來，批孔、反封建成爲社會思潮的主流，讀者一眼看見「念先澤千里伸孝思」的回目，少不得要把它扔到一邊去，這就必然影響對它全面而愼重的評價。正如潑髒水連同盆裏的嬰兒一起潑掉了，《歧路燈》差不多被當成近代封建制度消亡的殉葬品。但是，歷史畢竟是公正的，書有它自己的命運。在封建制度已經成了歷史的陳迹，反封建的任務已基本完成的今天，當我們能夠更加科學地運用馬克思主義的觀點發掘和整理古代文學遺產的時候，《歧路燈》以它

〔註 19〕 《〈歧路燈〉作者原序》，載《歧路燈》1927 年樸社版。
〔註 20〕 《中國小說的歷史的變遷》。
〔註 21〕 《紅樓夢》庚辰本第一回。

內在的價值重新引起人們的注意是理所當然的；而那種對古代作品求全責備的觀點，以爲「埋沒」了就讓它永遠埋沒下去的觀點卻是不公正的，何況對《歧路燈》這樣一部在思想和藝術上都有著多方面價值的鴻篇巨製呢？

（原載《文學遺產》1983 年第 1 期，浙江文藝出版社編《全國大學生畢業論文選編》1985 年版、中州古籍出版社編《歧路燈論叢》（二）1984 年版收錄）

關於《歧路燈》的幾個問題

　　恩格斯說：「我所指的現實主義甚至可以違背作者的見解而表露出來。」
〔註1〕高爾基說：文學形象幾乎永遠大於思想；魯迅先生說《三國演義》的「文
章和主意不能符合──這就是說作者所表現的和作者所想像的，不能一致」〔註
2〕，等等，都指出了文學創作和作品中存在著複雜的矛盾。這種狀況，要求
文學批評，特別是評論古代的作品，應取細緻地分析態度，切忌粗枝大葉，
望文生義。目前，關於《歧路燈》的研究，似乎更應認真提倡一下這種審慎
的、實事求是的學風。李綠園似乎早有預見，他在《魚齒山頭遠望》詩中說：

　　　　不知古人書，精鑿糟粕；所當識其微，無事徒摽掠。〔註3〕
試以這種態度，對有關《歧路燈》的幾個問題談點不成熟的看法。

一、對嘉靖皇帝面諛心誹，旁敲側擊地進行了批判

　　粗讀《歧路燈》，看它頌揚嘉靖皇帝一心崇隆本生，加獻皇帝以睿宗稱號，
以孝治天下，給予臣民多樣的覃恩，很容易認為此書是美化嘉靖的。然而，
對全書細加品味，則可明顯地感到《歧路燈》實際上對嘉靖作了多方面的揭
露和批判，歌功頌德之辭不過是作者倫理觀念的一個表現，或者是不得已而
為之。

〔註1〕 〔德〕恩格斯《致瑪‧哈克納斯》，北京大學中文系文藝理論教研室編《馬克
　　　　思恩格斯列寧斯大林論文藝》，人民文學出版社1980年版。
〔註2〕 魯迅《中國小說的歷史的變遷》，《中國小說史略》，人民文學出版社1973年
　　　　版，第291頁。
〔註3〕 欒星編著《〈歧路燈〉研究資料》，中州書畫社1982年版，第67頁。

　　首先，李綠園是生活在絕對君權統治下的封建知識分子，無論主觀上願意不願意，客觀上在寫小說時也很難公開反對皇帝，哪怕是對前朝皇帝有所指責，也不合臣子不得擅言君父之過的封建禮法。所以《儒林外史》寫馬二先生遊西湖，見了宋朝仁宗皇帝的御書，也「嚇了一跳……揚塵舞蹈，拜了五拜」。《紅樓夢》第一回即趕緊聲明：「及至君仁臣良，父慈子孝，眷眷無窮，實非別書之可比。」那麼，《歧路燈》有幾句頌揚嘉靖皇帝的話就不足為怪了。退一步說，我們也不應厚此薄彼，單以《歧路燈》是不可饒恕的。正確的做法，應是分析和探討這種頌揚的內容和用意。

　　顯然，《歧路燈》是從「孝」的方面肯定嘉靖皇帝，在所謂「大禮議」一案中站在嘉靖一邊，而對「哭闕」諸臣有所批評。李綠園《讀史二十四首》之第二十二首表達了對「大禮獄」的看法：

　　　　嘉靖大禮獄，獄起承天府。藩臣不可躋其君，天子必當尊其父。

　　天性之際安可誣，禮反所生豈虛語？哭聲震闕用劫諫，滿腔憤懟母

　　乃鹵。〔註4〕

可知「孝」是李綠園肯定嘉靖的理論根據。我們知道，李綠園一門是世代以孝相踵的，他寫作《歧路燈》，宣揚孝道，並因此對崇隆本生的明世宗有所頌揚，是很自然的。換句話說，並非因為嘉靖是皇帝才頌揚其孝，而是因為嘉靖皇帝的行為符合了李綠園所執的倫理觀念才得到頌揚，這與蓄意美化封建皇帝是有區別的。

　　李綠園之所謂「孝」，與最高封建統治者的需要不是完全一致的。從封建皇帝的利益看，勸孝是為了鼓勵臣子盡忠，故《孝經》說：「君子事親孝，故忠可移於君」，「夫惟孝者，必貴於忠」，「故君子行其孝必先以忠」等等，是把「忠」作為最高的倫理觀念的。李綠園熟讀經書，不難明白這個道理。他為譚鄉紳命名「忠弼」，表字「孝移」，就表示了「移孝作忠」的願望。但是，在書中實際描寫的過程裏，作者卻以讚賞的筆調刻畫了譚孝移置「將來在上之人（指皇帝——引者），必至大受其禍」於不顧，「奉身而退」，回家去做那延師教子的「極不得已」之事，這就是捨忠取孝了。聯繫到書中人物批判「文死諫」的話，我們可以認為，李綠園的本意固然是要忠君的，但他的忠君是有條件的，即不得屈膝於閹寺損了清名，不得受廷杖之辱折了人格；否則，寧可不做官，回家教子讀書，盡孝的責任。這就否定了「君子行其孝，必先

────────────

〔註4〕《〈歧路燈〉研究資料》，第80頁。

以忠」的為封建皇帝利益著想的教條。李綠園體現於《歧路燈》的這個「忠」與「孝」的矛盾，顯示了那一時代如他一類知識分子忠君觀念的動搖，是封建社會後期君主專制漸至物極必反的產物。而李綠園擡出嘉靖皇帝以提高孝的觀念的地位，更為這種與皇帝離心的明哲保身的處世態度披上了合理合法的外衣，暗地裏以孝代替乃至否定了忠。從這個意義上說，李綠園在《歧路燈》中對嘉靖皇帝是既媚之又負之的。

其次，頌揚嘉靖的文字並非此書涉及嘉靖的描寫的全部，當然也就不能反映作者對這個前朝皇帝的整個態度。從其他幾處涉及明世宗的描寫看，作者是自覺地予以多方面揭露和批判的。

一是揭露了嘉靖皇帝寵用宦官，使「品卓行方」如譚孝移、剛介忠直如柏永齡等人不能側身朝廷，盡忠國家。宦官擅權害政是封建統治的痼疾。明初朱元璋鑒前代之失，初置宦者不及百人，並鐫鐵牌置宮門曰：「內臣不得干預政事，預者斬！」（《明史》卷304《宦官一》）但永樂即位以後，念及奪取皇位得力於宦官甚多，遂一改洪武之制，多所委任，使此後宦官在明代政治生活中，一直具有很重要的地位和作用。王振、汪直、劉瑾、魏忠賢等，都是一時權勢顯赫，為害酷烈的閹宦，「朝廷之紀綱，賢大夫之進退，悉顛倒於其手」（《明史》卷72《職官一》），內閣形同虛設，而一些無恥士大夫更依附閹寺，為虎作倀。正是針對這樣一種情況，《歧路燈》借柏永齡之口說：「我若有馮婦本領，就把虎一拳打死，豈不痛快？只因他有可負之隅，又有許多倀鬼跟著，只有奉身而退，何必定要叫老虎吃了呢？」所謂「倀鬼」是指那些依附閹宦的無恥士大夫，而所謂「可負之隅」，當然就是指包括嘉靖在內的明中葉諸昏君。這樣，由揭露宦官擅權的罪惡和無恥士大夫的為虎作倀，進而指出皇帝是造成這種腐敗政治的總根源。這種歷史的眼光，是有一定深刻性的。

二是揭露了嘉靖濫用威權，「廷杖之法，損士氣而傷國體」，使君子之人「損之又損」，一般知識分子視出仕為畏途。明代自朱無璋首創廷杖之法，其子孫「殿陛廷杖」，習為故事。據《明史‧刑法志》記載，從成化至萬曆百餘年間，公卿大臣被廷杖者多達三百餘人，「斃於杖下者」有二十九人。嘉靖一朝就杖殺薊州巡撫朱方，大同巡撫陳耀，太僕卿楊最等；廷杖未死者，「杖畢，趣治事，公卿之辱，前此未有」。以至朝官大都碌碌充位，對皇帝唯唯喏喏，一般正直的知識分子也就視出仕為畏途了。《歧路燈》對明代這一弊政的揭露，在中國小說中是僅見的。

　　三是揭露了嘉靖事鬼不事人，餌丹藥，崇方士，貽誤天下。孟森先生《明清史講義》指出：「嘉靖一朝，始終以祀事為害政之樞紐……帝於大祀群祀，無所不用其創制之意，而尤於事天變為奉道，因而信用方士，怠政養奸，以青詞任用宰相，委政順旨之邪佞。篤志玄修……正人受禍不知凡幾，其影響皆由帝癖好神祗符瑞之事來也。」據《明史・袁煒傳》記載，嘉靖時先後為相的李春芳、嚴訥、郭林、袁煒等，都被時人稱為「青詞宰相」。嚴嵩因工於草青詞受到嘉靖無比寵信，擅權長達二十年之久，而海瑞則因為諫阻「焚修」被下詔獄，「晝夜榜掠」。所以，當時不工青詞不能為官，批評草青詞更可能招禍。《歧路燈》正反映了這種情況。第七回寫翰林院「如今添出草青詞，這館課大半是成仙入道的事」。第十與婁潛齋策試，因有「漢武帝之崇方士，唐憲宗之餌丹藥」的句子而被棄置不取，都是對嘉靖這種謬妄行為的諷刺和批判。

　　總之，李綠園在《歧路燈》中對嘉靖皇帝雖難免不諛辭，但更多的是諷刺和批判，絕非一意美化。究其實，乃是面諛心誹。批判的手法則是「皮裏春秋」，注彼寫此，旁敲側擊。雖鋒芒稍弱，但所及議大禮、寵閹宦、廷杖之法、篤事玄修等事，幾乎全面批判了嘉靖一朝政治。其見解雖不出清代封建史家的範圍，但他以小説直接總結亡明教訓卻是第一個。這種用世之心與當時許多進步知識分子是相同或相通的。許多具體意見，也可資今之治明史者借鑒。

二、寫清官不是美化封建吏治

　　《歧路燈》寫了撫臺以下各種官僚吏役，對官場現實作了較為充分的反映。然而，他寫縣令以上的封建大吏幾乎全是清官，縣令以下的卑官末職，幾乎全是污吏。這是否以污吏襯托清官，進而肯定整個封建吏治清明呢？我以為不然。那既不是作者的本意，也不合於作品的實際。

　　《歧路燈》除寫了一個後來升任縣主的董主簿是貪官外，所揭露的幾乎全是書辦、衙役等。衙役是封建官府的爪牙，是直接給人民造成危害的兇手，揭露他們，無論如何也是對封建吏治的一種批判；書辦雖不是官，但它是清代幕府制度的產物，在官府中，他們的地位是與自己的幕主——地主官平等的〔註5〕，對地方行政事務的辦理，起很大作用，決非封建統治機構中無足輕重的人物。正如張際亮《送姚石甫（瑩）之官江南序》所說的：「今天下，自

〔註5〕鄭天挺《清代的幕府》，明清史國際學術討論會秘書處論文組編《明清史國際學術討論會論文集》，天津人民出版社1982年版。

天子以外皆命於書吏，語雖激切，而書吏之害可知。」他們身居要津搜刮發財，爲非作歹，有的實不下於正式官。《歧路燈》中說，這保舉賢良方正「也是很花錢的營生」，「上下審詳文移，是要錢打點的，芝麻大一個破綻兒，文書就駁」。譚孝移保舉賢良方正，就是王中向撫臺以下各衙禮房、書辦送過銀子才辦成的；譚紹聞得了軍功要面見皇帝，也是盛希瑗暗墊了二百四十兩銀子給兵部的書辦，才得引見。這些揭露，一方面不可謂不是對封建吏治的批判，另一方面，也是研究清代幕府制度的極好的材料。我國的小說，還沒有哪一部能像《歧路燈》這樣從幕府制度揭露清代吏治的腐敗，這是一個值得注意的現象。

李綠園所以較多地揭露了書辦一類人物，乃是由於他長期浮沉於封建統治的基層，發達時也只是邊遠地區的小小知縣，熟悉地方吏治，交通上司時也可能較多地與錢萬里似的書辦打交道，怕也吃過這些人的苦頭，所以寫起來往往不惜筆墨，且很生動；而對更高一層官府的黑暗，則很難展開具體的描寫。當然，也不排斥他有不以小說犯上的原因，但說他寫縣以下吏治黑暗是爲了襯托整個封建吏治嚴明，這就太冤枉了。文學史上似乎還未有用意如此曲折的作家，何況他是那樣濃墨重彩，而且讓貪官董主簿高升了。

《歧路燈》寫了幾個清官大吏，從作者對整個吏治狀況的評價看來，這主要是體現作者理想的形象。書中，作者借滿相公之口說：

> 天下無論院司府道，州縣佐貳，書辦衙役，有一千人，就有九
> 百九十個要錢作弊的。

借盛希瑗之口道：

> 即如今日作官的，動說某處是美缺，某處是醜缺，某處是明缺，
> 某處是暗缺；不說衝、繁、疲、難，單講美、丑、明、暗，一心是
> 錢，天下還得有個好官麼？

這應該是作者對整個吏治的評價吧！然而並沒有特別劃出縣令以上全是清官。當然，這樣的揭露比不上塑造一個貪虐的巡撫或道臺更爲有力，但至少說明作者寫清官之意並非美化封建吏治。而且，他還借鄭州老民之口說：

> 俺們這鄭州，有句俗語：「鄭州城，圓周周，自來好官不到頭。」

可見《歧路燈》雖然寫了不少清官，但作者深知現實中清官不多，而且往往做「不到頭」。所以，《歧路燈》中的清官形象乃是作者理想政治的體現，是作者用以與黑暗現實相對照的賢人政治的榜樣。

　　《歧路燈》中體現作者理想的清官，根本上仍是爲封建制度崐服務的。但是，像文學史上的許多清官形像那樣，作者賦予他們特別突出的愛民品質。譚紹衣曲全白蓮教徒性命，季刺史午夜籌荒政等，都是很精彩的描寫。有的同志認爲，前者體現了儒家「爲政焉用殺」的思想，後者寓有「吏爲民役」的主張，是十分正確的。但是，我以爲它的更重要的意義是在一定程度上順應和反映了身處苦難的中國人民，要求改良政治，減輕壓迫的善良願望。儘管這在當時是不可能實現的，但是有理想方能有追求，作家表現人民的這種正當願望，以同黑暗的現實相抗衡，是與歷史的要求相一致的。長期以來，人民喜愛清官戲，也就證明了這種文學描寫的合理性。

　　當然，我們並不認爲《歧路燈》描寫清官是完全成功的。如果它能塑造一個貪官的形象與之鮮明的對立起來，或者展開「自來好官不到頭」的描寫，可能具有更高的歷史和審美的價值。但是，我們既不能爲古人捉刀代筆，亦不能要求古人以現代的標準，而只能對歷史的現象作出實事求是評價。

三、「束身名教之內，而能心有依違」

　　魯迅先生在《中國小說史略》中評吳敬梓道：「生清初，又束身名教之內，而能心有依違。」〔註6〕這一方面是對吳敬梓思想的高度評價，另一方面，也指出了封建時代具有某些進步思想意識的知識分子的一般特徵。李綠園「束身名教」的程度可能比吳敬梓深得多，但具體地分析其對理學、禮教、科舉制等的態度，可知他也是「心有依違」的，並非那種「非朱子之義不敢傳」的腐儒。

　　李綠園生當十八世紀，前有王艮、李贄、顧炎武、黃宗羲、王夫之、唐甄、顏元等以各種不同面目反對理學的進步思想家，同時代則有戴震對理學「以理殺人」的揭露和批判。理學與反理學的鬥爭已經過了長期深入的發展，而日益表面化。思想界的這種鬥爭必然影響到主張讀書「識其微」的李綠園，使之不能不加思考地全盤接受作爲官方哲學的程朱理學；他又是一個如王艮、李贄一樣出身寒微的人，曾目睹稼穡之苦，身受持家之難，深感「不知治生，必至貧而喪其守」〔註7〕。至於二十年「舟車海內」，更使他對黑暗現

〔註 6〕魯迅《中國小說史略》，人民文學出版社 1973 年版，第 93～94 頁。
〔註 7〕〔清〕李綠園《家訓諄言》，欒星《歧路燈研究資料》，中州書畫社 1982 年版，第 148 頁。

實有廣泛的瞭解。這些都促使他從實際生活的需要接受和改造前人的思想，特別是當時占統治地位的程朱理學，從而有限度地走向唯物主義。

例如，程朱理學的最高觀念是「太極」，朱熹說：「總天地萬物之理，便是太極。」（《朱子語類》卷九四），「太極之義，正謂理之極至耳。」（《朱子文集·答程可見》）。對這個極端唯心主義的命題，李綠園並不欣賞。他寫惠人也教書：「……坐的師位，一定要南面，像開大講堂一般。譚紹聞執業請教，講了理學源頭，先做那灑掃應對工夫；理學告成，要做到井田封建地位。但灑掃應對原是初學所當有事，至於井田封建，早把紹聞講的像一個寸蝦入了大海，緊緊泅了七八年，還不曾傍著海邊兒。」這裡的「理學源頭」就是所謂「太極之義」。他把「理學源頭」，與「井田封建」並舉，顯然認為也是無須講說的老古董了。至於《歧路燈》中惠人也剛講到「其實與太極之理隔著好些哩」，孔耘軒就趕忙打斷：「……後會尚多，徐為就正，何如？」惠人也給子侄輩起名字為一元（即太極）、兩儀、三才、四象等，雖意在諷刺惠人的迂腐，卻也表露了對這種唯心觀念不以為然的態度。

又如，程朱理學認為世界不是統一於物質的「氣」，而是統一於精神的「天理」，萬事萬物是「理一分殊」的結果。李綠園卻認為：「天無心而有氣，這氣乃渾灝流轉，原不曾有祥戾之分。」這就與朱熹「天地之間，有理有氣」（《朱子文集·答黃道夫書》）不同，而更接近於王夫之「盡天下之間無不是氣」（朱熹《讀四書大全說·孟子三》）的唯物主義命題了。所以，不僅他嘲弄惠人也迂執「太極之理」是不奇怪的，而且能更進一步走向對客觀規律的認識。他接著說：「但氣與氣相感，遂分成祥戾兩樣。如人家讀書務農，勤奮篤實，那天上氣到他家，便是瑞氣；如人家窩娼聚賭，行奸弄巧，那天上氣到他家，便是乖氣。」這「氣與氣相感」，實際就是指人的行為與社會環境的相互作用。不是冥冥中有一個「天理」決定人的命運，而是人的行為是否適應環境決定禍福。所以，他認為人不應事鬼神，亦不應空談「誠意正心」，而應走自求多福之道，「認真讀書，親近正人」，甚至「子弟寧可不讀書，不可一日近匪人」。比起「窮理」來，他更重視環境對人的影響，這是他教育思想的基礎。正是這種認識，指導和推動他較為現實地描寫了譚紹聞傾家蕩產的墮落過程。

又正是從「氣與氣相感」的認識出發，他批判了惠人也那種在《誠意章》裏打攪，靠一旦頓悟，過「人鬼關」的空疏無用甚至口是心非的假道學，而肯定婁潛齋「布帛菽粟之言」「飲食教誨之氣」的「正經理學」。這與王艮、

李贄等「百姓日用即道」的反理學命題，是一脈相承的。

總之，李綠園所崇奉的理學。已不純是程朱或陸王的一套，而帶有一定唯物主義的傾向。不僅本身具有某些開明進步的成分，而且成為他現實地觀察和描寫生活的思想基礎。其思想上的這點進步因素與其文學成就的聯繫是不容否認的。一言以蔽之曰「崇奉理學」，而予以全盤否定，不是實事求是的做法。

無庸置疑，宣揚封建禮教是《歧路燈》最大的糟粕之所在。如許多同志所正確指出的，其頌揚韓節婦殉夫等，是極落後而令人厭惡的。但是，對封建禮教，作者也並非全然信之不疑。例如，他批評《二十四孝圖》「令人可怖、可厭……使人心怵」，就與封建禮教所提倡的愚孝有很大不同；婦女再嫁，為明清禮教所不容，但《歧路燈》寫再醮婦女姜氏全無輕薄之筆，譚紹聞與姜氏幾次會面的描寫，纏綿未盡之情，令人如遊《紅樓夢》之中：

> 馬九方回覆內眷，便說客（指譚紹聞——引者）住下了。這姜氏喜不自勝，洗手，剔甲，辦晚上碟酌，把醃的鵪鶉速煮上。心下想道：「只憑這幾個盤碟精潔，默寄我的柔腸衷曲罷。」

> 誰知未及上燭……這馬九方回後院對姜氏道：「客走了。」姜氏正在切肉、撕鵪鶉之時，聽得一句，茫然如有所失。口中半響不言。有兩個貓兒，繞著廚桌亂叫，姜氏將鵪鶉丟在地下，只說了一句道：「給你吃了罷。」馬九方道：「咳，可惜了，可惜了。」姜氏道：「一個客也留不住，你就恁不中用！」

還有：

> 廚房單單撇下姜氏、紹聞二人。紹聞低聲道：「後悔死我！」姜氏歎道：「算是我福薄。」只剛剛說了兩句話，夏鼎兩口一齊進來。這紹聞本是極難為情。那姜氏低頭不語，不像從前笑容，只是弄火著畫地。

可惜作者未能在這樣一些表現人物正常感情的地方更多地傾注才力，否則這部大書定然有更高的成就。

然而他對於禮教的態度，我們於此可略窺一二。從禮教著想，綠園甚至認為這樣的描寫是「自褻筆墨」，譚紹聞與姜氏的邂逅是不正當的。所以忍不住要形諸筆墨者，乃是由於他覺察到這種「株林從夏南」的非禮行為，是由「娶妻未協齊姜願」的「緣故」造成了，是婚姻不美滿、不理想的結果。由

此可見，作者對封建婚姻制度的不合理還是有所認識的。此外，他在另一處還借盛希瑗之口說：「擇婦者，擇其賢也。大家閨秀也有不賢的。大家姑娘若不賢起來，更是沒法可使。」又借譚紹聞之口說：「小戶人家也有好的。」雖然所執賢與不賢的標準仍是封建一套，但不完全以門第取人，婚姻不講門當戶對，還是可取的。這都不是下一個簡單的宣揚封建禮教的裁決，就能說清問題的。

關於《歧路燈》對科舉制的態度，拙文《〈歧路燈〉簡論》中曾指出，是「食之無味，棄之可惜」〔註8〕。這是由作者的人生態度和功名利祿觀念所決定的。現在看來，還需進一步明確指出，《歧路燈》所反對的是以八股文為考試內容的科舉制，並不一般地主張廢止科舉。這與吳敬梓也是相同的。吳敬梓在《儒林外史》中說「這個法卻定的不好！」也是指用《五經》《四書》八股文取士的科舉制，而不是一般地主張廢止科舉。倒是李綠園在《歧路燈》中說：「前代以選舉取士，這是學者進身正途」，有以選舉替代科舉的意向。當然這只可說是意向，作為地主階級功利主義者的李綠園，看到當時的科舉制是不可以從根本上改變的，便想到從內容上作改良，即「首重經術」，用經世致用之學代替八股為學問正宗，或者退一步，讀經兼弄八股。以此認為李綠園反八股取士的科舉制不徹底是對的，但說他根本不反科舉則不符合實際。即使人所公認的反科舉最力的吳敬梓，在他理想的禮樂兵農事業中，蕭雲仙「開了十個學堂，把百姓家略聰明的孩子都養在學堂裏讀書，讀到兩年多，沈先生就教他做些破題，破承，起講」，仍是要弄八股的。所以，李綠園不能讓他的主人公們扔掉八股的敲門磚，絕不單純是個人的局限，而是時代尚未造成廢止科舉的可能。袁枚《答袁蕙纕孝廉書》說：

> 時文之病天下久矣！欲焚之者豈獨吾子哉？雖然，如僕者焚之可耳，吾子固不可也。僕科第早，又無鑒衡之任，能決棄之，幸也！足下未成進士，不可棄時文；有親在，不可不成進士……士之低首降心，知其不可而為之者，勢也。〔註9〕

如果我們能考慮到歷史的這樣一種實際情況，恐怕就不會因《歧路燈》中人物仍弄八股，而認定其不反科舉了。相反，倒會覺得他那些批評八股時文的見解是很可重視的。

〔註8〕杜貴晨《〈歧路燈〉簡論》，《文學遺產》1983年第1期。收入本卷。
〔註9〕〔清〕袁枚《小倉山房文集》卷十七。

四、藝術就是克服困難

關於《歧路燈》的文學價值，人們的看法可分爲截然相反的兩種意見。我是主張給予較高評價的。這裡僅對此書文學價值的特殊性略申拙見。

一部作品的文學價值，不能脫離其思想價值而存在，形式的完美是相對於內容的表現而言的。所以，離開特定的思想內容，論定《歧路燈》藝術的優劣，不是科學的研究方法。

《歧路燈》是我國古代唯一以教育爲題材的長篇小說。它寫一個敗子回頭的故事，誠如郭紹虞先生在《介紹〈歧路燈〉》一文中所說，是「沉悶的題材」。內容不外飲食起居、讀書、交遊，既難以產生《三國》《水滸》那種英雄傳奇驚心動魄的效果，又不宜如《紅樓夢》那樣寫得纏綿悱惻，哀豔動人，或如《儒林外史》那樣嬉笑怒罵皆成文章。除卻這些，它要寫得生動活潑，感人肺腑也就更難了。何況，它的結局須是回頭向善的大團圓，全書的情節、人物都要向這個結局發展，整體上是一篇正面文章，不僅立意難於翻新，而且情節也不便出奇制勝，要寫得生動活潑，感人肺腑也就更難了。所以，古今中外，有膾炙人口的愛情小說、戰爭小說、俠義小說，偵探小說等等，未見寫得同樣成功的教育小說，並且以教育爲題材寫小說的作家就極少；有之，西方自盧梭始，中國古代也僅李氏一人。然而，盧梭大概深知以教育爲小說是很難的，所以他的《愛彌兒》有一個副題《論教育》，表示了與一般小說的區別。李綠園沒有這樣做，但我們理應把它與一般小說區開來，承認《歧路燈》作爲教育小說的特殊性，不單單以讀者的多寡、「票房價值」的大小論成敗。

從《歧路燈》自身考察，它的藝術形式是很好地服務於內容的。「敗子回頭」的結局，要求它開篇就埋下譚紹聞日後轉變的伏線：生在有「根柢」的人家，有一幫正派父執。所以，此書第一回至第四回是不可少的。而爲著寫「敗」，則必須寫出人物環境的改變。譚孝移的進京和死去，使譚紹聞終於失去嚴父的管教，只與溺愛他的糊塗母親王氏相依爲命，從而造成侯冠玉、惠人也給予不良師教的機會，進而夏逢若等人拉譚紹聞下水……所以，第五回至第十一回的過度也是必不可少的。而第八十六回以後，照應開篇，全面展開譚紹聞回頭向善的描寫，也正是題中應有之義。然而，恰恰是這些從結構看必不可少之處，是全書最缺乏藝術感染力的地方。就是說，開篇它不能一下攫住讀者的心靈，結尾又不留人以深思回味的餘地，這就很難「叫座」。朱

自清先生說：「我初讀此書，翻閱第一回，覺得沒味，便撩在一旁。」〔註10〕
這大概是多數讀者的共同感覺。但要論文，顯然要顧及全書。所以，朱自清
先生又說：「隔了多日，偶然再翻第二回，卻覺得漸入佳境，後來竟至不能釋
手。」他的結論是：「若讓我估量本書的總價值，我以為只遜於《紅樓夢》一
籌，與《儒林外史》是可以並駕齊驅的」〔註11〕。那麼，開頭和結尾那令人
「覺得沒味」的章節，在全書也只是各部分之間藝術成就不平衡的表現了。
而這種不平衡，幾乎在無論哪一部作品中都是可以發現的，單以此貶低《歧
路燈》是沒有道理的。

　　郭紹虞先生在《介紹〈歧路燈〉》一文中還論及此書在藝術上兼《紅樓夢》
《儒林外史》二者之長，並說：

> 兼此二長，已不大易，何況：（1）寫豪奢的家庭易，寫平常的
> 家庭難；寫情易，寫理難！則在《紅樓夢》可以放手為之遊刃有餘
> 者，在《歧路燈》則不免有所顧忌而擱筆。（2）寫冷語易，寫熱腸
> 難；寫譏諷易，寫勸誡難；反寫易，正寫難！則在《儒林外史》得
> 以文思泉湧、提筆即來者，在《歧路燈》便不免須加以推敲而躊躇。
> 而李綠園竟能於常談中述至理，竟能於述至理中使人不覺是常談。
> 意清而語不陳，語不陳則意亦不覺得是清庸了。這實是他的難能處，
> 也即是他的成功處。

這是郭先生五十年前的見解，至今看來還是很深刻的。然而我以為《歧路燈》
的最大成功之處，仍不在於「寫平常的家庭」「寫理」「寫熱腸」「寫勸誡」和
「正寫」，而在於從「平常家庭」中寫豪奢，與「理」相對寫悖理，於「熱腸」
中出冷語，為著「勸誡」寫譏諷。總之，在於「反寫」，在於寫出了譚家敗落
的過程，即第四回特別是第十二回以後至第八十回之間的描寫。這是全書的
主體部分，其中最精彩的畫面，是婚喪的豪奢，賭局的污穢，道學家的虛偽，
浮浪子弟的無惡不作，庸醫、相士、風水先生、江湖術士的欺詐，官紳、豪
吏、書辦的貪婪等等，是那些揭露了社會黑暗，批判了現實的部分。在這些
地方，作者筆墨間也是充滿感情的。所以，作為一個正統儒家思想的知識分
子，李綠園的難能處更在於他「有所顧忌」和「推敲而躊躇」之後，仍然作
了大量的「反寫」。儘管作者或是不情願的，時常站出來發些理學的議論，有

〔註10〕　朱自清《歧路燈》，載《歧路燈論叢（一）》，中書州畫社 1982 年版。
〔註11〕　朱自清《歧路燈》。

礙於「反寫」的風格的統一，但總的說來，這個主體部分還是成功的。特別是幾個浮浪子弟的形象，大都栩栩如生，不僅盛希僑，夏逢若，張繩祖等給人以深刻的印象，而且管貽安、貂皮鼠等次要人物也使人過目難忘。相比之下，那些正面人物未免蒼白些，而在古典小說中，這也不是個別的現象，如《三國演義》中的劉備，《水滸傳》中的宋江，都因完美高大而失去了鮮明的個性特徵，這其中也是有規律可尋的吧！

　　總之，藝術貴在創新，而創新則要克服困難。李綠園對文學的最大貢獻，正在於他的《歧路燈》以教育為題材，開創了我國小說描寫的新領域。而在這一「沉悶的題材」的處理上，他實際上提供了「反寫」的成功的經驗，這在文學史上是前無古人的一件大事。

　　綜上所述，《歧路燈》是一部思想內容豐富複雜，藝術上自有特色的作品。它的得失，我們應當而且可以通過具體的分析，從作者和它所處的時代加以說明，好處說好，給予實事求是的科學評價。簡單地肯定或否定都不是對待這份文學遺產的正確態度。應當說明的是，這篇文章是受了一些同志過分指責這部作品的啟發和推動寫成的，未免較多地談論了它的成就。其實筆者既不認為這部書是沒有缺陷的，也不認為對這些缺陷的批判已經很充分了。我只是認為，當我們指出這些缺陷的時候，要十分愛惜和保護那些健康的部位和成分。而且，正是為了繼承和利用這些健康的東西，我們才有那麼大的興趣和必要去分析它。不然，像歷史上的許多破爛和無聊的作品那樣，是不必為之災梨禍棗的。而這樣做的前提，就是必須把《歧路燈》從思想到藝術都如實地看作一個「精鑿寄糟粕」的充滿矛盾的世界，以細緻分析的態度對待之。筆者這篇不成熟的文字，倘能引起專家和讀者們在這方面的注意，也就很高興了。

（原載河南省文學學會編《文學論叢》第 4 期，黃河文藝出版社 1985 年版）

值得一讀的教育小說——《歧路燈》

　　李綠園的《歧路燈》是約與《紅樓夢》同時成書的長篇小說。關於它的成敗得失及其在文學史上的地位，人們有許多分歧的看法。但是，它是我國第一部，也是唯一的一部以教育為題材的古典長篇小說，卻是無可爭辯的事實。它的正式出版，為我們直觀我國十八世紀教育提供了完整的藝術畫面，不僅有文學的審美價值，而且有古代教育的歷史文獻的價值，值得每一個從事或關心教育的同志一讀。

　　《歧路燈》敘述一個五世鄉宦的地主家庭的主人譚孝移，為自己的獨生兒子譚紹聞延師教子，一心要把他培養成人以支撐門戶。卻不料延師事有不順，更不幸自己去世過早，使兒子年幼失怙；加之母親溺愛，師教不端，「匪人」勾引、遂走上歧途：由拜把兄弟到吃酒賭博，狎婢宿娼、寵變童、煉黃白、鑄私錢……作奸犯科，弄到傾家蕩產，水盡鵝飛，幾乎一敗塗地，不可收拾。後來，還是由於一班正派父執的勸誡，族兄的栽培，也虧他良心未泯，終於悔過自新，回頭向善，仍舊讀書做官，家道復興。作者用這樣一個故事宣揚讀書做官的封建主義人生觀和地主家庭富貴長久的神話，是不足為訓的。但是，他重視對青少年的教育，從家庭、學校和社會諸方面探討青少年教育的努力是值得讚賞的，其中一些認識也值得我們借鑒。

　　人類社會世代相延向前發展。自有階級以來，任何一個階級的事業無不要通過自己的後代繼承和傳留下去。因此，教育和培養後代，是歷史上統治階級中有識之士極為重視的大事。封建皇帝一旦即位柄政，總少不了兩件事：一是修陵寢，二是立太子。封建官僚的人生理想就是顯親揚名，封妻蔭子。封建道德的重要教義就是「不孝有三，無後為大」。這極陳腐的行為認識，也

從一個側面顯示了封建時代人們對後代的重視。正如《三字經》所說：「養不教，父子過」，由重視後代到重視教育則又是一個很自然的發展。所以，教育是歷史上各個階級、階層必然普遍關心的大事。李綠園選定這樣一個題材作小說，斷續以三十年之心力，寫出這部使「善者可感發人之善心，惡者可以懲創人之逸志」的《歧路燈》來，欲「田父之樂觀，閨閣所願聞」〔註1〕，可說是抓住了社會生活的一個大課題。而且也就說明，他不僅是我國十八世紀一位重視教育的教育家，更是一位重視教育的文學家、小說家。儘管他之所謂教育的內容和目的都是封建主義的，但在漫長的中國古代文學史上，以小說家而關心教育、描寫和反映教育的狀況，李綠園不僅是空前的，而且是絕後的，這難道不值得我們治文學史或教育史的同志們注意嗎？這難道不值得我們今天的作家學習、借鑒，以寫出新時代的《歧路燈》來嗎？

李綠園重視教育的思想基礎，在於他認為青少年應該受教育也是可以教育好的，這與他哲學上的唯物主義傾向有聯繫。他在《歧路燈》第九十七回中說：

> 天無心而有氣，這氣乃渾灝流轉，原不曾有祥戾之分。但氣與氣相感，遂分成祥戾兩樣。如人家務農讀書，勤奮篤實，那天上氣到他家，便是瑞氣；如人家窩娼聚賭，行奸弄巧，那天上氣到他家，便是乖氣。〔註2〕

這就是說，一個家庭的成敗禍福並不決定於「無心」的天，而是由其成員的行為導致的。人不應聽天由命，而應「讀書務農，勤奮篤實」，走自求多福之道。對於青少年來說，首先就是要「讀書」，接受教育。

李綠園進一步認為「原來人性皆善」，教育不僅可以使善者日以進德，而且可以使那些天性未泯的失足者重新做人。譚紹聞誤入歧路一二十年，還能回頭向善者，「也虧他良心未盡，自己還得些恥字悔字的力量，改志換骨，結果也還到了好處」（第 1 回）。盛希僑也是這樣一個敗子回頭的形象。從作品的描寫看，作者並相信並且主張挽救這種失足者的。這是一個教育家應有的信心和熱情。那種對犯錯誤的青少年採取歧視的甚或一棒打死的做法，是不

〔註1〕 〔清〕李綠園《〈歧路燈〉自序》，樂星編著《〈歧路燈〉研究資料》，中州書畫社 1982 年版，第 95 頁。
〔註2〕 〔清〕李綠園著《歧路燈》，樂星校注，中州書畫社 1980 年版。本文下引本書只說明或括注回次。

足取的。當然，李綠園並不認為教育萬能，他讓無惡不作的教唆犯夏逢若得了一個發配極邊的下場，就說明他看待教育的作用還是有一定辨證觀點的。

《歧路燈》主要從三個方面反映了十八世紀封建教育的狀況。首先是家庭教育。第一回寫譚孝移出於封建家庭的利益，「慮後裔一掌寓慈情」，雖然讀起來平庸乏味，但是，作為父親關心兒子的成長和前途，既是人之常情，也理所當然，寫得還是很真實的。每一個做父親或即將做父親的讀者，都可以而且應當從這裡得到啟發和教益。當然，「一掌寓慈情」的做法大可不必仿傚，但對獨生子女不嬌生慣養，期之以成才，教之以上進，寓愛於教，還是為父母之正道。

李綠園認為，對於下一代的教育，必須從童年時期抓起。他借孔耘軒之口說：「學生自幼，全要立個根柢，學個榜樣。此處一差，後來沒下手處。」（第 2 回）又有詩說：「人生基業在童年，結局高低判地天」（第 33 回）。這些看法都是一個教育家的閱歷和經驗之談，是古人所謂「少成若天性」（《大戴禮記‧保傅篇》）認識繼承和發展，不僅對某些忽視子女早期教育的父母有啟發作用，而且也有助於糾正當前某些同志思想中還存在的輕視中小學教育的錯誤認識。

與譚孝移相對比，《歧路燈》塑造了王氏這位溺愛不明的母親的形象。作為母親，王氏對兒子的摯愛並不下於她的丈夫譚孝移。在封建社會裏，母以子貴，王氏所望兒子更比自己的丈夫要多，特別丈夫去世以後，兒子成了他唯一的依靠，愛子之心更有增無已。但是，她疼愛兒子不是教之以「用心讀書，親近正人」，而是姑息縱容他日趨下流。譚紹聞「今日從先生趕會，明日從先生玩景。不然便在家中百方耍戲。這王氏也落得寬心，省的怕兒子讀出病來」（第 8 回）。譚紹聞賭博偶而贏了百餘兩銀子，王氏道：「咱家可也有這一遭兒。那日他那黑胖漢子搬錢時，怎地強梁。贏不死那天殺哩！」（第 35 回）譚紹聞要結交紈絝子弟盛希僑，王氏對內侄王隆吉道：「像這等主戶人家公子，要約你兄弟拜兄弟，難說辱沒咱不成？我就叫他算上一個。」（第 15 回）雖然有時也想管教，但終以放任告終，從而使兒子一誤再誤，走上傾家蕩產的道路，自己也因此受了許多的苦楚，最後才省悟過來。這個糊塗母親的形象貫串全書，是著墨最多、刻畫較為生動的人物之一，在古代文學作品中實屬罕見；而在生活中，從古到今，這樣的母親似乎又並不少。那麼，王氏形象的意義，就有特殊的重要性了。一切做了母親或將要做母親的人，都

應當和可以從王氏的形象得到教訓。

李綠園又認為，家庭教育的關鍵還在於有個好的家風。他寫譚紹聞能回頭向善的原因之一，就是「多虧他是個正經有來頭的門戶」：祖上長厚，而父親「端方耿直，學問醇正」，從沒做過喪天害理的事（第 1 回）。他寫婁潛齋一門興旺發達，也是由於有一個耕讀相兼的好的家風。而夏逢若所以變壞和不可救藥的原因之一，即是「他父親也曾做過江南微員，好弄幾個錢兒。那錢上的來歷，未免與『陰騭』兩個字些須翻個臉兒。」（第 18 回）當然這樣有其父必有其子，也太絕對。但是長輩特別是父母的言行，對下一代思想性格的形成確實有重大影響。因此，子女家庭教育的問題，又是家長如何立身行事做子女良好榜樣的問題，是個家風問題，這是《歧路燈》給我們的又一重要啟示。

其次，是學校教育。《歧路燈》的時代，初級的學校大半是私塾，譚紹聞上的也正是這種學校。學校雖然簡單，但作者在他的描寫中，卻顯示了一些深刻的教育思想。

作者認為，教育後代必須通過學校。書中「延師教子，乃是孝移第一宗事。」（第 11 回）而辦好學校，關鍵在於擇聘教師。書中寫道：「先生者，子弟之典型」（第 11 回），所以譚孝移為子擇師重要的標準就是人品好。他說：「小兒拜這個師父，不說讀書，只學這個樣子，便是一生根腳。」（第 3 回）非常重視教師為人師表的作用。由此而進到尊重教師，對婁潛齋如此，對侯冠玉那樣的教師，他也待之以禮。從京城回到家中，「次日早飯後，便從後門上的碧草軒，帶些京中物事，看拜先生」（第 11 回）。及至發現侯冠玉種種不端，也隱忍不即開發，唯恐造成「開封府師道之不立」（同上）。對侯冠玉這等瀆職的教師大可不必行此姑息之道，但作者所肯定的譚孝移尊重教師的精神還是值得提倡的。「欲為嬌兒成立計，費盡慎師擇友心。」（第 2 回）這兩句詩概括了封建時代一切重視子女教育的家長之心，也值得我們今天辦教育的同志深思：要造就一支優秀的教師隊伍，造成全社會對教師的尊重和支持，以利於教育事業的發展。

《歧路燈》先後共描寫了四位教師。兩個反面的，兩個正面的。一位是侯冠玉，這是一個賭徒、酒鬼兼騙子的靠坐館混飯吃的冒牌貨。他除了專一的奉承主人唯圖坐穩西席外，教學上的最大本事就是圈住譚紹聞偷、套《八股快心集》之類。他認為：「學生讀書，只要得功名，不利於功名，不如不讀……

何苦以有用之精力，用到不利於功名之地乎？」（第 8 回）這一方面暴露了他自己就是功名利的不可藥之蟲；另一方面，也說明他教學的目的，僅僅是爲了學生中舉人，成進士，在這個意義上創古代一個「單純追求升學率」的教師的典型。這樣的教師，私心對學生實無惡意，但由於他自己人品不高，卻不能對學生發生好的影響，《歧路燈》給以辛辣諷刺，是理所當然的。惠養民是另一類型的教師。他是個僞道學，迂夫子。「只說惠養民坐的師位，一定要南面，像開大講堂一般。譚紹聞執業請教，講了理學源頭，先做那灑掃應對工夫，理學告成，要做到井田封建地位……」直把譚紹聞講得如寸蝦入海，「緊緊泅了七八年，還不曾傍著海邊兒」（第 38 回），正是顧炎武所批評的那種「言心言性」，「置四海之困窮不言，而終日講危微精一之說」（《亭林文集》卷之三《與友人論學書》）的陋儒。他是不講求學生「功名之得與不得」的（第 38 回）。這與侯冠玉不同，但是，只以自己「開大講堂」爲滿足，不以學生收穫之有無爲意，其待學生之心較之侯冠玉恐又等而下之矣。

與上述兩個教師相對立，作者塑造了兩位理想的教師的典型。一位是婁潛齋，他原是家中「衣食頗給，也不肯出門」（第 2 回）教書的，無奈譚孝移再三相懇，才出爲譚家西席。他爲人端方博雅，一臉「飲食教誨之氣」，滿口「布帛菽粟之言」，是「一個嚴正的先生」。他教書主五經，講求學以致用，經世濟民，在那個「士不工四書文不得爲通」（章學城《答沈楓墀論學書》）的時代，具有反流俗的精神。作者肯定這樣的教師，在當時是難能可貴的。作者肯定的另一位教師是智周萬，他「博古通今，年逾五旬，滿腹經綸」（第 55 回），對學生要求既嚴，又教之有方，不及半年，幾乎把譚紹聞引回正途，卻不料被浮浪子弟們用流言蜚語轟走了。可見在那個污濁的社會環境裏，做個好教師也非易事。作者李綠園大半生是一位教書先生，他通過這種種不同類型教師的描繪所顯示的對學校教育的認識，是值得我們重視的。

關於教學的方法，《歧路燈》並不主張死讀書。它借婁潛齋之口說：

> 若一定把學生圈在屋裏，每日講正心誠意的話頭，那資性魯鈍的，將來弄成個泥塑木雕；那資性聰明些的，將來出了書屋，把平日理學話放到東洋大海。（第 3 回）

這在一定程度上接觸到教學的規律，比宋明理學家片面土靜的禁錮的方式進步得多。當然，作者所謂不「圈在屋裏」，不過是讓端福兒（譚紹聞乳名）扯了大人的衣襟去趕吹臺大會，與我們今天的向社會實踐學習還是兩回事。但

是，能說我們今天的進步與二百年多年前李綠園等教育家對舊教學方式的懷疑毫無聯繫嗎？

最後，是社會教育。作者爲封建家庭提出的「滿天下子弟的八字小學」是「認眞讀書，親近正人」。如果說「認眞讀書」主要是學校教育的事，那麼，「親近正人」則主要是如何從社會接受影響即社會教育的問題了。作者認爲，這後一個教育比前一個更爲重要。他說：「子弟寧可讀書，不可一日近匪人」（第 21 回）。因爲在作者看來，不讀書尚且可以務農、經商，老成守業，而一旦與「匪人」爲伍，則把子弟整個地毀了。《歧路燈》就是在這個要害處痛下針砭。它以大部分篇幅寫譚紹聞與「匪人」相交，出入賭場，醉臥青樓……，構成了我國十八世紀市井生活的廣闊畫面，是全書寫得最成功的部分。這些描寫，客觀上顯示了社會環境對人的性格命運的決定作用。譚紹聞的墮落正是那個污濁的社會風氣造成的，這是個制度問題。因爲「匪人」也罷，譚紹聞藉以結交「匪人」的身份地位和資財也罷，都是那個不合理的社會制度的產物。這當然是李綠園所沒有也不可能認識到的。但是，現實主義的創作方法使他的筆下顯示了自己未曾認識到的客觀眞理：教育不單純是家庭、學校的事，而是一個廣泛的社會問題。解決這個問題，一方面家庭和學校固然要教育學生「不可一日近匪人」，另一方面，也是根本的方面，就是要剷除產生「匪人」的土壤，這就要進行社會制度的革命，造成良好的社會風氣，給青少年以健康成長的社會生活環境。

當然，《歧路燈》是由二百多年前的一位封建知識分子創作的，它所體現的教育思想基本上是封建主義和爲封建制度服務的，不可過分地肯定。但是，它畢竟是作者積一生之閱歷，大半生之教書體會創作而成的，某種程度上代表了一時教育家的意見。同時，這是一部比較嚴肅寫實的作品，其所反映的古代教育的狀況，能多少給我們以感性的認識。今天的中國是古代中國的一個發展，今天的教育是古代教育的一個進步。研究和借鑒古代的教育，對發展今天的教育事業不僅是有益的，而且是必要的。因此，《歧路燈》值得一讀。我們做父母的可以一讀，使我們知道抓好下一代的童年教育，寓愛於教何等重要，而溺愛護短則很可能毀掉子女的前途；我們做教師的可以一讀，使我們從兩種教師的對比中，得到一點做好「師者子弟之典型」的教益；我們做教育領導工作的同志可以一讀，因爲它實際上提出了如何從家庭、學校和社會的結合上做好青少年教育的問題；我們的青年人可以一讀，因爲它告訴青

年人要行爲正派，謹防壞人的腐蝕拉攏，萬一失足，也是可以改過向善的；我們治文學史和教育史的同志可以一讀，因爲它確實一部取材獨特的長篇小説和別具一格的古代教育文獻；我們的作家可以一讀，因爲我們需要新時代的《歧路燈》。

（原載《濟寧教育學院學報》1987 年第 2 期）

《歧路燈》的藝術特色

　　中國古典小說從志怪傳奇到話本講史，進而到以寫普通人的日常生活為中心的擬話本和長篇小說，是一個不斷發展演變的過程。《紅樓夢》的出現，「把傳統的思想和寫法都打破了」〔註1〕，標誌了這一漸進過程的中斷，是中國古典小說藝術發展的頂峰，也是近代小說的實際開端。但是，中國古典小說的這個質變並不是個別、孤立和偶然的現象。它是中國封建社會生活和文學特別是小說藝術發展的必然結果。這種對舊傳統的突破，不僅集中地體現於《紅樓夢》，而且應當和可能體現於它同時代的其他優秀作品中。《歧路燈》〔註2〕就是一個鮮明的例證，在它身上，我們同樣可以在一定程度上看到中國古典長篇小說發展到十八世紀所表現的許多嶄新特點。

　　《歧路燈》之前的長篇小說多起於「說話人」不斷師承的口頭創作，最後由文人加工定稿而成，如《三國演義》《水滸傳》等，很大程度上帶有集體創作的性質；《金瓶梅》是第一部由文人創作的長篇，但它借用《水滸傳》第二十三至二十六回情節生發而來，仍有依傍的痕迹；《儒林外史》是一部完整的個人創作，「唯全書無主幹」「雖云長篇，頗同短製」〔註3〕，在長篇小說形成的發展上，似應作別論；《紅樓夢》約與《歧路燈》同時成書，從整體上看，藝術成就當然在後者之上，但它是「雪芹改編《風月寶鑒》數次，始成此書」〔註4〕，且未及終篇而輟筆，最後由高鶚續成，視之《歧路燈》又有先天不足

〔註 1〕 魯迅《中國小說的歷史的變遷》，魯迅《中國小說史略》，人民文學出版社 1973 年版，第 307 頁。

〔註 2〕 〔清〕李綠園《歧路燈》，欒星校注，中州書書社 1980 年版。本文以下引此書均據此本，僅說明或括注回數。

〔註 3〕 《中國小說史略》，第 190 頁。

〔註 4〕 〔清〕裕瑞《棗窗閒筆》，轉引自一粟編《紅樓夢資料彙編》，中華書局 1964 年版，第 112 頁。

之憾。因此，從志怪傳奇到描摹世情，從長篇講史到《紅樓夢》，千百年而下，完全由個人獨創的名副其實的中國古典長篇小說僅《歧路燈》而已。自然我們不應因此一點而看輕《三國演義》《水滸傳》特別是《紅樓夢》，更不可對中國古典長篇小說採取虛無主義的態度，但是，李綠園匠心獨運，「空中樓閣，無所依傍」〔註5〕的《歧路燈》卻可以因此而在文學史上居有特殊的地位。正是這部洋洋灑灑六十餘萬言的巨著在最完整的意義上標誌了中國古典長篇小說由集體創作過度到個人創作的最後完成。當然，這不是說在《歧路燈》之前就沒有完整的個人創作，如《醒世姻緣傳》甚至是前百年出現的百萬字的長篇。但是，由於它們藝術上的粗糙，不可能與上述優秀長篇相提並論。

在題材上，《歧路燈》以前的長篇小說多志神志怪，如《西遊記》；或敘衍歷史，如《三國演義》；或爲英雄傳奇，如《水滸傳》等，還未能深入普通人的日常生活，以人物命運爲中心展開描寫。因而，缺乏與現實呼吸相通的近代小說的特色。《金瓶梅》首創長篇寫普通人日常生活，通過一家盛衰反映整個社會，大大開拓了小說的視野，但是在題材的處理上，此書過分欣賞和描寫了大量淫穢的東西，損害了書中現實生活內容的光彩。因而在某種意義上是不成功的。《儒林外史》寫現實社會生活橫斷面，但視野大致不出儒林，又刻意追求「奇人」「眞儒」，題材翻新，唯嫌太窄；《紅樓夢》借鑒《金瓶梅》寫一家之盛衰反映社會生活，但似太拘於「一家」。《歧路燈》則不然。它不僅打破了《三國演義》《水滸傳》《西遊記》的傳統，摒棄了《金瓶梅》的色情趣味，而且，也寫一家之盛衰，兼《紅樓夢》之長，又寫社會生活橫斷面，但在知識分子生活之外彩繪了巨幅市井生活的畫面，較《儒林外史》有過之而無不及。在取材上，《歧路燈》一身兼二者之長，因而比它以往和同時代的長篇都更廣泛地反映了社會生活。這種廣泛取材於現實，以個人和家庭命運爲焦點反映社會的長篇的出現，標誌著中國古代小說藝術發展到十八世紀對現實生活的日益關切和接近。從對歷史的幻想到對現實的思考，這是隨當時資本主義萌芽的發展而產生的文學的一大進步。《歧路燈》正是這一進步文學潮流的代表之一。固然，這是作者李綠園所始料未及的。但是，歷史的必然完成於某些個人無意識的偶然中應當不是奇怪的現象。

《歧路燈》的結構應是中國古代長篇小說的典範。《三國演義》《水滸傳》

〔註5〕 〔清〕李綠園《〈歧路燈〉自序》，欒星編著《〈歧路燈〉研究資料》，中州書畫社 1982 年版，第 95 頁。

等由話本改編而來，因而以事件為結構中心，保留了話本吸引聽眾所需要的特點。具體地說，《三國演義》以史為線，《水滸傳》受《史記》紀傳體影響較大，《西遊記》寫唐僧取經歷八十一難，基本上都是獨立的故事……。它們情節引人入勝，但人物與事推移，尚未真正成為描寫的中心，而這不符合近代小說的觀念。黑格爾說：「性格就是理想藝術表現的真正中心。」〔註6〕中國古典長篇小說是從《金瓶梅》開始比較注意這個「真正中心」的，它題含三個主要人物的名字，最早自覺地以人物為中心結構的長篇，開始了向近代長篇小說結構藝術的過度。《儒林外史》沒有繼承這個長處，因而「頗同短製」；《紅樓夢》把《金瓶梅》開創的這種近代長篇結構推向成熟，但可惜它自身倒是個「斷尾巴蜻蜓」。唯有《歧路燈》以譚紹聞敗子回頭、家業復興的命運史為中心，前後呼應，多方鋪陳，大而不亂，更有渾然天成之概，是真正完成了的近代長篇小說結構。

　　具體說如《歧路燈》是由譚紹聞、王氏、王中等幾個主要人物貫穿全書的，而譚紹聞又是所有人物的中心。小說從他七歲幼學寫到兒子中了進士，從誤入歧途寫到懸崖勒馬、回頭向善，是人物性格命運的歷史。其間家道盛衰，世情變幻都是作為人物性格發展變化的環境而被描寫的。人物是描寫的中心，事件則召之即來，揮之即去。全書百零五回，幾乎無一回不關譚紹聞的成長，大開大合，終不離「敗子回頭」這個主線。讀《歧路燈》，使我們關心的不是單獨事件的發展，而是人物性格命運的變化。因為作者敘述的事件無非飲食起居、婚喪嫁娶、延師教子、科舉應試之類，都是當時一般地方家庭日常平凡的生活。作家描寫這些平淡無奇的事件顯然不是為了它們本身的價值，而是為了在這些事件的進程中顯現出他的人物來。這樣的人物由於同最日常平凡的生活相聯繫，因而更具有現實的生氣，具有血有肉可以觸摸的形象。而這種藝術形象的出現，就藝術形式的角度而言，首先必須自覺以人物性格命運的發展變化為中心結構作品，《歧路燈》是一個成功的範例。

　　又如，《歧路燈》寫二百多人物，三教九流無所不包，場景屢屢變換，但是轉折之處不露痕跡，信筆所至而絲絲入扣，堪稱大而嚴謹。第一回至第四回寫譚孝移延師教子，通過其家世、交遊等顯示這是一個有「根柢」的人家。根據作者的思路，這一方面很自然地就是譚紹聞日後轉變的伏筆；另一方面前者導致譚孝移離家進京，於是就有侯冠玉代婁潛齋為譚家西席，譚孝移憂

〔註6〕　〔德〕黑格爾《美學》（第1卷），朱光潛譯，商務印書館1981年版，第300頁

子成疾而死，譚紹聞年幼失怙，被匪類引誘墮落等，後者在於使譚紹聞有許多正派父執、義僕等的規勸教誨，故能時有悔悟。所以前四回雖然平淡，卻隱括全書，是結構上必不可少的。而全書大團圓的結局正是這樣一個開頭的合乎邏輯的照應。雖然俗了些，卻就結構而言不能說是硬塞給讀者的，因爲小說隨著情節進展一直都在明確地使人物命運走向這樣一個結局。否則，它就無所謂「歧路燈」了。當然，這樣一個構思的思想傾向是不足稱道的，但是，這樣一個大而嚴謹的結構所體現的作者駕馭長篇藝術形式的能力是值得讚賞的。

由於作者自覺以塑造人物爲中心，在日常生活的廣闊背景上刻畫人物性格，展示人物的思想感情和命運的歸宿，所以《歧路燈》的人物就比以前作品的人物性格更複雜豐滿而鮮明，與《紅樓夢》一樣，打破了過去小說「敘好人完全是好，壞人完全是壞」〔註 7〕的類型化局限，體現了長篇小說人物塑造由類型化向典型化的轉變。例如，婁潛齋、譚孝移、程嵩淑、孔耘軒等都是作者肯定的正面知識分子形象，他們是地位相當的摯友，但性情見識都各有不同。除了通過他們言談舉止等行動的描繪進行顯示，第三十九回「程嵩淑擎酒評知己」還專講這個不同，可見作者是自覺地從同中見異，突出人物個性描寫的。比較起「這一類」來，他更重視「這（一）個」〔註 8〕，由此也就產生了人物性格的多面描繪；譚孝移是作者極力讚賞的「好正經讀書人」（第12 回），但作者也寫了他迂腐的一面；巫翠姐是作者鄙視的商家女，但作品肯定了她不妒嫉冰梅的好處；夏逢若是作者鞭撻的人物，但是，第八一回「夏鼎畫策鬻墳樹」也寫了他偶有良心發現的時候；乃至於書中一筆帶過的劫徑強盜也是思想感情十分複雜的人物。你看他們出於種種利害考慮不殺德喜的兇狠狡猾的心理（第 73 回），實在是這種特殊生活方式造成的人物性格在特定情形下不可重複的再現……。正是這些對人物性格兩重性和多方面的刻畫，形成了《歧路燈》人物性格個性與共性、主導方面與次要方面的統一，從而避免了類型化，在不同程度上使某些人物上升到典型形象。

《歧路燈》人物性格的複雜性又不是作者事先就和盤托出的定性，而是

〔註 7〕 魯迅《中國小說的歷史的變遷》，《中國小說史略》，第 306 頁。

〔註 8〕 〔德〕恩格斯《致敏·考茨基》，轉引自北京大學中文系文藝理論教研室編《馬克思恩格斯列寧斯大林論文藝》，人民文學出版社 1980 年版，第 130 頁。原譯文是：「每個人都是典型，但同時又是一定的單個人，正如老黑格爾所說的，是一個『這個』，而且應當是如此。」

隨著情節進展不斷顯現和充實起來的「社會關係的總和」﹝註9﹞。如譚紹聞面嫩心軟的性格可說是乃父「把一個孩子，只想鎖在箱子裏」（第 3 回）的結果，是社會環境的產物。這性格導致他一而再、再而三地經不起匪類引誘而墮落下去。但是，隨著傾家蕩產、閱世漸深，他那面嫩心軟的性格慢慢發生改變，第六回中竟做出「發急叱富商」的事來。至於譚紹聞墮落又悔悟，多次進退維谷、歧路徘徊的描寫，更顯示了人物與環境的矛盾和由此而產生的人物自身內部的矛盾。這些矛盾和鬥爭不斷展開和深化的過程。當然，作者用這樣一種匠心塑造出來的譚紹聞並不一定為今天的讀者所欣賞，但是，就作者所提供的環境而言，這確實是一個「真的人物」﹝註10﹞。作品出現這種「真的人物」表明作者在創作中對人物的把握已經不是過去作家們那種孤立、靜止、不變的方法，而是一種新的辨證的方法，即從人們周圍世界和與社會的變動不居的聯繫中把握其性格。因而《歧路燈》的人物不僅從身份地位上，更從內在特質上不再是過去那種類型化的神和半神半人的英雄，而是現實普通的活生生的社會人。

另外，《歧路燈》描寫的細膩，語言的生動等也達到了相當高的水平，說明了作者雖然極詆《三國》《水滸》等文學名著，卻極有描寫的才能。但是，他的藝術才能卻常常被自己道學家的多烘氣所窒息，因而，書中出現大量的封建說教。作者急於為世人說法以維護封建制度的努力，在許多地方都大大損害了作品藝術的光輝，以至於此書問世二百年向無刻本傳世。曹雪芹在《紅樓夢》第一回寫道：「市井俗人喜看理治之書者甚少，愛適趣閑文者特多。」李綠園不通此道，寫下《歧路燈》一部理治之書，被人冷落是理所當然的。但是，作為藝術的借鑒和繼承，《歧路燈》又是我國古典長篇小說不可多得的優秀之作，研究它並在文學史上給予認真對待亦是理所當然的。

（1982 年 5 月 27 日）

﹝註 9﹞ 〔德〕馬克思《關於費爾巴哈的提綱》，《馬克思恩格斯選集》第 1 卷，第 18 頁。原譯文是：「費爾巴哈把宗教的本質歸結於人的本質。但是，人的本質並不是單個人所固有的抽象物。在其現實性上，它是一切社會關係的總和。」
﹝註10﹞ 魯迅《中國小說的歷史的變遷》，魯迅《中國小說史略》，人民文學出版社 1973 年版，第 306 頁。

《歧路燈》的結構

　　關於《歧路燈》的結構，論者幾乎都予以比較充分的肯定，而以郭紹虞、朱自清兩先生評價最高。郭先生說：「《儒林外史》成書最早，但有一個極大缺點，即是似乎是由許多短篇小說集綴而成，而不合乎長篇小說的組織。至《紅樓夢》與《歧路燈》則異此矣！書中都有一個中心人物，由此中心人物點綴鋪排，大開大合，以組成系統有線索的巨著，這實是一個進步。」〔註1〕朱自清先生則更進一步說：「這樣大開大闔而又精細的結構，可以見出作者的筆力和文心。他處處使他的情節自然地有機地展，不屑用『無巧不成書』的觀念甚至於聲明，來作他的藉口；那是舊小說家常依賴的老套子。所以單論結構，不獨《儒林外史》不能和本書相比，就是《紅樓夢》，也還較遜一籌；我們可以說，在結構上它是中國舊來唯一的真正長篇小說。」〔註2〕

　　文學作品的結構是因主題的需要而產生和確定的，沒有也不應該有一個固定的模式。可以比較不同作品結構藝術的優劣，但不能脫離內容而「單論結構」以軒輊。如郭先生說《儒林外史》「不合於長篇小說的組織」，就未免忽視了它的結構正是適合於敘述「儒林」之「外史」的藝術形式，是「長篇小說的組織」中的一種樣式，儘管這種有明顯局限性的樣式在後來文學的發展中沒有表現出較大的生命力。另外，《歧路燈》以「一個中心人物」「點綴鋪排」見長，乃其首創，也不必攀附《紅樓夢》網狀形式而自有其獨特的價值；而朱先生的說法則不僅忽略了長篇小說結構形式的多樣性，且誇大了《紅

〔註1〕 郭紹虞《介紹〈歧路燈〉》，《歧路燈論叢（一）》，中州書畫社 1982 年版，第 1 頁。

〔註2〕 朱自清《歧路燈》，《歧路燈論叢（一）》，第 10 頁。

樓夢》由於頭緒紛繁，特別是後四十回由別人續作而有的照顧不周的毛病，從而低估了它在總體構思上的氣魄和成就。兩先生都是文章高手，衡文大家，而於《歧路燈》的結構有此偏愛之論，大概是由於他們著文的時代，正當西方文學作品和觀念湧入中國文壇不久的一九二八年，中國新文學在外國文學影響下，長篇小說正從舊來「因文生事」〔註3〕傳統基礎上，前進到主要以一個人物性格命運爲中心反映時代的軌道上來。一旦發現《歧路燈》的結構符合這一特點，便很容易把不合此例結構的作品視爲「不合長篇小說的組織」，甚至不是「眞正的長篇小說」了。

首先，圍繞「一個中心人物」安排情節，結構故事，是《歧路燈》在結構藝術上的重大發展。《歧路燈》以前的長篇小說，當然並非全如《儒林外史》那樣「僅驅使人物，行列而來」〔註4〕，但無論《三國》《水滸》《金瓶梅》諸作，雖都有主要的乃至貫串全書的人物，卻均沒有眞正的「中心人物」。換句話說，這些長篇小說藝術結構的成就並不表現在圍繞一個人物的性格命運安排故事，而是在「以文運事」或「因文生事」的前提下，於以敘事爲主的過程中，塑造了眾多的不朽的人物形象。而以「一個中心人物」結構故事，則是《歧路燈》的首創。它有哪些特點呢？

論者多以《歧路燈》與《金瓶梅》《紅樓夢》同是寫一家之盛衰，一般說是對的。但深入地看，大有不同。《金瓶梅》《紅樓夢》乃側重在「一家之盛衰」中寫人的命運，而《歧路燈》主要是以一人之成敗寫「一家之盛衰」，並進而表現時代。其第一回說：

> 我今爲甚講此一段話？只因有一家極有根柢人家，祖、父都是老成典型，生出了一個極聰明的子弟。他家家教眞是嚴密齊備，偏是這位公郎，只少了遵守二字，後來結交一干匪類，東扯西撈，果然弄得家敗人亡，上天無路，入地無門。多虧他是個正經有來頭門戶，還有本族人提拔他；也虧他良心未盡，自己還得些恥字悔字的力量，改志換骨，結果也還到了好處。要之，也把貧苦煎熬受夠了。
> 〔註5〕

〔註3〕金聖歎《讀第五才子書法》，陳曦鍾、侯忠義、魯玉川輯校《水滸傳會評本》，北京大學出版社 1981 年版，第 16 頁。

〔註4〕魯迅《中國小說史略》，人民文學出版社 1973 年版，第 190 頁。

〔註5〕〔清〕李綠園《歧路燈》，欒星校注，中州書畫社 1980 年版。本文以下引此書只說明或括注回數。

這一段概括交待了全書的故事。從中可以看出，全書著眼點，在於寫一個人的所作所爲如何把家弄得盛而衰、衰而復興，而不是寫家庭盛衰中種種人如何如何，不是如《金瓶梅》中以因果報應解釋一切。所以，《歧路燈》開篇即謂：「話說人生在世，不過成立覆敗兩端，而成立覆敗之由，全在少年時候分路。」明確宣言全書的宗旨在探討人生的命運。這個宗旨決定它必然以「一個中心人物」結構故事。

《歧路燈》顧名思義，就是要通過一個人對生活道路的選擇，爲封建子弟顯示一個人生的正路，以維護將消亡的封建制度。至於譚宅的興衰，乃是在家庭存在的歷史條件下，特別是在那個封建法制的時代，作者要把一個人的命運「從少年時候分路」寫起，不得不涉及的具體環境；同時，也是作者以儒家「修身、齊家、治國、平天下」的人生觀念看待「成立覆敗」兩端時，心然首先注意到的一個重要方面。所以李綠園也曾把他的《歧路燈》稱作「家政譜」。但是從根本上說，它不是一部描寫「一家之盛衰」的書，而是我國第一部探討人生命運爲宗旨的以一個人的經歷爲中心的長篇小說。

《歧路燈》一百零八回，幾乎無一不關譚紹聞者。自第十二回譚孝移去世以前，譚紹聞雖未成爲描寫的中心，但關於其家世、親朋的介紹，關於其自幼聰明穎悟，在嚴師婁潛齋教悔下讀書上進和由於繼任塾師侯冠玉的偷惰而人懶學荒的描繪中，一面顯示了這是一個出身「有根柢的人家」的曾受過嚴格家教和師訓的子弟，爲他以後的改悔奠定基礎；另一方面，也從王氏的糊塗、侯冠玉取代婁潛齋爲師等，爲他以後的墮落埋下伏線。而譚孝移的早逝則成爲譚紹聞生活道路上的一大轉折，作品正是以此爲契機，在很大程度上掐斷了他同「正人」的聯繫，並一下把他推到家庭和社會環境的中心舞臺上來。所以，前十二回雖然較少正面描寫譚紹聞，卻實無一處不與譚紹聞的命運相關。即以第九回《柏永齡明君臣大義，譚孝移動父子至情》而言，作者雖著力於譚孝移京中活動的描寫，但須與不忘使這些描寫與主人公譚紹聞的命運史聯繫起來。書中寫道：「孝移……吃了碗茶，已不能似舊日爽快。念及家事，慮潛齋開春來京，必要別請先生，王氏倘或亂拿主意，如何是好。心中悶悵，又添了幾分。」以致結想成夢：……回到家，見端福兒（譚紹聞）從樹上掉下來，摔得「氣息全無，不覺放聲號啕大哭，只說道：『兒呀，你坑了我也！』」寫盡天下父母之心，更見出對以後譚紹聞「少了遵守二字」的針砭，於虛寫之中對中心人物譚紹聞的性格命運作了有力的烘托。

自第十三回始，作爲譚宅幼主的譚紹聞來到了舞臺的中心，「正人」漸次退去，一幫「匪類」乘虛而來。在後者的引誘下，他賭博、狎妓、淫婢、養戲班、打秋風、燒丹竈、鑄私錢、賣墳樹……極盡不肖之能事，以致債臺高築，奴僕逃散，家敗人亡，演出了一部世家子弟的墮落史。但這裡又有一條日後改悔的伏線隱約其中：王中的盡心爲主，程嵩淑等父執的正言規勸，姜冰梅的閨中賢助，他本人時有良心發現等等。直到第八十三回《王主母慈心憐僕女，程父執儻言諭後生》，譚紹聞把「貧苦煎熬受夠了」，不斷浮現過的「改志成人」的念頭，才開始堅定起來，作品也就進入了他如何改悔的描繪。第八十八回譚紹衣的出現，是他一生命運的第二個轉折。正是譚紹衣的督責、提拔，使他能再無反覆地走在「正路」上並出仕以重振家聲。此後的描寫雖漸入「大團圓」的俗套，但從《歧路燈》的主題看，是在結構上完成譚紹聞這一中心人物形象塑造不可或缺的部分。

總之，《歧路燈》是我國唯一自覺並較好地以「一中心人物」結構故事的巨著。在這個意義上，它是譚紹聞這一形象的性格史、命運史。這種結構形式的出現，是我國舊來長篇小說寫人藝術的一個突破性的發展。它出現於乾隆時代和李綠園這位衛道的文學家手中不是偶然的，實際上顯示了自明中葉以來社會中日漸覺醒的帶有民主傾向的個人意識，到乾隆時代已對人們、特別是青年一代的精神面貌和生活道路發生了極大的影響，以致使衛道者們不得不從封建階級的前途命運出發，予子弟的生活道路以極大的關注。

其次，關於它的「大開大闔而又精細」。所謂「大開大闔」是說作者有魄力寫譚紹聞把一個全盛的家庭弄得一敗塗地，將及不可拾；又能以譚紹聞一點未盡的「良心」引發，並獨闢蹊徑，尋到一個「提拔」他的人，助之重振家聲，而不借助於「因果」之說。當然，結局的「大團圓」是虛假的、粉飾的東西。但是，我們不能不佩服作者在那樣一個「許多火焰生光的人家，霎時間便弄得燈消火滅」的時代，能爲譚宅這一個別的敗家尋到一條特殊的「復興」的路子。就書中的描寫看，這個結局還是有一定合理性的，因爲它的「復興」是靠了那個尚未倒臺的政權（譚紹衣爲代表）的力量，與那些借因果迷信而達到團圓結局的處理還是有區別的，這就不難見出作者的匠心。

所謂「精」，是說它的結構主線分明，無雜亂之病。這是與它以「一個中心人物」結構故事相聯繫的。所以，無論事件發生在譚宅內外，或從何方引進何種人物，作者注目的中心都不離譚紹聞的命運這條主線。他那枝筆如遊

龍戲珠，始終追隨譚紹聞生活的足迹。時間上涉筆三代，空間上場景屢有大轉換。而在這時空發展變遷中，官僚、豪紳、吏役、幫閒、賭徒、遊棍、娼妓、庸醫、相士、藝人、世家公子、腐酸秀才、牙行經紀、師姑道婆、綠林豪強等各種人物行列而來，與譚紹聞直接或間接地發生種種關係，釀成種種事故，激起層層波瀾，既推動了譚紹聞性格命運的發展，又展示了廣闊的社會生活畫面。譚宅這個五世鄉宦之家盛而衰、衰而復熾的大落大起的歷史，也就在這畫面上凸現出來。這種一線貫串的結構方式和《儒林外史》的鏈狀結構、《紅樓夢》的網狀結構，概括了中國古代長篇小說的主要結構樣式，從一個方面標誌了清中葉我國長篇小說的藝術成熟的狀況。

所謂「細」，是說它情節安排的嚴謹細密，用朱自清先生的話即是「滴水不漏，圓如轉環」。這方面，它較多地借鑒了前人的經驗。毛宗崗《讀〈三國志〉》法說：「《三國》一書，有隔年下種，先時伏著之妙。」此種妙處，在《歧路燈》亦隨處可見。如譚紹聞最後改志，賴有族兄譚紹衣的提拔。而第一回中未敘譚紹聞，先說其「祖上原是江南丹徒人」；譚紹聞稍出，即借修族譜事將這個日後提拔他的人介紹一番。又如譚紹聞隨軍平倭用煙火架破敵立功是將及終篇的情節，而此書第二回即寫到「王氏一定叫過了燈節，改成十八日入學」，使讀者心中早有譚紹聞燈節觀放煙火的印象。第八回則進一步有「端福兒抱了三四十根火箭，提了一籃子東西進來」的細節描寫。第十三回復有「這元旦燈節前後，紹聞專一買花炮，性情更好放火箭」的交待。然後第一百零二回譚紹聞與人論平倭之策，「想想元霄節在家鄉有鐵塔寺看煙火架，那火箭到人稠處，不過一支，萬人辟易……」，就不顯得突然了。再如譚紹衣助資印刷盛希僑祖上遺稿事在第九十六回，然第一回中即有譚孝移「捎來祖上的書籍及丹徒前輩文集詩稿，大家賞鑒」的細節，略示丹徒族人有重視先人著述的傳統。第九十回則進一步有譚紹衣送譚簣初《靈寶遺編》並追述自己搜求此稿付梓的經過。諸如此類，正可謂草蛇灰線，伏脈千里。但也時有短線勾連於隱約之中。如第十六回先讓夏逢若略一露面，為第十八回伏下了這個「猛上廁新盟」的人物；又如第八回王氏說王中「那個拗性子最恨人……」是第十三回「王中屈心掛畫眉」的伏筆；而第四回王氏就譚紹聞的婚事講巫翠姐好處，為第四十九回譚、巫聯姻的伏筆，則又成中距離的了。這些伏筆的應用，使書中每一故事的來龍去脈交代得清清楚楚，情節前後呼應，合情合理，成自然流動的狀態，正是《歧路燈》結構細密的一大特色。

　　這裡，順便提到《歧路燈》中一處象徵性的伏筆。第九回寫譚孝移京中思歸，結想成夢。夢中到邯鄲地方，見一個官兒請他做幕僚輔助平倭：「俟海氛清肅，啓奏天廷，老先生定蒙顯擢。」譚孝移雖婉言推卻，但夢中「平倭」、做「參謀」「蒙顯擢」的情節，大體與後來譚紹聞立軍功的經歷相類。這說明作者雖成書於「以舟車海內，輟筆者二十年」之後，但下筆之初對整個故事結局已成竹在胸。譚孝移一夢就是日後譚紹聞出仕的象徵性暗示。譚紹聞以平倭建功擢縣令，正是完成了其父部分地因他而未竟的事業，是對那一聲「兒呀，你坑了我也」的告慰性對照。這一照應可以見出作者對他的主題有較深的把握。

　　《歧路燈》結構的細密，還在於它較好地動用了情節的穿插——借鑒了《水滸傳》的情節穿插法而又有所發展。如譚紹聞受茅戲主的訛詐本爲一個完整的故事，但作者寫過他收留下戲班子之後，「從半腰間暫時閃出」，又寫他被誘賭，娶孔慧娘及高皮匠「炫色攫利」事，接下來才是「茅拔恕賴箱訟公堂」，回到先前中斷了的故事上來。又如第四十七回寫王氏去城西南槐樹莊爲孔慧娘求取「神藥」，正寫到王氏同一干人坐入車中，「蔡湘鞭子一揚，轉彎抹角，出了南門而去」，筆鋒一轉，拈出一個卦姑子闖入譚宅行騙的小故事來，然後再接著寫王氏如何看望滑氏並同去求藥。前一穿插在茅戲主回家鄉的間歇中，後一穿插在王氏乘車行路之際，安排得自然得體，毫無生硬之感。正是有了這些穿插，才使作品的情節形成一定曲折和波瀾，避免了敘事的「累墜」。

　　《歧路燈》結構的細密，還由於它能通過細節描繪，輕而易舉地完成較大情節的轉換。限於篇幅，這裡不一一舉例了。從總的方面說，它結構的精細，除作家的才華外，也同作者嚴肅的創作態度有關。作者以比較清醒的現實主義態度對待所描寫的生活，故能藝術地再現社會現象之間必然的聯繫。這在書中那些並非必要的議論中也時常表現出來。其特點是行文平實，無捏合造作之病。不過由於過分排除了偶然因素，使情節的發展有機械呆滯、缺乏逆折和懸念之弊。精細只能使讀者明瞭和相信後面的故事是什麼，卻不能使讀者想知道是什麼，激起好奇心以引人入勝。這是小說藝術的大忌。至於此書結構上非情節因素的毛病，已有作過很好的論述，可以從略了。

（原載《齊魯學刊》1987 年第 4 期）

從《歧路燈》和《紅樓夢》看它們的時代

　　《歧路燈》和《紅樓夢》是兩部思想傾向很不相同的長篇小說。大致說來，一個是載道的，一個是言情的；一個是入世的，一個是出世的。它們在文學史上的地位也一顯一晦，命運幾乎相反。有些論者把這兩部書對立起來，不是無緣無故的。但過分地強調二者的區別，卻是片面的，不符合實際的。

　　唯物辨證法告訴我們，世界上的一切事物都處於普遍聯繫之中。《歧路燈》和《紅樓夢》同是產生在所謂「康乾盛世」的十八世紀中葉的長篇小說，在思想內容上有某些相通、相近乃至相同的方面是不奇怪的。列寧說：「規律是現象中同一的東西。」〔註1〕越是對立的現象中「同一的東西」，越具普遍性，是規律的深刻表現。因此，研究《歧路燈》和《紅樓夢》這兩部「對立」的作品思想內容中的「同一的東西」，對我們認識那一時代的本質特點，有重要意義。

　　這兩部書在藝術上同受《金瓶梅》的影響，都通過記一家之盛衰來反映社會生活。這一共性顯示了十八世紀中葉封建家庭日漸解體的命運已經成為文學普遍關心的問題，從而在一定意義上《歧路燈》和《紅樓夢》都成了我們考察這種現象的文獻。

　　李綠園自謂他的《歧路燈》是一部「家政譜」，寫的是河南祥符一個五世鄉宦之家由盛而衰、衰而復興的故事。作者於第二回借書中譚孝移之口說：「我在這大街裏往，眼見的，耳聽的，親閱歷許多火焰生光的人家，霎時間便弄得燈消火滅，所以我心裏只是一個『怕』字。」〔註2〕《紅樓夢》第二回中「冷

〔註 1〕 《列寧全集》第 38 卷，人民文學出版社 1960 年版，第 159 頁。
〔註 2〕 〔清〕李綠園《歧路燈》，欒星校注，中州書畫社 1980 年版。本文下引此書均據此本，僅說明或括注回數。

子興演說榮國府」也說「如今寧、榮兩門，也都蕭疏了，不比先時光景」，「外面架子雖未甚倒，內囊卻也盡上來了」〔註3〕。作為從平民經由科舉上升到中產地主地位家庭的創業者李綠園，和從大富大貴降到「貧窮難耐凄涼」地步的舊家子弟曹雪芹，不約而同地為封建地主家庭的現實命運擔憂或歎息，一個要戒後代以勿走「歧路」，一個要「補天」。這種狀況說明了當時封建家庭地位危機的普遍性。如果說《紅樓夢》是以賈府為代表的四大家族衰亡史，那麼，《歧路燈》則是中小地主家庭的末世書，並不因為它們都有一條或小或大的光明尾巴而掩蓋了作品反映時代的這一本質，封建地主家庭，是封建國家的基本細胞。這兩部長篇小說的同時出現，正是十八世紀中葉封建制度組織性潰變的生動象徵。這個延續了兩千年之久的封建制度就要滅亡了，「履霜堅冰已有兆矣」（第10回）。

　　對封建家庭危機的原因，兩部書各以形象的系列作了生動的顯示。這方面《歧路燈》客觀上所達到的，比作者主觀要表現的深刻得多。李綠園把譚紹聞墮落以致家敗的原因歸之於「匪類」的引誘，是很膚淺的。從《歧路燈》關於譚宅傾家蕩產的過程的描繪看，主要的是譚紹聞的大肆揮霍和由此招致的高利貸盤剝。第三十回有一個帳單：

　　　　論起譚紹聞家私，每年也該有一千九百兩餘關。爭奈譚紹聞見
　　了茅拔茹一面，數日內便拋撒一百幾十兩，輸與張繩祖一百多兩，
　　皮匠一宗又丟卻一百五十兩，況且納幣、親迎一時便花了二千餘兩，
　　此時手頭委實沒有。

這是譚宅最初的經濟危機。危機的原因，一是賭博輸錢和被敲詐，二是娶親花費過大。後者顯然是主要的，並且因此走上了「揭債還債，窟窿還在」的破產道路。所以，譚宅的經濟破產固然由於賭博等，但主要的還是譚紹聞揮霍浪費和被高利貸盤剝。

　　《紅樓夢》中的賈府與此有相似之處。賈府的年輕主子們也吃喝嫖賭，但賈府經濟上兩宗最大的支出，一是秦可卿之喪，二是元妃省親，加之「日用排場費用，又不能將就省儉」，以致入不敷出。所以，揮霍浪費乃是封建地主家庭破產的主要原因之一，這是它們寄生性和腐朽性的必然表現。當然，賈府還未落到借高利貸的地步，但如果不是抄家打掉了賈府主子們講排場的

─────────────

〔註3〕　〔清〕曹雪芹、高鶚著《紅樓夢》，人民文學出版社1982年版，第27頁。本
　　　　文下引此書均據此本。

興頭，說不定還要借貸度日呢。

高利貸盤剝的威脅對低一個等次的地主譚宅就很明顯了。《歧路燈》中的王中為譚紹聞擺脫困境設計的方略是「割產還債」，因為「行息債是擎不住的……咱的來路抵不住利錢，將來如何結局」（第 36 回）？這個譚宅的諸葛亮，真正怕的不是夏逢若一班匪類（那是可以揮老拳去打的），而是「客夥們……俱是錢上取齊的，動了算盤時，一絲一毫不肯讓人」（第 36 回）。這個狀況說明資本主義萌芽在當時已有一定力量，使封建勢力在經濟上有時奈何它不得。

兩部書還都描寫了兩代人之間的隔閡與矛盾。這在以前的文學作品中也出現過，但多是為了婚姻問題（如《李娃傳》等）的爭執，人生觀上的對立尚不明顯。《歧路燈》，特別是《紅樓夢》也涉及了婚姻問題上兩代人的矛盾，根本上表現的卻是青年主人公對父輩人生理想的漠視乃至背叛。譚紹聞不願「親近正人」，賈寶玉終日裏怕見他的父親，且討厭與峨冠博帶的人相往還。這種兩代人間的隔膜，《歧路燈》中生性爽直的理學家程嵩淑看得清楚，他說：「今日之少年，不比當年咱們作少年，見了前輩是怕的。今日風氣變了，少年見咱是厭的。」（第 98 回）當然，賈寶玉並不止於「厭」，而是進一步發展成為封建家庭的叛逆。但與程嵩淑所言相參照，可知賈寶玉這一形象的出現決不是偶然的，乃是「風氣」使然。在這樣一種世風人情下，年輕的功名利祿之徒固然仍多，但出現某種帶有初步民主思想的反封建的地主階級叛逆人物是可能的。正如毛澤東指出的，那是個「產生賈寶玉那種不滿意封建制度的小說人物的時代」〔註4〕。

忠君報國，建功立業，青史留名，是封建階級基本的理想追求；所謂「文死諫，武死戰」的大丈夫名節，即是它的最高表現。但是，隨著封建制度的沒落，這種人生理想逐漸失去了魅力。夏逢若說：「將來鄉賢祠屋角裏……《綱鑒》紙縫裏……就是有個牌位，有個姓名，畢竟何益於我？」（第 21 回）這番話雖出自浮浪子弟之口，被《歧路燈》的作者目之為邪說，但在某種意義上何嘗不道出了柏永齡、譚孝移一班正人君子的「隱衷」。柏永齡否定「文死諫」的理由，一是「只管自己為剛直名臣，卻添人君以愎諫之名」，二是「何苦定要叫老虎吃了呢」（第 9 回）。譚孝移告終養的心曲，一是怕屈膝於監軍

〔註4〕毛澤東《在擴大的中央工作會議上的講話》（1962 年 1 月 30 日），人民出版社1978 年版。

的閹寺，污了人品，不願「兵前聽用」（第10回）；二是怕廷杖受辱，不願做「言官」，於是退而延師教子。柏永齡和譚孝移這種奉身而退的處世之道，除多了一個存「君臣大義」的招牌之外，在失去了功名追求這一點上與夏逢若是相通的。忠君報國已不是他們生活的最高原則，「益於我」才是實際上的安身立命之基。

無獨有偶，《紅樓夢》第三十六回寫賈寶玉也發過一通類似的議論：

> 人誰不死，只要死的好。那些個鬚眉濁物，只知道文死諫，武死戰，這二死是大丈夫名節。竟何如不死的好！必定有昏君他方諫，他只顧邀名，猛拼一死，將來棄君於何地！必定有刀兵他方戰，猛拼一死，他只顧圖汗馬之名，將來棄國於何地！所以這皆非正死。

也是打著存君臣大義的招牌，否定「文死諫，武死戰」，從而把建立個人功名的封建主義傳統的人生理想也否定了。這與《歧路燈》中是一致的。兩書合而觀之，可知它們的時代，無論叛逆如賈寶玉，守舊如譚孝移、柏永齡，墮落如夏逢若等各種人物，都已在理論上和實際上失去了忠君報國、建功立業的封建階級人生目標。儘管賈寶玉追求的是個性自由，譚孝移追求的是明哲保身，夏逢若追求的是及時行樂，各有不同，但對封建政治說來，都程度不同地具有瓦解、離心或侵蝕的作用。

《歧路燈》和《紅樓夢》都描寫了大量的婦女形象，但它們的婦女觀是對立的。前者以名教褒貶各種類型的婦女形象，後者謳歌了具有初步民主思想的少女們反封建的鬥爭，傾向幾乎是相反的。但是，把婦女問題作為創作的重要內容，二者卻是一致的。這說明當時在婦女問題上封建和反封建的鬥爭同樣已經引起了文學上普遍的重視。從林黛玉、晴雯等一批追求婚姻和人身自主的形象看，當時社會已出現了女性覺醒的意識。《歧路燈》中的巫翠姐被作者橫加貶抑，也何嘗不證明婦女沖決封建束縛的鬥爭已經引起了封建衛道士的恐慌，而且作者不得不讓這個商人之女成為譚宅的少主婦，是以前的文學作品中沒有的。特別值得注意的是，林黛玉與賈寶玉在戀愛中一唱一和地反科舉，否定功名富貴；巫翠姐則以富商的娘家傲視譚宅，甚至公然讚揚梁山泊才是「正經賊」（第73回），更是極為「出格」的反叛。馬克思主義認為，婦女的解放是社會進步的尺度，林黛玉、巫翠姐這樣的婦女形象同時出現在文學作品中，從一個側面反映了十八世紀中葉封建意識被衝擊和瓦解的程度。

《歧路燈》和《紅樓夢》還都表現了當時現實生活的動蕩不安。《歧路燈》

中有譚紹聞從濟寧州回家途中被劫的描寫，有「南邊州縣」（第 91 回）白蓮教起義的情節；《紅樓夢》中也有關於「近年水旱不收，鼠盜蜂起，無非搶田奪地，鼠竊狗偷，民不安生」（第 1 回）的敘述，有妙玉在賈府被搶的描寫。這些都形象地透露了，所謂「康乾盛世」並不太平。至於兩部書對吏治腐敗、土豪劣紳爲非作歹的揭露，則深刻地道出了社會動蕩的政治原因，客觀上預示了人民反抗風暴的即將到來。這兩部書關於階級鬥爭情勢的反映，同樣具有一定的文獻價值。

李綠園和曹雪芹是兩位世界觀極不相同的作家，《歧路燈》和《紅樓夢》是兩部思想傾向極不相同的作品。這兩部書之所以在思想內容上有上述一些相通、相近乃至相同的方面，客觀上是由於這些問題已經成爲時代不允許作家迴避的突出的社會現象，主觀上則是由於他們都具有寫實的創作態度。「浪漫主義與藝術幻想，對綠園來說，好像不可理解」〔註 5〕，曹雪芹聲言自己的創作「追蹤躡迹，不敢稍加穿鑿」。這種寫實的創作態度，使他們不約而同地把時代的重大社會問題作爲描寫和反映的對象，使後世的讀者有可能從它們相互的印證中發現那一時代社會生活中「同一的東西」。這個「同一的東西」歸結起來，就是十八世紀中葉以封建家庭爲基礎的封建制度的沒落和瓦解，以及從中產生的新的社會因素的增長，這種新舊矛盾的鬥爭必然導致社會大變革的到來。

（原載《語文函授》1988 年第 2 期）

〔註 5〕樂星《〈歧路燈〉校本序》，〔清〕李綠園《歧路燈》，樂星校注，中州書畫社1980 年版。

李綠園《歧路燈》的佛緣與「譚（談）」風——作者、書題與主人公名義考論

　　清乾隆間李綠園著白話長篇小說《歧路燈》一書問世百餘年間，曾若存若亡，幾近埋沒。自上世紀八十年代初經欒星先生整理出版，才引起較多學者的關注，至今 30 年來，形成並積累了一定數量的研究論著。但是，這項研究畢竟爲時尚短，長期專心者不多，相對於「四大奇書」、《紅樓夢》等的研讀，顯然切磋琢磨不夠。從而仍有些本是顯山露水的問題，也還被熟視無睹，亟待揭出和探討。這裡僅就此書之作者、書題與主人公三者名義所標示或含蘊與佛教的緣分和「談說」風格等，試爲考論如下。

一、「李海觀」之「海」與「觀」

　　李綠園，名海觀，字孔堂。《顏氏家訓》云：「古者，名以正體，字以表德。」〔註 1〕綠園字孔堂，當取《論語・先進》載「子曰：『由也升堂矣，未入於室也。』」表明其有志儒學的人生期待，可以無疑。這從《歧路燈》中人物論學首重《五經》和推崇「端方醇儒」〔註2〕（第十一回）也可以得到旁證。至於綠園名「海觀」，《歧路燈》的整理校注者欒星先生曾據綠園《宦途有感寄風穴上人二首》之二的自注數語說：「原來他的學名海觀，與佛賜法名妙海有關。」〔註3〕其說甚是。但進一步推敲起來，卻是只揭出了他學名「海觀」

〔註 1〕〔北齊〕顏之推《顏氏家訓・風操》，文淵閣四庫全書影印本。
〔註 2〕〔清〕李綠園著，欒星校注《歧路燈》，中州書畫社 1980 年版。本文以下引此書只說明或括注回數。
〔註 3〕欒星《〈歧路燈〉研究資料》，中州書畫社 1982 年版，第 22 頁。

之「海」字的由來，那「觀」字還是沒有著落，需要別尋出處的。

這個問題經臺灣學者吳秀玉教授考證，發現李海觀之「觀」字，是由於李綠園的祖父「玉琳卜居宋寨後，爲答謝河沿李李姓的美意，遂與之聯宗，除綠園的父親李申輩，出生於新安，用新安『田』字部首排行命名……外，自綠園這一代出生於宋寨開始，皆採用河沿李李姓的世次命名，如綠園取名海觀，『觀』字即是」〔註4〕。吳教授的這個結論也是可信的。

至此，合欒星與吳秀玉二先生的考證，綠園學名「海觀」的出處大概已明。然而綠園得有此名，是否還有什麼更深層的意義？筆者以爲有，並且是值得討論的。而爲著討論的方便，仍錄綠園《宦途有感寄風穴上人二首》如下，其一曰：

> 竹筇扶步叩禪關，峰嶺千層水一灣。禍不可攖聊遠害（余以運鉛之役，缺匱部項，幾頻於險），盜何妨作只偷閒。猶誇循吏頻搖首，但號詩僧亦赧顏。易地皆然唐賈島，兩人蹤迹一般般。

其二：

> 自在庵中自在身，法名妙海憶前因（余生彌月，先妣贈公抱之寺，師冷公和尚賜名妙海，實菩薩座下法派也）。菜根咬斷疏葷酒，藤蔓刈除絕喜嗔。向日繁華均長物，此時聲讟亦陳人。福田但得便宜討，僧臘還能度幾春（時年六十有七）。〔註5〕

上引詩中括號內文字爲作者自注。另外原詩題下也有作者自注云：「乾隆癸巳暮春印江署中作。」欒星《〈歧路燈〉研究資料》五《年譜》據此係此詩於乾隆三十（1773）年綠園六十七歲之「夏秋間辭官他去」〔註6〕之前所作，是可信的。但從這兩首詩所能夠知道的，除了欒先生從第二首首聯末句自注得出「海觀」之名取「海」字的出處之外，尚有以下三點：

首先，從第一首詩中「余以運鉛之役，缺匱部項，幾頻於險」的自注看，作者雖當時僥幸免禍，但至此仍心有餘悸，因生退意，是其詩題「宦途有感」內容的核心。由此引發對以往宦途的反思，自覺能有「循吏」之譽，「詩僧」之號，平生「蹤迹」有似於唐代先是爲僧後又爲官的賈島，也值得欣慰了。

〔註4〕吳秀玉《李綠園與其〈歧路燈〉研究》，臺灣師大發行有限公司發行，1996年版，第13頁。

〔註5〕《〈歧路燈〉研究資料》，第89頁。

〔註6〕欒星《〈歧路燈〉研究資料》，中州書畫社1982年版，第58頁。

這裡提到「詩僧」，或因爲詩是寄僧人的，不免有爲了切題而牽合僧人的意思，但即使如此，也不一定非牽合於僧人才可以作詩，尤其不會爲了一首詩寫得眞切的緣故，而硬是把自己與「詩僧」聯繫起來。所以，讀這首詩，正如對於綠園的自謙於「循吏」，我們由其一生行狀不能不承認他眞的是一位「循吏」一樣，對他的報顏於「詩僧」，我們也不應認爲僅是一個詞藻，而應當看作是綠園對自己平生與佛教關係密切的鄭重確認。他這種一身爲「循吏」而兼「詩僧」的品格，恰與其字「孔堂」而名「海觀」，以及和所作《歧路燈》一面講儒家的「三綱五常」，一面又侈談因果報應的儒、佛相濟，是高度一致的。

其次，從第二首詩，我們在欒先生考據的基礎上，還可以就「綠園與浮屠的這椿因緣」在其一生中的影響作進一步的思考。即一方面是，綠園詩注以自己「生彌月」即寄名佛寺非爲偶然，而是命定爲「菩薩座下法派」即佛弟子。這樣的說法雖然因出現於詩中似不必太看得認眞，但詩注的直陳略不同於詩句意義的婉道，基本上還應該視爲作者正式的聲明而予以重視；二是也不應忽略的是，三、四句承上說自幼寄名佛寺的詩與注，實是追憶自己幼年在風穴寺一段佛弟子生活。我們除了由此知道綠園一生「疏葷酒」的生活習性，可以補綠園傳記一個方面的細節之外，還可以知道這習性正如其名「海觀」之「海」，也來自於「綠園與浮屠的這椿因緣」，而佛教對綠園一生的影響之大，實不亞於當時儒學所注重的文行出處等方面的教養，而在於對其淡泊心境的塑造；三是詩之尾聯末句自注「時年六十有七」，不能單純看作是爲詩紀年，而應當看到是照應著首聯末句自注「余生彌月」云云的佛緣，而以垂老自念感慨繫之。因此，這一詩注所傳達的訊息，應是他自「生彌月」而寄名僧寺，名中的這個「海」字，就時時提醒他爲佛弟子，至今垂老猶未忘此「前因」也。這實是綠園在以事實向風穴上人訴說己身所受浮屠影響之大而且深。這在當時恐怕也鮮爲人知，至今李綠園與《歧路燈》的研究中也未見人道及，而顯然是此一研究中不應忽略的一個重要事實。

最後，從綠園本詩爲年屆七旬時所作，尚且感慨自注幼年即得有法名「妙海」來看，他對於後來自己俗名「海觀」之「海」的意義，應不僅是作自然地理風光來看的，而肯定念念不忘其爲佛門之「海」。佛門之「海」雖亦取譬自然之海，但多用作比喻人世之苦爲難以自拔之境，曰「苦海」，乃佛法諸喻中之「海喻」。如胡吉藏撰《法華義疏》卷第六《譬喻品之二》曰：「眾苦如海。眾生沒在苦海內也。」又法顯譯《大般涅槃經》卷下曰：「一切眾生，沉

淪苦海。」玄奘譯《大般若波羅蜜多經》曰：「一切有情，沉淪苦海。」以及已成俗語的「苦海無邊，回頭是岸」等等，都是在以人世為「苦海」的意義上用「海」字的。李綠園得於僧人所賜法名「妙海」之「海」，即當作如是觀。而「妙」字在佛典中多形容佛法的高明，如《長阿含經》有云「微妙希有之法」「深妙法」「佛法微妙」「微妙法」等；或如釋智圓述《佛說阿彌陀經疏》所謂「妙則三智圓融」。李綠園法名「妙海」之「妙」也非此二義莫屬。如此說來，李綠園法名「妙海」之義，當即「妙法」行於「苦海」，乃佛菩薩所謂「苦海慈航」之意。綠園因此自認「實菩薩座下法派也」，不亦宜乎！

綜上可知，李綠園自幼得僧人賜「妙海」之法名，俗名仍沿用此「海」字，確曾使其念念不忘「菩薩座下法派」的「前因」。因此之故，我們不能不懷疑其名「海觀」之與「海」組名的「觀」字，雖因於河沿李姓的輩分，但既已組為名詞，也就可以並且應該與「海」字聯繫起來看。從而「海觀」之義，就有可能成為表達與綠園「前因」相一致的以人世為「苦海」的佛教觀念，即人世如「苦海」，當作如是「觀」也！

如上考證倘得成立，則我們便多了一個角度即從佛教影響的角度來解讀李綠園及其《歧路燈》。

首先，佛教給李綠園以「苦」觀人世而為小說以救世的創作心態。《歧路燈》寫譚孝移那種對家庭前景似乎無端而至之莫名的憂慮，他那種「心裏只是一個怕字」的悲觀情緒，「把一個孩子，只想鎖在箱子裏，有一點縫絲兒，還用紙條糊一糊」的教子弟法，雖然明是說得自「眼見的，耳聽的，親閱歷有許多火焰生光人家，霎時便弄的燈消火滅」的閱歷，但子夏有云：「死生有命，富貴在天。」（《論語·顏淵》）同是綠園筆下的儒者婁潛齋對譚孝移的擔憂也能不以為然道：「人為兒孫遠慮，怕的不錯。但這興敗之故，上關祖宗之培植，下關子孫之福澤，實有非人力所能為者，不過只盡當下所當為者而已。」（第三回）可知譚孝移即作者的「怕」字，並非純粹儒者所必有，而是譚孝移即作者李綠園思想個性上的某種特殊因素使然。這個使李綠園對家庭前景極度憂慮的特殊因素，應主要就是他自幼所受佛教以人世為「苦海」的把人間視為充滿危機苦厄世界的「海觀」觀念的影響。若不然，他寫一個五世鄉宦廣有田產年僅三十一歲的拔貢生譚教移，有什麼理由不能做到如寒門學子婁潛齋尚且能夠有的「達觀」呢？

當然，這裡也要說明的是，譚孝移與婁潛齋都是李綠園創造的人物，如

上把譚孝移的「怕」字主要歸結到綠園所受佛教影響之「海觀」的個性特點，而認爲同是作者所寫人物婁潛齋的「達觀」性情卻較少是李綠園所有，原因無它，即這部小說立題就在於那麼一個「怕」字之上。李綠園對他筆下的人物，固然推許婁潛齋的「達觀」，但顯然更傾向於與譚孝移共有一個一味謹慎對人生近乎悲觀的「怕」字。因此，我們認爲促使綠園有《歧路燈》一書的這一個「怕」字，並不能僅從其一般居安思危的預後心理進行解釋，而更多應該是他名「海觀」所標誌的思想上受佛教觀念的影響所致。若不然，他也許就不會寫這「滿天下子弟八字小學」（第九十五回）的小說，或者寫譚孝移即使「怕」也不至於有「午睡，做下兒子樹上跌死一夢，心中添出一點微恙」（第十回），並終於因此而死的那種近乎誇張性的描寫了。這也就是說，李綠園所受佛教思想影響的「海觀」人世的心態，部分地成爲了他爲《歧路燈》小說以救世的基礎。

其次，佛教成爲《歧路燈》描寫主人公譚紹聞命運轉變的關鍵。與以上綠園以人世爲「苦海」之「海觀」的意義相聯繫，並作爲對自己幼曾寄名風穴寺一段出家生活深刻印象與懷念之情的反映，《歧路燈》在寫譚紹聞出走的第四十四回《鼎興店書生遭困苦，度厄寺高僧指迷途》中，特別命名收留並給他以幫助的佛寺爲「度厄寺」，並對寺僧尤其是「小和尙念經」的日常生活有較爲細緻的描繪。雖然這一回書中有關度厄寺具體描寫的文字不多，也並無高僧給譚紹聞切實的教誨，但回目仍把譚紹聞能夠脫卻這一段流浪之苦的原因歸結到「高僧指迷途」，更可見其用心只在突出佛教的這一「度厄寺」，以彰顯佛教對譚紹聞迷途知返所起的作用而已。無獨有偶，書中第一百零四回《譚貢士籌兵煙火架，王都堂破敵普陀山》寫譚紹聞爲平倭立了大功的火箭，是他「住在海口集市約有五百戶人家一個定海寺內」密製的。書中不僅把譚紹聞所住的地名設爲「海口」，把寺院的名稱設爲「定海」，而且接下來寫奏凱報功還特別把「定海寺」寫進表章，以彰顯「定海寺」在譚紹聞參與平倭立功中所起的作用。

還值得注意的是，這兩處關於佛寺與僧人的描寫，前者在譚紹聞「迷途」知返、浪子回頭之時，後者是譚紹聞爲重振家業而立功邊陲之地，皆其命運發生重大或根本性轉變的關鍵〔註7〕。所以，雖然《歧路燈》也寫有地藏庵范

〔註7〕 參考潘民中《淺證李綠園的佛緣》，《歧路燈》海峽兩岸學術研討會組委會編《〈歧路燈〉海峽兩岸學術研討會論文集》，2010 年 8 月。

尼姑之流不守戒規的僧尼，但綠園作爲儒者，不把其主人公譚紹聞改過向善並以邊功起家之人生關鍵的描寫，安排在書中所多有的所謂「滿院都是些飲食教誨之氣」（第三十九回）之類「正人」聚集的場合，而置於佛門的「度厄寺」與「定海寺」中，高調宣示「高僧指迷途」的作用，仍不能不說其有在明確以人世爲「困苦」的同時，宣揚對佛法廣大、救世度人之信心的用意。而由此可見，綠園名「海觀」決非虛有其名，而實已成爲其思想上受佛教的影響一個明確的標誌。而綠園名「海觀」的佛教淵源與上述《歧路燈》敘事寫譚紹聞命運先後以佛寺爲轉折之地的設計，實騎驛暗通，血脈相連。

最後，是影響到《歧路燈》有較多因果報應的描寫。《歧路燈》雖以「用心讀書，親近正人」的「滿天下子弟的八字小學」，以「端方醇儒」「賢良方正」爲立身之楷模，但具體描寫中眞正成就這類儒家「正人」與「子弟」之事業的關鍵，卻也與上論譚紹聞命運轉折一樣，不僅在儒，而更在於佛教，具體說即不僅在「聖賢書」或關鍵不在「聖賢書」，而在於佛教的因果報應。如第一百零二回《書經房冤鬼拾卷，國子監胞兄送金》寫與主人公譚紹聞少年時形成對照的賢子弟婁樸參加會試，閱卷中三復被黜，但因「冤鬼拾卷」，感通考官取其爲第一百九十二名進士，「嗣婁樸謁見房師，邵肩齊說及前事，婁樸茫然不解。或言這是濟南郡守婁公，在前青州府任內，雪釋冤獄，所積陰騭」；又，第一百零八回《薛全淑洞房花燭，譚簀初金榜題名》寫譚紹聞的兒子簀初中進士，也是靠祖德得到了陰助。學者多以這類情節是作者手法拙俗的表現，誠然是對的；但俗套多有，舍彼取此，畢竟還是他思想上認同佛教因果報應之「海觀」意識的眞實體現。研究者不當僅以其爲落了那時小說家的俗套，而應該深一步看到其背後李綠園與《歧路燈》的佛緣。

二、《歧路燈》之「歧路」與「燈」

李綠園《歧路燈》的佛緣還體現於《歧路燈》書名組詞之「歧路」與「燈」，也是從佛教典籍借用來的。

先說「燈」字。三十年前，我在京讀書做大學畢業論文《〈歧路燈〉簡論》，投稿有幸得到時任《文學遺產》副主編的盧興基先生指教。他給我的一個重要點撥是，《歧路燈》一書名「燈」，是從《五燈會元》的「燈」即佛教的「燈」喻來的，希望我把它寫到論文中去。但當時就業忙碌，顧不上深入查考，不便也就沒有把自己還不甚明白的這一認識寫到論文中去，遂使這一併非深藏

的出處及其意義，似乎至今未見有學者揭出。如今結合了上論李海觀「海」字的由來及其意義，便深切感到盧先生的指教，實是對此書顧名思義，探討其所受佛教影響的一大灼見，試爲廣說之。

拙見以爲，我國古代小說在《歧路燈》之前，固然已經有了《剪燈新話》之類標題含「燈」字的小說，但那「燈」字明顯是從正統詩文中「何當共剪西窗燭」之類涉「燈」的文句來的。《歧路燈》之「燈」則不然，是從《五燈會元》之「燈」，即佛教的「燈喻」來的。佛典中「燈喻」文例甚多，如姚秦三藏鳩摩羅什譯《維摩詰所說經》上卷《菩薩品第四》：

> 於是諸女問維摩詰．「我等云何止於魔宮。」維摩詰言：「諸姊有法門名無盡燈，汝等當學。無盡燈者，譬如一燈燃百千燈，冥者皆明，明終不盡……」

又，隋章安頂法師撰《大般涅槃經疏》卷第二十六《師子吼品》之三有云：

> 佛前言燈喻眾生，油喻煩惱。今難此語有兩解：一云燈覽眾法，明、油、器等共成一燈。明名燈明，器名燈器。二云明與油異，正取明爲燈。燈是火性，油是濕性，正取後意爲難。燈之與油二性各異，眾生煩惱本來不異。

又，釋智圓述《佛說阿彌陀經疏》云：

> 日、月、燈喻三智。故名聞光者，名稱普聞如光遍照。大焰肩者，肩表二智，焰表照理。須彌燈者，須彌云妙高。妙則三智圓融，高則超過因位。燈則喻三智之遍照也，難沮者。

釋廷俊序《重刊五燈會元序》云：

> 昔王介甫、呂吉甫同在譯經院，介甫曰：「所謂日月燈，明佛爲何義？」吉甫曰：「日月疊相爲明，而不能並明。其能並日月之明，而破諸幽暗者，惟燈爲然。」介甫擊節稱善。吾宗以傳燈喻諸心法而相授受者，其有旨哉。

又，《古尊宿語錄》卷二十四《潭州神鼎山第一代洪諲禪師語錄》云：

> 僧問石門：「如何是和尚家風？」門云：「解接無根樹，能挑海底燈。」後其僧入室問：「學人不解挑燈意，請師方便接無根。」門云：「賈島筆頭挑古韻，下筆之處阿誰分。」

由上舉諸例之議論可知：一是佛教「燈喻」自古印度傳入，源遠流長，至中國佛教禪宗「以傳燈喻諸心法而相授受」，「燈」即成爲了佛教禪宗「心法」

的象徵；二是「燈喻」在佛教諸喻中比「日」「月」之喻爲更高一境，即從時間的延續上說，超越日月之不能「並明」，而「一燈燃百千燈……明終不盡」，是所謂「無盡燈」；從空間之照顧上說爲無所不至，所謂「燈則喻三智之遍照也，難沮者」；三是「燈喻」之「燈」的價值在「明」，所謂「取明爲燈」者，乃因「燈」燃「油」而明，「油喻煩惱」，「燈」之「明」乃「油」即「煩惱」消除的結果。這猶之乎油耗而燈明，世人煩惱的逐漸祛除，也就是禪宗所修行「明心見性」的過程。因此，「燈喻」是禪宗「心法」最好的說明。此喻爲儒、道諸家之論所未有，佛門中也爲禪宗所獨有。從而《歧路燈》之「燈」，不僅從作者李綠園名「海觀」的角度說竟似偶合了上引「海底燈」之喻，當來源於佛教，而且從清中葉以前儒、釋、道三家學說史上看，也只是佛門禪宗的傳統。以致王夫之《讀四書大全說》卷一《大學》論「格物」譏佛教空虛之論爲「翠竹黃花、燈籠露柱，索覓神通，爲寂滅無實之異端」〔註8〕。其所譏「燈籠」即佛教禪宗「燈喻」中內容，而王夫之斥爲「異端」。可見李綠園《歧路燈》之「燈」，雖實際寫來是主弘揚儒家的教化，而非盡禪宗「燈喻」之正義，但至少是假佛家之「燈喻」以行儒家之道，其做派也就不是什麼完全「正經理學」（第三十九回）的「眞儒者」（第三十八回），而是儒佛互補、以佛濟儒的儒佛合一了。這是我們把握《歧路燈》一書思想時應該注意的一個特點。

應是與《歧路燈》以「燈」名書不無聯繫，此書中除大量涉「燈」的描寫之外，還較多運用了涉「燈」的比喻。如第三回寫譚孝移說「霎時便弄的燈消火滅」，第十回寫柏永齡說「將來必有個燈消火滅之時」，第七十九回議論道「這正是燈將滅而放橫焰，樹已倒而發強芽」等。儘管這些用法與佛教「燈喻」之義不同，但也可以看出作者對「燈」之意象的執著，進而想到海觀先生隱以佛教的「燈喻」命名其書，即使不從「必也正名」（《論語・子路》）的方向上作推考，也應該認爲《歧路燈》的「燈」字不僅是一個詞藻的偶用，而必然對其敘事寫人有某種實質性的影響。如上所述論書中有關度厄寺與定海寺的描寫，正就是表明了佛教「燈喻」之義不僅嵌設在了是書題名之中，而且深化成爲了故事肌理與靈魂，似未曾實用，而實已大用了。

後說「歧路」。《歧路燈》書名「歧路」之稱，今見文獻中亦先秦儒家所不道，諸子所罕言，而出於被認爲是僞書的《列子》卷第八《說符篇》曰：

〔註8〕王夫之《讀四書大全說》卷一《大學》，《船山遺書》同治本。

　　楊子之鄰人亡羊，既率其黨，又請楊子之豎追之。楊子曰：「嘻！
亡一羊，何追者之眾？」鄰人曰：「多歧路。」既反，問：「獲羊乎？」
曰：「亡之矣。」曰：「奚亡之？」曰：「歧路之中又有歧焉，吾不知
所之，所以反也。」楊子戚然變容，不言者移時，不笑者竟日。門
人怪之，請曰：「羊，賤畜；又非夫子之有，而損言笑者，何哉？」
楊子不答。門人不獲所命。弟子孟孫陽出以告心都子。心都子他日
與孟孫陽偕入，而問曰：「昔有昆弟三人，遊齊、魯之間，同師而學，
進仁義之道而歸。其父曰：『仁義之道若何？』伯曰：『仁義使我愛
身而後名。』仲曰：『仁義使我殺身以成名。』叔曰：『仁義使我身
名並全。』彼三術相反，而同出於儒。孰是孰非邪？」楊子曰：「人
有濱河而居者，習於水，勇於泅，操舟鬻渡，利供百口。裹糧就學
者成徒，而溺死者幾半。本學泅，不學溺，而利害如此。若以為孰
是孰非？」心都子嘿然而出。孟孫陽讓之曰：「何吾子問之迂，夫子
答之僻？吾惑愈甚。」心都子曰：「大道以多歧亡羊，學者以多方喪
生。學非本不同，非本不一，而末異若是。唯歸同反一，為亡得喪。
　　子長先生之門，習先生之道，而不達先生之況也，哀哉！」〔註9〕

這就是著名的「楊朱歧路」或曰「歧路亡羊」故事。其義在諷刺儒家之學，
自詡為「大道」，而從之者議論紛紛，各執一端，不得其本，結果於人於己都
沒有好處；救治之道，「唯歸同反一，為亡得喪」。這一思想取向，顯然與孔
子等先秦儒家力倡的「學道」（《論語・陽貨》）、「兼善」（《孟子・盡心上》）
不同，而與《莊子》「絕聖棄智，大盜乃止」（《胠篋》）取向一致，是道家「清
靜」「無為」「抱一」等思想的流衍。

　　《列子》此說，後世學人雖儒、道互補，但正統儒者也較少道及。有之，
隋唐間文中子（王通）《中說》卷九《立命篇》載：「子曰：『以性制情者鮮矣。
我未見處歧路而不遲回者。《易》曰：直、方、大，不習，?不利。則不疑其所
行也。』」〔註10〕其言「歧路」似用上引《列子》語義，但仍歸於按儒家「六
經之首」的《易》說實踐則可以「不疑」；又明代王陽明《傳習錄》卷上載陽
明先生曰：

　　　　天理終不自見，私欲亦終不自見。如人走路一般。走得一段，

〔註 9〕嚴北溟、嚴捷譯注《列子譯注》，上海古籍出版社 1986 年版，第 215～216 頁。
〔註10〕〔隋〕王通《中說》，文淵閣四庫全書影印本。

方認得一段。走到歧路處，有疑便問，問了又走，方漸能到得欲到

之處。〔註11〕

這裡陽明「歧路」之喻，雖不免也與上引《列子》有瓜葛之嫌，但畢竟他說
「問了又走」云云，仍是儒家學道求進的取向。《歧路燈》則不然，它寫人當
「歧路」彷徨之際，儘管不似楊朱的止於「戚然變容」，也主張是要選擇以前
行的，卻與陽明所主張由行路人即學者「有疑便問，問了又走……漸能到得
欲到之處」的自強不息有異，而是要由「正人」給他一盞「燈」以照引正途。
這雖然不免是李綠園做小說的由頭，但是何以想到要給「歧路」挑出一盞「燈」
來？拙見以爲，這個念頭的根源就是上論海觀先生「菩薩座下法派」的「前
因」；而進一步考察可知把一盞「燈」置於「歧路」的書名「歧路燈」之總體
構想，也同樣有佛典的淵源。

按據慧琳撰《一切經音義》卷第四十八引玄應撰《瑜伽師地論》、卷第六
十七引《阿毗曇毗婆沙論》第一卷、卷第七十五引《禪法要解》上卷、卷第
九十三引《續高僧傳》，均唐代高僧玄應撰，而均用「歧路」一詞；又賾藏主
編集《古尊宿語錄》卷第三《黃檗希運斷際禪師宛陵錄》云：「若無歧路心，
一切取捨心，心如木石，始有學道分。」〔註12〕《五燈會元》卷第十八《南
嶽下十三世下·道場居慧禪師》有偈云：「百尺竿頭弄影戲，不唯瞞你又瞞天。
自笑平生歧路上，投老歸來沒一錢。」〔註13〕《法相辭典》釋「歧路」引「《瑜
伽》五十八卷二十一頁云：問：何緣故疑說名歧路？答：似彼性故，障思智
故。」如此等等，可說與在儒典中的少見和用意不同，「歧路」一詞早自唐宋
以降已經成爲了佛典常用概念，堂上說法的尋常詞藻〔註14〕。

由上所述論可知，中國典籍中「歧路」一詞雖出《列子》，但後爲漢譯佛
典引爲法相之稱，用指修行中使智性不明的疑惑之心，即「歧路心」。由此結
合《佛學辭典》釋「燈喻」云：「謂燈因膏油而焰焰無窮，以譬眾生妄識，依
貪愛境界而生生不絕也。論云：譬如燈光，識亦如是，依止貪愛諸法住故。」
可知「歧路」與「燈」之關係，亦如「膏油」之於「燈」，「燈」因「膏油」

〔註11〕　〔明〕王守仁《陽明傳習錄》，上海古籍出版社，與陸九淵《象山語錄》合訂
　　　　　本，2000 年版，第 188 頁。

〔註12〕　〔宋〕賾藏主編集《古尊宿語錄》上冊，中華書局 1994 年版，第 41 頁。

〔註13〕　〔宋〕普濟編《五燈會元》，中華書局 1984 年版，第 1214 頁。

〔註14〕　詩文中用到「歧路」一詞的，最著莫如王勃《送杜少府之任蜀州》詩名句「無
　　　　　爲在歧路，兒女共沾巾」，但多用其本義，故不論及。

而有光之明，也因「歧路」而有了存在的價值，並反過來照亮「歧路」之人。從而「歧路燈」即佛教禪宗的「心燈」，《禪宗語錄辭典》引《虛堂和尚語錄》云：

> 元宵上堂：世間之燈，莫若心燈最明。心燈一舉，則毫芒刹海，
> 光明如晝。

《歧路燈》之作，在作者就是「心燈一舉」！這也就是爲什麼《歧路燈》的結局必然是譚紹聞能夠回頭向善、家道復興的道理了。同時也就是作者在故事的開篇就感慨說「多虧他……改志換骨，結果也還得到了好處。要之，也把貧苦熬煎受夠了」（第一回）的原因了。這裡海觀先生說譚紹聞「歧路」上所受貧苦拈用「熬煎」一詞尤可玩味，即不由使人想到佛教「燈喻」中「油」與燈光即「明」的關係，用日常說法不過就是點燈熬油的「熬煎」而已。以此說「歧路燈」，其全面的名義不正是佛教「燈喻」的一個變相嗎？而《歧路燈》一書作爲小說中一部教子弟書，用筆多從反面寫其受「熬煎」的過程的敘事寫人特點，似也與其題含佛教「燈喻」之旨有一定的關係。

三、「這人姓譚」之「譚」

李綠園《歧路燈》雖稱「空中樓閣，毫無依傍……絕非影射」〔註15〕，但它成書在「四大奇書」之後，承前代小說家的傳統，於人物設姓、命名、擇字，都頗有講究。如「王中」「智周萬」「侯冠玉」「錢萬里」之類，皆有所謂，不必細論。這裡但說書中所寫這一「極有根柢人家」何以姓「譚」，並由此探討綠園爲此小說有些什麼用心與特點。

《歧路燈》開篇入題說：「這話出於何處？出於河南省開封府祥符縣蕭牆街。這人姓譚，祖上原是江南丹徒人。宣德年間有個進士，叫譚永言，做了河南靈寶知縣，不幸卒於官署，公子幼小，不能扶柩歸里」云云，似只在引出正傳。但讀罷全書，回頭來看，便不覺恍然有悟其「譚永言」之謂，實含有對此書體裁之提示，是其創作追求「談說」風格的宣言。

按古代「譚」通「談」，「永言」出《尚書·舜典》「詩言志，歌永言」，即長言，——長言詩人之「志」也。綠園博古通經，於小說開篇給他主人公著籍之祖以「譚永言」的大名，豈不是比附「歌永言」以寓說其欲追本《尚

〔註15〕欒星《〈歧路燈〉研究資料》，中州書畫社 1982 年版，第 95 頁。

書》所稱詩人之志，以所作小說爲「永言」即一篇長「譚（談）」嗎？答案是肯定的。事實上作者也曾於書中作有「此地無銀三百兩」式的提示：

> 王少湖心有照應，道：「談班長，尊姓是那個字？」皂役道：「我自幼讀過半年書，還記得是言字旁一個炎字。」少湖沒再說話。姚皂役接道：「是譚相公一家子。」談皂役道：「我可不敢仰攀。」姚皂役道：「何用謙虛。王大哥，夏大哥，咱舉盅叫他二人認成一家子罷。」談皂役道：「你年輕，不知事。這是胡來不得的。」姚皂役道：「一姓即一家。譚相公意下何如？休嫌棄俺這衙門頭子。」譚紹聞見今日用軍之地，既難當面分別良賤，又不好說「譚」「談」不是一個字，只得隨口答應了一個好。（第三十回）

這裡借譚紹聞之口說作爲姓氏的「譚」「談」不是一個字自然是對的。但「譚」字多義，有的義項上卻正與「談」相通，爲同一個字的不同寫法。《辭源》釋「譚」字義項㈢：「說。同談。《莊子・則陽》：『彭陽見王果曰：夫子何不譚我於王？』《釋文》：『音談，本亦作談，李云，說也。』」即可以爲證。而「談」即「談說」（詳後），《史記》載：「太史公曰：魯連其指意雖不合大義，然餘多其在布衣之位，蕩然肆志，不詘於諸侯，談說於當世，折卿相之權。」（《三家注史記》卷八十三《魯仲連鄒陽列傳》）。因此，「談說」本是稱先秦遊士以口舌取名位的一種手段。後世泛指，義近乎閒話。古代幾乎爲小說或近乎小說類雜書題名所專用，如唐代有胡璩撰《譚賓錄》，明代有洪應明《菜根譚》，近代有許承堯《歙事閒譚》等，都是在「說」的義上以「譚」爲「談」的顯例。李綠園決非不知「譚」字通「談」有「說」字義，反而可能是他太清楚這個意思了，而做小說又需要曲徑通幽，所以寫書至第三十回思路已暢之際，借寫一個皂役順筆設作「談班長」，把主人公姓「譚」與談班長之「談」略一牽纏，給書中主角「這人姓譚」之「譚」通「談」之義作一提點，以期讀者會心，恍悟其「譚永言」即「談永言」，乃長篇之「談說」也！此乃小說家的一點狡獪而已。

《歧路燈》以主人公「這人姓譚」之「譚」爲宣示創作風格爲「談（說）」的寓意，還可以從李綠園曾著有戲曲《四談集》（包括《談大學》《談中庸》《談論語》《談孟子》四種）劇本〔註16〕的事實得到旁證。但那是以戲曲的形式「談」

〔註16〕參見馬聚申、劉宗立《李綠園執教魚陵山》，《歧路燈》海峽兩岸學術研討會組委會編《〈歧路燈〉海峽兩岸學術研討會論文集》，2010 年 8 月。

學問，而在《歧路燈》來說，就是一本「譚（談）永言」即長篇小說了。而對於這部長篇小說來說，這個「譚（談）」字作為創作內容與風格上自律的一個原則，綠園《〈歧路燈〉自序》中有所說明云：

> 填詞家……藉科譚排場間，寫出忠孝節烈，而善者自卓千古，醜者難保一身，使人讀之為軒然笑，為潸然淚，即樵夫牧子廚婦爨婢，皆感動不容已……仿此意為撰《歧路燈》一冊，田父所樂觀，閨閣所願聞。〔註17〕

由此看出綠園作《歧路燈》在內容上的用心明確是教忠教孝，懲惡揚善；在形式上所追求的則是「田父所樂觀，閨閣所願聞」，即「談」即「談說」的風格。把這兩點合起來的，恰好就是《歧路燈》中兩代主人的名字即「譚孝移」「譚紹聞」以及「譚紹衣」的寓意，和全書敘事最突出的特點。

按《歧路燈》寫譚孝移字忠弼，「孝移」即移孝作忠之義，「忠弼」即為君之輔弼的忠臣。因此，譚家這老主人名「孝移」字「忠弼」的意思，合起來就是《孝經》所謂「君子之事親孝，故忠可移於君」之近乎全面的表達。古代所謂「求忠臣於孝子之門」，依據的正是儒家看來「孝移」與「忠弼」間的必然邏輯。按照這一邏輯，書中寫譚家這位老主人就該移孝作忠、捨家為國了。再說他也早沒有了父母，「孝」的事體已了，更應該一心在「忠弼」上做事業了。然而不然，譚孝移儘管並非沒有做官行政一展其能進而為輔弼大臣的機會，卻臨場自動退卻了。這是什麼原因呢？書中第九、十兩回寫得清楚，一是天下無道，時機不利，只好學柏公識時務「奉身而退」（第十回）；二是退而求其次，不能出為「忠弼」了，仍回來做祖宗的孝子也是要的。這在全書敘事來說，固然是為了使這個人物盡快淡出讀者的視野，以迅速轉入寫他兒子譚紹聞失教的敘事中心的需要，但如此一來，客觀上豈不是作者命他名「孝移」字「忠弼」的安排就成虛設了嗎？其實不然！關鍵就在那個「譚」字！作者以譚孝移字忠弼者，不過借這個人物「譚（談）」一下「孝移」與「忠弼」即「移孝作忠」的事理罷了，何至於一定是他真的移孝作忠了呢！書中第九、十兩回中寫柏永齡與譚孝移議論朝廷時局與士人出處的描寫，正就是這位老主人公名字為「譚（談）孝移」即「譚（談）忠弼」的形象注腳。其意若曰，「孝移」「忠弼」的事一「譚（談）」而過，這位為作者寫出「忠孝」而設的老主人形象也就完成任務該退場了。因此，《歧路燈》寫譚孝移這個「純

〔註17〕 《〈歧路燈〉研究資料》，第 95 頁。

儒」形象雖著實不令人喜歡，特別是寫其進京面君的部分甚至顯得枝蔓而有些沉悶，但從作者欲「譚（談）」忠「譚（談）」孝的立意來說，正是不可少，還恐怕是他自以爲得意之筆呢！讀者於此，也當對作者之心有所體諒也。

以此類推，「譚紹聞」和他的族兄「譚紹衣」取名自《尙書·康誥》，上下有關文字作：「王曰：『嗚呼！封，汝念哉！今民將在祇遹乃文考，紹聞衣德言。往敷求於殷先哲王，用保乂民。』」據注家說這是成王命康叔就國時的話。「紹聞衣德言」，孔《傳》以爲是對有「文德之父」，「繼其所聞，服行其德，言以爲政教」。《歧路燈》開篇即道「只因有一家極有根柢人家，祖、父都是老成典型，生出了一個極聰明的子弟。他家家教眞是嚴密齊備，偏是這位公郎，只少了遵守兩個字」，前說祖、父皆爲「老成典型」，後說「這位公郎，只少了遵守兩個字」（第一回），照應起來就是「這位公郎」名爲「紹聞」，卻沒有好好「紹聞」。全部書的中心人物是「譚紹聞」，也就是「談『紹聞』」。所以今之學者大都認可《歧路燈》是一部教育小說，無疑是對的。因爲「譚紹聞」之爲「談『紹聞』」，「譚紹衣」爲「談『紹衣』」本來的意思也就是「談」如何造就一個好子弟，和如何做一個好子弟。這從作者的主觀上來說是爲世家子弟指出一條「紹聞衣德言」的正路，在客觀上說就是教育。這一教育的中心則是接續了譚孝移教子盡孝的遺願，做到《禮記·中庸》所謂「夫孝者，善繼人之志，善述人之事者也」。所謂「紹聞」「紹衣」者，其意義即在於此。只是譚紹聞爲失足歧路而又浪子回頭的典型，而譚紹衣卻一直受到良好的教育又個人修持不失正路，因能「善繼」「善述」，「服行其德」，出仕後更能夠「言以爲政教」，是一個順利成長的典型。所以有關譚紹衣的「談」即筆墨雖然不多，但都是正面描寫，只成「談『紹聞』」的陪襯。這一結果就是使《歧路燈》雖可以稱之爲「教育小說」，卻與西方教育小說以正面描寫教育的內容與過程不同，多是寫反面的教訓，而少有正面的經驗，終於只是清中葉一位教書先生所作挽救失足青年的形象的教科書。倘非譚紹聞後來改過遷善和有譚紹衣正面形象的對照，這部書簡直就成了彼時教育的反面教材。因此，書中譚紹衣的形象雖然著墨不多，卻無論是作爲提攜譚紹聞的援手或作爲譚紹聞的對照，都是不可或缺的人物。這一人物的明裏暗裏貫穿全書，實與譚紹聞的人生命運形成平行對照而又交叉互見的雙線結構。這一人物的存在形態及其在結構上的地位與作用，與同時《紅樓夢》中有甄寶玉似曾相識；而在外國文學中，後來可見俄國托爾斯泰的《安娜·卡列尼娜》中作爲與安娜夫

婦對照的列文與吉提，則與此有些相似。

從形式上看，「譚」即「談」本是我國古小說悠久的傳統。先秦至漢魏盛行的「談」與「談說」的風俗，曾是古小說產生於「街談巷語，道聽途說」的重要源頭之一。例如戰國齊人「騶衍談空」（《史記‧孟子荀卿列傳》司馬貞《索隱》），而有「談天衍」（《史記‧孟子荀卿列傳》）之稱，其所稱海外九州，開道教小說「十洲三島」描寫之先河。唐宋以降，士人中「談」風漸息，但以「談」字題名筆記小說者如《談林》《談錄》《談苑》《談藪》等等，指不勝屈，都是「談」字通於小說的明證。李綠園於《歧路燈》所標舉的「譚」即「談」的用意，即在表明其欲直承上古「談」即「談說」的小說傳統。為此，他雖然在力詆「四大奇書」，尤視《金瓶梅》為洪水猛獸的同時大量模擬借鑒「奇書」手法，但也確實在一定程度上脫出了「奇書文體」〔註18〕的牢籠與羈絆，而形成了明清小說中獨特的「譚（談）」的風格，本文簡稱曰「譚（談）風」，並以為《歧路燈》的「譚（談）風」固然有使其行文議論多而陳腐的毛病，但也至少促使其有了以下兩個長處：

一是自覺地為人生而寫作，全面完整地描寫一個人物一生的命運。《歧路燈》之前的小說自然也是以這樣那樣方式寫人生的。雖然比較《三國演義》《水滸傳》《西遊記》的離現實人生較遠，而《金瓶梅》寫西門慶一生命運，已是更加貼近人生的主題，但《金瓶梅》於人生「單說著情色二字」（詞話本第一回）。因「單說」之故，《金瓶梅》只從西門慶成家立業以後寫起，重筆在其縱慾以至暴死的經歷。所以《金瓶梅》作為我國第一部最貼近人生描寫的長篇小說，卻主要只是寫了以性為中心的成人生活的一面。《歧路燈》則不然，作者李綠園於全書開篇即云：「話說人生在世，不過是成立覆敗兩端，而成立覆敗之由，全在少年時候分路。」又說：「這話出於何處？出於河南省開封府祥符縣蕭牆街……」具體則是「這人姓譚（談）」。這就等於說全書為「話說人生在世」內容的中心就是「譚（談）」的「這個人」，他是「一家極有根柢人家」（第一回）的令郎，其五世曾祖為「譚（談）永言」。可知作者下筆伊始，就明確其所寫為「人生在世……成立覆敗兩端」，故從「少年時候分路」寫起，以至其壯年和遲暮。這就比較包括《金瓶梅》在內的「四大奇書」有了一個明顯的不同，即其所寫是一個現實生活中人物全面的人生故事，是一部以一位世家子弟自幼至老起伏跌宕命運為中心的大開大合的長篇小說。這

〔註18〕 〔美〕浦安迪講演《中國敘事學》，北京大學出版社1996年版，第22頁。

就構成了《歧路燈》結構的創新意義，正如八十年前郭紹虞先生稱讚此書與《紅樓夢》一樣，「書中都有一個中心人物，由此中心人物點綴鋪排……實是一個進步」〔註 19〕。雖然郭先生未作深論，但現在我們可以說，這在《歧路燈》而言，是與其作者專為「話說人生在世」，而「譚（談）」「這個人」和這「一家極有根柢人家」的「譚（談）」旨，是分不開的。

　　二是刻意追求理趣、雅趣，平中見奇，風格凱切。《歧路燈》的理學氣甚重是不爭的事實。但是，除了某些陳腐的議論之外，其理學氣主要是在欲以理服人的「譚（談）」所謂「布帛菽粟之言……飲食教誨之氣」中顯現出來。卻又要「田父所樂觀，閨閣所願聞」，這就不得不努力甚至刻意於追求通俗的風格，結果形成某種理趣、雅趣，郭紹虞先生評為「能於常談中述至理，竟能於述至理中使人不覺是常談。意清而語不陳，語不陳則意亦不覺得是清庸了。這實是他的難能處，也即是他的成功處。這種成功，全由於他精銳的思路與雋爽的筆性，足以駕馭這沉悶的題材。所以愈磨研愈刻畫而愈透脫而愈空超。粗粗讀去足以為之軒然笑而潸然淚；細細想來又足以使人惕然驚悚然懼。這是何等動人的力量！老死在語錄文字中間者，幾曾夢想得來」〔註20〕。筆者也曾引黃山谷跋陶淵明詩卷曰：「血氣方剛時，讀此詩如嚼枯木；及綿歷世事，知決定無所用智。」認為「《歧路燈》大概即小說中之陶詩」〔註21〕。其意境在「四大奇書」的「奇」趣與《紅樓夢》的「情」趣之外，似與《儒林外史》同屬魯迅所感慨的「偉大也要有人懂」〔註 22〕一類以「理趣」見長的小說或曰學者小說相近。唯是《儒林外史》意主刺世，故婉而多諷，清新峻峭；《歧路燈》意主勸世，故「譚」言娓娓，醇厚剴切。

　　綜合以上考論，一向被認為深蒙儒學影響的李綠園《歧路燈》除因果報應的俗套之外，似無更多佛教的影響，但從人們往往熟視無睹的作者、書題的名義並結合於文本的實際看，李綠園與佛教的「前因」對是書創作影響的深重，遠過於我們粗讀此書後一般的感受。由此可見《歧路燈》思想外儒內佛、以佛濟儒和儒佛合一的特點；而是書命名主人公姓「譚」和設主要人物

〔註19〕　郭紹虞《介紹〈歧路燈〉》，《歧路燈論叢（一）》，中州書畫社 1982 年版，第 1 頁。

〔註20〕　郭紹虞《介紹〈歧路燈〉》，《歧路燈論叢（一）》，第 2～3 頁。

〔註21〕　杜貴晨《數理批評與小說考論》，齊魯書社 2006 年版，第 400 頁。

〔註22〕　魯迅《葉紫作〈豐收〉序》，《且介亭雜文二集》，人民文學出版社 1973 年版。

為「譚孝移」「譚紹聞」「譚紹衣」之意，既表明了是書創作以教忠教孝為旨
的用心，也自定了「談（說）」的風格，在「四大奇書」之後，《紅樓夢》之
外，別具一格。倘本文的考論大致能夠成立，則知《歧路燈》一書，雖無如
《紅樓夢》有「索隱」「揭謎」的必要與可能，但其創作用心與手法的精微，
也非淺嘗所容易明白，有時便需要一點考據的工夫。

（原載《明清小說研究》2013 年第 1 期）

《歧路燈》對科舉制的態度

　　《歧路燈》是我國古典文學中唯一以教育為題材的長篇小說。在它成書的乾隆年間，所謂教育不過是以八股制藝為中心的科舉制。《歧路燈》以描繪地主階級的子弟教育為中心題材，必然要對科舉制作出自己的評價。當然，這種評價主要不是作者直接說出，而是要透過作品的形象，特別是作品關於科舉考試和科舉中人物描繪的分析才能提取出來。

　　科舉制是封建統治階級束縛籠絡知識分子，選拔人才，維護剝削制度的重要手段。唐太宗在端門看到新中的進士排隊出來，高興地說：「天下英雄入吾彀中矣！」〔註1〕然而那時科舉考試的內容還較切實用，方式亦較靈活。到了明代，朱元璋設八股取士，科舉制的弊病就更嚴重了。清承明制，更進一步把八股文的內容定為「四書」之義，而且只能依朱注，連「五經」都不要了，科舉之害為有識之士所共睹。顧炎武批評當時的八股文（又稱「制藝」「四書文」「時文」等）的禍害比秦始皇「焚書坑儒」還厲害，說：「此法不變，則人才日至於消耗，中國日至於衰弱，而五帝三王以來之天下，將不知其所終矣！」〔註2〕章學誠說：「前明制義盛行，學問文章遠不古若，此風氣之衰也。……自雍正初年至乾隆十許年，學士又以《四書》文義相為矜尚。僕年十五六時，猶聞老生宿儒自尊所業，至目通經服古，謂之雜學，古詩文辭謂之雜作。士不工《四書》文，不得為通，又成不可藥之蠱矣。」〔註3〕《歧路

〔註1〕〔唐〕王定保《唐摭言》，上海古籍出版社編《唐五代筆記小說大觀》（下），2000年版，第1578頁。
〔註2〕〔清〕顧炎武著，〔清〕黃汝成集釋，《日知錄集釋》，秦克成點校，嶽麓書社1994年版，第585頁。
〔註3〕〔清〕章學誠《答沈楓墀論學書》，《章學誠遺書》，文物出版社1985年版，第85頁。

燈》開筆時，顧炎武等啓蒙思想家早已謝世，但他們學說的影響還在。章學誠十五六歲時，李綠園《歧路燈》正在寫作中，多年的教書爲業，並三逢會試的李綠園對當時惡劣學風的觀察和體會當比章學誠更爲深切。這樣，就產生了《歧路燈》對科舉制的不滿和批評。雖然就其批判的態度而言，李綠園比不得顧炎武之堅決徹底，《歧路燈》比不得先它而成書的《儒林外史》犀利鮮明，但在對科舉制弊病的認識上，他（它）們卻有許多共同之處。這是《歧路燈》思想價值的一個重要方面。

　　八股制藝是當時科舉制的中心。《歧路燈》對科舉制的不滿和批評正是通過揭露八股制藝的危害表現出來的。首先，它通過一般正派知識分子對時文的鄙薄，暴露了科舉制造成人才消耗、學術荒陋。第四回寫縣學教諭周東宿請副學陳喬齡題匾額，陳喬齡道：「我是個時文學問，弄不來，寅兄就來罷。」〔註4〕而周東宿也就是默認了陳喬齡推脫的理由；第七十七回寫譚紹聞請老學究張類村撰寫屏文，張類村推辭道：「賢侄你央我作文，就失打算了。我一生不會說假話，我原是個八股學問，自幼念了幾篇時文，進了學。本經頌聖的題目讀了八十篇，場中遭遭不走。那四經不曾讀。《通鑑綱目》看了五六本子，前五代、後五代我就弄不明白。如何叫我作古文？……」作者用書中人物的自卑自嘲對八股制藝貽誤人才進行了婉曲的揭露。這種對時文的鄙薄固然比不得《儒林外史》諷刺的火焰。但是，作爲一般知識分子平心而論的自白，它具有社會公論的性質，其中滲透了他們覺悟到八股制藝的戕害造成虛耗年華、胸無點墨而產生的痛感，使讀者從對他們命運的關切很自然地聯想到那個摧殘他們的八股取士制度的弊病和危害。

　　其次，《歧路燈》通過無行文人侯冠玉的形象暴露了八股制藝不過是一幫追名逐利的知識分子的敲門磚。魯迅先生曾經指出：「八股原是蠢笨的產物。」〔註5〕是一種極其無聊的玩藝。這樣一種東西爲那麼多的讀書人所苦心研討，決不是由於弄八股本身有什麼樂趣，而是由於當時只有弄八股才能得功名。侯冠玉教訓譚紹聞的一段話說得明白：

　　　　「你若舊年早讀八股，昨年場中有兩篇俗通文字，難說學院不

〔註4〕〔清〕李綠園《歧路燈》，欒星校注，中州書畫社 1980 年版。本文以下引此　　　書僅說明或括注回數。
〔註5〕魯迅《僞自由書·透底》，《魯迅全集》（5），人民文學出版社 1981 年版，第　　　103 頁。

> 進你。背了《五經》到底不曾中用，你心中也就明白，時文有益，《五經》不緊要了。……總之，學生讀書，只要得功名；不利於功名，不如不讀。若說求經史，摹大家，更是誆人。……你只把我新購這兩部時文，千遍熟讀，學套，不愁不得功名。……」（第8回）

讀八股就能進學，進了學也就有了功名。八股熾盛的原因，根本上就是封建統治階級以功名富貴相號召。這一段話雖然出於作者所鞭撻人物之口，卻在一定程度上代表了當時一般讀書人的心理。它使我們看到科舉這一封建統治階級羈縻人才的手段確實厲害，不僅整個地造成學術的荒陋，而且嚴重地腐化了知識分子的志氣。從當時八股熾盛的情況看，像侯冠玉那樣把八股文當作功名富貴的敲門磚的人應非少數。因此，《歧路燈》對侯冠玉這一性格特徵的刻畫，不僅揭示了當時知識分子醉心八股的主觀原因，而且暴露了社會政治的根源，對清代科舉制度研究有重要參考價值。

由八股制藝的束縛、腐蝕人才，《歧路燈》進一步抨擊了科舉會試本身的扼殺人才。第十回寫婁潛齋在京應試，試策中有「漢武帝之信方士，唐憲宗之餌丹藥」的句子，觸到皇帝疼處，被主政官棄置未能入選；第一零三回，婁林也因類似原因險些落榜。在這兩處關於會試的描繪中，雖然作者也從封建的君臣大義出發批評婁氏父子徒為激切之言，但他集中暴露的還是科舉制的黑暗。除了八股文內容的空疏，更進一步顯示了科舉制不過是搜羅一些阿君媚聖的庸才，對真正有抱負有能力的「經世良臣」之才反倒是個障礙。所以，第十回借婁潛齋之口說：「前代以選舉取士，這是學者進身正途。」儘管其推崇選舉取士也算不得高明，但作者以此否定科舉制的用心是很明顯的。

當然，《歧路燈》對科舉制的批判不是從人民的立場，而是從正統儒家窮經致用的觀點進行的，因而有很大的局限性。但是，它確實相當深刻地暴露了八股取士制度的罪惡，其中有不滿、有否定，甚至就其對表現的作者的見識而言，他簡直就把八股取士的科舉制看作一塊「食之無味，棄之可惜」的雞肋。那麼，為什麼他又讓書中的正面人物特別是主人公譚紹聞去讀書——科舉——做官的道路呢？

這一方面是由於當時的歷史條件造成的。李綠園創作《歧路燈》的乾隆年間，正是滿清貴族經過近百年武力與政治的征服，統治地位空前穩固的時期。這時漢人的反滿武裝起義已漸消沉，清朝統治者對知識分子軟硬兼施，把他們各種人生的路幾乎全堵死了。只網開一面，即延續了明朝以功名富貴

為誘餌的八股取士科舉制度一途。雖然以李綠園等一些有見識者對科舉制的弊病看得是清楚的，但他們在現實中找不到另外的進身之階。不僅求功名富貴，即使施展經世致用的抱負，也只有科舉做官才且點可能。所以，他們儘管滿腹牢騷，卻還是要苟且求生於科舉制。作者理想的一個讀書人典型婁潛齋就是如此。他不像侯冠玉那樣只看重八股，教書以《五經》為主，但是「你看他中式那文章，也是一竿清晰筆，不惟用不著經史，也不敢貪寫經史。」（第8回）否則，他就不惟得不到功名，更成不了作者理想的清官了。

另一方面，李綠園是一個正統儒家讀書人。他的人生理想不過是儒家標榜的修身、齊家、治國平天下，既要掙得和保住家庭地位名聲，又要救世濟時，做「經濟良臣」，骨子裏少不得功名富貴。而科舉制在根本上是投合他們這種人生需要的。所以，八股空疏，他們還是要弄八股；科舉黑暗，他們還是趨之若鶩。要他們根本上否定、拋棄科舉制是難以想像的。這樣一位作者要寫個敗子回頭，家業復興的故事，不為他的主人公安排一條讀書——科舉——做官的道路還會是什麼呢？

還有，作者是經由科舉從一個普通農村讀書人家躋身官紳階層的人，雖然只中過舉，也只是做過一任小小知縣，但畢竟是科舉制根本上提高了他個人和家庭地位。特別是他寫作《歧路燈》後四十回時，他的兒子李蘧已經中了進士，科舉制給他和他的家庭帶來的好處巨大，是顯而易見的。這樣一個人與家庭生活道路使他對科舉制難免產生一定留戀的感情，至少不會像吳敬梓個人一直「沒吃到葡萄」那樣對科舉深惡痛絕。因此，他即使看出了這一制度的不合理，也不會像吳敬梓那樣痛加批判，徹底否定。這種理智與感情的矛盾也進一步促成他對科舉制感到「食之無味，棄之可惜」。這種心理在他那樣一種時代，那樣一種境遇的人來說，是很可以理解的。但是，這種首鼠兩端的態度大大限制和減弱了《歧路燈》對八股取士的科舉制的批判，不能不說是一種遺憾。當然，這種現象在文學史上並非少見。舊時代的作家們，為他們的時代所局限，對現實不滿卻找不到真正的出路，作了某些甚至是激烈的批判之後，轉一個圈還是回到老路子上來，他們為個人的階級的利益以及身觀經驗所限制，用實用主義的態度對待現實，因而不能從根本上探討解決社會和人生出路問題。這些，大概是中國古典小說常常不出「大團圓」結局俗套的根本原因。《歧路燈》反科舉而終於不得不用科舉作「燈」油的態度和做法，只不過為我們提供了新的例證。

　　總之，李綠園根本上是個封建衛道派，所以他的反科舉是不徹底的。但他束身科舉而能心有依違，在那個文網繁密、動輒得咎的黑暗時期，借小說表達對當時八股取士的科舉制的不滿甚至一定程度上的否定，也是難能可貴的。並且，比之吳敬梓屢試不第而反科舉，李綠園在憑科舉發家的情況下仍能批判科舉制，更有其不尋常的意義。《歧路燈》的主觀思想傾向是衛道的，這限制了它對科舉批判的鋒芒。但是，在本質上這個批判仍然是清初啓蒙思想家反科舉的初步民主主義思想在新形勢下的繼承和發展，與它同時代的《儒林外史》《紅樓夢》對科舉制的批判一樣，也能引起人們對現存社會制度的懷疑與不滿，並最終有推動社會發展的意義。

　　　　　　　　　　　　　　　　　　（一九八三年五月十二日）

論中國古代小說中的「愛民主義」
——《歧路燈》思想內涵別說

　　我在《七易寒暑的力作——評李延年教授新著〈歧路燈研究〉》一文中曾「生造一句稱做『愛民主義』。愛民主義不等於愛國主義。但是,『民惟邦本』,愛民主義是最徹底的愛國主義」〔註1〕。這一概念在古代小說研究中尚未經人道,有關的研究更不曾展開。所以本文試以《歧路燈》〔註2〕為例的探討,也還要從「愛民主義」概念的提出及其內涵說起。

一、關於「愛民主義」

　　「愛民」一詞今見先秦典籍中多見於《老子》《管子》《孫子》《墨子》《莊子》《荀子》《韓非子》《左傳》《國語》等書,可謂連篇累牘。而「愛國」一詞僅偶見於《戰國策》《晏子春秋》等。是「愛國」一詞比「愛民」晚出,當時及以後長時期中亦不如「愛民」一詞用量為多。但近代以來文獻中「愛民」一詞卻漸不如「愛國」使用頻繁。至今二者受社會關注的重輕,從檢索各類發表的文獻中,以「愛國」或「愛國主義」為關鍵詞的論文連篇累牘,而以「愛民」為關鍵詞者鮮見,至於「愛民主義」一說還根本未曾進入學術研究的應用,就可以看得出來。

　　這裡所謂「愛民主義」是指政治的出發點與目標,並且體現於手段和過程,一切都是為了人民利益的思想原則。它不同於《尚書》「民惟邦本,本固邦寧」(《五子之歌》)的貌似「民本」主義而實為「邦本」主義,而是如二戰

〔註1〕 杜貴晨《七易寒暑的力作——評李延年教授新著〈歧路燈研究〉》,《河北師範大學學報》2003年第6期

〔註2〕 〔清〕李綠園著《歧路燈》,欒星校注,中州書畫社1980年版。本文以下引此書均據此本,說明或括注回數。

時期來中國幫助抗日的白求恩、以需要勞工名義保護千餘名猶太人免於納粹殺戮的德國商人辛德勒，和同期在中國駐奧地利使館任職爲數千受迫害猶太人發放「生命簽證」的「國際義人」民國外交官的何鳳山等所體現的「愛民」原則，是一個人超越其「國家」甚至階級、民族身份而奉行的實質是人道主義的普世價值觀念。這種觀念看似忽略了自己國家的利益甚至有與國家利益對立的嫌疑，實際不然，乃眞正人民國家最高利益的體現。這也就是說，「愛民主義」是「愛國主義」的出發點與歸宿，只有堅持眞正的「愛民主義」，才可能有眞正的「愛國主義」。不以人民根本利益爲訴求的「愛國主義」，其出發點與歸宿的正當性，其實是很可疑的。

以此爲標準，雖然近百年來中國社會上與「愛民主義」相近的說法並非罕見，但至少在包括古代文學研究在內的學術領域裏，還是只有「愛國」和「愛國主義」，而鮮見「愛民」並絕無「愛民主義」的話語出現。這值得深思：一是既然古代詞彙中「愛國」之外又有「愛民」，可見古代「愛國」與「愛民」並不能劃等號的；二是古代「愛民」之說出現更早於「愛國」且一嚮用量更多，可見古代傳統上「愛民」要比「愛國」受到的關注度更高。但爲什麼近世學術上各種「主義」盛行，「愛國」能成爲「主義」，「愛民」一詞就很少人提及，更未能成爲一種「主義」呢？這大概不能僅僅用已經有了各種「爲人民」的口號可以替代作解釋，更不是只有「愛國」天經地義可以成爲一種「主義」，而「愛民」卻夠不上。眞正的原因，除了我國近代以來外患爲主要矛盾所致之外，恐怕還在學者自身的方面：一是近百年來古代文學研究多跟風史學，史學研究中沒有的，文學研究中也就難得創造出來；二是研究中有意無意把古代的「愛國」與「愛民」劃了等號，以爲「國」是「民」的「國」，「愛國」即包含了「愛民」，所以既有「愛國」，可以不再提「愛民」了；三是學者生活在現實中，高倡「愛國」的可以有「國」愛他，而津津於「愛民」能得「民」愛的，多不過是「死去原知萬事空」的虛譽。總之，除本人曾偶而涉及之外〔註 3〕，「愛民主義」的不見於古代文學研究，應該不是一個純粹的語言學問題，而是研究者學識、學風等所導致的詞彙選擇。

〔註 3〕 參見杜貴晨《贊兩吳女士的〈歧路燈〉研究——從我國大陸的〈歧路燈〉研究說起》中認爲：「因爲比較『愛國主義』，向來古代文學批評不甚注意發掘古代官員形象愛護百姓的品質。這種品質，恕我生造一句稱做『愛民主義』。愛民主義不等於愛國主義。但是，『民爲邦本』，愛民主義是最徹底的愛國主義。」(《福州大學學報（哲學社會科學版）》2004 年第 1 期)

　　但是，這一選擇有極大歷史的局限，甚至是一個時代的誤解。這裡只說「愛國」與「愛民」是否可以劃了等號的問題，答案是否定的。這是因爲歷史地看，雖然中國二十四史每史都是中國史，但每史也都不過是一姓王朝的國史。因此之故，只有如漢高祖的劉氏、宋太祖的趙氏、明太祖的朱氏等才可以稱爲「國姓」，其他的「民」雖然也可以並且必須稱「我朝」，但那本質上不過是與「國姓」套近乎，並非把「我朝」的「國」眞的當作他別門外姓所有之「國」的。所以那裡的「愛國」只是或主要是愛一姓的政權。「愛國如家」（《晉書・段灼傳》），實不過是如愛自己的「家」一樣去愛他人的「國」。法國國王路易十四的名言「朕即國家」（l'etat, c'est moi），正是道出了中外古代之「國」不屬於「民」，而只是帝王一人私產的本質。從而歷史上實踐與觀念上的政治革命即由此發生，最發聾振聵的自然是《共產黨宣言》中那個非常著名的論斷，叫做「工人沒有祖國」〔註4〕。

　　其實中國古代農民的「祖國」，也不見得就是他們自己的。所以，早在戰國《孟子》中就有了「民爲重，社稷次之，君爲輕」（《盡心下》）的人民至上論，其實質就是「民」不等於「國」；而至晚清代已有學者以不同說法透露了此中蹊蹺。如清初著名思想家、學問家顧炎武《日知錄》卷十三《正始》中有云：

　　　　有亡國，有亡天下。亡國與亡天下奚辨？曰：易姓改號，謂之亡國；仁義充塞，而至於率獸食人，人將相食，謂之亡天下……是故知保天下，然後知保其國。保國者，其君其臣，肉食者謀之；保天下者，匹夫之賤與有責焉耳矣。〔註5〕

後人從這段話概括出「天下興亡，匹夫有責」的民族主義口號，卻往往不怎麼注意其立論的基礎，即在顧炎武看來，「國」是少數「肉食者」即「其君其臣」之國，「天下」是多數「匹夫」即人民百姓之天下。「國」與「天下」的不同實際是統治者與人民的區別甚至對立，「保國」與「保天下」的差異，實際就是「愛國」與「愛民」的不能相互替代甚至當時條件下的不可兼容。

　　又如清初與顧炎武齊名的黃宗羲在《明夷待訪錄》一書中曾斥後世之「君」以其所建立和享用之「國」爲「我一人之產業」，因此而「敲剝天下之骨髓，

〔註4〕　《馬克思恩格斯選集》（第一卷），人民出版社1972年版，第270頁。
〔註5〕　〔清〕顧炎武著，黃汝成集釋《日知錄集釋》，秦克成點校，嶽麓書社1994年版，第471頁。

離散天下之子女」，成爲「天下之害」（《原君》），實際揭露了封建時代「國」與「民」的尖銳對立。

還如清中葉領袖文壇五十年的文學家、思想家袁枚《子不語》卷五「文信王」條記一冥罰故事，說明朝嘉靖年間，某總兵隨從平定劉七之亂，不遵上司的號令，以降而復叛爲由「殺劉七黨五百人」，五百鬼訴於冥王，冥王審訊：

> 總兵爭曰：「此五百人，非殺不可者也。曾詐降復反，不殺，則又將反。總兵爲國殺之，非爲私殺也。」言未已，階下黑風如墨，聲啾啾遠來，血臭不可耐。五百頭拉雜如滾球，齊張口露牙，來齧總兵，兼睨沈。沈大懼，向王拜不已，且以袖中文書呈上。王拍案屬聲曰：「斷頭奴！詐降復反事有之乎？」群鬼曰：「有之。」王曰：「然則總兵殺汝誠當，尚何嘵嘵！」群鬼曰：「當時詐降者，渠魁數人；復反者，亦渠魁數人；餘皆脅從者也。何可盡殺？且總兵意欲迎合嘉靖皇帝嚴刻之心，非眞爲國爲民也。」王笑曰：「說總兵不爲民，可也；說總兵不爲國，不可也。」因諭五百鬼曰：「此事沉擱二百餘年，總爲事屬因公，陰官不能斷。今總兵心迹未明，不能成神去；汝等怨氣未散，又不能託生爲人。我將以此事狀，上奏玉皇，聽候處置……」〔註6〕

這個故事體現的是在袁枚看來，總兵殺五百降而復叛之卒的「爲國」，只是爲了朱明一姓的王朝，更具體是爲了「迎合嘉靖皇帝嚴刻之心」。這就不僅表面上「爲國」，實際上爲私，而且總兵所爲之「國」，實際只是嘉靖皇帝一人，不僅與「爲民」風馬牛不相及，還正相反的是殘民以逞。所以他接寫「王笑曰：『說總兵不爲民，可也；說總兵不爲國，不可也。』」以調侃口吻揭蔽了「總兵」之流只「愛國」而不「愛民」，甚至殘民以「愛國」圖個人功利的事實。至於文中所謂「此事沉擱二百餘年，總爲事屬因公，陰官不能斷」云云，則意在點明此理深微，所以不僅二百餘年「總兵心迹未明」，而且五百「群鬼」雖因總兵「爲國」而被濫殺，卻也天眞地以爲有所謂「眞爲國爲民」者。豈不知既然「國」爲皇帝「一人之產業」（黃宗羲《原君》），官員能做的，本質上只能是要麼「爲國」做皇帝一家的奴才之事，要麼「爲民」與皇帝的「國」

〔註6〕〔清〕袁枚《子不語》，申孟、甘林點校，上海古籍出版社1986年版，第108～109頁。

漸行漸遠乃至於對立，哪裏會有什麼「真爲國爲民」者？這也就是爲什麼自古以來「好官難做」，如《歧路燈》所寫老民道鄭州的俗語云「鄭州城，圓周周，自來好官不到頭」！（第九十四回）

由此可知，我國古代至少有如顧炎武、黃宗羲、袁枚這樣的學者文人頗能知曉「爲國」與「爲民」並非一回事，或往往不是一回事甚至對立的道理，所以才有如上論述或故事的有意區別「保國」與「保天下」「君」與「天下」和「爲國」與「爲民」的不同甚至對立。由此推想，如果古代也如近世有那麼多「主義」的話，則很可能會是既有「愛國主義」之說，也有「愛民主義」之論。

又從近世的現實看，政治家、理論家們也並非不懂「國」與「民」的聯繫與區別。如辛亥革命推翻帝制建國國號在「中」字之後加了「華」字，又「國」字之前加了一個「民」字，稱「中華民國」；而當今「中華人民共和國」之稱，更是突出了國家「共和」的「人民」性質。其所以如此，顯然就是要與歷史上「朕即國家」的封建專制傳統徹底劃清界限的意思。由此可見近世的政治家、理論家們都非常清楚歷史上「國」與「民」疏離甚至對立的事實，強調革命後建立的新政權以「民」主的國體性質。這是歷史的偉大進步。但是，革命後身處以「民」爲主國度的學者，卻不能因此忘記歷史上「國」與「民」曾長時期並不統一甚至矛盾對立的事實，而且說推翻封建帝制以後的「國」與「民」就真的融爲一體可以劃等號了，也還言之過早。例如一個基本的事實是，一九四九年蔣氏敗逃臺灣，根本原因恐怕就是其在大陸時的「民國」，並未如其所標榜是真正的「民」之國。然而令人詫異的是，自民國間「主義」盛行，「愛國主義」尤其不時成爲某些時期的強音，學術討論中更是熱門主題或關鍵詞，但經各種搜索引擎檢索可知，至今公開發表的文獻中鮮見有「愛民主義」之說。即使古代文學研究從來不乏對文本微言大義的揣測，但也未見有誰論及哪一位作家或哪一部作品當得起「愛民主義」的光榮。

近世古代文學研究中有「愛國主義」無「愛民主義」提法的原因固然多多，但是決非古代文學中沒有「愛民主義」的內容與表現。其實，「愛民」從來就是古代文學尤其是古代小說恒久的強音。只是由於中國古人不談「主義」，也不怎麼說「愛」，所以古代文學中的「愛國主義」多表述作「爲國」，而那時「爲國」與「忠君」是真正的同義詞；反而「愛民主義」雖也多表述作「爲民」，但在某些主要是政治歷史題材的作品中，「愛民」一詞也殊不少

見，如《三國演義》；更有把「愛民」實際奉爲重要政治傾向的小說名著，如李綠園《歧路燈》，只是古代文學研究從來沒有採取「愛民主義」的立場與視角，從而未曾發現而已。基於這一欠缺，筆者因就古代小說中的「愛民」描寫，並特舉《歧路燈》一書，試論古代小說中的「愛民主義」如下。

二、古代小說中的「愛民」因素

如上所論及，古代小說「愛民主義」的思想傾向主要出現在政治歷史題材的作品中。如「愛民」一詞在毛本《三國演義》中至少有第四十一回、第九十六回、第一百四回、第一百十回中各出現過一次，而第四十一回「劉玄德攜民渡江」的描寫，甚至爲了突出劉備「處處以百姓爲重」之「愛民是玄德第一作用」，而使劉備違背《孫子兵法》「愛民可煩」的教訓，以致大敗虧輸，可謂突出「愛民」意識的特筆；另《水滸傳》中有第八十二回、第一百回中也各出現過一次；《說岳全傳》中第七回、第四十八回中各出現過一次等等，但即使寫神佛妖魔的《西遊記》中也還難得地有兩次使用這一詞彙。雖然這些小說中出現「愛民」一詞的情況各異，且有不少只是稱頌好官的套話，而都未能如《三國演義》「劉玄德攜民渡江」等描寫對「愛民」有刻意突出的強調，以致修髯子《三國志通俗演義引》評此書思想傾向曰「欲知三國蒼生苦，請聽《通俗演義》篇」〔註7〕。但諸作多有提及的情況仍能夠證明，古代小說家在不得不極重「愛國」即「忠君」意識的同時，也未至於完全忘記爲普通百姓說話，對當政者正面提出「愛民」的要求，從而堅持綿延了古代小說中「愛民」思想的一脈傳統。

當然，古代小說中的「愛民」思想傳統的表現，往往通過對革命者「弔民伐罪」或官員、俠士等爲民除害的描寫展現出來，如《水滸傳》中「魯智深拳打鎮關西」等「路見不平，拔刀相助」的故事，自然是蘊含了「愛民」的思想因素。但更多是與「愛國」相互標榜，如《三國演義》寫「桃園三結義」的盟誓中就有「上報國家，下安黎庶」的話，而即使《西遊記》寫唐僧「西天取經」，既是爲了拯救「東土眾生」，也是爲了大唐「江山永固」，而無論如何，總是沒有完全放棄「愛民」的訴求。

但是，直到清中葉李綠園《歧路燈》出來之前，古代小說包括《三國演

〔註7〕〔明〕修髯子《三國志通俗演義引》，〔元〕羅貫中《三國志通俗演義》卷首，上海古籍出版社 1984 年版。

義》在內，其所包含的「愛民主義」思想因素，也還是未被真正突出起來，或突出得很不夠，即單以作品中對「愛民」內容的強調與具體描寫看，還達不到以人民至上的「愛民主義」的高度。甚至《歧路燈》之前，章回小說除了《三國演義》之外，還不曾有過以較長篇幅對「愛民」作特筆描寫的作品。這大概也是近世古代小說研究風氣下從未曾提出過「愛民主義」之說的原因之一吧。

三、《歧路燈》的「愛民」描寫

《歧路燈》中共有第四十六回、六十五回、九十四回三回四次用及「愛民」一詞，頻率固然並未高過《三國演義》，但實際的描寫卻以遠比《三國演義》更集中和大量的篇幅，精心刻畫，高調歌頌了清官良吏的「愛民」行爲。有關描寫除見於第七十一回和第九十回兩處稱頌婁潛齋做官，「處處不愛錢，只實心爲民」之外，主要見於第九十一回和第九十四回。

第九十一回「譚觀察拿匪類曲全生靈」寫官員辦案，官居道臺的譚紹衣「得了撫院大人密委，帶了二十名幹役，陸總爺帶兵三百名」，去「南邊州縣」辦理供奉「白猿教主」以惑眾斂財的「邪教大案」，實是清乾隆間朝廷鎮壓白蓮教教義歷史的反映。傳統上古代官場中這類「爲國」安內的事體，正是被委官員彰顯其對皇帝忠心和能幹的大好時機，所以往往爲「國」著想者多，爲「民」著想者少，甚至不惜小題大做，無中生有，製造「政績」，以最大限度地邀賞得利。但《歧路燈》寫被委「勘亂」的道臺譚紹衣卻不然，他固然不得不遵旨率部擒拿，實際在同行官員眾目睽睽之下，也只能與之同事抓捕人犯到案，但在抓捕的過程中，他已經在看到白蓮教供奉的神像後，即暗道「可憐這一個奇形怪狀的像，葬送了一家性命」，並打算著將來結案儘量少牽連人，把「香筒內有一本黃皮書兒……展開一看，即塞在靴筒內」，可見其處事心地並非只「爲國」而不「爲民」的。後又寫會審時他作爲「委員」之一，不僅不「爲國」而匿下了此一寫有官民與白蓮教交往信息的「黃皮書兒」，而且在嫌犯招供及此書「寫他某將軍某州人布施銀多少，某布政某縣人布施銀多少」等內容時，還以主審官之一的便利，巧妙應對，掩蓋了事情的真相：

> 這正與譚道臺所搜得那本黃皮書兒字字相投。譚道臺忽的發怒道：「一派胡說！你先說你不大識字，如何會寫官名縣名？」供道：

「小人寫藥方，看告示，那道兒少些的字，也就會寫了。」道臺看了招房道：「這幾句虛供不用寫。」遂發大怒道：「滿口胡說！你的兩鄰你還哄不住，何能哄隔省隔府的人？天下有這理麼？」即向知府道：「看來這個死囚，是因漁色貪財起見，假設妖像，枉造妖言，煽惑鄉愚。已經犯了重律。即此稟明大人，憑大人裁奪。」遂一面傳祥符縣將重犯收監，一面同知府回稟撫臺。

至撫院後，譚紹衣又婉言說服撫臺只罪「首犯」：

撫臺道：「還得追究黨羽。」譚道臺道：「此犯漁色貪利，或愚迷眾，這眾人尚不在有罪之例。」撫臺道：「萬一傳薪復燃呢？」譚道臺道：「首犯陷法，那受愚之輩無不慄慄畏法，方且以舊曾一面為懼，毫無可慮。」撫臺果允其說，以結此案。

至此，在譚紹衣明裏暗中的操持維護之下，此一「邪教大案」僅以一「首犯」獲罪結案，其他一無牽連，可說最大限度地減少了對涉事百姓的殺戮，以致「譚道臺回署，已經上燭時分。坐在簽押房內，取出靴筒黃本兒，向燭上一燃，細聲歎道：『數十家性命，賴此全矣。』」這裡可以見出譚紹衣為政「愛民」的本心，而在危機四伏，動輒得咎的險惡官場中，這也需要極大智慧與勇氣。

第九十四回「季刺史午夜籌荒政」寫救災，譚紹衣被委鄭州勘察災情，入境即見知州季偉書中稱季刺史者所製勸賑救災《告示》，全文如下：

河南開封府鄭州正堂季，為急拯災黎以蘇民命事。鄭州彈丸一區，地瘠民貧，北濱黃河，水滾沙飛。全賴司牧平日為爾民設法調劑，庶可安居樂業，群遊盛世。本州蒞任三年，德薄政秕，既不能躬課耕耘，仰邀降康，竟致水旱頻仍，爾民豐年又不知節儉，家少儲積，今日遂大瀕於厄。鬻兒賣女以供糧，拆屋析椽以為爨。刮榆樹之皮，挖地梨之根。本州親睹之下，徒為慘目，司牧之譴，將何以逭！千慮萬籌，了無善策。不得已，不待詳請，發各倉廒十分之三。並勸諭本處殷富之家，以及小康之戶，俾令隨心捐助。城內設廠煮粥，用度殘羸。又誰知去城窵遠者，匍匐就食，每多斃倒中途，是吾民不死於家，而死於路也；饑餓貪食，可憐腹楞腸細，旋即挺屍於粥廠竈邊，是吾民不死於餓，而死於驟飽也。況無源之水，勢難常給。禾稼登場尚早，吾民其何以存？幸蒙各上憲馳驛飛奏，部

復準發帑疊賑。本州接奉插羽飛牌，一面差幹役六名，戶房、庫吏
各一名，星夜赴藩庫領取賑濟銀兩，一面跟同本學師長，以及佐貳
吏目等官，並本郡厚德卓品之紳士，開取庫貯帑項，預先墊發。登
明目前支借數目，彈兌天平，不低不昂，以便異日眼同填項。此救
荒如救火之急策也。誠恐爾災黎不知此係不得已之挪移，或致布散
流言，謬謂不無染指之處。因此預為剖析目今借庫他日還項各情節，
俾爾民共知之。如本州有一毫侵蝕乾沒之處，定然天降之罰，身首
不得保全，子孫亦遭殄滅，庶可謝已填溝壑者黯黯之魂，待徙於衽
席者嗷嗷之口。各田里煙冊花戶，其悉諒焉。特示。

這篇作者善意突出的救災《告示》，情文並茂，感人肺腑，使我們看到古代一
位守土有責的地方官員，在餓殍遍野的大災面前視民如喪的良心，與恪盡職
守的作為：一是冒丟官甚至殺頭的政治風險以開倉放糧，「不待詳請，發各倉
廒十分之三」；二是勸捐，「勸諭本處殷富之家，以及小康之戶，俾今隨心捐
助」；三是由官府於城內設場施粥；四是講求救濟之法，保證賑災錢糧發放公
開公正，賑目明白。這些在當時都可謂及時到位，切實可行。而字裏行間，
流動著季刺史急民之所急、救荒如救火的感情，以致作者使譚紹衣歎道：「這
不像如今州縣官肯說的話。」又歎道：「此又放賑官之所不知，即知之，而以
奉行為無過者。真正一個好官！」

本回接寫季刺史出迎，仍從譚紹衣所見寫起：

將入東門，只見一個官員，騎一匹掛纓子馬，飛出城來。跟從
衙役，馬前馬後擁著奔來。趕到城外，路旁打躬。觀察知道是鄭州
知州季偉。下轎為禮。季刺史稟道：「卑職在城西村莊，查點極貧次
貧各戶口。忽的聽說大人駕臨，不及回署公服，有失遠迎，乞格外
原宥。」觀察道：「看刺史鼻坳耳輪中，俱是塵土，足徵勤勞辛苦。
我等司民職分，原該如此。可敬！可敬！」

這裏又可見到季刺史為救民水火，奔忙勞碌，風塵僕僕，以致譚紹衣稱讚道：
「我等司民職分，原該如此。可敬！可敬！」而更令人欽敬的是，據災民中
老者說，「我們太爺才來時，是一個胖大的身材，只因連年年成不好，把臉瘦
了一多半子」，真所謂勤政愛民，而「為伊銷得人憔悴」了。

《歧路燈》在濃墨重彩寫季刺史官聲德政的同時，還寫了與季刺史堪可
媲美的好官譚紹衣，他受命勘災，除親赴現場撫慰災民之外，更顯其好官本

色的是所至處處親民務實，放低身架：

> 進的城來，觀察看見隍廟，便下轎進駐。季刺史稟道：「西街自有公館，可備休沐。」觀察道：「我輩作官，正要對得鬼神，隍廟甚好。」進去廟門，到了客堂坐下。詳敘了饑荒情形，商了賑濟事宜。

還自覺抵制「潛規則」〔註8〕，棄公館而住城隍廟：

> 典史又秘向本堂翁稟道：「公館已灑掃清潔，供給俱各全備，應請大老爺動身。」刺史欠身恭請，觀察道：「晚上此榻就好，何必另移？」刺史道：「公館略比此處清雅些。」典史跪稟道：「門前轎夫伺候已久。」觀察笑道：「州縣伺候上司，本是官場恒規，原責不得貴州。但我這個上司，胸中略有些身份，不似那些鄙俗大僚難伺候：煩太爺問紳衿家借圍屏，借紗燈；鋪戶家索取綢綾掛彩，舔舔苫地，氈氈鋪床，瓶爐飾桌；貴長隨們展辦差之手段，彼跟班者，發吆喝之高腔。不令人肉麻，即愛我之甚矣。」季刺史不敢再強，只得遵命。

又以身作則，「荒年殺禮」，飲食節儉：

> 不多一時，擺上席來。上了一碗官燕，觀察只顧商量辦賑事宜，不曾看見。到了第二器海參，知州方舉箸一讓，觀察慍色道：「貴州差矣！古人云，『荒年殺禮』，不易之訓。貴治這等災荒，君之責，亦我之責也。百姓們鴻雁鳴野，還不知今夜又有多少生離死別，我們如何下咽呢？至尊聞之，亦必減膳。而一二守土之臣，公然大嚼滿酌，此心如何能安？可速拿下去。伏醬一碟，時菜二盤，蒸飯二器是矣。」季知州帖然心服……少頃，菘菜一盤，瓜菜一盤，清醬一碟，蒸飯二碗捧到。

力破官場陋俗，以救災事大，拒絕客套：

> 觀察吩咐道：「貴州速速下鄉，空談半晌，百姓就有偏枯。我明晨早歸，也不勞回城再送，同寅以協恭為心照，不必以不腆之儀注為僕僕。願今夜我在城中守城，大小官員俱出城急辦。明晨四鼓，我即開門東歸，火速稟明撫臺。」果然觀察三更時起來，廟祝伺候盥漱。衙役，跟從，轎夫，馬匹，俱已齊備。到了東門，門軍開門出城。季知州管門家丁，騎馬跟送至東界，叩稟而歸。

〔註8〕吳思《潛規則──中國歷史中的真實遊戲》，雲南人民出版社2001年版。

如上《歧路燈》有關地方官「愛民」情節的描寫，不敢說在今天還有何等感人至深的力量，但在古代理想中大約無以復加的了。至少在他書中我們還沒有見到有這等以官員「愛民」為題材寫實的文字，豈不是應該因此對《歧路燈》內涵作另眼看待，而對小說史上這一現象作深長嗎？

四、《歧路燈》以「愛民」為「主義」

《歧路燈》一面沒有正面寫唯以「忠君」為內涵的「愛國主義」（說見下），另一面它至少有九回書中三十餘次提到「倭」寇並有關於譚紹聞等參與抗倭抵禦外侮的描寫，可以稱得起真正的「愛國主義」。這一方面可見作者李綠園心中筆下沒有把「國」與「民」二者混為一談，另一方面書中所寫抗倭的「愛國」直接就是「愛民」，從而《歧路燈》的「愛國主義」主要是民族主義，或說當時歷史條件下的「愛民主義」。而上所述論書中有關「愛民」的描寫，則更加使其突出了「愛民主義」的思想內涵與政治傾向，從而比較以往小說寫「愛國主義」者多，而寫「愛民主義」者少，「愛民主義」實是《歧路燈》內容上除子弟或獨生子教育以外最為重要的題材內容和思想特色。這也就是說，《歧路燈》既是我國古代唯一教育題材的長篇小說，又是唯一既標舉真正的「愛國主義」，又高揚突出「愛民主義」思想旗幟的政治小說。述其以「愛民」為「主義」的具體內容如下。

首先，《歧路燈》以「為民」高於為「為國」。這表現在書中一方面是寫譚宅的老主人譚孝移，寧肯回家教子讀書，也不願在朝為官，屈從於閹宦，做侍候皇帝實為隨附閹宦的奴才，從而以人物的命名之義，他本該是一個「移孝作忠」的形象，卻並不曾做過任何盡忠於皇帝即「國」的事體，就中壽而亡了；另一方面表面上與此相反而實際內在一致的是，寫官居道臺的譚紹衣雖然在「為國」做事，卻在奉旨辦理「邪教大案」時，為了保全「受愚之輩」的性命，能陽奉陰違，擅自把搜繳到的重要證據隱匿下來，私自銷毀，顯然有違地方官員「為國」之君命。兩相對比，可見《歧路燈》實亦以「為國」與「為民」不同，把「為民」放在為官的首義，寧不「為國」，也要「為民」。

其次，《歧路燈》以民意為天，唯民是從。例如，書中寫譚觀察災莅臨鄭州，卻引起了鄭州災民的誤會：

> 只聽的廟院廟外鬧轟轟的，典史稟道：「外邊百姓，頗有變志！」……原來季刺史開倉煮粥時候，一個倉房老吏，暗地曾對人

説：「這個事體不妥。倉廠乃朝廷存貯的穀石，向來平糶以及還倉，出陳以及換新，俱要申詳上憲，石斗升合勺，不敢差一撮兒。今年荒旱，民食艱難，大老爺就該申詳，批准方可開倉。如何擅開，每倉各出三分之一煮起粥來？雖説是一片仁慈心腸，只恐上游知道，差位老爺下來盤查這穀石向那裡去了。説是煮粥救民，又有勸捐在內混著。總之少了穀石，卻無案卷可憑，這就是監守自盜的匱空。我這老倉房熬的五年將滿，眼看著考吏做官，只怕先要拿我吃官司聽審哩。你們不信，只等省城有個官來，就不好了。總是我們住衙門的訣竅，要瞞上不瞞下；做官的，卻要瞞下不瞞上；那會做官的，爽利就上下齊瞞。」這一番話，説的早了。那百姓們見官府這個愛民如子的光景，齊説：「等大老爺有了事，我們一齊擔承，怕什麼？」今日道臺大人來了，百姓一時妄傳，説是來摘印的。一傳十，十傳百，個個鳩形鵠面，把隍廟團團圍住，一齊呼喊起來。

待「典史將原情稟明。觀察笑道：『季太爺感人之深，至於如此。可敬之甚！典史官，將本道勘災，還要加賑的話，對他們説明。他們明白底裏就散了。』」然而應是事關重大，百姓不敢遽信，譚紹衣只好使圍堵民眾派「代表」上卷棚來，自己親與接談：

觀察道：「你們百姓喊的是什麼？」老民道：「俺們這鄭州，有句俗語：『鄭州城，圓周周，自來好官不到頭。』等了有些年，像今日俺們這位太爺，才實實在在是個好官。大老爺今日來臨，不曾發牌，又不見前站；來到不入公館，入隍廟。百姓內情不明，説是俺們季太爺，有了什麼事故，像是不得在俺鄭州做官的樣子。所以要問個仔細。」觀察道：「你們這個好太爺，本道正要保薦提升，難説還有什麼不好的消息？」那五六位老者，一發不肯，説道：「一發俺們不肯依。我們太爺才來時，是一個胖大的身材，只因連年年成不好，把臉瘦了一多半子，俺們怎捨得叫他升哩！」觀察忍不住笑道：「如今還留你們季太爺與你們辦災，並准他相機行事，何如？」那五六個老民始有了笑臉兒。急下卷棚，到院裏説了，那滿院百姓，頓時喜躍起來。這季刺史滿心淒慘，眼中雙淚直流，也顧不得失儀。觀察道：「官民相得，如同慈母赤子，季刺史不愧古人矣！」觀察仍退入客房。百姓們漸漸散了，沒一個口中不是「罷！罷！罷」三個字兒。

這裡除通過寫季刺史一心救災，開倉放糧，表現其不顧個人得失安危爲民請命的高風亮節之外，更是突出描寫了譚紹衣作爲官員敢於直面「突發性群體事件」，傾聽民意，以民意爲天的清正品格。其實，譚紹衣既爲勘災賑災而來，對季刺史先前擅自開倉的做法，也負有監察審核之責，但他既與季刺史同爲好官，又顯然爲當下受災百姓的情緒所感染，所以不假思量地也與季刺史「一齊擔承」了。由此更加強了《歧路燈》內容上以「愛民」爲「主義」的特色。

最後，《歧路燈》寫「愛民」因譚紹衣形象而逼近於全書內容的中心地位。《歧路燈》寫譚紹衣有與譚紹聞對照的意義，從而其寫官宦子弟教育的主題實有兩條彼此關照的線索，即譚紹聞的失足以至浪子回頭一線與譚紹衣讀書做官、做好官一線。雖然由於《歧路燈》爲題材所決定不得不以寫「歧路」爲主線，從而有關譚紹衣作爲克家令子和好官的描寫爲時明時暗的副線，但其所彰顯卻直接是《歧路燈》正面的意義，與作爲全書主線的譚紹聞之反寫內容相反相成，共同詮釋了「用心讀書，親近正人」的教育主題。因此，《歧路燈》中作爲失足官宦子弟教育之典型的譚紹聞的對照，由克家令子而出爲好官的譚紹衣的形象雖然描寫不多，卻有貫穿全書和總縮結局以及下面點題的作用，實是作爲譚紹聞形象對照之全書又一主人公，乃作者對宦家子弟成長和地方官員施政理想的體現。因此，《歧路燈》中譚紹衣和季刺史等「好官」形象，特別是有關他們盡心竭力「愛民」的情節、細節描繪，決非作者故爲枝蔓的安排，而是《歧路燈》彰顯其主題或說「主義」的重要方面。換言之，「愛民」是《歧路燈》與子弟教育主題密切相關的重要思想內涵，這使其在一定程度上成爲了一部「愛民主義」小說。

五、《歧路燈》「愛民主義」探源與評價

《歧路燈》「愛民主義」的淵源，一是我國上古即已發生的「民本」[註9]思想傳統，《孟子》中甚至有「民爲貴，社稷次之，君爲輕」（《盡心下》）的教導，影響後世文學包括《歧路燈》可能產生「愛民主義」的思想傾向；二是《歧路燈》的作者李綠園出身寒素，親見民生艱苦，又篤信儒家學說，加以長年讀書、教書以及做官的閱歷，備知「水能載舟，亦能覆舟」的道理，從而無論從感情或理智上，都易於接受政治首要「愛民」的道理；二是李綠

[註9]《尚書·五子之歌》有云：「其一曰：『皇祖有訓：民可近，不可下。民惟邦本，本固邦寧。』」

園寫《歧路燈》時當清朝國勢盛極而衰，此起彼伏的農民起義處處昭示著時局的危急和人民的力量，使其一旦涉筆政治內容，便容易有從民生一方考量的爲民請命的立場與衝動，生發出小說中「愛民主義」描寫；四是《歧路燈》自覺學習繼承上所述及古代文學如《三國演義》「愛民」描寫的傳統的結果〔註10〕。

　　雖然這四個社會的或個人的因素不完全是那一時代李綠園所獨享獨有，但當時能綜合四者於一身而爲小說的，卻只有李綠園一人，從而《歧路燈》中能夠有鮮明的「愛民主義」思想傾向，乃歷史的造化，可謂有斯人而有斯書。這個問題比較來看可更爲分明，例如與《歧路燈》或先或後成書的《儒林外史》與《紅樓夢》中，就絕無此一方面的具體描寫，就可以知道《歧路燈》能有此「愛民主義」思想傾向，不是偶然的，乃至少如上所述多種因素綜合作用的藝術結晶。

　　《歧路燈》的「愛民主義」在古代小說史上有重大意義：一是在古代小說史上首創成功地塑造了「愛民主義」的官員形象，高揚了「愛民主義」的主題。使讀者在明清小說有關歷史和社會政治題材內容大都聚焦的「愛國主義」人物故事之外，知道小說還應該並且可以有「愛民主義」的描寫。這樣的描寫直接正面地爲百姓說話，以爲百姓說話爲文學畫面的宗旨，是清中葉小說創作和後世對此一時期小說研究一個未被人十分注意的新變；二是上論《歧路燈》兩回書中有關描寫的生動性證明，有關「愛民主義」的描寫不見得就是寫官員「做秀」，而還可以是如生活本身那樣真實的，因而也可能是真正藝術的，並不見得寫「好官」就一定流於虛假與說教。這可以爲當今文學寫模範、英雄等典型人物形象的借鑒；三是兩回書中有關描寫的豐富性證明，「愛民」是與「愛國」同樣大的題目，甚至在國際局勢相對緩和時期「愛民」是更大的題目，寫之不盡，大有可爲；四是兩回書所寫「好官」之「愛民」的某些方面可以爲今之爲官者借鑒，古人能做到的，今人可不勉力爲之，甚至要更好嗎？這四個方面的意義集中表明了《歧路燈》「愛民主義」描寫在古代文學中所具有的首創與示範作用，可惜終清之世小說中後無來者，而至今研究者也未曾給予應有的注意！

　　當然，《歧路燈》的「愛民主義」也有其時代的局限性。一是《歧路燈》寫在「朕即國家」的封建體制中的「愛民」，一般說總是在「愛國」即「忠君」

〔註10〕李綠園在《歧路燈自序》中雖然貶低《三國演義》等「四大奇書」，但《歧路燈》創作卻未可避免地受到了後者的影響。這個問題當另文討論。

大前提的制約之下，往往有一定冒險性，雖然因此愈加彰顯了人物「愛民主義」的膽識，但其實際所能為，卻不過是「為國」名義下偷偷摸摸般的「曲全」，並不根本改變其朝廷命官為政的訴求，從而其施惠於民不能不是極有限度的；二是《歧路燈》產生於絕無民主可言的時代，它的「愛民主義」難免「清官」或「好官」之「為民父母」的居高臨下姿態。這就未能從根本上擺正官、民關係，與當今人們所要求的民主政治還相去甚遠，是讀者需要警惕的。

《歧路燈》「愛民主義」思想內涵的發現，不僅是當今對此書文學價值認識新的增量，而且昭示了「愛民主義」是古代文學研究一個新的可能的角度。而「愛民主義」這一思想概念在學術研究中的提出，也當有利於古代文學研究特別是文本思想內容研究的開拓與創新。至於這一研究的現實意義，筆者以為雖然《歧路燈》的「愛民主義」作為一種古代的思想總體已經過時，但在今天「清官」思想還相當流行，社會仍時有「群體事件」發生，「維穩」有待科學化的時期，也不無借鑒的作用。所以筆者仍願揭出此說，以為讀書、治學乃至為政者的參考，並建議將上引所及《歧路燈》第九十四回「季刺史午夜籌荒政」一段，選入中學語文教材，以資育人，以廣流傳。

（原載《河北學刊》2013 年第 1 期）

附錄：季刺史午夜籌荒政

卻說譚道臺到西門本家祖塋下轎行禮，卻也不是虛傳。原來鄭州舊年被了河患，又添沙壓，連年不收，這幾縣成了災黎地方，百姓漸漸有餓死的。風聲傳至省城，撫、藩共商，委守道確勘災情，以便請努急賑。這道臺是實心愛民的官，次日即便就道。出了西門，走了四五里，轎內看見一座墳塋，塋前一通大碑，字畫明白，十步外早看見「皇明誥授文林郎知河南府靈寶縣事筠圃譚公神道」，即忙下的轎來，鋪上墊子行禮。口內祝告道：「鴻臚派的爺們，丹徒裔孫紹衣磕頭。因勘災事忙，回署即修墳添碑。」急忙上轎而去。要知人嘴快如風，早已把這事傳滿省城。

單說譚觀察到了鄭州十里鋪，典史跪道來接，請入道旁祖師廟吃茶。觀察正欲問災民實在情形，就下轎入廟一歇。及到門口，見牆上貼告示一張，

上面寫道：

> 河南開封府鄭州正堂季，為急拯災黎以蘇民命事。鄭州彈丸一區，地瘠民貧，北濱黃河，水滾沙飛。全賴司牧平日為爾民設法調劑，庶可安居樂業，群遊盛世。本州蒞任三年，德薄政疵，既不能躬課耕耘，仰邀降康，競致水旱頻仍，爾民豐年又不知節儉，家少儲積，今日遂大瀕於厄。鬻兒賣女以供糴，拆屋析椽以為爨。刮榆樹之皮，挖地梨之根。本州親睹之下，徒為慘目，司牧之譴，將何以逭！——

觀察歎道：「這不像如今州縣官肯說的話。」又往下看：

> ——千慮萬籌，了無善策。不得已，不待詳請，發各倉廒十分之三。並勸諭本處殷富之家。以及小康之戶。俾今隨心捐助。城內設廠煮粥，用度殘贏。又誰知去城窵遠者，匍匐就食，每多斃倒中途，是吾民不死於家，而死於路也；饑餓貪食，可憐腹枵腸細，旋即挺屍於粥廠竈邊，是吾民不死於餓，而死於驟飽也。況無源之水，勢難常給。禾稼登場尚早，吾民其何以存？——

道臺又歎道：「此又放賑官之所不知。即知之，而以奉行為無過者。真正一個好官廣又往下看：

> ——幸蒙各上憲馳驛飛奏，部復准發帑疊賑。本州接奉插羽飛牌，一面差幹役六名，戶房、庫吏各一名，星夜赴藩庫領取賑濟銀兩，一面跟同本學師長，以及佐貳吏目等官，並本郡厚德卓品之紳士，開取庫貯帑項，預先墊發。登明目前支借數目，彈兌天平，不低不昂，以便異日眼同填項。此救荒如救火之急策也。誠恐爾災黎不知此係不得已之挪移，或致布散流言，謬謂不無染指之處。因此預為剖析目今借庫他日還項各情節，俾爾民共知之。如本州有一毫侵蝕乾沒之處，定然天降之罰，身首不得保全，子孫亦遭殄滅，庶可謝已填溝壑者黯黯之魂，待徒於衽席者嗷嗷之口。各田里煙冊花戶，其悉諒焉。特示。

觀察看完告示進廟，廟祝奉茶。從人取出點心，嚼了一兩片子，再也吃不下去。只吃了一杯茶，即刻上轎赴城。典史繞路先行。

將入東門，只見一個官員，騎一匹掛纓子馬，飛出城來。跟從衙役，馬前馬後擁著奔來。趕到城外，路旁打躬。觀察知道是鄭州知州季偉。下轎為

禮。季刺史稟道：「卑職在城西村莊，查點極貧次貧各戶口。忽的聽說大人駕臨，不及回署公服，有失遠迎，乞格外原宥。」觀察道：情刺史鼻拗耳輪中，俱是塵土，足徵勤勞辛苦。我等司民職分，原該如此。可敬！可敬！」一拱即便上轎。季刺史上馬，不能繞道先行，只得隨定轎子。

進的城來，觀察看見隍廟，便下轎進駐。季刺史稟道：「西街自有公館，可備休沐。」觀察道：「我輩作官，正要對得鬼神，隍廟甚好。」進去廟門，到了客堂坐下。詳敘了饑荒情形，商了賑濟事宜。只聽的廟院廟外鬧轟轟的，典史稟道：「外邊百姓，頗有變志！」

這卻有個緣故。原來季刺史開倉煮粥時候，一個倉房老吏，暗地曾對人說：「這個事體不妥。倉廒乃朝廷存貯的穀石，向來平糶以及還倉，出陳以及換新，俱要申詳上憲，石斗升合勺，不敢差一撮兒。今年荒旱，民食艱難，大老爺就該申詳，批准方可開倉。如何擅開，每倉各出三分之一煮起粥來？雖說是一片仁慈心腸，只恐上游知道，差位老爺下來盤查這穀石向那裡去了。說是煮粥救民，又有勸捐在內混著。總之少了穀石，卻無案卷可憑，這就是監守自盜的匱空。我這老倉房熬的五年將滿，眼看著考吏做官，只怕先要拿我吃官司聽審哩。你們不信，只等省城有個官來，就不好了。總是我們住衙門的訣竅，要瞞上不瞞下；做官的，卻要瞞下不瞞上；那會做官的，爽利就上下齊瞞。」這一番話，說的早了。那百姓們見官府這個愛民如子的光景，齊說：「等大老爺有了事，我們一齊擔承，怕什麼？」今日道臺大人來了，百姓一時妄傳，說是來摘印的。一傳十，十傳百，個個鳩形鵠面，把隍廟團團圍住，一齊呼喊起來。

觀察問典史道：「這百姓是什麼緣故呢？」典史將原情稟明。觀察笑道：「季太爺感人之深，至於如此。可敬之甚！典史官，將本道勘災，還要加賑的話，對他們說明。他們明白底裏就散了。」

典史至卷棚下，上在桌上，一說明。那些百姓轟如雷動，那個肯聽，只是亂喊道：「留下我們太爺與我們做主。」喊個不住。觀察道：「本道只得出去與他們說個明白。」季刺史道：「卷棚下設座。」觀察轉到卷棚下正坐，季刺史旁坐，典史站在柱邊。觀察道：「揀幾個有白鬚的上來說話。」典史一聲傳：「年老的上來。」果然有五六個駝背羊鬚的老民上前。觀察道：「你們百姓喊的是什麼？」老民道：「俺們這鄭州，有句俗語：『鄭州城，圓周周，自來好官不到頭。』等了有些年，像今日俺們這位太爺，才實實在在是個好官。

大老爺今日來臨，不曾發牌，又不見前站；來到不陶冶公館，入隍廟。百姓內情不明，說是俺們季太爺，有了什麼事故，像是不得在俺鄭州做官的樣子。所以要問個仔細。」觀察道：「你們這個好太爺，本道正要保薦提升，難說還有什麼不好的消息？」那五六位老者，一發不肯，說道：「一發俺們不肯依。我們太爺才來時，是一個胖大的身材，只因連年年成不好，把臉瘦了一多半子，俺們怎捨得叫他升哩！」觀察忍不住笑道：「如今還留你們季太爺與你們辦災，並准他相機行事，何如？」那五六個老民始有了笑臉兒。急下卷棚，到院裏說了，那滿院百姓，頓時喜躍起來。

這季刺史滿心淒慘，眼中雙淚直流，也顧不得失儀。觀察道：「官民相得，如同慈母赤子，季刺史不愧古人矣！」觀察仍退入客房。百姓們漸漸散了，沒一個口中不是「罷！罷！罷」三個字兒。

曾記得前人有一絕句，寫來博看官一笑：

滿口幾方幾撇頭，民沸又貯滿腔愁；

淳風只有朱循吏，身後桐鄉土一丘。

典史又秘向本堂稟道：「公館已灑掃清潔，供給俱各全備，應請大老爺動身。」刺史欠身恭請，觀察道：「晚上此榻就好，何必另移？」刺史道：「公館略比此處清雅些。」典史跪稟道：「門前轎夫伺候已久。」觀察笑道：「州縣伺候上司，本是官場恒規，原責不得貴州。但我這個上司，胸中略有些身份，不似那些鄙俗大僚難伺候：煩太爺問紳衿家借圍屏，借紗燈；鋪戶家索取綢綾掛彩，觚觚苫地，氍毹鋪床，瓶爐飾桌；貴長隨們展辦差之手段，彼跟班者，發吆喝之高腔。不令人肉麻，即愛我之甚矣。」季刺史不敢再強，只得遵命。

不多一時，擺上席來。上了一碗官燕，觀察只顧商量辦賑事宜，不曾看見。到了第二器海參，知州方舉箸一讓，觀察慍色道：「貴州差矣！古人云，『荒年殺禮』，不易之訓。貴治這等災荒，君之責，亦我之責也。百姓們鴻雁鳴野，還不知今夜又有多少生離死別，我們如何下咽呢？至尊聞之，亦必減膳。而一二守土之臣，公然大嚼滿酣，此心如何能安？可速拿下去。伏醬一碟，時菜二盤，蒸飯二器是矣。」季知州帖然心服，說道：「大人念切期民，曷勝感戴。」觀察道：「受牛羊而牧之，牛羊看著死了一半，主人不斥逐，而猶得食俸，是仍索勞金也；再啖美味，是又叨犒賞也。民間無此牧豎，朝廷豈許有此職官乎？」知州離座深深一揖，欽肅申謝。

少頃，菘菜一盤，瓜菜一盤，清醬一碟，蒸飯二碗捧到。觀察吩咐道：「貴

州速速下鄉，空談半晌，百姓就有偏枯。我明晨早歸，也不勞回城再送，同寅以協恭爲心照，不必以不腆之儀注爲僕僕。願今夜我在城中守城，大小官員俱出城急辦。明晨四鼓，我即開門東歸，火速稟明撫臺。」

果然觀察三更時起來，廟祝伺候盥漱。衙役，跟從，轎夫，馬匹，俱已齊備。到了東門，門軍開門出城。季知州管門家丁，騎馬跟送至東界，叩稟而歸。

觀察行了一日，在中牟住宿。次日未刻，復到靈寶公神道碑前，遠遠下轎，依舊鋪墊行禮。踏蒙茸，披荆棘，剔苔剝蘚，讀了滿墳豎碑。見垣牆頹敗，動了整修之意。正是：

> 落葉飄飄到地遲，一株衰柳鳴寒鴟，
>
> 傷心細認蒼苔篆，正是斜陽夕照時。

（選自李綠園《歧路燈》第九十四回，欒星校注，中州書畫社 1980 年版）

小說與歷史「撞衫」的意義——《歧路燈》「全生靈」與《庸閒齋筆記》「焚名冊」比較談

　　歷史上的人和事被寫進小說，或小說影響了歷史上的人和事，凡可以考證的，很少不受到文史領域，特別是文學史領域學者的關注。但是，偶見歷史的事實與小說中的描寫情節意味似曾相識，彼此間卻無具體可考的聯繫，從而形同路人的「撞衫」的現象，往往就不會引起學者們認真的關注，更難得有人做深入探討。其實，比較人們習慣上認為並更為重視的事物間具體可見的聯繫，某些史實與小說間的似曾相似本身，就已經是可以直觀的聯繫，其背後還可能有更加本質和普遍的聯繫，蘊含有比較一般文學研究所注重的「反映」或「影響」更為深遠的歷史與美學意義。近來閱讀偶見清代李綠園小說《歧路燈》第九十一回「譚觀察拿匪類曲全生靈」（以下或簡稱「全生靈」）〔註 1〕與陳其元《庸閒齋筆記》卷五《季封翁焚教匪名冊》（以下或簡稱「焚名冊」）〔註 2〕各有一事，即屬於這種「撞衫」現象，試為拈出，以探討其歷史與美學的意義。

　　《歧路燈》，一〇八回。李綠園撰。綠園（1707～1790）名海觀，字孔堂，而號綠園。祖籍河南新安，汝州寶豐人。三十歲中舉，後「舟車海內」〔註 3〕，

〔註 1〕　〔清〕李綠園《歧路燈》，欒星校注，中州書畫社 1980 年版。本文以下引此書均據此本，說明或括注回數。

〔註 2〕　〔清〕陳其元《庸閒齋筆記》，中華書局 1989 年版，第 108～109 頁。

〔註 3〕　〔清〕李綠園《〈歧路燈〉自序》，欒星《〈歧路燈〉研究資料》，中州書畫社 1982 年版，第 95 頁。

行迹半中國。但大半生教書寫作，見於記載的是他只在六十六、六十七歲上到貴州印江做了不到兩年的知縣，即以事棄官歸。教讀宦遊之餘，著作頗豐。據欒星先生著李綠園《年譜》，《歧路燈》是其中晚年之作。約爲四十二歲開筆，至五十歲完成前八十回；「舟車海內，輟筆者二十年」〔註4〕後，綠園六十九歲時又續寫此書，至乾隆四十二年（1777）綠園七十一歲脫稿〔註5〕。

「全生靈」在《歧路燈》第九十一回，就寫成於他辭官後的兩三年中。故事大略是說官居道臺的譚紹衣，「得了撫院大人密委，帶了二十名幹役，陸總爺帶兵三百名」，去「南邊州縣」辦理供奉「白猿教主」以惑眾滋亂的「邪教大案」。譚觀察在抓捕「教匪」過程中繳獲「香筒內有一本黃皮書兒……寫他某將軍某州人布施銀多少，某布政某縣人布施銀多少」等內容，實等於涉案之人物的花名冊，便自匿下，並在審案時阻止案犯涉及此冊：

> 這正與譚道臺所搜得那本黃皮書兒字字相投。譚道臺忽的發怒道：「一派胡說！你先說你不大識字，如何會寫官名縣名？」供道：「小人寫藥方，看告示，那道兒少些的字，也就會寫了。」道臺看了招房道：「這幾句虛供不用寫。」遂發大怒道：「滿口胡說！你的兩鄰你還哄不住，何能哄隔省隔府的人？天下有這理麼？」即向知府道：「看來這個死囚，是因漁色貪財起見，假設妖像，枉造妖言，煽惑鄉愚。已經犯了重律。即此稟明大人，憑大人裁奪。」遂一面傳祥符縣將重犯收監，一面同知府回稟撫臺。

這樣一來就把「黃皮書兒」的事瞞下了。至撫院後，譚紹衣又婉言說服撫臺只罪「首犯」，不搞株連：

> 撫臺道：「還得追究黨羽。」譚道臺道：「此犯漁色貪利，惑愚迷眾，這眾人尚不在有罪之例。」撫臺道：「萬一傳薪復燃呢？」譚道臺道：「首犯陷法，那受愚之輩無不慄慄畏法，方且以舊曾一面爲懼，毫無可慮。」撫臺果允其說，以結此案。

至此，在譚紹衣的暗中保護之下，此一「邪教大案」僅以一「首犯」獲罪結案，其他一無牽連，可說最大限度地減少了對涉事百姓的殺戮，以致「譚道臺回署，已經上燭時分。坐在簽押房內，取出靴筒黃本兒，向燭上一燃，細聲歎道：『數十家性命，賴此全矣。』」（第九十一回）

〔註4〕 《〈歧路燈〉研究資料》，第95頁。
〔註5〕 《〈歧路燈〉研究資料》，第39～65頁。

　　以上《歧路燈》「全生靈」故事的核心情節有三：一是譚觀察辦理「邪教
大案」；二是譚觀察搜得「邪教」等於是教徒花名冊的「黃皮書兒」；三是譚
觀察冒險匿下「黃皮書兒」，並在斷案中多方迴護，保全了「數十家性命」，
並最後火焚「黃皮書兒」。

　　陳其元《庸閒齋筆記》十二卷。其元（1811～1881）字子莊，晚號庸閒
老人。早負文譽，而科舉不利。以諸生入資爲金華訓導。後輾轉爲李鴻章、
左宗棠幕府，晉知府，加秩道員，以年老告歸。著書多種。《庸閒齋筆記》載
有清一代歷史掌故，論者稱其記載廣博，史料珍貴，持論公允。其卷五《季
封翁焚教匪名冊》條文如下：

> 　　江陰季仙九尚書芝昌，以進士第三人及第，官至閩浙總督。哲
> 嗣念詒亦以進士入翰林。家門鼎盛，而其贈公則以知縣遣戍新疆，
> 卒於口外者也。初，贈公官直隸鉅鹿縣知縣，地方傳言有教匪事，
> 公方嚴拿，總督遽飛章入告；及上命重臣來查辦，公業將首犯擒獲，
> 並搜得名冊二本。細爲訪問，非青蓮、白蓮等比，不過以鬼神禍福
> 恐嚇愚民，爲斂錢計耳，並無陰叛情事。及閱名冊，則紳衿富戶幾
> 居其半。以籌思數日，至郡見太守曰：「此等人，名爲教
> 匪，實非教
> 匪，而冊內共有二千數百戶，俱是良民，一時無知，惑於禍福之說，
> 與之往還，冊上即列其名，並非從之爲匪者也。星使到時，若將名
> 冊上呈，勢必將各戶拿問，縱得原情釋放，而二千數百人家已破矣。」
> 太守曰：「子將若何？」對曰：「以某之愚，欲將名冊焚之，只辦爲
> 首者數人而已矣。」太守曰：「此舉甚善，然子且獲大咎，咎不止於
> 褫職，盍再思之。」公曰：「某思之已熟，一己獲罪，而能保數千戶
> 無羔，亦何憚而不爲？」太守曰：「子願，則好爲之，毋令後人笑子
> 拙也。」公還，即舉名冊投之火，合署人皆大驚，既已，無可奈何。
> 星使至，將首犯審明後，即飭取名冊。公曰：「某已查明，所列之人，
> 俱係良民，留之恐拖累，已焚之矣。」星使大怒，顧亦無可奈何，
> 只據實嚴參，褫公職，發新疆效力贖罪。公怡然就道，人或憐之，
> 或嗤之，然此數千戶實良民，雖漏網，地方亦卒無事，而公竟歿於
> 戍所。公歿後不卜年，尚書即探花及第，孫、曾鼎貴。噫！孰謂天
> 道無知，而報施果不足憑耶？〔註6〕

―――――――――――――――――――

〔註6〕《庸閒齋筆記》，第108～109頁。

　　本條因季芝昌而及於其父「焚名冊」事。季芝昌（1791～1861），原名震，字雲書，一字仙九，別署丹魁堂主。江蘇常州府江陰縣（今市）青陽季家庫（今桐岐鄉）人。清道光十二年（1832）壬辰科進士第三人，咸豐、同治間官至左都御史、閩浙總督，卒諡文敏。《清史稿》卷三七五有傳，首敘「季芝昌，字仙九，江蘇江陰人。父麟，直隸鉅鹿知縣，居官慈惠。嘉慶十八年，捕邪教，焚其籍，免株連數千人。坐捕匪不力，戍伊犁」云云，可證上引《季封翁焚教匪名冊》條記事不虛，並知季芝昌的父親名麟，其「焚名冊」事發生在嘉慶十八年（1813）。

　　概括《庸閒齋筆記》本條大略，季麟「焚名冊」事的核心情節：一是季麟辦理「邪教」案；二是抓捕中搜得「搜得名冊二本……紳衿富戶幾居其半」；三是季麟火焚名冊，救了「二千數百戶」百姓免於刑獄之害，而自己以身獲罪，發配新疆，卒死戍所。

　　以《庸閒齋筆記》「焚名冊」與《歧路燈》「全生靈」兩事核心情節相對照，可見二者的不同，僅在於譚觀察是暗使手段，既「曲全生靈」，又保全了自身；而季麟是明仗大義，奮不顧身，冒死焚冊以救涉案之民，結果獲罪流戍至死。除此之外，其他辦理「邪教」案，搜得名冊，火焚名冊和全活許多百姓等，都不約而同，如出一轍。

　　還不能不說也像一個巧合的是，這兩件事各自的主人公一為虛構的「譚觀察」，一為歷史人物季麟，肯定是沒有任何的瓜葛了。但是，《歧路燈》第九十四回「季刺史午夜籌荒政」（以下或簡稱「籌荒政」）所寫清廉勤政的鄭州知州，卻是一位姓季的官員。這就是說，以《歧路燈》突出寫「愛民主義」〔註7〕的兩件事與《庸閒齋筆記》「焚名冊」事相比，《歧路燈》第九十一回「全生靈」的情節與「焚名冊」雷同，而九十四回「籌荒政」的主人公卻又與「焚名冊」之季麟同姓，並且都是關於清官的故事。從而「全生靈」與「焚名冊」間的高度雷同倘不是出於李綠園或季麟的故意，那就真讓人驚詫莫名了！

　　但是，「全生靈」與「焚名冊」的高度雷同確實只是一個巧合。根據有二：一是從上所述及李綠園創作《歧路燈》脫稿於乾隆四十二年（1777），而季麟事發生在嘉慶十八年（1813）推算，「焚名冊」事發生比《歧路燈》問世晚了36年。其時李綠園也已經辭世23年。所以鐵定李綠園《歧路燈》「全生靈」

─────────

〔註7〕杜貴晨《中國古代小説中的「愛民主義」──〈歧路燈〉內涵別説》，《河北學刊》2013年第1期。收入本卷。

故事不可能是比照後來季麟「焚名冊」之事模寫而來；二是季麟生當《歧路
燈》問世抄傳之初，是否讀過《歧路燈》「全生靈」故事並受到啓發，後來才
有「焚名冊」之舉呢？這個問題雖無具體資料可考，但是季麟科舉做官，一
般說沒有興趣和時間讀《歧路燈》這等當時士大夫們所看不起的通俗小說；
而《歧路燈》雖在季麟「焚名冊」事發生前 36 年脫稿，但長時期中傳抄流佈
只在河南新安、寶豐等窮鄉僻壤，直到清末都未曾傳出河南。季麟生活讀書
於江蘇江陰，後在河北鉅鹿（今屬河北邢臺）做知縣，能讀到《歧路燈》的
可能性甚小。所以季麟「焚名冊」之事也決非受到《歧路燈》「全生靈」故事
的影響。總之，這兩件事雖高度相似，卻絕無後先承衍。所以有關二者的比
較探討，就不會是傳統上針對並基於二者具體聯繫的考量，而只能也只須就
其高度相似性做歷史與文學意義上的論說。

　　從歷史的層面看，這兩件酷似「撞衫」之事在政治上共同提出的問題，
是官員在法律與良心之間必須作出選擇的時候，應該以「良心是最高的法
律」。李綠園以退職知縣寫小說中譚觀察辦理「邪教大案」，季麟以鉅鹿縣令
親自辦理「邪教」案，「全生靈」與「焚名冊」事雖一虛一實，事中主人公結
局也一幸一不幸，但這兩件事的無論虛擬或者親為，各都發自一位曾經或現
任之知縣的深思熟慮，從而兩件事各自主人公不約而同的態度與做法，應是
表明在乾嘉間先後兩代人的李綠園與季麟看來，一個人做官必不能不恪盡職
守。但當由於朝廷的惡法或上級大員的亂命，而使自己的職務行爲有可能導
致傷害百姓甚至濫殺無辜的時候，正直有良心的官員應該勇於說「不」，並以
任何可能的方式，保護人民的利益，特別是人民的生命安全。

　　這是自古以來政治倫理中的一大關鍵問題。而李綠園通過他的小說，季
麟則以其親爲，大膽詮釋了乾嘉中人對這一問題最具時代進步意義的答案。
這一答案所體現的思想認識，在我國古代政治理論中可上溯孟子「王道」「仁
政」的主張，是本質上最接近現代政治文明意識的一種傳統觀念。其合理性
內核至今體現於我國《公務員法》第 54 條所規定公務員必須服從法律與上級
領導，認眞履行職責的同時，也明確規定了「公務員執行明顯違法的決定或
者命令的，應當依法承擔相應的責任」。而在世界潮流中，網上近年流行的「把
槍口擡高一釐米」之說，體現的也正是這種「良心是最高的法律」原則。這
一原則的根據在於，一切爲政的法規和命令，本質上都應該基於人類的良知，
而以保護人民，特別是保護人民生命爲最高的訴求。這就賦予了官員在一旦

政府、法律、法規、命令與人類良知相衝突的情況下，理應明確選擇聽從內心良知的召喚，因爲這既是爲政不可逾越的底線，也是人類最高的行爲準則。否則，明知違反人道，卻藉口「職責」所在一意孤行，就只表明其官員爲政底線的淪陷和作爲人類內心良知的泯滅。

以此推論，一切黑惡政治之下官員的所謂盡職盡責，總不免是有意無意和直接間接地爲虎作倀，助紂爲虐。此所以蘇格拉底說：「一個人如果眞想爲正義而鬥爭，又不想活一個短暫的時期，那就只能當一名普通老百姓，決不能做官。」〔註8〕而我國古代的孔子也說：「篤信好學，守死善道。危邦不入，亂邦不居。天下有道則見，無道則隱。邦有道，貧且賤焉，恥也；邦無道，富且貴焉，恥也。」（《論語・泰伯》）也就是說一個有「志於道」的人，在政治「無道」之時，至少要做到潔身自好，拒絕合作。否則「無道」而仕，就將或大或小，或深或淺地與黑惡政治同流合污，害人害己，是做人的恥辱。這樣的例子比比皆是，如漢末董卓伏誅，著名學者蔡邕感其知遇伏屍而哭，被王允所殺，就是「邦無道，富且貴焉，恥也」的極端之例。至於《三國演義》據《三國志》寫董卓自曝其居官邪惡的心理說：「吾爲天下計，豈惜小民哉！」〔註9〕以「天下」即朝廷、國家名義殺戮百姓，更是天理難容，死有餘辜。

因此，在小說或歷史給定各自特殊的情勢之下，「全生靈」與「焚名冊」中主人公的選擇都是出於良知的對暴政惡法的合理規避，是官員爲政最終對人民負責的勇者行爲。這兩件事所顯示歷史與文學的一致性，可以爲世勸，尤可作爲政者的榜樣。讀此二事，可以警示官員在「明顯違法的決定或者命令」之下，應當有季麟所說「一己獲罪，而能保數千戶無恙，亦何憚而不爲」的仁者心態與勇者決斷。這是我國自孟子以至李綠園、季麟，乃至上引《公務員法》等所體現的千古志士仁人之心，善政良法之本，具全人類公認的價值，而古今中外一以貫之，繼之者，其在我輩乎！

從文學的層面看，「全生靈」與「焚名冊」的高度相似可有以下三個方面的啓發。

首先，小說更獨特，而歷史更豐富。雖然考今存《歧路燈》成書以前文

〔註8〕 〔古希臘〕柏拉圖《柏拉圖對話集》，王太慶等譯，商務印書館 2007 年版，第 21 頁。
〔註9〕 〔元〕羅貫中《三國志通俗演義》，上海古籍出版社 1980 年版，第 53 頁。

獻，未見歷史上有過類似「全生靈」事件發生，但是《歧路燈》中這一情節
的創造，卻不能不是中國歷代以宗教相號召之起義事件，特別是清中葉以前
此伏彼起的所謂「邪教」案的影子。事實上據欒星李綠園《年譜》和《康雍
乾時期城鄉人民反抗鬥爭資料》統計，《歧路燈》成書之前清朝的約七十年間，
正是所謂「邪教」案頻仍的時期，較大的有以下幾起：

康熙五十七年（1718），綠園 12 歲，河南蘭陽白蓮教案結案，教首袁進
即朱復業凌遲處死。並嚴令查禁白蓮教；

雍正五年（1727），綠園 21 歲，山西子長縣張進斗為首的白蓮教與翟斌
如之黨案；

乾隆四、五年（1739～1740），綠園 33～34 歲，河南伊陽等地的白蓮教
案；

乾隆十七年（1752），綠園 46 歲，湖北羅田縣馬朝柱以符籙聚眾，謀起
事於英山縣天馬寨。事泄，羅田知縣以開脫馬朝柱，處死。牽連及四川、安
徽、河南多人，命嚴緝；

乾隆三十三、四年（1768～1769），綠園 62～63 歲，臺灣崗山的黃教起
事案；

乾隆三十九年（1774），綠園 68 歲，白蓮教首領王倫等起事於山東，逾
月敗死。〔註10〕

按欒星《李綠園年譜》，山東王倫「白蓮教」案被鎮壓的第二年，也就是
綠園 69 歲時，又開始續寫《歧路燈》的約八十回後部分。「全生靈」故事在
第九十一回，從所寫「邪教」供奉「白猿教主」看，其背景也應該就是白蓮
教案。所以這個故事的設計安排，一定與其所聞見的當代教案有直接關係。
如果沒有他大半生所聞見接二連三的所謂「邪教大案」，《歧路燈》就未必會
寫這樣一個「全生靈」的故事。至於「全生靈」情節是否有據，還待考證。
但如上述乾隆十七年（1752），湖北羅田知縣因開脫以符籙聚眾預謀起事的馬
朝柱被處死之事，其實就是一個地方官因「曲全生靈」而被禍的例子。所以，
筆者鐵定認為《歧路燈》作者李綠園乃因其大半生所見聞當時教案頻仍的事
實，而起意寫了這個「全生靈」的故事。以此表明其對懲辦教案事的態度與
思考，留為後世官員讀者的參考與榜樣。從而《歧路燈》「全生靈」故事實乃

〔註10〕 中國人民大學清史研究所、檔案係中國政治制度史教研室《康雍乾時期城鄉
人民反抗鬥爭資料》，中華書局 1979 年版，第 599～735 頁。

清代此伏彼起的所謂「邪教大案」中無數百姓的血淚澆灌而生成的文學之花。而以「全生靈」與《歧路燈》成書前清史上發生過的鎮壓「邪教案」相比，這個故事更有著新銳的思想，情節也有一定傳奇性，結局大慰人心，有以往歷史上教案事件無可比擬的獨特性。但是，畢竟歷史更為深厚，也更為豐富。而三十餘年後「焚名冊」之事的發生，也加強了歷史比小說更豐富的證明。

其次，小說更理想，而現實更骨感。上已論及李綠園《歧路燈》寫「全生靈」中「譚觀察」事成而身全，大慰人心。但歷史的實際從未如此樂觀。上列乾隆十七年湖北羅田知縣以開脫馬朝柱遭處死事，與本文所論「焚名冊」事，就共同證明了「全生靈」所寫譚觀察所為，並非什麼輕而易舉好看好玩的權力遊戲，而是政治上的以性命相搏。故事寫譚觀察能夠事成於不知不覺間並毫髮未損，只是作者勸善之心願其如此，乃理想而已。即使作者有官場的經驗而格外高明，「全生靈」所寫譚觀察操作此事乃上下一起瞞所以能夠最後成功，具有一定的真實性，但其寫同審官多人竟如仗馬寒蟬，或毫無察覺，而均無異議，則在現實中也是一個不敢想像的僥倖。所以，今得「焚名冊」一事為對照，則知小說寫諸如「全生靈」之事，在現實中幾乎不可能發生。其結果能夠不是羅田知縣，而如季麟當時得保首領，已是天大的幸事。卻居然寫譚觀察能夠有驚無險，安然保全，則比較羅田知縣與季麟慘痛結局，豈不是小說更理想，而現實更骨感。古希臘哲人蘇格拉底說：「一個人如果剛正不阿，力排眾議，企圖阻止本邦做出許多不公不法之事，就很難保全生命。」〔註11〕季麟所以沒有如「全生靈」中譚觀察上下一起瞞，而是明仗大義而「焚名冊」，大約就是對當時官場和朝廷政治的險惡洞若觀火，已經認定了此事之在劫難逃，不敢有僥倖或抱任何希望。而實際情況可能也正是由於他「焚名冊」是稟告上司以後公開做的，所以才未被處死罪，能僥倖活了下來。儘管其死於戍所的下場代價也已經夠悲慘了。讀此二事，小說與現實的這一區別即歷歷分明。

最後，小說書寫歷史，優秀的小說書寫更光照歷史的未來。作為文學的一種，小說的最高使命是書寫和創造歷史，服務於締造人類的福祉。已如上述季麟辦案，照章根本不能做「焚名冊」之事，而如果不「焚名冊」，則其捉拿「教匪」實已有功，至少是保官，更可能陞官。而比較季麟的為官辦案，李綠園在離其籍河南寶豐不遠的山東剛剛發生過白蓮教案被鎮壓的時段，以

〔註11〕 《柏拉圖對話集》，第 21 頁。

寫小說有更多的自由，也完全可以避而不寫「邪教大案」這類當時政治上十分敏感的情節；即使寫也只就追捕緝拿、庭審判決等按套路寫來，作一帳簿似的「真實反映」也可以做成一回書了。但他不然，卻幾乎就是影照當時頻仍發生的所謂「邪教大案」來寫，又幾乎是以其小說描寫評判或針砭當時辦案的得失。其寫譚觀察只能「曲全生靈」的言外之意，就是以在這類案件的辦理上，當時法律或法律執行上，總不免在他看來是擴大化濫殺無辜的現象。所以要通過小說曲折以存歷史的真相，並以故事中主人公機智勇敢，仗義而為畢竟成功的描寫，表達了封建專制統治下，雖然居官不能不「唯上」，但是更要以「愛民」為天職的政治觀念。其結果就是以「全生靈」與「籌荒政」等兩大政務故事，為當時地方官官員為政提供了形象的「指南」。後世鉅鹿知縣季麟的「焚名冊」雖與此先後影響的聯繫，但二者的不謀而合，則至少證明了李綠園有先見之明，《歧路燈》不僅書寫歷史，而且創造歷史，光照歷史的未來。

　　文學是歷史上的人心，閱讀與分析評論則是今天人心的歷史。綜合以上述論，李綠園《歧路燈》「全生靈」故事，與《庸閒齋筆記》「焚名冊」史事雖無直接關係，但是二者的高度相似卻越發能夠後先相映，彼此發明：一面是生動顯示了《歧路燈》熱切而新銳的古代人道主義精神，與孟子以降一脈傳承並日漸發揚光大的「仁政」理想。其在這一方面的思想成就，使無論「四大奇書」或《紅樓夢》都不能望其項背！另一面季麟的善政與義舉，則以其流戍死於西域的慘重代價為世樹立了古代官員崇高政治道德的楷模。其事正合於「太上立德」，足為不朽！而兩事高度相似而決無相關的巧合，促使筆者草為此文，以「述往事，思來者」，願我國和世界有更多如小說中譚觀察和歷史上季麟一樣的官員，更願「民主與法制」與時偕行，更加健全，使不再需要官員以身命相搏而「全生靈」或「焚名冊」的事情發生，則文學之幸，國家與人類之幸！

（原載《中原文化研究》2013 年第 6 期）

海上兩吳與大陸李延年的《歧路燈》研究

　　清人李綠園著長篇小說《歧路燈》問世有二百多年了，可是它自經欒星先生全本校注，於 1980 年由中州書畫社（今中州古籍出版社的前身）出版，真正廣泛流傳開來，並成爲學者研究的對象，才是近 20 多年來的事。當然，如今信息爆炸的時代，20 多年也不算短，但是《歧路燈》研究的業績卻不夠輝煌。——研究文章不能算多，頭十幾年更沒有研究專著出版，近 10 年來偶有研究專著問世，筆者所見不過五種而已。這種狀況，與同時「紅學」「三國學」等等的著作如林相比，《歧路燈》無論在讀書界還是在學術界，實在並沒有如 20 年前有學者所期盼的那樣「大放光芒」，至少在我國大陸是這個樣子。

　　儘管如此，在上個世紀前 90 年沒有任何《歧路燈》研究專著出版的情況下，最近 10 年來《歧路燈》研究能有五種著作問世也是可喜的了。而且，除了筆者於 1992 年出版《李綠園與〈歧路燈〉》是最早一本評介該書的小冊子（遼寧教育出版社），張生漢於 1999 年出版的《〈歧路燈〉語詞彙釋》（河南大學出版社）是一部自有其價值的語言學專著外，其他三種都可以說是李綠園與《歧路燈》文學研究的力作。這三種書，除了李延年《〈歧路燈〉研究》是我國大陸學者在大陸出版的著作之外，其他兩種：一是臺灣吳秀玉女士所著臺灣師大書苑於 1996 年出版發行的《李綠園與其〈歧路燈〉研究》，二是新加坡吳聰娣女士所著新加坡春藝圖書貿易公司於 1998 年出版發行的《〈歧路燈〉研究》。這兩種書在我國大陸頗不易得，後一種似乎國家圖書館也還沒有收藏，更不容易看到。筆者既有幸讀到這兩種書，在爲李延年之作寫作書評的當時，又已經深感近 20 年來我國大陸《歧路燈》研究的日漸寂寞，便萌生了介紹這兩部書的想法；而分別完成於臺灣島與星島的海上兩吳女士的這

兩部《歧路燈》研究著作也確有特色，因與李延年《〈歧路燈〉研究》一起向
我國大陸古典小說學術界介紹推薦。

吳秀玉《李綠園與其〈歧路燈〉研究》全書 30 餘萬字，當時出版是研究
《歧路燈》部頭最大的著作。其自序作者書緣起、過程與研究旨趣云：

> 教育是國家的百年大計，民族命脈之所繫。筆者不敏，忝為教
> 育工作者的一員，匆匆二十餘載，體會既深，感觸亦多；隨著社會
> 安定，工商發展而帶來的富裕，卻因文化失調而價值觀念錯亂，爭
> 名逐利，貪婪奢靡，敗德壞俗之風如江河日下，勢不可遏。青少年
> 學子耳濡目染，頹唐墮落，乃至淪入犯罪之途，日趨嚴重，為未來
> 國脈民命帶來隱憂，值得吾人深思，更是為政及從事教育工作者急
> 需用心的課題。

> 《歧路燈》一書的著者李綠園，生在康乾太平盛世，目睹繁榮
> 景象背後所隱藏的教育問題極為嚴重，於是透過文學創作，把現實
> 生活中青少年的失足墮落，以小說形式，生動活潑的表現出來，希
> 能起一些暮鼓晨鐘的作用，振聾發聵，成為歧路中的一盞名燈。這
> 部反映社會實情、因應時代需要的文藝作品，不但開我國以教育為
> 主題小說的先河，同時也填補我國小說題材上的空白。《歧》書揭示
> 了當時表少年墮落的四大原因：家教的不當、延師的非人、交友的
> 不慎、自身的不堅。然而它也概括了古今表少年失足犯罪的一般規
> 律，實可為今天家庭、學校和社會教育的借鑒。

> 研究《歧路燈》，作者的生平至關重要；說來也是機緣，五年前
> 隨外子高君雙印初履大陸探親，中州河南處處散發著古文化的芳
> 香，寶豐雖是豫西的一個偏僻小縣，也曾經發生過不少動人心弦的
> 歷史大事。外子祖宅的所在地太平村，四周古蹟環列，南向一水之
> 隔，魚陵山遙遙相望，左傳襄公十八年講到楚師伐鄭曾宿營、渡涉
> 於此，李綠園的故居，便在山腳的東側。筆者於憑覽魚陵山之後，
> 造訪了與外子有世誼之交的綠園七代孫李春林老先生，為研究工作
> 提供了有力的線索。歸程路經鄭州，承《歧路燈》一書校注者欒星
> 先生的指教與鼓勵，更堅定研究本書的信心。此後筆者計五次到達
> 河南，二度深入貴州，凡綠園行迹之處，《歧路燈》流傳（收藏）之
> 區，不惜代價，不計辛勞，作廣泛而深入的蒐集調查。五年鍥而不

捨，甘苦於茲，終於草成此三十餘萬字之研究初稿。

　　拙作之成，臺灣海峽彼岸各界人士的相助特多，同胞之情，令人難忘。而李春林老先生傴僂著身軀陪同田野調查，贈送珍藏碑拓；欒星先生傾囊相授，提供各種原始資料，並在大病未愈之際，親自審稿，指正缺失，感念尤深！外子不避風雨寒暑及長途跋涉之累，默默協助，幕後功不可沒。惟筆者才疏學淺，不逮之處仍多，還望方家先進垂教！〔註1〕

　　當時欒星先生轉寄吳女士的大作贈我，初讀這篇序文，曾長久地為之感動。其文情並茂是不必說的，單是作者五下河南、兩入貴州等追蹤躡迹的大量調查，就使我景仰不置。迄今為止，為研究《歧路燈》，甚至為研究任何一部古典小說，肯如此「不惜代價，不計辛勞」的學者，恐怕還不多見罷！而一位當時已從教 20 餘年不再年輕的女學者卻是這樣地癡心於此。這使我深思：是什麼力量使她苦心孤詣？又是什麼精神促使她把這項研究完成得這樣好？答案也就在這篇序文中：一是與其夫君一體相連的對河南鄉邦的依戀之情，二是吳女士固有的對中國古代文化的熱愛之心，三是吳女士作為中華民族一分子特別是作為教師對振興中華的強烈責任感與敬業精神，四是河南、貴州等地學者耆舊對這位海峽彼岸學人的傾力與傾囊的支持。這些，構成了吳女士苦心孤詣研究《歧路燈》而能有重大創獲的巨大動力！而最重要的基礎是李綠園《歧路燈》獨特的文學價值，——是這部古典式教子成立的明燈，給了吳女士及其夫君高雙印先生「為光大鄉土文學略盡綿薄」（高雙印《前記》）的導引，而海峽兩岸學者因這部古典名著得有交流的佳話，攜手新建一道文化的紐帶和文學的橋梁，則是綠園老人始料未及，而今天的讀者專家當為之歡欣鼓舞的一件事。

　　讀吳著自序，還使我想到當今的世風不能不說有些浮薄，學風不能不說甚為浮躁，而能有吳女士著書虛心求教的高行和欒星先生「在大病未愈之際，親自審稿，指正缺失」的盛德，更是值得景仰。其所以能如此，乃因吳女士與欒先生都是真正的學者，深知著作雖屬個人之事業，而學問乃天下之公器，不應當隨意敷衍苟且以貽誤後人。這使我想到最近有人著文，因質疑本人與另一學者「力圖突破魯迅所論」的說法立論，說明「小說研究者一般都同意

〔註 1〕吳秀玉《李綠園與其〈歧路燈〉研究》，臺北師大書苑 1996 年發行。

魯迅先生的看法」如何正確，卻根本不顧及被批評者持論的根據，而徑以拙作論許慎《說文》有所疏漏的考論為「埋怨」而一語了之〔註2〕，就是不夠負責任的做法。其虛晃一槍，最初曾使我莫名其妙，後來才明白他約有兩萬字的長文，大致上只是「魯迅先生看法」的許多注釋中最新重複的一種。其舉出對立觀點的存在，只是為了強調其重複的必要，乃作文的一種「技巧」，完全不可當真的。但是，我卻不能不擔心這種唯權威是信、以注經為務的研究作風如果繼續下去，用「筆者以為還是魯迅先生所論庶幾近之」一類話相標榜的「成果」不斷地被克隆出來，那麼古代文學研究就不大容易「與時俱進」和「理論創新」了。

這也就是我特別稱讚吳秀玉《李綠園與其〈歧路燈〉研究》之作的理由之一，即她雖然大量參考了前人及時賢的研究著作，特別是從欒星等學者得到傾力或「傾囊」的相助，但是，作者接受這些已有的成果卻只是為了「力圖突破」前人；換言之，她站在了前人肩膀上，是為了接觸更高，看得更遠。因此，除了作為學術背景知識的必要的介紹，這部書隨處都有作者個人的見識、發現與創造！例如，李綠園雖祖籍河南新安，卻生於寶豐，從而一般知人論世，無不要提到寶豐地理人文對李綠園為人為小說的影響，是很自然的事。但是，對河南寶豐之地理人文，從來論者無如此書之詳。其對寶豐建置沿革、疆域、風俗、文化、經濟等等的敘述，全面展示了作家誕生、成長以及後來創作的地域文化背景。特別是其中述「大理學家程頤在（寶豐）商酒務監酒講學，海內學者競赴受教，傳下『如坐春風』的佳話」，和「寶豐向為戲曲之鄉，……不僅工業繁榮，商業也頗為發達」等等，自是深入理解《歧路燈》思想與藝術和重要參照。而綠園交遊，前人多未暇細考，此書分別「父師前輩」「科舉同年」「酬和詩友」等九類，逐一考其里籍、生平、學問、事迹等等，多所發明。而第三章述《歧路燈》的流傳出版，「披露論列」欒星《歧路燈》校勘札記幸存的十回手稿，也是獨家的奉獻。至於作者大量田野調查所得諸多有關文字、照片資料，更是難得。總之，就文獻的掌握與運用而言，這部書是從來研究《歧路燈》用力最勤，搜羅最富，編用最精的著作，為進一步研究打下了堅實的基礎。

又如在紮實的文獻基礎之上，作者對《歧路燈》文本研磨甚細，於思想藝術的論析多有發前人之所未發。茲各舉一例，思想方面如第五章第一節《內

〔註2〕孟昭連《「小說」考辯》，《南開大學學報》2002年第5期。

容分析》中，一般學者或者對《歧路燈》對「八股取士」的「科舉」制度有所批評還抱懷疑的態度，而本書不僅做出令人信服的肯定的說明，還進一步對書中所寫清乾隆間保舉賢良方正的「選舉」之事作了細緻的剖析，指出《歧路燈》不僅深知「科舉」之弊，而且揭出了與「科舉」並行的「選舉」，同樣是「掩人耳目」的「官樣文章」，客觀上顯示了《歧路燈》已全面地質疑了當時的選仕制度。這當然是一個發現。而在藝術方面，如第六章第二節《描寫手法》論「人性刻畫」，標舉《歧路燈》善於寫人物性格的複雜性，即使對於「真儒」，也能寫其承認「私情妄意，心裏是盡有的，……只是很按捺罷了」，而惡劣如夏逢若，「也寫了他具有人性善良的一面」，等等。其論證深入，是前所未有的。而且還進一步指出《歧路燈》的人物描寫，「打破了傳統單一的性格色彩，……而完全符合人性的真實」，在前人認識的基礎上有很大深化。還特別使我感興趣的是，作者以敏銳的眼光，確鑿的根據，指出和論證了《歧路燈》中的「端方醇儒譚孝移，就是作者本人的影射」，「書中譚孝移的形象在許多方面可以看到是李綠園的影子」；而第一回寫譚門「『以孝相踵』的家風，也可看到綠園家庭的寫照」，等等，都是極切實而有新意的論述。總之，這是一部以文獻資料的豐富翔實見長的研究著作，但是，其分析的全面細緻與有自己獨特的見解，也是其突出的特點。

新加坡吳聰娣女士的《〈歧路燈〉研究》約有四十餘萬字，是迄今為止部頭最大的《歧路燈》研究著作。這部書的出版雖然比吳秀玉《李綠園與其〈歧路燈〉研究》晚約兩年半的時間，但是，從其未把後者列入「參考書目」來看，吳聰娣當時並不知道還有一位臺灣的女同行也在做同一課題的研究工作，而且著作的出版還比她著了先鞭。也就因此，我們必須稱讚吳聰娣女士在《歧路燈》研究中有同樣孤往獨行的勇氣，而其所成書也戛戛獨造，學術取徑與所達到的成就，也為《歧路燈》研究中前所未有。

吳聰娣女士《〈歧路燈〉研究》的副題為「從《歧路燈》看清代社會」，重在「發掘出《歧路燈》中的各種歷史資料，對照清代的歷史事實，從中考察出這部小說反映社會的真實程度、廣度和深度，進而評定這部小說的實際價值」。全書分十章：第一章《緒論》分述「研究的動機與目的」「研究的範圍與方法」。第二章《作者的生平與思想以及〈歧路燈〉的情節大要》，是全書展開討論必要的基礎。第三章《〈歧路燈〉中的官僚政治》，分述《歧路燈》所寫清代從中央到地方的官制、吏制與官場積弊污穢之風。第四章《〈歧路燈〉

中的科舉教育》，分述《歧路燈》所寫「學校教育」「科舉考試」「士林歪風」。第五章《〈歧路燈〉中的商業活動》，分述《歧路燈》有關「商業的發達」「城市的繁榮」「開封的商業活動」「社會風尚的變化」的描寫。第六章《〈歧路燈〉中的婦女生活》，分述《歧路燈》所寫「婦女的生活概況」「婦女的教育與思想」「婦女的角色與地位」「特殊類型的婦女」等等。第七章《〈歧路燈〉中的人生禮儀》，從「壽誕之禮」「嫁娶之禮」「喪葬之禮」等三個方面論證。第八章《〈歧路燈〉中的宗教信仰》，從道、佛和民間的角度加以研究。第九章《〈歧路燈〉中的戲曲藝術》，從「劇種」「戲曲班子」「戲曲演出」「戲曲與社會生活」等方面作具體的說明。第十章《結論》，總結指出：「《歧路燈》描繪了『康、乾盛世』的社會全貌，成為這個時期全部物質文明及精神文明的忠實紀錄，給後世留下了立體的社會縮影。《歧路燈》是認識清代歷史、社會的形象性教材，可以作為這個時代的百科全書來閱讀及研究。歷史學家、經濟學家、社會學家及民俗學家等等都可以通過這本書重新認識清代歷史或豐富清代歷史。……即使撇開《歧路燈》……的美感作用不談，單就它逼真地重現清代社會這個認識作用而言，我們也不得不承認《歧路燈》是一部極有價值的文學作品。」〔註3〕雖然籠統地作這樣一個結論也未必就會招致反對，但是，只有在本書第三至九章內容的堅強證明之下，這樣一個結論才可以算是真正能令人信服的結論。而《歧路燈》「可以作為這個時代（清代）的百科全書」的提法，也只有在本書的論證之下，才具有無可辯駁的學術價值。

吳聰娣《〈歧路燈〉研究》結論的可靠性是與其所應用獨特而有效的研究方法分不開的。按本書《緒論》自道其研究之法云：

> 本書的研究方法套用張畢來先生的話說，是「先從書裏說出來，再從書外說進去。」「從書裏說出來」指的是先研究書中的原始資料，……凡書中對有關方面作出的描寫，不論多少、長短都記錄下來，盡可能點滴不露，……（然後）通過歸納、綜合等方法將材料有系統的組織起來，形成一幅完整的圖像，再針對各個圖像進行適當的分析與評論，這些圖像綜合起來就構成一個「《歧路燈》世界」，也就是《歧路燈》所反映的清代社會。

> 「從書外說進去」是指拿歷史記載中的清代社會來和《歧路燈》

〔註3〕吳聰娣《〈歧路燈〉研究》，新加坡春藝圖書貿易公司 1998 年版，第 525～532 頁。

所反映的清代社會作比較。歷史記載來自歷史資料，……通過比較，
我們看到了存在於清代社會的歷史事實，有那一些被《歧路燈》所
反映了，反映得多真實、多廣闊及多深入；另一方面，又有那一些
《歧路燈》中所反映的清代社會現實，沒有被紀錄在歷史材料之中，
這樣研究的結果，不僅使《歧路燈》的世界顯得更為清晰完整，也
使歷史中的清代社會變得更為豐富、生動。〔註4〕

　　這個方法概括起來就是：以小說證史，以史證小說。它的好處是在從真
實性的角度確證小說的歷史價值的同時，也確證了小說的美學價值。例如第
三章《〈歧路燈〉中的官僚政治》第四節《貪污風氣》－《官員營私舞弊》，
據《光緒會典》《東華錄》等說明清代官員的「挪移」「侵盜」「透支」「冒破」
統謂之「虧空」，而康熙年間「天下錢糧各省皆有虧空」，「雍正二年（1724）
戶部庫帑虧空達二百五十萬兩……」這是「史」；接下來舉《歧路燈》第九回
人物柏永齡的話：「如今官場，稱那銀子，不說萬，而曰『方』；不說千，而
曰『幾撇頭』。這個說：『我身上虧空一方四五，某老哥幫了我三百金，不然
者就沒飯吃。』那個說：『多蒙某公照顧了一個差，內中有點羨余，填了七八
撇頭陳欠，才得出京。』」這是「小說」。兩相對照，我們才容易明白柏永齡
的話中「這個」的「虧空」，「那個」的「陳欠」，其實都是他做官的把國家錢
財裝了自己的腰包所致，並非真的虧欠。若行「離任審計」，那些「虧空」「陳
欠」之類，皆屬子虛烏有。而這樣的對照，使此一描寫的歷史價值得到證實，
其現實主義的美學特徵也隨時之更加凸顯。又如同節二《胥吏貪贓枉法》舉
章學誠《上執政論時務書》說「州縣有千金之通融，則胥役得乘而侔萬金之
利」是「史」，而接下來舉《歧路燈》第八十一回夏逢若對譚紹聞說「衙役在
人家墳上號樹，窯上號磚瓦，田地上號麻繩……，也出的有票子，那個衙役
不發橫財哩」是「小說」，兩相對比，則歷史之實際，作品之藝術風格就都得
到了強烈印證。

　　吳聰娣《〈歧路燈〉研究》基本上是用這同一種方法做成的一部「無徵不
信」「實事求是」的研究著作。在使她的著作具有歷史研究與文學批評兩種重
要價值的同時，也為我們提供了以小說證史、以史證小說的範例。應當說，
上個世紀以來凡從社會歷史角度研究文學的，無不在自覺或不自覺地應用這
一方法。但是，針對一部小說，如吳聰娣《〈歧路燈〉研究》這樣工程浩大的

〔註 4〕吳聰娣《〈歧路燈〉研究》。

工作，即使在盛極近三百年的「紅學」中也還沒有人做過。雖然在這一方面，包括《紅樓夢》在內，任何一部明清小說的世界與「《歧路燈》的世界」並不具有同等的價值，從而未必每一部書都適合於做這樣的研究和取得同樣的成功；但是，即使有這樣做的價值而要做到吳聰娣《〈歧路燈〉研究》的地步，還必須是研究者既有歷史學的廣博知識與紮實功底，又有對文學文本過細的考察與深刻的體悟，其客觀的困難也是顯而易見的。而學術正就是要克服困難。因此，吳聰娣這樣以不避繁難地比對和恰如其分的獨斷做成的《〈歧路燈〉研究》，也就具有了格外寶貴的價值，——它是迄今為止專一從社會歷史的角度發現「《歧路燈》世界」的最重要著作。

吳聰娣《〈歧路燈〉研究》的成功得力於從研究對象的實際出發，而又採取了正確的方法，但是，同樣地也由於其知難而上的艱苦努力。按本書《後記》云：「本專題的研究始於 1985 年，……（由於）學校工作繁重，……以致進展緩慢，到論文脫稿呈交時，已經是 1994 年。一篇論文的寫作，竟用了長達十年的時間，真是始料不及。」〔註5〕我們常常把嚴肅認真的著書比作「十年磨一劍」，吳聰娣的這一部《〈歧路燈〉研究》也幾乎就是這樣的了。以此聯想到吳秀玉女士的「五年鍥而不捨，甘苦於茲」，可想在上世紀八十年代初《歧路燈》研究短暫的繁榮之後重又陷於極度消沉的時候，兩位分別居住在臺灣與星島的吳女士不謀而合地共同致力於《歧路燈》研究專著的寫作，真可以說是古典小說研究上一道獨特的風景線！這更使我想到在上一個世紀的上半葉，我國第一位標點《歧路燈》的馮沅君先生，是一位女作家，也是一位女教授！這就不能不使我在讀過這兩部書之後，在驚異於女性學者對此書似有特別的鍾愛之餘，愈加慚愧我國大陸的學者，特別是男性學者中，——除校注者欒星先生之外，——何以沒有幾個能如海上兩吳女士那樣肯為《歧路燈》的文學研究傾注大力的人？這個疑惑或者遺憾，到近來有李延年先生所著《〈歧路燈〉研究》出版，才稍稍得到解釋，那總算是在《歧路燈》研究的領域內，重又燃起了鬚眉不讓巾幗的希望！

雖然如此，從著名女作家、學者馮沅君先生標點《歧路燈》，到兩吳女士的《歧路燈》研究專著問世，近百年來，為《歧路燈》研究做出重大貢獻的，多數還是女性！——這裡加以感歎號的意思，不是說女性的學術研究不可以

〔註 5〕吳聰娣《〈歧路燈〉研究》。

超過男子，而是說何以唯獨在《歧路燈》研究上，女性學者能有更多的貢獻？這肯定是一個問題。這個問題的答案也許並不難尋，但是也未必可以一語道盡。若作不成熟的推測和簡要的說明，大概還是由於《歧路燈》寫青少年教育的獨特題材內容與其訴諸親子之愛的藝術感召力，更容易引起女性學者偉大母愛之心的響應與關注，進而從《歧路燈》教育的主題遊目以及其全部文學的畫面。總之，我要作一個大膽的假設，即從人性的觀點看，如果說李綠園的創作起於父愛，而近今一馮兩吳三位女學者為《歧路燈》所做的研究工作，則是偉大母愛的憂鬱的象徵！

這同時也使我愈加慚愧我國大陸的學者，——除校注者欒星先生外，——何以沒有能如兩吳女士那樣肯為《歧路燈》的文學研究嘔心瀝血的人？現在見到李延年先生所著《〈歧路燈〉研究》的出版，算是在這項研究的領域內燃起了鬚眉不讓巾幗的希望！

李延年著《〈歧路燈〉研究》〔註6〕是一部34萬字的研究著作，不僅字數與兩吳之作各相若，而且成書的艱苦，學術的造詣也可與兩吳之作鼎足而三，或有過之之處。具體說來有二：一是兩吳女士之作各歷三五年而成書，李延年寫成這部《〈歧路燈〉研究》竟是「七易寒暑」！二是兩吳女士之作各以從考據入手著論見長，而李延年《〈歧路燈〉研究》更長於文本思想與藝術的分析。這裡且說李延年執著於《歧路燈》研究而以七年之力著成一部書的精神，可以從陳美林教授為其書所作序作側面的瞭解。陳教授是李延年的博士生導師，《〈歧路燈〉研究》陳序盛讚延年為人為文的品格，也不護短地說他「討論問題雖偶有迂執」，可能是知人之論。但是，人的優長往往與其短處並存，我倒是以為延年之「迂」帶給他學術研究的正有其好的一面，即吳秀玉女士所說那種鍥而不捨的精神，在《歧路燈》的研究上也就充分表現出來。

李延年在《〈歧路燈〉研究》的《後記》中說：「從1994年秋初步確定論文選題算起，至今已七易寒暑。在這七年中，除了完成繁重的教學任務，完成一些較緊急的科研項目外，我幾乎將剩餘的全部精力都投入到了本書的撰寫上，……我已盡了自己的最大努力。」我相信這話沒有半點水分，是因為這篇《後記》除了開頭這幾句話之外，其他逐段都是向方方面面給過他以幫助的人致謝。當今世界最持久的暢銷書之一〔美〕戴爾·卡耐基著《人性的弱點》中曾不無刻薄地指出：「忘記感激乃是人的天性，如果我們一直期望別

〔註6〕李延年《〈歧路燈〉研究》，中州古籍出版社2002年版。

人感恩，多半是自尋煩惱。」〔註7〕如此說來，李延年諸多的感謝豈不是他天性迂而又迂？似又非是，因為卡耐基又說：「忘恩原是天性，它像隨地生長的雜草。感恩則有如玫瑰，需要細心栽培及愛心的滋潤。」如此說來，則延年之智可及，而其「迂」又不可及！其「迂」不可及之處，就是他作為學者高度認真負責的至誠至愛之心。這種心境不容他做事有任何的浮薄作風，而必能實事求是，嚴肅認真；其發為學術，「七易寒暑」寫成一部三十餘萬字的《〈歧路燈〉研究》，必「盡了自己的最大努力」而後已，也正是古語「十年磨一劍」的精神。

《周易》曰：「七日來復。」又曰：「七日得。」李延年先生「七易寒暑」而成的《〈歧路燈〉研究》是繼兩吳之作後又一部學術力作。兩吳之作各有許多優點，其共同最大的長處是把李綠園其人其書作了前所未有的全面探討，在有關其人其書的若干具體問題的研究上填補了空白，提供了許多寶貴的資料和有不少新鮮的見解；相比之下，李著《〈歧路燈〉研究》更側重在《歧路燈》產生的社會與文學原因，及其思想藝術諸層面的富有理論性與宏觀視野的深入探討。這既為題目所允許，為題中應有之義，又是作者力所能及。因為雖然延年供職所在的石家莊市與中州近在咫尺，去貴州等李綠園行跡所至之地，也比遠在臺灣的吳女士方便多了，但是眾所能測，他做博士、做大學教師，大概都很難完成吳女士所做的那種「廣泛而深入的蒐集調查」。所以，他的研究也就只好在《歧路燈》本文多下工夫；當然，這也許還受有近年來文學研究「回歸文本」潮流的影響。所以，一面「工夫不負有心人」，李延年《〈歧路燈〉研究》成為一部於文本研究造詣甚深的博士論文、學術專著；另一面「文變染乎世情」，這部《〈歧路燈〉研究》可以看作是應文學研究新變而產生的有當代特色的古代小説研究著作。

《〈歧路燈〉研究》於文本解讀最成功之處是突出了《歧路燈》作為教育小説的特色。為此，全書開篇《引論》即專為「教育小説」界定意義：

> 「教育小説」是中國古代小説的一種題材分類；它是以人物形象、故事情節等組成的藝術形式形象化地反映培養兒童、青少年準備從事社會生活的學校教育、社會教育、家庭教育等教育活動的小説類型。

我們知道，「教育小説」與《歧路燈》為「教育小説」都不是本書的新創。但

〔註7〕 〔美〕戴爾・卡耐基《人性的弱點》，中國發展出版社，2002 年版，第 76 頁。

是,「從中國古代小說的實際出發,對『教育小說』名稱的內涵給以新的界說」,這還是第一次。其意義不僅使已有中國古代「教育小說」的分類得到強調,而且使研究者有了可以捉摸的遵循,至少是一個具體的參照。雖然下定義猶如為叢生的灌木畫定恰如其分的界限,幾乎永遠不可能做到完美,但是,有這樣一個界限總比沒有要好。而且在我看來,這個界說既是合乎古代小說實際的,又便於研究者具體操作運用,從而使全書的論述有了一個良好的基石和出發點。

　　《〈歧路燈〉研究》對《歧路燈》作為教育小說的研究,首先溯源「《歧路燈》在清中葉由李綠園寫出的主客觀原因」。這在《歧路燈》研究中雖然也不是新辟之境,但是,以往的研究大都為附帶論及,不可能做到全面深入。本書作為文本研究的專著,有必要也有可能以較大篇幅對這一問題作重點的探討。所以,我們看到本書作者從社會生活、文學演進與李綠園家世、生平及思想等方面所作分析的具體與精確是無與倫比的,因而有極大的說服力。讀《歧路燈》,你可以驚訝在古代小說的中心舞臺上,從來是帝王將相、綠林豪傑、牛鬼蛇神、才子佳人、商人賈販「亂烘烘你方唱罷我登場」,何以在乾隆年間突然出了一部專寫一般鄉宦之家子弟教育的長篇小說?而這部小說不出於與古代小說淵源最深而又是「萬世師表」孔子故鄉的山東或其他什麼地方,卻偏偏出在素有「理學名區」之稱的河南,出在一位對種種小說幾乎是深惡而欲痛絕之的教書世家子又曾經為官的李綠園之手?但是,讀了李延年《〈歧路燈〉研究》有關的部分,這個困惑就可以豁然開朗。他的精闢的論述自有書在不必贅引,我從中受到的啟發和要作的補充是:一位作家的長成與一部優秀文學作品的誕生其實是必然中的偶然,而其偶然中又有必然。單以李綠園家世、生平論,一般而言,作為教書世家子弟他是不會與小說結緣的,作為科舉、幕府、官場中人他又是無暇並無心與小說結緣的,作為理學家甚至也可能早曾做過塾師他也是不屑與小說結緣的。但是,這一切的教條的判斷都錯了,——就是這位李綠園創作了我國古代第一部長篇教育小說!而且看起來如果不是這樣一位李綠園,還未必就能寫出這樣一部教育小說!這個現象說明,社會是複雜的,人是複雜的,文學現象也是複雜的;在任何時候任何情況下,都不是複雜中的某一個因素單獨決定本體的走向,而是這種複雜的合力造成必然的結果。李綠園能夠寫出《歧路燈》而以教育小說名家的成就即是如此。如果說諸多原因中還有那一點更為重要的話,一般就會想到

他出身教育世家並且自己有過教書的經歷。這當然不無道理，但是，一輩子教書的蒲松齡寫小說卻幾乎不涉及子弟教育一類題材，而熱衷於花妖狐魅的描繪，則又當作如何解釋？可見一切的研究都不能想當然，不僅要從當下具體實際出發，而且還要參照多方面的因素作具體細緻的分析考辨。這雖然是老生常談，但是真正做到並不容易，並且越是在一般看來最不易出問題的地方，一旦疏忽造成錯誤，糾正起來還更不容易。如多種文學史以《錄鬼簿續編》「羅貫中，太原人」條為《三國演義》的作者羅貫中是「太原人」的根據，就是古代小說研究中粗枝大葉造成嚴重失誤而難以糾正的明顯的一例。

　　其次，《〈歧路燈〉研究》從家庭、社會、學校諸主要方面，就《歧路燈》所描寫探討了其中所顯示李綠園的教育思想。本書認為，這是《歧路燈》一書的「主部主題」。這個提法也使我感到新鮮，至少對於《歧路燈》這部書，我還沒有看到這樣地提出問題並加以探討的，當然是一個創見。而更有價值的，是作者從人物、情節、細節的描寫所挖掘出有關綠園教育思想的內蘊，當然主要是傳統的教育思想。但是，一方面在《歧路燈》成書的乾隆年間，風俗不古，學風敗壞，李綠園堅持這些傳統的教育思想有力矯時弊的意義；另一方面，這些傳統的教育思想中確有不少有價值乃至可以為當今借鑒的東西，借《歧路燈》的形象描繪而能多一條渠道傳下來。孔子說學《詩》可「多識於鳥獸草木之名」，而要想知道古代獨生子的家庭教育或學校特別是私塾教育的狀況，《歧路燈》是不可多得的參考。這個道理不止一位研究者說過，卻都不如這部《〈歧路燈〉研究》說得細緻深入因而更容易明白。我相信讀者讀了李延年這部書，再去讀《歧路燈》，就不止形象地瞭解到古代教育的許多具體知識，而且更加理解這部小說所蘊含教育思想的價值，進一步無論做家長的，做教師的，還是負社會教育的官方責任的，都會因此增加一分重視教育的關心之情以及如何進行教育的正反兩面的經驗借鑒；對於學者而言，李延年這部書所系統總結的《歧路燈》反映古代教育的某些規律性的東西，可以作為治教育史的參考，卻可惜還很少有人注意到《歧路燈》這一方面的價值。

　　《〈歧路燈〉研究》還用較多篇幅探討了這部書的「副主題部」，即其「主部主題之外的多層思想意蘊」，其中「為官理想：形象化的官箴」一節用力最勤，而且在我看來，作為一部教育小說，這一節所論其實是《歧路燈》教育主題的延伸。古代「學而優則仕」，教育的目的很明確主要是為了做官。所謂「學成文武藝，貨於帝王家」者，正說明做官是對男子進行封建教育的宗旨

與目標。《歧路燈》第十一回譚孝移說到幼學根基正,「做秀才時,便是端方純儒;到做官時,自是經濟良臣;最次的也還得個博雅文士」,就明確把做官作爲讀書最高目標;而在另一方面,譚紹聞敗子回頭、家業復興的標誌也主要是後來畢竟做了官。所以,在一定程度上,做官與如何做官,正是產生於極度「官本位」社會的這部教育小說題中應有之義;當然也由於作者自己就有豐富的官場閱歷,並且恨透了官場的腐敗,一肚皮牢騷不滿無處說,又嚮往著清明政治,從而必然地有了官場主要是貪官與清官之道鮮明對立的內容。值得注意的是,《〈歧路燈〉研究》對該書關於貪官、清官的描寫,沒有沿襲傳統的套路去論定是非,而是從「形象的官箴」立論,強調作者之意是要爲做官的人樹立正反兩方面的典型,可說是對《歧路燈》寫官場意義的一大發現,至少是一種不同前人的理解。而我更欣賞的是本書特別強調《歧路燈》寫清官愛民的品質。因爲比較「愛國主義」,向來古代文學批評不甚注意發掘古代官員形象愛護百姓的品質。這種品質,恕我生造一句稱做「愛民主義」。愛民主義不等於愛國主義。但是,「民惟邦本」,愛民主義是最徹底的愛國主義。《〈歧路燈〉研究》的作者不作這般議論,但他顯然是體會到了,所以能把具體的意思說得出,也就可貴。

　　《〈歧路燈〉研究》對《歧路燈》的美學特色也有獨到的觀照。其中有關「敘事時間技巧」的論述明確運用了西方敘事學的理論。這在《歧路燈》藝術的研究中還是第一次,儘管並不是很成功,但是,也還未至於太過削足適履。他的方法是把西方的理論,揉和了諸如「倒敘」「插敘」「補敘」等多種較爲傳統的說法應用作出解讀,從而較好地表達了他對《歧路燈》敘事美學特色的觀點,給人一些有益的啓示,即《歧路燈》的研究也可以參用西方美學──文藝學的理論去做,並且已經有了一個還算不錯的開頭。另外,本書第一次全面探討了《歧路燈》一書大量的「公案片斷」及其「與世情小說、教育小說層面有機融合」,也是一個貢獻。但是,本書同樣重點討論的《歧路燈》對性描寫即所謂「『青少年不宜』成分的自覺限制」,卻可能是一個有爭議的問題。

　　《〈歧路燈〉研究》有關「『青少年不宜』成分的自覺限制」的論述也是一個新的話題。在這一問題上,本書作者深味李綠園之用心,於其對兩性關係的極爲節制性描寫較多地持肯定性評價。這合乎一般流行的觀念,有其合理之處,可備一說。但是,李綠園的這種「自覺限制」是否已經恰到好處?

換言之，為了使「幼學」不見可欲，書中隨處可見的「從缺略」是否既保證了一部文學作品應有的道德水準，而又不損害作品的藝術完整性？這是中外作家經常遇到的最大難題之一。對於這一點，綠園老人煞費苦心，卻也自知照顧不周。所以，書中一面隨處聲明「此處一段筆墨，非是故從缺略，只緣為幼學起見，萬不敢蹈狎褻惡道」，一面不忘提醒「識者自能會意而知」，等於承認了其所「從缺略」違背了他徹底的寫實主義理想，對藝術的真實性造成一定的損害，需要讀者想像的補充。這在當時也許是不得已的。但是，歷史發展到今天，性教育已經走進中學、大學的課堂，文學大概也應該並可以擔負這方面的責任；從而不僅在文學追求藝術真實性的意義上，而且在普及性知識、教育青少年更好地保護自己與可能的性伴侶健康的意義上，文學中因「青少年不宜」而「從缺略」的原則也應該作重新審視了。而且，文學中對性之「狎褻惡道」的描寫，如同對一切「醜」的描寫，是否可以轉化提升到「美」，其實只是一個作家意圖、能力與手段問題；文學創作中「青少年不宜」的限制與對青少年進行性教育的要求，又只是與病菌作被動隔離的「堵」和接種疫苗提高免疫力的「疏」的區別，顯然後者更科學也更具實踐意義。所以，依今天的觀念，即使「為幼學起見」，文學中適當描寫不道德、不衛生性行為及其造成的惡果，也應當能起到接種疫苗以提高免疫力的正面社會效果。《〈歧路燈〉研究》也曾引有盧梭《愛彌兒——論教育》一段話，以實例說明「有選擇地使他看到一些能夠克制欲念的情景」，可以有助於青少年祛除惡習，相反在青少年教育上一味地用「青少年不宜」作限制，使「不見可欲」，即《歧路燈》中譚孝移那種「有一點縫絲兒，還要用紙條糊一糊」的教育方法，決不是唯一最好的方法。

　　最後，要說到這部書把《歧路燈》與法國啓蒙思想家盧梭的教育小說《愛彌兒——論教育》所作的對比，與前之論《歧路燈》的社會與文學淵源、思想與藝術共同表現了全書的研究特色，即 20 年前，欒星先生曾經口頭謬獎筆者一篇論《歧路燈》的文章所說「研磨深細」。拙作僅為一篇文章，只能概而論之，故不敢當，現在能夠有機會把這句話轉送給李延年《〈歧路燈〉研究》一書了。這種「深細」的工夫，表現在《〈歧路燈〉研究》一書論事必周至，材料必充實，分析必透徹，按斷必精愼，措辭必穩便。例如，其論「文學演進為《歧路燈》的產生提供了豐富的營養」，從前代文學中「敗子回頭」「教育題材」「賭博敗家」等三類作品系統考察，每類又分若干模式，「『敗子回頭』

故事系統」的考察甚至在「《李娃傳》模式」「《東堂老》模式」「因果報應模式」之外分出若干「變格」。正是這種細緻深入的考察，使作者於綠園之心、小說之旨、文章之趣能獨有領會，多所發明。特別是其中有關《歧路燈》敘事時間變化與寫兩性關係、公案片斷等等的表列及有關的論述，以大篇幅計量分析的方法運用於《歧路燈》思想藝術的研究，還是第一次。這些文字不僅確證並突出了《歧路燈》這樣那樣的特點，而且使人想到延年「七易寒暑」燈下著書的付出，或不下於吳秀玉女士「五次到達河南，二度深入貴州」的辛勞。

《歧路燈》第一個全校注本問世以來，光陰荏苒，當時的責編弦生先生已由盛年近於花甲，歷22年後，又由他責編李延年的《〈歧路燈〉研究》，本不是什麼有話可說的事。但是，偏是延年之「迂」，在這部書中的第三章第一節指名批評「弦生先生《略論〈歧路燈〉中官吏形象的塑造》的論文，一方面官、吏不分，有失籠統……從『吏治』的角度談論的卻很不夠」，豈不是當面「頂撞領導」？但是，「領導」──我這裡指曾任中州古籍出版社副總編的資深編審現為該書責編的弦生先生──卻不僅放行了這部書，而且容忍了這段話，支持了李延年把自己的「有失」著之於竹帛，曝之於天下！其光明磊落，真正崇尚學術自由的精神，又當得起如今學界的一盞「歧路燈」！

俗語說：「撥亮一盞燈，照亮一大片。」近20年來，由於各界的關心，特別是由於出版界學界人士的努力，《歧路燈》在讀者中日益廣泛的流傳已經和正在發揮越來越大的社會教育與審美教育功能，近10年來這三部書的相繼問世，既是這一良好趨勢的表現，又是這一良好趨勢進一步發展的推動。李延年《〈歧路燈〉研究》是迄今為止這類專著的殿軍，卻是走在該項研究最前沿的一部書。我因此祝賀它的出版，希望並且堅信這部書有良好的前途，而作者也會有更多更好的學術著作，為建設我國先進文化、發展古代小說研究事業作出更大貢獻！

（本文論兩吳女士部分原以《贊海上兩吳女士的〈歧路燈〉研究──從我國大陸的〈歧路燈〉研究說起》為題發表於《福州大學學報（哲學社會科學版）》2004年第1期，評李延年《〈歧路燈〉研究》部分以《「七易寒暑」的力作──評李延年新著〈歧路燈〉研究》為題發表於《河北師範大學學報》2003年第6期，今據原稿作一篇收入本卷。）

第三輯　其他「燈」「話」小說研究

《豆棚閒話》述評

　　《豆棚閒話》，聖水艾衲居士編。擬話本小說集，十二則，則自一題。約成書於清康熙前期。有原刊本、康熙寫刻本（二者或爲一種）、乾隆書業堂刊本、三德堂刊本、致和堂刊本等。

　　從各方面看《豆棚閒話》都是一部獨特和有價值的小說。它是化名之作，但天空嘯客序、紫髯狂客評及書中透露了艾衲居士及其寫作《豆棚閒話》的一些情況，例如說他爲「當今之韻人，在古曰狂士。……賣不去一肚詩云子曰，無妨別顯神通；算將來許多社弟盟兄，何苦隨人鬼諢。……狼狽生涯，……化嬉笑怒罵爲文章。」（《敘》）「凡詩集傳奇，剞劂而膾炙天下不爲例，亦無數矣。邇當盛夏，謀所以銷之者，於是《豆棚閒話》不數日而成。」（《評》）「今日我們坐在豆棚之下，不要看作豆棚，……說些古往今來世情閒話。莫把『閒』字看得錯了」，「諸君果能體察此情，則知我不得已之心，甚於孟子繼堯、舜、周、孔以解豁三千年之惑矣」，「彼時曾見過亂世（明末）的已被殺去，在世的未曾經見，……只有在下還留得這殘喘，尚在豆棚下閒話及此，亦非偶然。」（《豆棚閒話》第五、第十二、第十一則）這些說詞使我們知道，作者是一位飽經憂患、塊壘在胸的不羈文人，《豆棚閒話》是他晚年的發憤之作。他化名寫書，固是一時風尚，但與一般才子佳人小說作者的情況不同，乃是擔心「方今官府禁約甚嚴，又且人心叵測，……此一豆棚未免爲將來釀禍之藪矣」。從書中的內容看這種擔心在當時不是沒有道理的。

　　首先，《豆棚閒話》是一部有明顯政治寓意的小說。第八則《空青石蔚子開盲》寫道：「天地開闢以來，一代一代的皇帝，都是一尊羅漢下界主持。……當初不知那個朝代交接之際，天上正在那裡揀取一位羅漢下界。內中卻有兩

個羅漢，一尊叫做電光尊者，一尊叫做自在尊者，都不知塵世齷齪，爭著要行。」結果電光尊者搶先下界為帝，「姓焦名薪，任著火性，把一片世界，如雷如電，焚灼得東焦西烈。百姓如在洪爐沸湯之中，一刻難過，也是這個劫運該當如此。」但古佛卻說：「電光，你見識差了，只圖到手得快，卻是不長久的。」只有降生東勝神州的自在尊者姓蔚名藍者，才是未來長久之主，眼下正在培養「忠孝節義正氣一脈，日後應運當興，正可仗他扶持世界」。同時又寫遲先、孔先二位盲者在結義同行的路上被罰，孔先「把當時編就的李闖犯神京的故事說了一回」。可見作者託為不知的「朝代交接之際」乃指明清易代的當世，那個搶先下界焚灼天下的電光尊者正清朝的皇帝。作者認為明清易代是一大「劫運該當如此」，而清朝的統治雖是「到手得快，卻是不長久的」。這可以看作是對清朝統治無可奈何的詛咒。

雖然從天命的觀念接受了清朝的統治，但是，作者出於儒家倫理，對變節仕清者還是給予了辛辣的諷刺。第七則《首陽山叔齊變節》，寫叔齊耐不住首陽山上的寂寞和飢餓，背叛了他的兄長伯夷，私奔下山投順新朝，他的行徑連山中野獸都不能理解，義軍「頑民」更罵他「反蒙著面皮，敗壞心術，……即使坐了官兒，朝南坐在那邊，面皮上也覺有些慚愧！況且新朝規矩，扯著兩個空拳怎便有官兒到手？如此無行之輩，速速推出市曹，斬首示眾！」作者還寫了那些「意氣洋洋，……要往西方朝見新天子的，或是寫了幾款條陳去獻策的，或是敘著先朝舊職求起用的，或是將著幾篇歪文求徵聘的，或是營求保舉賢良方正的，紛紛奔走，絡繹不絕。」這樣尖銳地諷刺變節仕清者，在清初的小說中是不多見的。

不過此書與《水滸後傳》不同，幾乎沒有什麼故國之思、黍離之悲。作者生於明季，親見廠衛橫行，「天下萬民嗟怨，如毀如焚，恨不得一時就要天翻地覆，方遂那百姓的心願」；加以他寫作此書的康熙年間，「卻見世界承平久了」，深感「若是荒亂之世，田地上都是蓬蒿野草，那裡還有什麼豆棚？」所以反清並不盼著復明，而且基本上只是一種久蓄的情緒的衝動。在理智上，作者從天命的觀點已承認了清朝的統治「應著時令」，而義軍的「東也起義，西也興師，卻與國君無補，徒害生靈」。所以，作品對叔齊諷刺之餘，仍然肯定了他「應天順人，也不失個投明棄暗」。第三則《朝奉郎揮金倡霸》甚至滿懷激情地寫了一個割據海島的海東天子劉琮受新朝招安封平海王的「千秋佳話」，這在清初應是有所指的。可見作者雖然不滿於清朝的統治，但更重視國

家的統一和當時社會的安定的眼前利益。對待「新朝」即清朝的情感與理智是矛盾的。但無論從那一方面看，作者都是一位嚴肅的思考者，其複雜矛盾的政治態度，在當時入清既久的漢族中有一定的典型性。

其次，《豆棚閒話》是一部憤世疾俗的小說。《虎丘山賈清客聯盟》寫蘇州的幫閒蔑片鑽頭覓縫逢迎闊佬，為之買婢，羅致孌童，藉以詐騙錢財，結果或事敗受辱，或人財兩空，諷刺挖苦了這類社會渣滓；又如《大和尚假意超昇》和《陳齋長談天說地》對舉世佞佛深致不滿。前者寫大和尚害死人命，謊稱坐化，騙取布施；又拐藏婦女，姦淫縱慾，甚至鋸解新死之婦的腿骨冒充象牙筷子出賣牟利等等，終於俱受嚴懲；後者歷數佛教有十大罪惡，天堂、地獄、城隍、神仙這類皆大荒唐，雖然不免有儒生愚腐之論，但對廓清當時思想的迷霧還是有意義的。幾篇翻案小說則把作者憤世的思想感情表現得更加充分。第一則《介之推火封妒婦》寫跟隨重耳從亡的介之推本要出山受封的，但被他妻子石尤用繩索扣頸縛住，結果燒死於山中；第二則《范少伯水葬西施》寫范蠡為掩蓋自己的陰私，將西施推入湖中淹死；第七則《首陽山叔齊變節》除有政治寓意的成份外，同時把儒家奉為古賢人的夷齊寫成背兄投敵的小人；第八則《空青石蔚子開盲》甚至說《論語》中樊遲問圃有「諷勸夫子之意」。這些描寫，除了各自有諷刺現實的意義外，還綜合給我們這樣的感覺，即作者不單憤恨於他的時代，同時懷疑和不滿於歷史的傳統，故爾「莽將二十一史的掀翻，另數芝麻帳目」（天空嘯鶴《敘》），但是，作者看不到當時社會的出路，激烈得快，也平和得快。第八則寫兩個盲人復明後見世上「許多孽海冤山，倒添入眼中無窮芒刺，反不如閉著眼的時節，倒也得清閒自在」，便不願返入人世，躲入「杜康罍」中去了。這一情節在諷刺中流露了無可奈何的消沉情緒。

此外，《豆棚閒話》還歌頌了乞兒的孝義（《小乞兒真心孝義》）、抨擊了官僚的貪墨（《藩伯子破產興家》）、暴露了宦門子弟的不肖（《漁陽道劉健兒試馬》），都值得一讀。但各篇中也都程度不同雜有封建的糟粕，如《介之推火封妒婦》和《范少伯水葬西施》中對婦女的偏見，《黨都司死梟生首》污蔑農民起義等，都是此書不容忽視的缺陷。

在藝術上，《豆棚閒話》除第十二則無多少情節外，其餘各則都是清初還在盛行的擬話本形式。它的故事少量得自見聞。如第四、第九、第十、第十一諸則；大部分取自古史筆記，如第一則撮合《左傳》《史記》等記載介之推

事及《酉陽雜俎》「妒婦津」故事，《述異記》（任昉）「妒婦泉」故事等寫成；第二則作者自言本《野艇新聞・范少伯水葬西施傳》和《杜柝林集・洞庭君代西子上冤書》；第三則所寫汪華爲隋末農民起義領袖；第五則本《花當閣叢談》卷四《孝丐》；第六則本《尚書故實》記唐李抱眞事及《甕牖閒評》記宋李筠事；第七、八兩則亦各有所本，不贅。本書基本上是一部故事新編，但撮合巧妙，喜爲翻案，以古諷今，故「蒼茫花簇，像新聞而不像舊本」（第二則《總評》），代表了清初擬話本創作的一個新動向。

《豆棚閒話》每則有獨立的故事，卻都是在同一豆棚下由一些人輪流講述而出。這就使十二則短篇小說有了一個貫串的線索。這線索的發展又以春、夏、秋豆苗的生長、開花、結實和枯萎爲序，自然延伸，首尾照應，如同一線青繩懸掛構圖色彩各異的畫幅，有似於西方的《十日談》和《天方夜譚》。它帶有長篇整體的美學特徵，在明清擬話本小說集中獨樹一幟，書中各則故事都以說話人與聽眾對話的形式演出，把傳統直接面向讀者敘述的話本——擬話本變爲間接敘述，讀來如觀賞一次次說話現場的錄像。每則故事都是「豆棚閒話」這一大故事中的小故事，加之豆棚景色隨時變換，宛如舞臺布景的變幻，爲演出的故事平地添一番詩情畫間，小說布局、謀篇之別致，令人耳目一新。

《豆棚閒話》的語言潑辣酣暢中不乏雋永，生動細膩中時露譏諷。特別是豆棚寫景，屬古代小說中少見的文字：

> 是日也，天朗氣清，涼風涼至。只見棚上豆花開遍。中間卻有幾枝結成蓓蓓蕾蕾相似許多豆莢。那些孩子看見嚷道：「好了，上邊結成豆了。」棚下就有人伸手縮頸將要採他。眾人道：「新生豆莢是難得的。」（第六則）

> 金風一夕，繞地皆秋。萬木梢頭，蕭蕭作響。各色草木，臨著秋時，一種勃發生機俱已收斂，……只有扁豆一種，交到秋時，西風發起，那豆花越覺開得熱鬧，結的豆莢俱鼓釘相似。圓湛起來，卻與四五月間結的癟扁無肉者大不相同。俗語云：「天上起了西北風，羊眼豆兒嫁老公」，也不過說他交秋時豆莢飽滿，漸漸到那收成結實，留個種子，明年又好發生。（第九則）

這些描寫聲色並作，韻味無窮，有晚明小品遺風。其他如《首陽山叔齊變節》描繪叔齊心理，《虎丘山賈清客聯盟》運用蘇州方言，也都妙語連珠，不及細摘。

　　然而，《豆棚閒話》產生於擬話本漸趨衰落的時代，不僅取材疏遠於現實，所表現的也主要是封建文人的牢騷不平，又不時說教，背離了爲市民寫心的通俗文學傳統。所以，《豆棚閒話》是古代說苑的珍品，卻不是雅俗共賞的通寶。它的影響也主要限於文人的範圍，例如清乾隆間有曾衍東作文言筆記小說集，仿此書名曰《小豆棚》；唐英《轉天心》傳奇也取材本書第九則《空青石蔚子開盲》等等。

　　（原載《中國通俗小說鑒賞辭典》，南京大學出版社 1993 年 5 月版）

論《豆棚閒話》

　　《豆棚閒話》是研究者未曾忘卻、也沒能予以足夠注意的書。對它作具體分析和全面評價，是我們的時代讀者的責任。

一、關於作者

　　《豆棚閒話》十二則，題「聖水艾衲居士編」〔註1〕。艾衲居士即本書作者是不成問題的。然而這只是作者的化名。解開作者之謎，仍是一件需要努力的工作。

　　關於作者的籍貫，趙景深認「當是清初的浙江人」〔註2〕，然未提出證據。上海古籍出版社《豆棚閒話》出版說明中具體指出：「杭州西湖舊名明聖湖，又今杭州慈聖院有呂公池，宋乾道年間，有高僧能取池水咒之以施，病者取飲立愈，號聖水池。如果艾衲居士所題聖水即指此，那麼他可能是杭州人。」〔註3〕

　　一般而言，「聖水」當是作者籍貫之水，但「聖水」指「明聖湖」和「聖水池」未免過於牽強：倘確指此二處，則作「聖湖」「聖池」較爲自然。以「聖池」名號者未見，但據《中國人名大辭典》，清初有侯官人孫學稼，「耽杭州西湖之勝，自號『聖湖漁者』。若以「聖水」指「明聖湖」，恐古今皆不知所

〔註1〕〔清〕艾衲居士編著《豆棚閒話》，張敏校點，人民文學出版社 1984 年版。本文以下引此書均據此本。

〔註2〕趙景深《豆棚閒話》（1945 年），《中國小說叢考》，齊魯書社 1980 年版，第399 頁。

〔註3〕〔清〕艾衲居士編《豆棚閒話》，上海古籍出版社 1983 年版。

云，「聖水池」的情況當亦如此。其實，「聖水」卻是一實在的水名，《水經注》及古今相應的地志均有載，乃今北京房山縣琉璃河的又名，清代猶沿用。但是，作者在本書第九則中亦借講故事老者之口說：「在下向在京師住過幾年。」口氣又不像是北京人。看來弄清他的籍貫還有待新的材料的發現。

胡士瑩《話本小說概論》說此書「或云爲范希哲作，希哲別號四願居士，著有傳奇多種。王國維《曲錄》卷三謂《萬家春》《萬古情》《豆棚閒話》三本名《三幻集》。寫作時代，當在清初，可能出於明朝遺民之手。」〔註 4〕。上海古籍出版社《出版說明》亦云范希哲「生活時代、籍貫、喜作化名的習慣，均與《豆棚閒話》的作者類似，惜無實據，難下定論」。查王國維《曲錄》題《三幻集》爲「無名氏撰」，而其中《豆棚閒話》實爲《豆棚閒戲》之誤，莊一拂《古典戲劇存目彙考》已作辨正，但題范希哲作；又有傅惜華《清代雜劇目》辨其誤，依《曲錄》仍題「無名氏撰」，以《曲錄》之《豆棚閒話》別爲一書，且不一定是范希哲所作，據以推測艾衲居士即范希哲，是不能成立的。至於籍貫、時代類似云云，也不能說明問題。

那麼，這位艾衲居士果是何人呢？在沒有正面記載可資考證的情況下，就本書及評語等透露的消息勾畫其面貌或作些推測，也可有助於將來的發現。我們注意到書中這樣一個事實：輪流講說故事的人只有一位明著姓氏，即第十二則中那位卒章言志的陳齋長，名剛，字無欲，號無鬼的。他與評語等所透露作者的情況極爲相似；第一，他是一位「齋長」，是道教徒，而艾衲居士又稱「艾衲道人」；第二，這位齋長「胸中無書不讀。聽他翻覆講論天地間道理，口如懸河一般，滔滔不竭，通國之人辯駁不過」，而評語說「艾道人胸藏萬卷，口若懸河，下筆不休，拈義即透」；第三，書中陳齋長說：「知我不得已之心，甚於孟子繼堯、舜、周、孔，以解諍三千年之惑」，而評語徑以此句歸之「艾衲所云」，聯繫以上兩點，卻未必不是評者不經意道出了陳齋長即艾衲居士。至少可以看作艾衲的化身。

這個推論還可以從《弁言》得到加強。《弁言》引詩云：「晚風約有溪南叟，劇對蟬聲話夕陽。」作者明確以「溪南叟」自居，而陳齋長講畢「返駕入城」，乃是「老者送過溪橋」。所以，「溪南叟」就是作者的化身，或者陳剛就是艾衲居士的真姓名。由於「官府禁約甚嚴，又且人心叵測」，恐「豆棚未免爲將來釀禍之藪」（第十二則），作者不露其真名實姓，但畢竟不甘「人遐

〔註 4〕胡士瑩《話本小說概論》，中華書局 1980 年版，第 649 頁。

世遠，湮沒不傳」（《弁言》），所以把眞姓名藏於書中，這也許就是唯獨第十二則講故事人有姓名、字號的原因了。這有似於曹雪芹藏名於《紅樓夢》，可惜我們沒有更多的證據。

關於作者生活的時代，論者公認爲明末清初，證以書中的描寫，可成定論。但是，還可以作具體考察。第十一則《總評》說：「明季流賊猖狂，肝塗地，顚連困苦之情，離奇駭異狀，非身歷其境者，不能抵掌而談。」明亡於一六六四年，作者身歷明季之亂而能在晚年談之甚詳，入清時至少也該十幾歲了。以二十歲計，則大約生於明天啓四年（一六二四）。同則又說：「如今豆棚下，連日說都是太平無事的閒話；卻見世界承平久了。那些後生小子，卻不曉得亂離兵火之苦。今日還請前日說書的老者來，要他將當日受那亂離苦楚，從頭說一遍。」這裡透露此書作於入清已久，所謂「世界承平久了」，這與作者在評語中被稱爲「艾衲老人」的情況相合。而康熙二十二年（一六八三）清朝在平定「三藩之亂」後收復臺灣，江南才眞正安定下來，書中所謂「承平久了」之時當在此之後。也就是康熙二十二年之後作者也還在世。以享年七十六歲計，則他的卒年就是康熙三十九年（一七〇〇）。雖然只是推測，卻應當與實際相去不遠。

關於作者的生平事迹，可從評語和敘中考見大概。天空嘯鶴《敘》中說：「有艾衲先生者，當今之韻人，在古曰狂士。賣不去一肚詩云子曰，無妨別顯神通；算將來許多社弟盟兄，何苦隨人鬼諢。況這猢猻隊子，斷難尋別弄之蛇；兼之狼狽生涯，豈還待守株之兔？收燕荂雞壅於藥裹，化嘻笑怒罵爲文章……」這裡告訴我們，艾衲居士早年曾應科舉不第，參加過明末清初盛行的文社，但中道退出；「狼狽生涯」，大概避地不斷遷徙而居；「收燕荂」云云，當是說他賣藥行醫爲生。評語又稱他「凡詩集傳奇，剞劂而膾炙天下者，亦無數矣」。這些，可資進一步考證之用。

二、關於思想內容和傾向

《豆棚閒話》的思想內容，比起它的作者問題來比較容易把握，但同樣沒有人全面論述過。個別引起了研究者注意的問題，也未能得到準確的解釋。

它的思想內容，竊以爲大致有三個方面：一是對明清易代的看法，二是對清初政治的批判，三是對世俗人情的反映。

作者是一位親身經歷了明清易代大變革的知識分子，《豆棚閒話》反映他

對這一歷史事變的態度和看法是很自然的，正是在這一點，它受到許多研究者的重視。例如，有的研究者由第七則《首陽山叔齊變節》的內容，推測作者可能是一位「明代遺民」。但是，從第七則的全部描寫和全書有關內容考察，這個問題還是值得商榷的。誠然，作品很明確地表示了對變節仕清者的不滿和厭惡，這是「遺民」的感情；但作品同樣明確地表示了他已承認和接受了清朝的統治。書中寫道：「眾生們見得天下有商周新舊之分，在我視之，一興一亡，就如人家生的兒子一樣，有何分別？譬如春夏之花謝了，便該秋冬之花開了，只要應著時令，便是不逆天條。若根據頑民們意見，開天闢地就是商家到底不成？商之後不該有周，商之前不該有夏了。」作者雖卑視叔齊的變節，卻仍然肯定叔齊下山是「應天順人，也不失個投明棄暗」。既佩服「頑民」的忠義，又斥責他們「不識天時，妄生意念，東也起義，西也興師，卻與國君無補，徒害生靈」。以感情而論，作者對明朝是懷有忠義的；以理智而論，作者主張做清朝的順民。情感與理智的這種矛盾，在當時入清既久的一部分前明士大夫和知識分子中，當有一定的代表性。如果說這也是「遺民」的話，比起顧炎武等人那種「猶看正朔存，未覺江山改」（《亭林詩集·見隆武四年曆》）的氣節來，不可同日而語。。

書中流露對清朝的認同意識。第三則《朝奉郎揮金介霸》，寫隋末唐初「四海鼎沸之際」，汪興哥資助居於海島的義軍首領海東天子劉琮。待到「隋朝既滅，唐主登基」，汪興哥勸劉琮道：「吾弟與其寄身海外，孰若歸奉王朝，在內不失純臣之節，在外不損薄海之威。朝廷不疑，海邦安枕，此亦立身揚名之大節也」。所以劉琮就投順了李唐新朝，賜平海王，永鎮海東。據前面的推斷，《豆棚閒話》約成書於康熙中葉，正當鄭成功的幼孫以臺灣降清，隸漢軍正紅旗，受封公爵的當時或不久，作者歌頌這位劉琮，很難說沒有影射鄭氏降清的意思。從歷史的觀點看，作者鼓吹投順新朝有利於國家的統一和安定，但因此也就不宜稱其為「明代遺民」了。這無關於作者的毀譽榮辱，而是還他以歷史的本來面目。

作者對亡明有忠義之情，對清朝有尊順之意，對農民起義卻深惡而痛絕之。第十一則《黨都司死梟生首》，作者雖寫了明末政治黑暗，使「天下萬民嗟怨，如毀如焚，恨不得一時就要天翻地覆，方遂那百姓的心願」，承認農民起義是官逼民反。但他的立場堅定地站在統治者一邊的，聯繫到《首陽山叔齊變節》把忠於前朝的義軍斥為「頑民」，作者實際的政治態度是不准反明，

亦不贊成反清復明的。在他看來，無論是明朝還是清朝的統治，都是「應著時令」「不逆天條」，而農民起義卻是「不識天意」「徒害生靈」。這既是傳統「君權神授」的「天命論」作怪，又是當時農民反封建統治特別是反清鬥爭失敗主義情緒的反映。

艾衲居士標榜自己「不得已之心，甚於孟子繼堯、舜、周、孔，以解豁三千年之惑」，因而以道家為無用，更極力排佛。但在實際上，他卻不時逃往老莊哲學尋求安慰。儒家的第二號人物孟子講「物之不齊，物之情也」，又講「吾聞用夏變夷者，未聞變於夷者」（《孟子‧滕文公上》），而艾衲卻借「齊物主」之口，講什麼天下無「商周新舊之分」，這哪裏還有什麼儒家的氣味？這固然不一定是作者的初衷，而是屈服於現實政治的表現，是清朝統治者的高壓與懷柔政策影響於漢族知識分子的結果。但在艾衲一類人說來，再板起一副儒家「守死善道」（《論語‧泰伯》）的面孔，未免自欺欺人。他們已根本失去了儒家「知其不可而為之」的勇氣，而取了莊子「知其不可奈何而安之若命」（《莊子‧人間世》）。外儒學而內老莊，可以說是這一類失意知識分子的共同思想特徵。

其次，作者尊順清朝，還偶稱當時社會為「承平」，但他對清初政治也是極為不滿的。《空青石蔚子開盲》寫「天地開闢以來，一代一代的皇帝，都是一尊羅漢下界主持……當初不知那個朝代交接之際，天上正在那裏撿取一位羅漢下界。內中卻有兩個羅漢，一尊叫做電光尊者，一尊叫做自在尊者，都不知塵世齷齪，爭著要行」。末了竟是電光尊者搶先下界為帝。那天上古佛看見道：「電光，你見識差了。只圖到手得快，卻是不長久的。既有花生先，你先去罷。自在且略緩些，也隨後就來了。電光尊者即下塵凡，降生西牛賀洲，姓焦名薪。任著火性，把一片世界，如雷如電，焚灼得東焦西烈。百姓如在洪爐沸湯之中，一刻難過，也是這個劫運該當如此」。從本則還寫一個盲人孔明曾把「李闖犯神京的故事說了一回」看來，作者寫這個朝代交接之際下界、正在做著皇帝的電光尊者，應有所寄託，不是遊戲之筆。誠如作者提醒讀者所說：「今日我們坐在豆棚之下，不要看做豆棚，……說些古往今來的世情閒話。莫把『閒』字看錯了」。那麼，這個電光尊者的形象只能是影射清初的統治者。這一描寫是對清初政治的揭露、批判和詛咒，然而這一批判是從宿命觀念出發的，既是隱晦的，又是軟弱無力，因而與作者實踐上承認清朝統治的大前提並不矛盾。既承認，又不滿，造成他內心深重的痛苦。表現在出處

問題上，對別人，他以爲仕清無可無不可；對自己，卻出門惘惘，不知所向。《空青石蔚子開盲》寫中州兩個盲人原是要求蔚藍大仙醫好雙目，「開眼看那光明世界的」。待到雙目復明，卻見世上「許多孽海冤山，倒添入眼中無窮芒刺，反不如閉著眼的時節，倒也清閒自在」。結果二人不願重返人世，讓蔚藍大仙將自己置於酒瓶中，做桃源世界的美夢。紫髯狂客評曰：「凡天下事到無可如何處，惟醉可以銷之，所以劉伶荷鍤，阮藉一醉六十日，俱高人達見，不徒沉醉曲蘖而已。艾衲老人其亦別有萬言於斯乎？」其實，艾衲的意思不過避世保身，是封建時代失意知識分子「憤世」的變態反映。

如果說作者對清初政治的批判是隱晦而軟弱無力的，那麼，對一般人情世態可就敢於痛下針砭了。《虎丘山賈清客聯盟》挖苦當時社會上的幫閒蔑片，極盡筆墨之能事。《陳齋長談天說地》和《大和尚假意超昇》，於佛教尤抨擊不遺餘力，以爲佛氏有十大罪惡，天堂、地獄、城隍、神仙之類皆大荒唐，在當時誠爲有識之見。幾篇翻案文章，也別有情致。第一則《介子推火封妒婦》，寫介子推本要出山受封，被他妻子石尤用繩索扣頸縛住了；第二則《范少伯水葬西施》講西施助越興吳之後，范蠡怕她揭發自己的陰私，將她推到水裏淹死了；第七則《首陽山叔齊變節》把自古儒家尊奉的賢人之一叔齊，寫成一個背棄兄長、變節投敵的小人；第八則《空青石蔚子開盲》的入話部分，甚至說《論語》中樊遲問圃，是「樊遲諷勸夫子之意。看見夫子周遊天下，道大莫容，不知究竟何似，不如尋個一丘一畝，種些瓜茄小菜，倒也有個收成結果」。這些，都不止唐突古人，有的簡直是唐突「聖人」「賢人」了。這些描寫，除了各自本身的意義，還綜合起來給我們這樣一個感覺，那就是作者不但憤恨他的時代，而且不滿於歷史，故爾「莽將二十一史掀翻，另數芝麻帳目」（天空嘯鶴《序》）。

總之，就思想內容方面，《豆棚閒話》還不失爲一部發憤之作。它的價值，不在於表現遺民思想，而在於表現了明清之際一個不甘隨波逐流、卻又回天無力的知識分子的苦悶與追求，字裏行間，都流露他對現實的不滿和無可奈何的哀歎。時代環境和歷史因襲的重擔壓迫他不可能找到社會的出路和生活的真理，所以，作品所反映的他的精神面貌，只成爲封建末世苦悶的象徵。

三、藝術舉要

《豆棚閒話》是一部短篇白話小說集，除第十二則無多少情節外，其餘

各則都是清初盛行的擬話本形式。它的獨特之處在於，每則各有獨立的故事，卻是在同一豆棚之下，由一些人輪流說出來的。豆棚的成毀和豆棚下輪流講故事的框架使全書有了一個貫串始終的線索，雖然是比較外在的，卻也還形成一定鬆散的整體性，是一個創新。在世界文學中，這種形式有似於《天方夜譚》和《十日談》。在中國文學中，如把《儒林外史》的長篇結構稱爲「連環短篇」，《豆棚閒話》則可看作「短篇連環」，都是介於典型的長篇與短篇之間的結構樣式。但《儒林外史》以中心人物隨故事的轉換而遞變形成連環，具有內在的聯繫；《豆棚閒話》以故事出於同一豆棚之下的一些人輪流講述相連環，僅有外在的聯屬。所以人們樂於稱前者爲長篇，而視後者爲短篇小說集。然而正如研究《儒林外史》的長篇結構藝術，我們不能不注意它如何借鑒和融匯短篇的長處一樣，研究《豆棚閒話》的短篇結構藝術，我們亦不能全然不顧它帶有長篇傾向的優點。正是由於它十二則故事一線貫串、首尾照應，使全書內容具有了某種整一的特點。它既是出於一人之手的創作，又從政治、經濟、哲學、倫理、家庭、婦女等各個不同角度或側面表現同一作者的思想，構成了作家完整的思想體系和個性特徵，這是別種短篇小說集所不能很好提供的。

其次，與上述本書的特殊結構相聯繫，書中故事全以說話與聽眾對話的形式敘述，亦是藝術上的一個創新。一般的話本小說，多以「話說」開篇，說話人自問自答，引出正文，是作者直接「講故事」。而此書不然，它是「寫『講故事』」。一般的話本給人以現場聽說書的感覺，《豆棚閒話》卻似放一部說書場面的錄像，使聽每則故事，始終明確這是「豆棚閒話」這一大故事中的故事。因而每則的入話不僅在內容上，而且在形式上加強上同正文的聯繫，甚至成爲極精彩的情節。如第三則寫豆棚下眾人等待聽說古話，「卻不見那說故事的老者。眾人道：『此老胸中卻也有限，想是沒得說了。趁著天陰下雨，今日未必來也。』內中一人道：『我昨日在一舍親處聽得一個故事，倒也好聽。只怕今日說了，你們明日又要我說，我沒得說了，你們就要把今日說那老者的說著我也。』眾人道：『也不必拘，只要肚裏有的便說。如當日蘇東坡……』」曲曲折折，引出那說故事的人來，引出那人說的故事來。數層出落，真如書中人所說：「只是這個話柄也就圓活波瀾得緊，自然是妙的。」加之說故事人不斷變換，豆棚景色隨季節不斷變換，宛如舞臺布景不時變幻，爲演出的故事平添了詩情畫意。如第六則開篇一番關於豆棚和煮豆的描寫，對於正文說

來，就如一幅畫被鑲在精緻的框架裏，是別一些擬話本的作者不曾想出的。

再次，關於這些故事的來源，有不少採自古史傳說或前人筆記。有的研究者指出：第五則《小乞兒眞心孝義》的故事，與徐復祚《花當閣叢談》卷四《孝丐》及《西青散記》卷三《揚州丐》相似；第七則《首陽山叔齊變節》從《逸民篇》僅言伯夷，不言叔齊設想而來，命意則出清初人譏變節仕清者詩「一隊夷齊下首陽」之句。另外，作者已自言第二則《范少伯水葬西施》本《野艇新聞・范少伯水葬西施傳》和《杜柘林集・洞庭君代西子上冤書》。其實，第一則《介子推火封妒婦》故事亦有所本：介子推燒死於綿竹山一事見諸史載，自不必說；該則入話「妒婦津」故事採自唐段成式《諾皋記》所載晉代劉伯玉之妻段明光事；妒婦石尤則見於宋洪邁《容齋詩話》四、元伊世珍《琅嬛記》引《江湖紀聞》所載石尤故事。而把石尤與介子推聯繫起來，當是受了《述異記》的影響。《述異記》載：「并州妒女泉，婦人不得靚妝彩服至其地，必興雲雨，一云是介（子）推妹。」這個「介推妹」就是妒婦石尤做了介子推妻的媒介。其他各則或亦有出處，惜見聞未廣，不能一一指實。但書中有些細節似亦值得一提，如第一則寫「石氏方在家把泥塑一個丈夫，朝夕打罵不已」，與《醒世姻緣傳》中薛素姐打猴子的描寫極相類；第二則注西湖詩，取意於《聞見後錄》所記：「紹興淳熙間，君相縱逸，耽樂湖山，無復新亭之淚，是以論者以西湖爲尤物，比之西施破吳也。」因此，就題材而言，此書無大開拓，故題曰「編」。但是把這些與傳聞異說匯爲一書，著意於翻案，「蒼茫花簇，像新聞而不像舊本」（第二則），卻是作者的一個創造。

《豆棚閒話》對後世的影響也值得注意。胡士瑩《話本小說概論》曾指出唐英《轉天心傳奇》，取材於本書《空青石蔚子開盲》。其實最重要的影響當推清乾隆年間文言筆記小說《小豆棚》，該書有光緒六年項震新序說：「余家有《豆棚閒話》一編，愛其自出機抒，成一家言，暇時曾玩適之。閱數年，客有談及曾七如居士所撰《小豆棚閒話》，其義類頗相似，亦即取前書之名而名之矣。」讀《小豆棚》，知非妄言，其中《趙劈刀》一篇，即與《豆棚閒話・藩伯子破產興家》中閣公子義釋趙完璧描寫「義類頗相似」。另外，《空青石蔚子開盲》中的空青寶石，乃「當初女媧氏煉石補天，費了多少爐錘鍊得成的。今日從天上脫將下來，也是千古奇緣。」使我們極易想到《紅樓夢》中通靈寶玉的來歷。總之，此書題材的繼承性和對後世的影響，生動地表現了它存和補益中國文學和文化的關係。

四、附論《總評》

　　鴛湖紫髯狂客對本書各則分別撰有《總評》，其中多迂腐之論。但這是研究此書最早的文字，其中還透露作者的一些情況，即關於小說的一般見解也還有些值得重視的意見，因附論於此。

　　首先，如第二則《總評》論我國古代小說的起源說：

　　　　人知小說昉於唐人，不知其昉於漆園莊子、龍門史遷也。《莊子》一書，寓言十九。大至鵾鵬，小及鶯鳩、鷦鷯之屬；散木鳴雁，可喻養生；解牛斫輪，無非妙義。甚至恢諧賢聖，談笑帝王，此漆園之小說也。史遷刑腐著書，其中《本紀》《世家》《表》《書》《列傳》，固多正言宏論，燦若日星，大如江海。而內亦有遇物悲喜，調笑呻吟，不獨《滑稽》一傳也。如《封禪》，如《平準》，如《酷吏》《遊俠》等篇，或為諷譏，或為嘲謔，令人肝脾、眉頰之間別有相入相化而不覺。蓋其心先以正史讀之，而不敢以小說加焉也。即竇、田之相軋，何異傳奇？而《句踐世家》後附一段陶朱、莊生入楚喪子之事，明明小說耳。故曰小說不昉於唐人也。

明清的小說評點家李贄、金聖歎、毛宗崗等，動以史遷、盲左筆法稱道《水滸》《三國》等書，似已覺察到小說與正史相通，但不敢以正史為小說之源，這時終由紫髯狂客一語道破，而且更溯源於《莊子》，可見其文化視野相當廣闊。雖然未至於民間傳說的根柢，但比較某些拘泥於「神話說」「史傳說」的議論，豈不更顯得通達嗎？特別「蓋其心先以正史讀之」二語，足為千古治《史記》、治小說史者解惑，最見深刻。

　　其次，第十二則《總評》說：

　　　　著書立言，皆聖賢發憤之所為作也，亦在於後學之善讀。如不善讀，則王君介甫，以經術禍天下，所以然矣。即小說一則，奇如《水滸記》，而不善讀之，乃誤豪俠而為盜趣；如《西門傳》，而不善讀之，乃誤風流為淫。

這裡以「善讀」為《水滸記》《西門傳》辯護，甚有膽識。同時使我們知道《水滸傳》《金瓶梅》應該分別又稱《水滸記》《西門傳》，當時曾以這樣的異名流行過，似乎別處不曾記載。

　　　　　　　　　　　　　　　（原載《明清小說研究》1988 年第 1 期，有修訂）

關於《豆棚閒話》的若干問題

　　《豆棚閒話》〔註1〕十二則，聖水艾衲居士編，鴛湖紫髯狂客總評（以下或簡稱《總評》），天空嘯鶴敘（以下或簡稱《敘》），是清初至今流傳較廣並有一定影響的擬話本小說集。問世以來至今讀者頗多，研究者亦復不少，提出並正在探索中的主要有以下若干問題，試再論說〔註2〕。

一、「聖水艾衲居士」何許人也

　　據書之《總評》《敘》等，「聖水艾衲居士」又稱「艾衲」「艾衲道人」「艾衲老人」、艾衲先生」。至於此人籍貫、姓名等，眾說紛紜，或謂「當是清初的浙江人」〔註3〕，「或云為范希哲作，希哲別號四願居士，著有傳奇多種」〔註4〕，或說「杭州西湖舊名明聖湖，又今杭州慈聖院有呂公池，宋乾道年間，有高僧能取池水咒之以施，病者取飲立愈，號聖水池。如果艾衲居士所題聖水即指此，那麼他可能是杭州人」〔註5〕，又或說是《濟顛全傳》的校訂者「即杭州的一位無名作家王夢吉」或「至少也是王的友人之一」〔註6〕，胡適說：

〔註1〕〔清〕聖水艾衲居士編著《豆棚閒話》，張敏校點，人民文學出版社 1984 年版。
〔註2〕杜貴晨《論〈豆棚閒話〉》，《明清小說研究》第7輯，中國文聯出版公司 1988 年版。
〔註3〕趙景深《中國小說叢考》，齊魯書社 1983 年版，第 399 頁。
〔註4〕胡士瑩《話本小說概論》，中華書局 1979 年版，第 649 頁。
〔註5〕〔清〕艾衲居士編著《豆棚閒話》，上海古籍出版社 1983 年版，《出版說明》。
〔註6〕〔美〕韓南《中國白話小說史》，尹慧瑉譯，浙江古籍出版社 1989 年版，第 191 頁。

「此書作者、評者均不可考。鴛湖在嘉興，聖水大概就是明聖湖即杭州西湖。作者、評者當是一人，可能是杭州嘉興一帶的人。」〔註7〕但均屬推測。所以，「聖水艾衲居士」果爲何人，至今未決。

最新的探索是李金松《〈豆棚閒話〉作者艾衲居士考》〔註8〕一文（以下簡稱「李文」）。李文根據清初丹徒人張九徵（1617～1684）「家中築有艾衲亭，並著有《艾衲亭存稿》」等考證，認爲「聖水艾衲居士即清初名臣張九徵」。此說從「艾衲亭」聯想而來，不能說是捕風捉影，但是仍未免疑點重重：一是李文列舉資料畢竟未見張九徵曾號「艾衲居士」；二是李文因丹徒無「聖水」地名而以「『聖水』二字不應當作地名理解」，而是儒家「聖賢的德性精神」的象徵較爲牽強。因爲倘若如此，張九徵豈非以「聖人」自居？大概不能，也與李文稱張氏是一位崇儒的「名臣」身份不合；三是從天空嘯客《敍》說「聖水艾衲居士」是「當今之韻人，在古曰狂士……賣不去一肚詩云子曰……許多社弟盟兄，何苦隨人鬼譚……狼狽生涯，……化嬉笑怒罵爲文章」看，「聖水艾衲居士」無疑是一位科舉而未曾得官的潦倒文人。這就與張九徵「年二十九，舉鄉試第一」「丁亥（1647）成進士」，「官至內閣學士兼禮部侍郎」的仕宦生涯嚴重不符，根本不可能是「同一人」。所以，在當下有關資料罕見並不得不考慮到各種可能性的情況下，李文以《豆棚閒話》作者「聖水艾衲居士」爲張九徵或可備一說，但「聖水艾衲居士」究爲何人的探索，並未因此而獲根本的突破。從而「聖水艾衲居士」的生平創作等，至今還是《豆棚閒話》的文本及其《總評》和《敍》中透露的一些消息。

首先，「聖水艾衲居士」應該是一位杭州人。理由有二：一是如上所引及，杭州西湖古稱「明聖湖」〔註9〕、「杭州慈聖院有呂公池……號『聖水池』」，倘爲當地人如艾衲居士附會稱「聖水」以自號是完全可能的，卻不一定如胡適所說是「杭州嘉興人」；二是《豆棚閒話》寫及江、浙、贛、皖、京、津、冀、魯、豫等許多省份，而以寫蘇、杭二地人事最多，看來也最爲熟悉。而從《總評》卻怪「艾衲偏遊海內名山大川，每每留詩刻記，詠歎其奇，何獨於姑蘇勝地，乃摘此一種不足揣摩之人？極意搜羅，恣口諧謔」（第十二則）

〔註7〕 胡適《〈豆棚閒話〉筆記》，《胡適全集》卷十二，安徽教育出版社 2003 年版，第 539～541 頁。

〔註8〕 李金松《〈豆棚閒話〉作者艾衲居士考》，《明清小說研究》2013 年第 4 期。

〔註9〕 〔明〕田汝成《西湖遊覽志》，陳志明編校，東方出版社 2012 年版，第 1 頁。

云云看,「姑蘇勝地」即蘇州只是艾衲「偏(遍)遊」的地方之一,所以他又不會是蘇州人;而第二則末寫「吳中有個士夫,宦遊經過越地」,被諸暨(今屬杭州)苧蘿山的「鄉老」調侃,眾後生稱道「這老老倒有志氣占高地步,也省得蘇州人譏笑不了」。這個「段子」在也顯得他不會是蘇州人的同時長「越地」人「志氣」,就越發使人相信他是一位「越人」並且是一位「杭州人」了。

「聖水艾衲居士」是一位獨立特行的下層文人。《敘》云:「有艾衲先生者,當今之韻人,在古曰狂士。七步八叉,眞擅萬身之才;一短二長,妙通三耳之智。一時咸呼爲驚座,處眾洵可爲脫囊。」但是,「賣不去一肚詩云子曰」,所以弄成「狼狽生涯」,只好「收燕苓雞壅於藥裏,化嘻笑怒罵爲文章」,也就是做一個寫手養活自己了。《總評》說「艾衲道人胸藏萬卷,口若懸河,下筆不休,拈義即透。凡詩集傳奇,剖厥而膾炙天下者,亦無數矣。適當盛夏,謀所以銷之者,於是《豆棚閒話》不數日而成」。

《豆棚閒話》是「聖水艾衲居士」晚年居杭之作。第九則中作者假說話人之口說「在下向在京師住了幾年,看見錦衣衛、東廠……奉旨嚴緝賊盜」,而第十一則《總評》說「明季流賊猖狂,肝腦塗地,顛連困苦之情,離奇駭異狀,非身歷其境者,不能抵掌而談」云云。這些憶往述舊之辭綜合表明,艾衲居士出生、成人於明末,曾有一段時間在北京居住生活;《豆棚閒話》是他晚年歸里居杭州之作。

《豆棚閒話》成書的時間,以第十二則中說「如今豆棚下……卻見世界承平久了」,與第三則寫有以「海東天子」劉琮歸唐似影射鄭氏以臺灣歸順清朝的情節相對看,此書很可能寫成於清朝平定「三藩之亂」又收復臺灣的康熙二十二(1683)年之後,因爲只有到那時才可以說是「承平久了」。而作者假說話人之口曰「還留得這殘喘,尚在豆棚之下閒話及此」(第十一則),則透露這位「艾衲老人」有可能長壽活到了康熙三十九(1700)年前後,《豆棚閒話》則成書於康熙二十二(1683)年至三十九(1700)年之間。

《豆棚閒話》的人物描寫中有作者自己的影子。《弁言》引詩菊潭詩末聯云:「晚風約有溪南叟,劇對蟬聲話夕陽。」而書中寫「閒話」之人除了第十一則「那老者是個訓蒙先生」即塾師外,又有第十二則寫「陳齋長」講畢返城,那丨老者送過溪橋,回來對著豆棚主人道:『閒話之興,老夫始之……』」云云,可見「溪南叟」即「老者」是作者的自況。而書中寫那位陳齋長「胸中無書不讀。聽他翻覆講論天地間道理,口如懸河一般,滔滔不竭,通國之

人辯駁不過」，與《總評》說「艾衲道人胸藏萬卷，口若懸河，下筆不休，拈義即透」，並把本則中陳齋長所說「知我不得已之心，甚於孟子繼堯、舜、周、孔，以解豁三千年之惑」歸之「艾衲所云」等等相較，又似「陳齋長」也有作者自況的成分。從而這兩個人，一為「訓蒙先生」，一為「齋長」，都是教書先生，都成為作者的影子，那麼真實的「聖水艾衲居士」很可能就是一位塾師，同時是一位集詩文、小說、戲曲創作為一身著作頗豐的作家，在當時文壇應非無名之輩，說不定仍留有某種線索待將來的發現。

以上包括《總評》與《敘》所透露，特別是從《豆棚閒話》的「小說」性描寫證作者生平，都不太可能有精確的測定。但是，中國古代小說中率多作者「自況性」〔註10〕描寫的傳統，使我們願意相信上述考索很大程度上反映了作者歷史的真實，只是不夠精確而已。

二、《豆棚閒話》的題材與內容

《豆棚閒話》的題材內容，除第十二則《陳齋長論地談天》是託為問答抨擊佛老的議論之外，其他各則均為講述古今故事。

第一則《介子推火封妒婦》寫介子推夫婦事撮合《左傳》《史記》等有關介之推事記載，以及《酉陽雜俎》「妒婦津」、《述異記》（任昉）「妒婦泉」故事等；第二則《范少伯水葬西施》自道「《野艇新聞》有《范少伯水葬西施傳》，《杜柘林集》中有《洞庭君代西子上冤書》一段，俱是證見」，但兩書未見。可考其淵源當在《墨子·親士》載「西施之沉，其美也」，以及《吳越春秋》佚文有云：「吳亡後，越浮西施於江，令隨鴟夷以終。」以及明詹詹外史（馮夢龍）編《情史·范蠡》稱「又別志，越既滅吳，乃沉西施於江，以報鴟夷」等；第三則《朝奉郎揮金倡霸》寫隋末徽州朝奉之子汪興哥揭竿稱王，後被唐朝招安賜名汪華故事，本於新、舊《唐書·王雄誕傳》和《新唐書·高祖本紀》，以及《全唐文》卷一唐高祖李淵《封汪華越國公制》有關記載；第四則《藩伯子破產興家》中說話人稱「今日在下不說古的，倒說一回現在的」，應本於當代傳聞；第五則《小乞兒真心孝義》中乞兒故事，與明徐復祚《花當閣叢談》卷四《孝丐》相似；第六則《大和尚假義超昇》所寫李抱真，唐德宗時任檢校工部尚書兼潞州長史，兩《唐書》有傳。李抱真賺大和尚自焚

〔註10〕 王進駒《乾隆時期自況性長篇小說研究》，中國社會科學出版社 2006 年版。

以籌軍餉事出唐李綽《尚書故實》，並攝取了宋人袁文《甕牖閒評》卷八載李筠效李抱真故伎重演的個別細節；第七則《首陽山叔齊變節》故事自《四書》中《論語》以伯夷、叔齊並稱賢者，至《孟子》則單舉伯夷而不及叔齊的差異設想出來；第八則《空青石蔚子開盲》寫「空青石」本自「女媧煉石補天」神話敷衍，結末「杜康埕」情節自《神仙傳》中「壺公」故事化出；第九則《漁陽道劉健兒試馬》寫宦家子劉豹敗家後淪為劫盜並終於伏法，第十則《虎丘山賈清客聯盟》寫蘇州一班「老白賞」幫閒詐騙、弄巧成拙的勾當，第十一則《黨都司死梟生首》寫明末官辦地方武裝首領黨團練平盜死節等，均當代史事，為作者見聞所得。

由上述各則取材可見，《豆棚閒話》內容多關夫婦、父子、家庭等的綱常倫理，治安、宗教、風俗等國家治亂興衰等社會問題。尤其第七、八兩則有影射時政的嫌疑：其一，清朝開國之初，招安故明官員出仕是對漢人武力征服之外的重要舉措，也頗見效果。所以第七則《首陽山叔齊變節》通過寫伯夷的親兄弟、在首陽山一起「不食周粟」的叔齊也「變節」下山，投靠「新朝」，「到一市鎮人煙湊集之處，只見人家門首俱供著香花燈燭，門上都寫貼『順民』二字。又見路上行人有騎騾馬的，有乘小轎的，有挑行李的，意氣洋洋……要往西方朝見新天子的，或是寫了幾款條陳去獻策的，或是敘著先朝舊職求起用的，或是將著幾篇歪文求徵聘的，或是營求保舉賢良方正的，紛紛奔走，絡繹不絕」等等，確實反映了當時故明官員紛紛降清的實際情況，但語含諷刺，甚至借所謂「頑民」之口，罵叔齊等出仕「新朝」是「反蒙著面皮，敗壞心術」。這就顯然是與清朝的政令唱反調了。而又說「新朝規矩，扯著兩個空拳怎便有官兒到手」，更是影射降清人士還要受到「新朝」官員的勒索，就見得「新朝」與剛剛垮掉的「前朝」沒有什麼兩樣，豈非惡毒攻擊？自然有極大的政治風險；其二，明末清初天下未定，先後或同時有李自成、滿清和南明以至鄭成功三股政治軍事勢力逐鹿中原，最後滿清得手成了主宰。第八則《空青石蔚子開盲》就暗含對此時局和三種政治勢力的影射褒貶。該則說「不知那個朝代交接之際，……有兩個羅漢，一尊叫做電光尊者，一尊叫做自在尊者」，二者由古佛主持下界爭奪天下。前者搶先「降生西牛賀洲，姓焦名新，任著火性把一片世界如雷如電焚灼得束焦西烈。百姓如在洪爐沸湯之中，一刻難過」，但古佛卻預言：「電光，你見識差了，只圖到手得快，卻是不長久的！」豈非詛咒滿清得國之不正，必是短命王朝！而後者「降生

東勝神州，姓蔚名藍，生來性子極好清淨……在山中放那調神養氣的工夫」，「所培養者都是忠孝節義正氣一脈，日後應運而興，正可仗他扶持世界」云云。參以本則寫「孔明也就把當時編就的李闖犯神京的故事說了一回」，那麼這個「降生東勝神州」的「蔚藍」所指，應該就是避地海上的鄭成功父子。這與第三則《朝奉郎揮金倡霸》寫有割據海島的「海東天子劉琮」亦相暗合。那麼作者對「蔚藍」的欣賞，豈非又對羞恥代暗寄以希望？

雖然作為小說情節，上述第七、八兩則情節未必不可以作別樣的解讀，並且深入來看，作者也確實無意於「反清」（詳後），但一方面是歷史的經驗證明在這類政治敏感問題上，一旦當權者認定就不會接受作者任何的辯解；另一方面當時「官府禁約甚嚴，又且人心叵測」，因此作者雖一吐為快如此寫了，卻不能不有「此一豆棚未免為將來釀禍之藪」的擔心。從而問世僅署以化名，影響其評者、敘者亦皆如此。雖然迄今未見清代禁燬小說戲曲史料列名此書〔註11〕，但在當時清政府文化高壓的形勢下，作者的擔心實非多餘。

三、《豆棚閒話》的「發泄」與「勸世」

然而，上述《豆棚閒話》干犯時忌的內容，既非全書的主旨，也不是作者的真意。《豆棚閒話》的真意其實重在世道的治，人心之懲創，既是一部「冷眼」觀世的「發泄」（第七則《總評》）之作，又是一部欲「一開世人聲瞽耳目」（第十一則《總評》）的「勸世文」（第十二則）。具體有以下幾個方面。

首先，憤世疾俗，宣泄苦悶。《豆棚閒話》十二則，除第三、四、五、十一則寫人物有所獎勸、帶有一些社會人生的亮色或希望之外，其他幾乎都是對現實與人性陰暗面的揭露與鞭笞。除卻上論第七、八則就「變節」仕清者的描寫為個人情緒的「發泄」之外，第九則寫破落子弟飢寒為盜，第十則寫蘇州白賞奸詐惡俗等，也分別就社會問題之一面有窮形盡相的描繪，入骨三分的針砭。其諷刺之極，乃至第八則寫幸而瞽目復明的遲、孔二人，見世上「許多孽海冤山，倒添入眼中無窮芒刺，反不如閉著眼的時節，倒也得清閒自在」，可謂不共戴天。從文學的角度看，這類描寫或過猶不及，但所構成《豆棚閒話》思想內容的一面，確證了日本文學家廚川白村所謂文學是「苦悶的象徵」〔註12〕。

〔註11〕 王利器輯錄《元明清三代禁燬小說戲曲史料》，上海古籍出版社1981年版。
〔註12〕 〔日〕廚川白村著《苦悶的象徵》，魯迅譯，中國編譯局出版社，2014年版。

其次,亂後思治,順應「新朝」。《豆棚閒話》寫作於「世界承平久了」(第十一則)之際,有些內容雖可解讀有暗諷「新朝」,但如上述《豆棚閒話》對「變節」仕清者的譏諷,與顧炎武等明遺民「反清復明」的漢民族主義立場感情實相去甚遠,而主要是一位恪守儒家「忠信」(《論語・顏淵》等,凡五篇六見)之道的儒生對政治上「變節」者人格的鄙視。其目的不在「反清」,而僅僅是據於儒家綱常至高點不滿於士流道德淪喪的「發泄」(第七則《總評》),是一種情緒的表達。而且似乎自相矛盾的是,既已詛咒其「不長久的」,卻又承認「新朝」之興是「應著時令」;既已鄙薄「叔齊變節」,但又承認其是「應天順人,也不失個投明棄暗」;至於寫割據海島的「海東天子」劉琮按受「新朝」的招安封「平海王」為「千秋佳話」(第三則),即使不一定影射臺灣鄭氏降清,客觀上也表示了奉「新朝」為正統的態度。尤其指責那些「頑民」的「東也起義,西也興師,卻與國君無補,徒害生靈」(第七則),表彰黨都司為官府鎮壓「流賊」的神勇,是「忠臣義士」,「至今蓋個廟宇,香火不絕」(第十一則),更是順應了清初穩定局勢的需要,但主要還應是亂極思治的文學反映。而第十一則開篇甚至這樣寫道:

> 當著此時,農莊家的工夫都已用就,只要看那田間如雲似錦,不日間「污邪滿車」「穰穰滿家」是穩實的,大家坐在棚下,心事都安閒自在的了。若是荒亂之世,田地上都是蓬蒿野草,那裡還有甚麼豆棚?如今豆棚下連日說的都是太平無事的閒話,卻見世界承平久了,那些後生小子卻不曉得亂離兵火之苦。今日還請前日說書的老者來,要他將當日受那亂離苦楚從頭說一遍,也令這些後生小子手裏練習些技藝,心上經識些智著。萬一時年不熟轉到荒亂時,也還有些巴攔,有些擔架。眾人道:「有理,有理。我們就去請那老者。」

由此可見作者「亂極思治」、關切民生之意。參以書中對明清易代的描寫多含沙射影和點到為止,既由於時忌,也可以看出比較誰做皇帝更好和故明官員是否降清做官,作者實在是更關注與個人生活直接相關的天下治亂、道德升沉、風俗興衰等個人禍福等全民生態問題。這種從對一代王朝的興亡轉移到對治亂中民生禍福的關注,是個人和民眾意識的覺醒,歷史觀和文學的一個進步。

最後,崇儒貶佛,修齊治平。艾衲居士是一位儒者,《豆棚閒話》極力尊儒、輕道、貶佛。如第六則有議論說:「古聖先賢立個儒教,關係極大。……

又有一個道教，他也不過講些玄微之理，修養身心，延年益壽，這種類還也不多，且漫議論著他。獨有釋教，這個法門參雜得緊。……說出許多地獄天堂，就起了騙人章本。」第十二則說儒家的「聖人與天地並立而爲三」，「老子乃是個貪生的小人」，「佛氏亦貪壽之小人」，「佛老邪說」有「十可恨」等，都彰顯作者正統儒者的立場和思想主張。

總之，《豆棚閒話》實非「閒話」，讀者看此書絕無風花雪月、穢語豔情，其寫「妒」、寫「色」、寫「忠」、寫「義」、寫「孝」、寫佛、寫盜，正說反說，都不過發揚儒家格致誠正、修齊治平之道，就可以相信書中作者一則曰「今日大家閒聚在豆棚之下，也就不可把種豆的事等閒看過」（第四則），二則曰「今日我們坐在豆棚之下，不要看作豆棚……莫把『閒』字看得錯了」（第五則），三則曰「諸君果能體察此情，則知我不得已之心，甚於孟子繼堯、舜、周、孔以解豁三千年之惑矣」（第十二則）等等，絕非虛語。《總評》以之爲「苦心大力」「發憤之所爲作」的「勸世文」（第十二則），乃實至名歸。

四、《豆棚閒話》的藝術創新

如果說如上《豆棚閒話》所蘊含明末清初一位普通士子爲個人與社會的憤慨與焦慮至今仍受到重視，那麼它在小說藝術形式上的特點與創新更值得稱道。

首先，社會問題，寒士視角。《豆棚閒話》題材的選取，第一、二、三、五、六、七則各都取自經傳子書，其他各則得自當代見聞，誠屬半古半今。其演古事者，或取古傳異說即《總評》所謂「經傳子史所闡發之未明者」（第一、二則），或影射時政（第三、七則），或寄意於時俗（如第五、六則），皆託古諷今，「蒼茫花簇，像新聞而不像舊本」（第二則《總評》），以故事與思致的新奇引人入勝；其他敷衍當代見聞各則，或重在表現官宦家庭的興衰、破落子弟的命運（第四、九則），或記明末地方戰亂慘狀與民生苦況（第八、十一則），或針砭市井惡俗與佛門弊端（第十、十二則），均作者所關切之社會重大問題。其所關切又多從儒家理念出發（第八、四則），或歸結於儒家理念的判斷，使之有當時普通士人也就是杜甫詩所謂「寒士」一群認識上的特徵，即文化上有立場，政治上無「選邊」；「擬話本」體裁，文人化風格。

其次，儒家綱常，則次之序。《豆棚閒話》的一則即是一卷或一回，即今人習稱的一篇。《豆棚閒話》十二則的排序看似隨機，其實有意根據於儒家的

倫理綱常，第一則即寫「介子推火封妒婦」，《總評》曰：「知此則《閒話》第一及妒婦，所謂詩首《關雎》，《書》稱「釐降」可也。」就是說《豆棚閒話》第一則寫「妒婦」即夫妻，是比照《詩經》《尚書》把夫婦之事放在第一位的做法，這評論是中肯的。其實，《豆棚閒話》自第一、二則寫導致亡國的「女中妖物」、第三、四則寫家庭、子弟，第五則寫孝道，以下各則分別及於朝代興替、君臣倫理、地方治亂等等，而終於第十二則全篇議論三教優劣，尊儒貶佛，乃卒章見志。由此可見《豆棚閒話》各則大略遵循了「有夫婦，然後有父子。有父子，然後有君臣」（《周易‧序卦》）即夫婦——父子（家庭）——君臣（國家、天下）等倫常的次序，並以崇儒始，以闢佛終，儒家思想的邏輯決定了全書則次的順序。這也許還是其在當時小說多稱「卷」「回」的風氣下獨稱「則」的思想根源。

第三，「豆棚閒話」，模式創新。「豆」是我國農耕歷史上種植最早的作物之一，也很早就進入了文學作品的描寫，著名的如三國魏曹植的《七步詩》、晉宋間陶淵明詩「種豆南山下，草盛豆苗稀」的名句等。但「豆棚」見之詩，似乎要晚至明陳章《即席贈趙栗夫》「萊市街西新卜居，豆棚瓜蔓共蕭疏」（《列朝詩集》丙集第六《陳高州章》），和鄭明選《沈長山山莊》絕句三首之一「豆棚欹側侵書架，梧葉顛狂撲酒缸」（《列朝詩集》丁集第十六《鄭給事明選》）。但以「豆棚」為詩集名，當始於艾衲居士《豆棚閒話‧弁言》有云：「吾鄉先輩詩人徐菊潭有《豆棚吟》一冊。其所詠古風、律絕諸篇，俱宇宙古今奇情快事。」並明確說「余不嗜作詩，乃檢遺事可堪解頤者，偶列數則，以補《豆棚》之意」，是艾衲居士從其鄉前輩以「豆棚」為詩集命名得到啟發，而題名《豆棚閒話》小說之想。並因此感慨「惟扁豆這種天下俱有」（第十則），「只因向來沒人種他，不曉得搭起棚來可以避暑乘涼，可以聚人閒話。自從此地有了這個豆棚，說了許多故事……也就不減如庵觀寺院擺圓場掇桌兒說書的相似」（第十二則）云云。由此可見，以「豆棚」為「平臺」的「閒話」代替「庵觀寺院擺圓場掇桌兒說書」，是艾衲居士對擬話本形式的一個改造，其有意脫出「話本」套路的努力標誌了古代白話短篇小說創作的進一步自覺。

第四，雖曰短篇，頗同長制。自古筆記或話本、擬話本小說集的編纂不過篇卷的羅列，即使有分門別類的次序，但各篇卷之間絕無貫穿的人物、情節上的聯繫；而長篇的章回小說雖因故事的階段性而分列了章回，但各階段性的故事必前呼後擁，一脈相連，從而每一章回只是全書統一的敘事結構中

的部分。這種情形構成了古代話本、擬話本與章回小説之間，即近今所謂長、短篇小説之間嚴格的界限。然而，自有《豆棚閒話》出來，這個界限被有限度地打破了。即以「豆棚」爲「閒話」之「平臺」的敘事模式，使《豆棚閒話》既不同於一般的章回長篇，也與《三言》《二拍》等傳統小説集有了很大的區別。其特點是全書十二則雖然各爲中心故事彼此獨立的短篇，但各則中心故事的講述統一爲「豆棚閒話」的過程，並有具體的布設和適當的描繪，具體表現爲：1、在同一「豆棚」下，以「豆棚」的成毀爲「閒話」的空間框架；2、十二則故事依次在春、夏、秋三個季節亦即在豆苗的生長、開花、結實至枯萎的週期過程中先後講述，每個季節四次即四則，形成全書敘事時間的框架；3、各則中心故事的講述由聚會眾人隨機推舉，先後由「一個老成人」「一個少年」「陳齋長」等共九人完成。其中「一個老成人」主講了第一、二和第十一則，並在第十二則中主持了「陳齋長論地談天」後送其「過溪橋」，勸「豆棚主人」和眾人一起推倒「豆棚」以照應開篇，形成全書說話人物有統一的布置；4、幾乎每一則中心故事的首尾，都以「豆棚」下說話人與聽者對話完成。這就使全書十二則中心故事並無關聯的短篇，因「豆棚閒話」共同的源頭而具有了外在一致的整體性，各則看來如「豆棚」——「豆梗」上連著的一個個「豆莢」，形成橫如一幹多枝，縱如一線貫串，或說全書爲「豆棚閒話」，各則爲「豆棚閒話」的一個場次的連環框架結構。這就既不同於《三國演義》《水滸傳》等章回長篇，也與當時流行的《三言》《二拍》等話本、擬話本小説集有了明顯的區別，而有似於古代阿拉伯的《天方夜譚》和意大利的《十日談》，在中國文學中則顯然是一個創造。其創造性的特點與後來的《儒林外史》可有一比恰又相反，即魯迅先生稱《儒林外史》「雖曰長篇，頗同短製」，《豆棚閒話》的結構模式可概括爲「雖曰短篇，頗同長制」，在古代小説的結構上獨樹一幟。

最後，「豆棚」如詩，「閒話」如畫。《豆棚閒話》書題的「豆」「棚」「閒」「話」每一個字，都是書中描寫的內容。雖然其描寫的重點必然也確實是「豆棚閒話」之「話」，但「話」之因於「閒」，「閒話」之因於「豆棚」的描寫，一方面成爲了全本十二則「話」的總體時空框架，另一方面幾乎每則以「豆棚閒話」起、以「豆棚閒話」終，和隨季節推移「豆棚」景致變化與棚下「閒話」之人的互動交相映發，其所形成的審美效果，眞如詩如畫，如第六則有云：

是日也，天朗氣清，涼風洊至。只見棚上豆花開遍。中間卻有幾枝結成蓓蓓蕾蕾相似許多豆莢。那些孩子看見嚷道：「好了，上邊結成豆了。」棚下就有人伸手縮頸將要採他。眾人道：「新生豆莢是難得的。」

又，第九則：

金風一夕，繞地皆秋。萬木梢頭，蕭蕭作響。各色草木，臨著秋時，一種勃發生機俱已收斂，……只有扁豆一種，交到秋時，西風發起，那豆花越覺開得熱鬧，結的豆莢俱鼓釘相似。圓湛起來，卻與四五月間結的瘦扁無肉者大不相同。俗語云：「天上起了西北風，羊眼豆兒嫁老公」，也不過說他交秋時豆莢飽滿，漸漸到那收成結實，留個種子，明年又好發生。

如此寫豆棚秋熟，村野人情，聲色並作，頗有晚明小品文遺韻，小說中的難得的。用於敘事者則因人隨時而變，如《首陽山叔齊變節》寫叔齊下山動作心理，《總評》贊其「滿口詼諧，滿胸憤激。把世上假高尚與狗彘行的，委曲波瀾，層層寫出。其中有說盡處，又有餘地處，俱是冷眼奇懷，偶為發泄」；《虎丘山賈清客聯盟》寫白賞們操行話語，《總評》曰「恣口諧謔，凡白賞外一切陋習醜態、可笑可驚、可憐可鄙之形無不淋漓活現」，等等，多妙語連珠，可圈可點。

餘　論

《豆棚閒話》中還保存了某些歷史資料，如第六則記禪院中人的「花巧名目」，第十則寫蘇州市井風俗與方言，第十一則記民歌「老天爺，你年紀大」云云，胡適贊之謂「真是絕好的『普羅文學』」〔註13〕和明末起義軍各「營頭」的綽號姓名等，可供有關研究的參考。

《豆棚閒話》也有歷史的局限和明顯的缺陷，除了其篤信「天命」（第七、八則）和對女性的偏見（第一、二則）等思想上的糟粕之外，人物、情節等具體描寫不夠充分、議論過多等也影響了作品的生動性和閱讀的興趣。這既有作者個人學養的原因，也是時至清初擬話本小說進一步文人化的趨勢使

〔註13〕 胡適《致梁實秋》，《胡適全集》卷二十四，安徽教育出版社 2003 年版，第 234～237 頁。

然。另外本書《總評》十二則，除有如上所引及對瞭解評價本書的作用外，也是我國古代小說理論有價值的資料。

《豆棚閒話》對後世文學也有一定的影響。除了有王漁洋題蒲松齡《聊齋誌異》詩「姑妄言之姑聽之，豆棚瓜架雨如絲」的妙句疑似相關之外，可以肯定爲賡續其意的有清乾隆間曾衍東作文言筆記小說集《小豆棚》，項震新《敘》云：「余家有《豆棚閒話》一編，……曾七如居士所撰《小豆棚閒話》，……亦即取前書『豆棚』之名而名之矣。」〔註 14〕而《小豆棚》卷末《述意》爲一折短劇，就正是演作者於「豆棚」下校書的故事。此皆艾衲居士託「豆棚」爲「閒話」之平臺做小說模式的遺響，雖未至於開宗立派成小說創作上的大氣候，但其能得一知己，亦可以無憾！此外，清唐英《轉天心》傳奇也取材本書第九則《空青石蔚子開盲》。

綜上所論，《豆棚閒話》無論從思想或藝術上看是我國古代一部優秀的文人白話短篇小說集，有歷史與文學多方面的價值和一定影響。其獨樹一幟，堪稱「絕新絕奇，極靈極警」，當時足以「開人智蕊，發人慧光」（第二則《總評》），對今人也有閱讀借鑒的意義。

（2017 年 7 月 31 日）

〔註 14〕 〔清〕曾衍東《小豆棚》，杜貴晨校注，中州古籍出版社 1989 年版，第 385 頁。

《豆棚閒話》本事三則

　　清艾衲居士《豆棚閒話‧弁言》云：「余不嗜作詩，乃檢遺事可堪解頤者，偶列數則，以補豆棚之意。」據此，約知書中故事各有所本。今檢其本事未經人道者考述如下，以見「閒話」之意。

　　第三則《朝奉郎揮金倡霸》，寫隋末徽州朝奉之子汪興哥，以巨金爲海東天子劉琮助餉。後劉琮還金並遺錦囊之計，使汪興哥組織團練義兵爲唐朝保障徽州地方，收復漳南十鎮，功封吳國公。後汪興哥爲唐朝招安劉琮，賜名汪華，劉琮封平海王。本則汪興哥其人其事均有所本。

　　徽州汪華，隋末農民起義領袖。道光《徽州府志》卷六《武備》載：

　　　（隋）大業中，汪華起新安稱王。（《唐書‧高祖本紀》）

　　　按：大業中郡亂，逆人汪華起兵保障，行太守事，並宣、杭、

　　睦、婺、饒五州之地稱吳王，遷郡治於休寧萬歲山。

又《舊唐書‧王雄誕傳》：

　　　歙州首領汪華，隋末據本郡稱王十餘年，雄誕回軍擊之。……

　　　雄誕伏兵已據其洞口，華不得入，窘急面縛而降。

歙州，隋置州名，唐因之；宋宣和三年改稱徽州，新安即其屬縣。這個「起新安稱吳王」的汪華，就是本則汪興哥的原型。書中寫汪興哥是「朝奉郎」，而非別樣的財主，當是因爲古代徽州典當業很發達的緣故。

　　本則另一個重要人物劉琮，乃是清初在臺灣堅持抗清的鄭克塽父祖三代的影子〔註1〕。而汪興哥爲劉琮助餉事則是清初束南沿海人民資助鄭成功的反

〔註1〕說詳杜貴晨《論〈豆棚閒話〉》，載《明清小說研究》1988年第1期。

映。謝國楨《清初東南沿海遷界考》一文引江日升《臺灣外紀》載黃梧奏陳滅鄭成功之策云：

> 金、廈兩島，彈丸之區，得延至今日而抗拒者，實由沿海人民走險，糧餉油鐵桅船之物，靡不接濟。〔註2〕

這個事實就是本則汪興哥爲海東天子劉琮助餉情節的生活基礎。因此，這一則寫汪、劉歸唐封王的「千秋美談」，雖託隋唐易代的歷史，實際反映的卻是清初東南沿海一代反清民族鬥爭的現實。而作者的態度是很明確的：「與其寄身海外，孰若歸順王朝？」所以這部書雖有對清朝的許多不滿，卻並無堅決反清的意識，而它寫作的時間也當在康熙二十二年（1683）鄭克塽以臺灣降清受封海澄公之後。

第六則《大和尚假義超昇》所寫李抱真亦實有其人，唐德宗時任檢校工部尚書兼潞州長史，新、舊《唐書》有傳。本則所寫李抱真藉和尚焚身以籌軍餉事，出唐李綽《尚書故實》載：

> 李抱真之鎮潞州也，軍資匱缺，計無所出。有老僧，大爲郡人信服。抱真因詣之，謂曰：「假和尚之道，以濟軍中，可乎？」僧曰：「無不可。」抱真曰：「但言請於鞠場焚身，某當於使宅，鑿一地道通連，候大作，即潛以相出。」僧喜，從之。遂陳狀聲言。抱真命於鞠場積薪貯油，因爲七日道場，晝夜香燈，梵唄雜作。抱真亦引僧入地道，使之不疑。僧乃升座執爐，對眾說法。抱真率監軍僚屬及將吏，膜拜其下，以俸入檀施，堆於其旁。由是，士女駢填，捨財億計。滿七日，遂送柴積，灌油發焰，擊鍾念佛。抱真密已遣人填塞地道，俄頃之際，僧薪並滅。數日，藉所得貨財，輦入軍資庫，別求所謂舍利者數十粒，造塔貯焉。

此條《太平廣記》卷四九五《雜錄三》題作《李抱真》，「真」誤作「貞」，其餘文字亦稍有出入。

此等軍閥不擇手段籌餉，和尚迎合軍閥騙人聚財終自取滅亡的事，宋朝初年還發生過一次。肇事者爲叛將李筠，事載宋人袁文《甕牖閒評》卷八，並提到李筠乃效李抱真故技。觀本則李抱真籌餉得三十餘萬的細節，與《甕牖閒評》所載李筠與和尚議定數同，約知艾納居士乃綜合二事寫成此則。但

〔註2〕謝國楨《清初東南沿海遷界考》，《明清之際黨社運動考》附錄二，中華書局1982年版，第241頁。

袁文記李筠事持批判態度，以爲「殺一不辜而得天下，皆不爲也」。艾衲居士演述這個故事，卻意在揭穿大和尚「能知得過去未來」的虛妄。

第七則《首陽山叔齊變節》，結尾眾人道：「怪道《四書》上起初把伯夷、叔齊並稱，後來讀到『逸民』這一章書後，就單說著一個伯夷了。其實是有來歷的，不是此兄鑿空之談。」這裡道出了本則命意的根據。伯夷、叔齊兄弟不食周粟，餓死首陽山的事迹，歷來爲儒家稱道，《論語》五次提及，以伯夷、叔齊並稱賢者，《微子篇》「逸民」章是最後一次。但在孔子的時代，就已有人對伯夷、叔齊是否甘心殉名的問題發生疑問。《論語·述而》載冉有問孔子「曰：『伯夷、叔齊何人也？』曰：『古之賢人也。』曰：『怨乎？』曰：『求仁得仁，又何怨？』」到了漢代，司馬遷作《史記·伯夷列傳》云：「余悲伯夷之意，睹軼詩可異焉。」《索隱》：「按《論語》云：『求仁得仁，又何怨乎？』今其詩云『我安適歸，於嗟徂兮，命之衰矣！』是怨詞也，故云可異焉。」進一步肯定伯夷、叔齊餓死首陽山是怨悔的。所以清初人譏變節者詩云：「一隊夷齊下首陽」，說伯夷、叔齊都變了節。本則命意與這句詩同中有異。它根據《四書》中《孟子》十五次單舉伯夷爲賢者，而不及叔齊，就設想伯夷守志，而叔齊背叛兄長變節了。這樣一筆並寫兩面，表現明遺民的分化，在批判變節仕清者政治道德墮落的同時，挖苦他們在兄弟之倫常上也站不住腳。

（1988 年 3 月 13 日改定）

論曾衍東與《小豆棚》

　　清曾衍東筆記小說《小豆棚》，流傳未廣，知者不多。但凡有論及，無不稱揚。或以爲「較《豆棚閒話》更覺取精用宏」〔註1〕，或謂「其文筆綜漁洋、留仙、曉嵐、隨園諸作之長而一之，蓋《夷堅志》後一書而已」〔註2〕，或論「其所敘事，頗多新奇可喜，在清人小說中尙屬佳構」〔註3〕。總之，是一部聲名不顯但確有特色的作品，在小說史研究上值得注意。

　　曾衍東，字青瞻，一字七如，號鐵鞋道人，又號七如道人，七道士。山東嘉祥人。嘉祥《曾氏族譜》〔註4〕載其爲曾子六十七代孫。先世自明代以「宗聖」後裔襲封翰林院五經博士，六十二代祖承祐因是次子未得襲世職，以下高、曾、祖歷代均爲恩貢或太學生，得官不過州佐縣令。父尙渭，字映華，乾隆三年恩貢生，考充武英殿校尉，選授大同縣丞。後改官江南，歷任福建汀溫齾政，廣東保昌、三水等地縣丞，博羅縣令。晚年不知何故遠赴關外，客死長白山一帶。尙渭生二子，側氏楊氏出，衍東居長。

　　曾衍東乾隆十六年（1751）生於嘉祥，卒於道光十年（1830）以後〔註5〕。歷乾隆、嘉慶、道光三朝，享年八十餘歲。早歲隨父宦遊江南，至於關外，扶父櫬歸。壯年「以筆墨遨遊齊魯間」（《小豆棚‧賣茱李老》），爲人做記室。四十二歲中舉。四十六歲爲鄉邑推舉賢良方正，辭未就。五十歲以舉人獲挑

〔註1〕〔清〕項震新《〈小豆棚〉敘》，〔清〕曾衍東《小豆棚》，杜貴晨校注，中州古籍出版社1989年版附錄。
〔註2〕〔清〕無名氏《小引》，《小豆棚》附錄。
〔註3〕《小豆棚》，陳汝衡《說苑珍聞》，上海古籍出版社1981年版。
〔註4〕該譜今藏嘉祥縣縣志辦公室，蒙張孝忠同志抄送有關部分，附記誌謝。
〔註5〕據張憲文先生考訂，見《小豆棚》附錄張憲文《曾衍東年表》。

楚北為知縣，先後任職於湖北咸寧、江夏、當陽、巴東等地。為官清正，「撫民育士，著循聲」（《光緒嘉祥縣志・人物》）。每以強項迕上官獲譴，終至被誣以貪污罪革職，流戍溫州羈管，時在嘉慶十九年（1814），衍東六十歲。翌年至溫州，賣畫鬻字為生，嘗至「穿也無衫，食也無餐」〔註6〕。嘉慶二十五年（1820），道光帝即位改元，大赦天下，衍東遇赦，欲攜家還鄉，而行李乏困。約十年後，卒於溫州。

曾衍東身為「聖裔」，生當所謂「乾嘉盛世」，長期遊歷南北，浮沉宦海，備經世事艱難，飽嘗人生流離坎坷之苦，卻成就了他是一位多才多藝的作家：「工詩及書畫，筆墨狂放，大至以奇怪取勝。鐫圖章，摹古出奇。」〔註7〕其書畫「得之者無不拱璧珍之」（《光緒嘉祥縣志・人物》）。近人周作人謂其詩書畫為「鄭板橋一派」〔註8〕，堪稱確論。今存作品除《小豆棚》外，尚有詩集《啞然詩句》（一本作《啞然絕句詩》）、《古榕雜綴》《七道士詩鈔》，隨筆集《日長隨筆》，畫論《七如題畫小品》等。另有《武城古器圖說》一種未見。書畫篆刻作品也有傳世。

《小豆棚》是曾衍東最重要的著作。書中《畫版》篇末云：「辛丑遊粵，……次日束裝北旋，舟次清遠峽中，為補書其略如此。」辛丑為乾隆四十六年（1781），可知《小豆棚》開筆不晚於是年。《自序》是乾隆六十年（1795）會試不第滯留京師所作，其時書已成「十萬餘言」。但書中《王浩》《賣荣李老》等篇敘事及嘉慶十九年（1814）作者註誤以後，可知曾衍東晚年亦曾續作和補訂此書，前後寫作達三四十年之久。這三四十年間，正是清代幾部著名小說寫作的時期，袁枚優游林下，作《子不語》以「自娛」（袁枚《子不語・序》），紀昀的《閱微草堂筆記》則是因「晝長無事」「消夏」而作（紀昀《閱微草堂筆記・灤陽消夏錄序》）。曾衍東卻是在「為秀才，忙舉業；為窮漢、為幕、為客忙衣食」，繼則作令獲譴的坎坷生涯之中寫作《小豆棚》。這一部書的創作隨他走遍半個中國，傾注了半生精力，宜乎其有詩云：「五年筆墨《古榕草》，半世功名《小豆棚》」〔註9〕，自珍如此。

《小豆棚》的成書既已與《子不語》《閱微草堂筆記》有異，其立意也與

〔註6〕〔清〕曾衍東《古榕雜綴・折桂令》，過錄本複印件。
〔註7〕〔清〕彭佐海《（曾衍東）傳》，《小豆棚》附錄。
〔註8〕周作人著，鍾叔河編《知堂書話》，嶽麓書社 1986 年版，第 628 頁。
〔註9〕《古榕雜綴・自苦》。

二書不同。是書取名自清艾衲居士《豆棚閒話》，那是一部憤慨於「世界不平，人心叵測」〔註10〕的書。《小豆棚‧述意》中說：「近作《小豆棚》數卷，不免攜到豆棚之下，校閱一番便了。」又說：「我把那憤世嫉俗的心腸也就冰消瓦解了。」可知《小豆棚》不僅沿前書之名，而且繼前書之志，是一部發憤之作，在文言小說中，上與《聊齋誌異》乃爲同調，在乾嘉諸作中，卻幾乎是空谷足音了。

《小豆棚》記事，時間上以本朝爲主，略及明季遺聞；地域上則山東濟寧一帶爲多，但凡作者足涉所至之福建、廣東、湖北、江蘇、四川等十數省均有涉及。材料的來源大半得自親歷、親見、親聞，少量刺取前人野史筆記。如《齊?咎》本唐皇甫氏《崔愼思》《褚小樓》擬唐皇甫枚《三水小牘‧卻要》，《折腰土地》近《聊齋誌異‧王六郎》，《胡蔓》敷衍《聊齋誌異‧水莽草》，《小青》續詹詹外史《情史‧小青》等。也有的見諸同時人記載，如《野寺宿》事略同袁枚《子不語‧棺床》，當因傳聞異辭，作者同好而各自錄之。這部分作品的成就一般不高，但也有的「青出於藍而勝於藍」，如《胡蔓》之於《水莽草》。多數作品爲己所創製，在思想和藝術上更能體現作家的個性和時代特點。

曾衍東數十年舟車海內，隨宦、爲幕、爲客、作令，親見「今日（指乾隆末——引者）州縣之惡，百倍於十年、二十年以前。上敢隳天子之法，下敢竭百姓之資」（《聖武記‧嘉慶川湖陝靖寇記》四），加以生性孤直，有志兼濟，故對當時吏治頗爲不滿，寫下了不少揭露抨擊時政的作品。如《莊仙人》寫大學士劉紫村靠扶乩治理「國家大事，生民休戚」；《南山獵》寫東省某巡撫伴「以講武事，實記勝遊」，逞狩獵殺戮之心；《楊汝虔》寫湖州太守「惟貪婪甚於尋常，……是非顛倒，獨能迎合上官，卑躬折節，幾於吮舐」；《湘潭社神》寫「彝陵合郡守掾至丞尉，莫不從事於博」，等等，突出揭露了乾嘉官吏的貪鄙、昏庸和輕佻。與《聊齋誌異》所寫清初「官虎而吏狼」的狀況相比，顯示了清朝吏治由野蠻到腐朽的變化和兩位作者基於各自的時代和生活地位的不同感受。

曾衍東對黑暗政治的揭露和批判不如《聊齋誌異》尖銳。但他洞悉仕途關節，故筆鋒所向，能直指造成吏治腐敗的某些具體原因。如《楊汝虔》所寫雖爲黿怪冒官作惡，事屬虛誕，但作者所說「今人一入仕途，頓喪生平之

〔註10〕　〔清〕清艾衲居士《豆棚閒話》，人民文學出版社1984年版，第45頁。

素」，實際上指出了楊汝虔做官後的墮落，乃是「會邊戍需儲，開納粟例」的
「仕途」所致。而這一「仕途」正是乾隆中晚的一大弊政，作者不敢明言，
籍老黿的變化以恍惚其辭耳。

曾衍東看到吏治的黑暗，也從切身體會中意識到這種狀況的不可救藥。
書中《邵嗣堯》《莊仙人》《小黃粱》等篇也寫了幾位清官，但他們除努力潔
身自好外，無所所為，甚至動輒得咎，被排擊去職。所以《小黃粱》中給諫
蔣仲翔在一連串打擊之下所做的「黃粱夢」，是歸隱漁樵，逍遙出世。對這一
做夢得官題材的反傳統處理，見出作者的，同時也是當時一般正直之士對乾
嘉政治的失望。與《儒林外史》《紅樓夢》相參觀，可知這種失望是十八世紀
中葉滋生漫延的「世紀病」。

曾衍東雖出身一個稍有特權的封建地主家庭，但對黑暗政治的不滿縮短
了他與下層人民的距離。加以本人亦曾「為窮漢、為幕、為客忙衣食」，因而
對下層人民的苦難能有較多的瞭解和同情，寫出了一些反映民生疾苦的篇
章。如《寺壁詩》記姑嫂二人逃荒，「叩門乞食推恩少，仰面求人忍辱多。」
《張二棱》寫濟上州「值歲奇荒，人相食，流亡遍野，民不聊生」，「垂斃乞
兒塞滿道路」。《柳孝廉》寫青州秀才柳鴻圖攜婦逃荒，飢餓待斃，其妻鬻身
以活夫，篇末作者自述所見云：

> （乾隆）五十一、五十二年，東省（山東）各府旱荒，苗枯棉
> 槁，杼柚為空，民皆束手待斃。國家蠲免之令，賑濟之事，備禦之
> 練，靡不周詳，而野中餓莩為狗鳶食者，仍相望不絕。……又復鬻
> 妻賣女，比比皆是。官府知之而不禁。……是時草與芝蔓，每斤十
> 錢。市中有貨食者，即搶而奔，比追及，已入口矣。又有數十為群，
> 沿村討食，夜則放火，故日未晡即錮戶，通宵不得安靜。

英國十七世紀思想家弗蘭西斯·培根《人生論》說：「從來最大的叛亂者
就是飢餓。」《小豆棚》的上述記載，可以作為這句明言的注腳。這正是農民
起義的原因和前兆。在《周劈刀》《亞羅仙》等篇中，作者還指出了人民各種
形式的反抗，乃是當局「不正者召之也」。可見其所謂「國家……靡不周詳」
云云，也是言不由衷的。作為一個封建知識分子、官吏，他不可能不站在封
建國家的立場上，但作為一位進步的、有良心的作家，他的確在一定程度上
熱愛人民，為人民而歌哭，這從那許多直接讚美歌頌勞動人民的篇章可得到
證明，如《張二嘮》《小李兒》《禿梁》《上僚翁焙鴨論》，等等。

曾衍東雖為「聖裔」，但「性落拓不羈」（彭佐海《〈曾衍東〉傳》），行事多不拘封建禮法，至今溫州民間還流傳著他身穿七品官服，提著菜籃到府衙前菜場買豆腐的故事。這種思想個性反映在《小豆棚》中，就是對婦女題材的處理往往能衝破封建禮教的束縛。如《孫筠》讚揚宋氏女私奔孫筠家而成婚，《放鷹》歌頌一女子不甘心做父親詐騙錢財的釣餌，徑自「懷細軟隨郎去」，《常靜蓮》寫女道士風流自賞、拒不為人妾，《薛魯氏》寫一婦人義不為夫所屈，堅持人格獨立和尊嚴等，都明顯與婦女「三從四德」的封建禮教相衝突。此外，《小豆棚》的另一些篇章歌頌了純潔真摯的愛情，批判了地主階級玩弄女性的行徑，前者如《胡蔓》《劉祭酒》《鬼妻》，後者如《李嶧南》《郝讓》等等。這些地方也表現了作者一定的民主思想。

作為一部筆記小說，《小豆棚》的內容不免駁雜。就進步的方面而言，除了上述較突出的幾點，還可以提到它對科舉制的批判，對世態炎涼的針砭等等，都是值得肯定和推崇的。但是，這部成書於二百年前一位地主階級知識分子之手的筆記小說，不可避免地有一些思想落後、乃至反動的作品，如《三生贅》《邵士梅》等篇宣揚因果報應，《董子玉一家言》等篇讚揚納妾，《阿嬌》欣賞婦女纏足，還有一些篇中對農民起義的誣衊之辭及稍涉淫穢的語言等，相信讀者都是可以批判地看待的。

《小豆棚》在藝術上也有自己的特點。首先，我國文言小說自六朝以來有志人和志怪兩派，但在唐傳奇之後，志人一派雖不無作者，其成就卻不能與志怪並駕齊驅。至清代蒲松齡「用傳奇法，而以志怪」〔註11〕獲得巨大成功，搜神志異，談狐說鬼幾乎已成文言小說的唯一話題。即使紀昀力抵《聊齋》，其所著《閱微草堂筆記》取材仍不出《聊齋》影響下固定的誌異範圍。他如《子不語》《諧鐸》《螢窗異草》等，魯迅評之為「皆誌異，亦俱不脫《聊齋》之窠臼」〔註12〕。《小豆棚》在敘述與描寫的手法上有意追蹤《聊齋》，但在題材的選擇上兼取志人與志怪。談狐說鬼頗得《聊齋》神韻，如《劉祭酒》《黃玉山》《醋姑娘》等；描摹現實人事生活更多佳作，如《常運安》《冬烘生》《徐國華》《常靜蓮》《燒丹》《張兆富》《放鷹》《柳孝廉》《陳萬言》《孫筠》等等。一部書中有這麼多直接描繪現實生活的成功之作，在宋元以降的筆記小說中是少見的。

〔註11〕魯迅《中國小說史略》，人民文學出版社1973年版，第179頁。
〔註12〕《中國小說史略》，182頁。

其次，《小豆棚》塑造了一些栩栩如生的人物形象，如剛烈好義的常運安（《常運安》），誠篤有太古風的塾師冬烘生（《冬烘生》），潑皮刁鑽的張二棱（《張二棱》），藝高而風趣的婢女翠柳（《翠柳》）等等，無不性格分明，躍然紙上。作者在塑造這些人物形象時，善於運用典型的場景和細節刻畫人物性格。如《冬烘生》寫老塾師索要東家新納之妾爲妻，欲言又止，欲罷不能的情景：

> 一日，其東納一姬，家人哄其事。老生微聞之，囑其徒曰：「請若翁來，告一事。」頃，東至。相對坐半晌，老生注視之，不發一語。東人曰：「師適召，何事？」老生曰：「無甚事。」東人以冗辭之出。老生踥踥沉想，又以手指圈畫空處，覆命其徒請若翁。東再至，曰：「師有何事？直言毋隱。」老生乃趑趄曰：「聞君納一新寵，有諸？」東曰：「然。適買得一村女子耳。」老生曰：「女來幾日矣？」曰：「昔者。」老生乃曼聲曰：「昔者盍與我？」家人聞而粲然。在老生固不以爲非。

老塾師拘於禮法，又按捺不住欲望的矛盾心理及發展變化，如畫如見，突出了「悃款出於自然，風流亦自不免」的性格特徵。他如描寫翠柳弈棋（《翠柳》）、農女喜娘見客（《喜娘》）、常運安怒打吳喬（《常運安》）等，都精妙傳神。

《小豆棚》敘事委屈，往往騰挪跌宕、妙趣橫生。如《劉祭酒》寫狐仙偷酒被捉，與劉生約爲嬉玩之友；而狐仙誘導劉生讀書中試；劉生情竇初開，而狐仙現其女像，「寶髻雲鬟，娉婷如畫，側立不語」；後來狐女表示「我兩人猶小夫妻也」，讀者初以爲寫友誼，終乃知寫愛情。又如《放鷹》寫老翁以女兒行騙艾生，結果女兒「懷細軟隨郎（艾生）去」，弄假成眞；《柳孝廉》寫柳鴻圖逃荒賣妻活命，中舉後爲延嗣再娶，新娘竟是老妻，出人意料之外，又在情理之中。情節的轉折又圓如轉環，不著痕迹，似不可信而實可信。如上述《放鷹》中老翁父女二人騙艾生得手後逃之夭夭，但由於留下了自己的疲牝驢，老驢識途，使艾生能騎驢直造翁家，得偕佳偶。又如常靜蓮邂逅鄭生，「一夕之淹」而懷孕，但因鄭生未能於枕邊遽許「圖百年之好」，常靜蓮憤而遁去，後生子。又六年，鄭生尋見常靜蓮母子於野寺中：

> 及蓮見生，蓮面轉裏，生趨入室，見蓮身畔一小兒喓喓。生曰：「卿何忍爲此態耶？」蓮曰：「孰忍孰不忍，必有辨之者！」生跪，繼以泣。小兒曰：「若拜佛子，當往殿中去。」蓮笑而起，曰：「小兒笑爾矣！」

這裡，鄭生的跪而泣，小兒的錯會之語，使靜蓮反嗔為喜、開釋鄭生水到渠成，且平添一份雅趣。

《小豆棚》敘事語言簡潔，優美處往往詩情畫意。如《黃玉山》中黃生尋狐仙女至一宅，被老叟拒之門外：

> 生不得已，乃於門外席地跌跏。涼風帶霜，夜靜石冷，生乃抱葉鳴咽，真不啻蟲鳴階井也。

了了數語，使紙上頓生悲涼之氣。而對話語言妙俏人物性格，如《徐國華》寫流氓頭子徐國華病危，問其娼妓出身的愛妾：

> 「我死後，汝為我守乎？」妾乃以指豎鼻端曰：「俺這一朵花才半開，遂守空房耶？看你的行為，伸伸腿大家都撒手。我不打誑語欺騙死人！」徐哭曰：「枕邊恩愛，何頓忘耶？」妾曰：「三伏天炎炎炙背，想你的好情兒！」冷笑而出。

這樣哀告和奚落的話語，只有這一對男女在這一種情景下才說得出，而且聲態並作，可聞可見。他如《孫筠》中婢女小曼勸宋氏女私奔，《放鷹》中老翁之女足敲床根暗示艾生，《醋姑娘》中醋兒慢待王生用飯等，對話語言都各見性情，饒有趣味。

《小豆棚》中雜記類的篇章，不乏優美的散文，如《吳門三戲》寫蛙戲、蟻陣，《水煙技》寫藝人噴煙作景等，敘事狀物，生動有致，情趣盎然，有晚明小品文之餘韻。

《小豆棚》在藝術上的缺陷也是很明顯的，一是匯小說、雜記、詩歌、駢文、戲曲、傳記、考訂為一冊，體例太雜，因而降低了他的文學性；二是有些作品流於概念化，如《大算盤》《三生贅》等，是作者意主勸懲，不安於僅為小說所致；三是有些剌取前人題材的作品，未能化腐朽為神奇，讀來有雷同之感；四是有些篇章用典太多，近乎堆砌。

最後，要特別提到這部書的史料價值。

一、關於明清之間的戰爭。《顏氏忠孝錄》記曲阜顏回六十五世裔顏衍紹為太守，守邯鄲、河間，抗擊清兵事甚詳，可補正史之不足。同篇載清兵南下時，於兗州驅殺婦女的罪行，亦清人筆記中少見。《李將軍全城紀略》載明朝將領李士元守青州，浴血奮戰，「敵（指清兵）以城堅不可攻，拔營東去。城中百姓咸以手加額曰：『微將軍，城其屠矣！』」保存了清兵入關後初攻青州不下的史實，透露了清兵屠城的罪行。

二、關於農民起義。《顏氏忠孝錄》附載曾衍東五世祖曾宏毅事迹：

> 後十四年，嘉邑滿家硐土寇龔二麻作亂，先後攻城。公率家丁
> 與闔邑紳士遞守之，保無恙。

嘉邑即作者家鄉嘉祥，上述滿家硐起義發生在順治元年，影響頗大。龔二麻當即這次起義的首領之一，並曾率軍攻嘉祥城，因地主武裝拒守不下，此人此事均不見於其他官私著作記載。又順治元年，李自成餘部趙應元領導的農民軍曾賺取山東重鎮青州，有關記載見諸史料，但於這支起義軍的具體結局均語焉未詳。如《清實錄·順治元年十月初八日》載：

> 梅勒章京和託等自軍中奏報：「臣等率師至山東，流賊旗鼓趙應
> 元等詐降，入青州，殺招撫郎王鰲永，據其城。臣等即率師往援，
> 擒斬應元等，恢復青州。」

其實，這個「擒斬應元」的人是明朝降清將領李士元。上引「奏報」不著李士元之名，乃是梅勒章京和託狡獪冒「功」，而李士元遂不得賞，窮老於市塵間。《李將軍全城紀略》詳細記述了李士元充當清朝鷹犬賺殺趙應元、消滅這支起義軍的經過，澄清了被梅勒章京和託有意掩蓋的歷史事實。

三、關於科學技術。《上僚翁焙鴨論》記述發明焙鴨技術的是康熙時廣東順德上僚里人，並細緻描寫了焙鴨的工序等；《種痘說》論述種痘防治天花的好處，並介紹有關知識，是較早的古代科普文獻；《琉璃》記述山東博山製造玻璃器皿的配方和工藝；《人參考》載東北人參的名色品級等，都是可資考證的古代科技史料。

四、關於文藝和民間技藝。《鄭板橋》記載清代著名書畫家、詩人鄭板橋居官軼事，錄其《道情》十首；《賈鳧西鼓詞》記清初文學家賈鳧西生平，附載《孟子·齊人》鼓詞一篇，可資校勘。也是確定該篇為賈鳧西所作的一個旁證；《指畫渴筆創始》記載清代著名畫家高其佩以指作畫的藝術成就，還記載了清代曲阜畫家孔衍栻的生平仕歷，錄其《石村畫訣》，詳細介紹渴筆作畫的技巧；《吳門三戲》《水煙技》《口中吐火》等記載了幾種民間技藝表演的狀況。

五、關於中西經濟文化交流。《南中行旅記》係作者自述參觀廣州十三行的見聞，是我國最早關於西人商行的記載和描寫。《畫版》記作者在廣東所見西洋美人畫，並云：

> 洋畫以京師為最，……聞其初來自西域，京師易之，所謂界尺

> 活也。至人物，則以廣南玻璃畫爲獨步，面目鬚髮，躍躍有欲飛之
> 勢。

這些方面的材料雖屬零星片斷，且不免有傳說失實的成份，但作爲治史的參考，還是珍貴的。

　　總之，《小豆棚》是一部有較高文學價值和史料價值的著作。賞文者可觀其文采意想的別致，研史者可以之考證古今，各方面的讀者都可以從中找到自己有用的東西。若單就文學的方面概論其價值，則無論思想或藝術上的長處和缺陷都是較爲突出的。但他的缺陷在同時筆記小說中所在多有，它的長處卻每爲他作所不及，故在《聊齋》之後，堪稱佳構。此非筆者私見，古今論者已數數言之，見仁見智，則期待於新的讀者。

　　據彭佐海《（曾衍東）傳》和光緒《嘉祥縣志‧人物》所記，《小豆棚》原本八卷，已不可得。今傳有溫州市圖書館藏抄本兩種：第一種僅存四、五兩卷，計五十五篇，每篇後間有題跋，識者以爲曾衍東手迹。此抄本既經作者閱批，實可視同稿本，惜殘缺太多；第二種存六卷，一百六十二篇。第四、第五兩卷篇目、文字等同第一種，惟每文後題跋爲抄書人手筆，約知此抄本源出第一種。以故本書校記中對這兩種抄本不加區別，統稱「抄本」。另有排印本兩種：第一種爲申報館仿聚珍版式重印本，乃光緒六年（1880）永嘉項震新據「原本隨得隨錄，……分門別類，詮次成帙」者。此刊本析原書爲十六卷，卷各一部類，依次爲：忠孝部（節列貞女附）、義勇部（俠附）、報應部（惡善並附）、祥瑞部、藝文部、珍寶部（器用附）、僧道（女道士附）、閨閫（姬妾妓女附）、仙狐類、神道類、鬼魅類、怪異類、雜技類、淫昵類（盜騙附）、物類、雜記。全書共計二百零三篇，有四十七篇爲抄本所無，約當六卷殘抄本兩卷的規模，可知此版本所據當是《小豆棚》八卷足本，整體上接近原作。但抄本中《芙蓉世家贊》《南屏贈蕉白硯記》《驢市雷》《許佩瓊》《漢武氏祠堂石刻》《#子巘》等六篇，卻是申報館本所沒有的，當是項氏「隨得隨錄」所遺。第二種爲1935年上海大達圖書供應社標點排印本，卷次、目次均同申報館本，顯係據後者整理而成，但文字有所校正，可作參考。這次整理以申報館本爲底本，校以抄本和大達圖書供應社排印本（校記中簡稱「大本」）。依大達圖書供應社排印本削其類目，仍其卷次。凡底本可通者均仍其舊，需改動者除明顯錯字外，均隨文出校記，書中篇末作者及後人識語亦予保留，僅見於別本者亦錄於後並加以說明，庶使資料完備。注釋從簡，以難

懂典故和詞語爲主，略及與理解文意關係較大的名物制度。專家或病其繁，而於一般讀者或聊勝於無。另外，將底本所無而僅見於抄本的六篇補遺於後，底本所有序、傳，大達圖書供應社本書前《小引》，並溫州市圖書館張憲文先生爲本書所編著《曾衍東年表》附錄於末，用備參考。又有曾著《七如題畫小品》，亦附此書並刊。整理者學識疏淺，校注中有不當或錯誤之處，尚祈專家讀者指正。

　　本書整理過程中，得到中州古籍出版社大力支持，編輯同志給予熱情而具體的指導；曲阜師範大學劉乃昌教授始終關心這項工作，答疑解惑並爲作序，惠我良多；著名學者馮其庸教授爲本書題簽；曲阜師範大學中文系、圖書館，以及溫州市圖書館等有關單位和同志也都給予形式不同的支持和幫助，張憲文、陳聲遠、董夕賢、周炳成、夏起光等師友賜助尤多，謹此一併致以衷心的感謝。

（原載《小豆棚》，中州古籍出版社 1989 年版）

曾衍東傳略

　　曾衍東是清代乾嘉年間知名小說家、詩人、畫家、書法家、篆刻家。一生坎坷，晚歲淒涼，身後蕭條。今天一般讀者中知道他的人已經不多了。但是，乾嘉以來，他的詩文、小說、書畫、篆刻作品流傳不輟，潛德幽光，時時發見，爲好古敏求者所關懷珍惜。近年來，隨著他的文言小說集《小豆棚》整理出版並開始介紹到國外，引起研究者的注意，曾衍東的生平也便成了一個亟待理清的問題，因據能見到的材料，爲之傳略如下。

　　曾衍東，字青瞻，號七如，又號鐵鞋道士，七如道人，七道士。清代山東嘉祥人，儒家先賢「宗聖」曾子六十七代孫，曾氏世居武城，東漢避王莽之亂徙居江西，故家遂落。至明嘉靖十七年（1538）詔求曾子後裔奉祀，十八年五十九代曾質粹自江西回籍，始襲翰林院五經博士。此後漸以設學、領有祭田，子孫考選應試廩增起貢赴京觀禮朝廷大典等，與孔、顏、孟三氏同，門第乃興。六十二代曾繼祖有子承業、承祜。承業襲世職。承祜於崇禎二年以恩貢生仕河南通許縣教諭。承業有子一，名宏毅，字泰東；承祜有子二，名宏仕、宏猷。宏仕字嶧東，順治恩貢生，考授州同知，贈文林郎。據《小豆棚·顏氏忠孝錄》曾衍東識語，說宏毅是他的高祖，明崇禎間曾協助德州總兵楊禦蕃抗擊叛將孔有德，清順治初抵禦寇亂，保全嘉祥城，後病瘵死，年三十二歲。但嘉祥《曾氏族譜》列他的高祖爲宏仕，未知孰是。以情理論，還應該以曾衍東自己載明的爲可信。衍東曾祖名聞進，字紹興，康熙恩貢生，授紅旗教習，旋除湖廣德安府雲夢縣令。祖父名貞益，太學生，封儒林郎，贈奉政大夫。這是一個世代沾沐皇恩的家庭，經濟上雖不爲豪富，但政治上有一定特權，是個門第清高的鄉宦人家。

　　曾衍東父名尚渭，字映華。乾隆三年恩貢生，考充武英殿校尉，選授大同縣丞。後遊宦江南，先後任職於浙之杭州、蘇州，閩之汀州，粵之三水、保昌等地，由鹽官司、縣丞等到遷至廣東博羅縣令。大約乾隆三十五年，自粵歸，閒居嘉祥。不久，遠赴關外四年，客死於八千里外長白山一帶，子曾衍東扶櫬歸。從曾衍東後來還因此被舉孝廉方正看，曾尚渭出關像是奉派公事，不會是其他原因。尚渭工繪事，曾作《嶺南花果譜》。夫人司氏生一女；側室楊氏生二子，衍東居長。弟衍楠，兼祧二叔尚沈、三叔尚治爲嗣。

　　曾衍東乾隆十六年辛未（1751）生於山東嘉祥永豐木塘村裏（此據拙注中州古籍出版社版《小豆棚》附張憲文編《曾衍東年表》，但嘉祥《曾氏族譜》載他是該縣滿硐鄉南武山村人。未知孰是，待考）。道光十年（1830）以後卒於溫州流寓之所，享年八十餘歲，在清王朝由盛而衰同時是中國古代最後終結的歷史階段，度過了他坎廩而又多姿多彩的一生。

　　曾衍東自幼隨父宦遊南北。僅就其詩文小説中可以考見的，他二十多歲之前就已到過杭州、蘇州、汀州、潮州、韶州、南雄、贛州、夔州等地，並遠赴東北長白山一帶四年，偶而還鄉，可以說是在宦海漂泊、舟車漫遊中長大的。這個早期的遊歷，使他見多識廣、胸次開闊，養成豪放不羈的性格。

　　在隨父宦遊的歲月裏，曾衍東幼承庭訓，垂髫入庾嶺道南書院，受業於當時著名學者袁春舫，大約十七歲就考中了秀才。但他青少年時並不醉心於八股文，而是雜學旁收，有廣泛的愛好。由父親的影響，很早就喜愛繪畫，以藝術家的感觸與大自然交流並顯露才情。他說：

　　　　余十三歲時，隨先君子鹾事閩汀，由石上走黃泥瀧，小舟大灘，險怪百出。嘗於篷底窺岸上懸崖間，素心披拂，迎風舒卷，畫本儼在目前。當時手不應心，三十年來，楮先生已爲我用，而領會處情景俱融，還是齠齓棒杖，庭前趨步光景。〔註1〕

　　　　寧化黃懋夫癭瓢，詩畫絕倫，與竹莊、上官周齊名。乾隆甲申，隨侍先君子鹾事閩汀，懋夫每來寓作畫，年七十餘，皤然一叟，筆墨不倦。余竊慕之，仿畫一蟹於葦荻間。懋夫見而喜曰：此子當以畫名。」〔註2〕

〔註 1〕 《七如題畫小品》，曾衍東《小豆棚》，杜貴晨校注，中州古籍出版社 1989 年版附錄。

〔註 2〕 《七如題畫小品》。

乾隆甲申爲 1764 年，這兩條分別追憶十三四歲時事。當時類此遭際，陶冶成他藝術的氣質，加以較好的物質條件，使他文藝家的個性得以較爲全面充分的發展。

乾隆三十六年辛卯（1771），曾衍東曾去過北京（《小豆棚・燒丹》），第二年返里（《小豆棚・折鐵叉》）。這一次大概也是隨他父親去的，因爲回嘉祥不久，便隨父母遠赴關外長白山一帶。越四年，父母俱亡，他自己也「得傷寒病，孑然萬里，無一親故，把一切富貴念頭，全行丟開，心如灰冷」〔註3〕。當時萬里扶櫬而歸，十幾年後，鄉里以此舉曾衍東爲孝廉方正，衍東辭謝曰：「余年二十，未嘗一日之養，一切衣食娶妻，反累父母。及父母卒八千里外，致抱終天之恨，當時扶櫬葬親，不如是則禽獸，何孝之有？」〔註4〕他的純孝之情，淡泊率眞之心，眞可以使人生「吾與點也」之歎（《論語・先進》）。

但在日常生活中，曾衍東卻不可能只「謀道」而不「謀食」。父母過世後，曾衍東在家守制的日子裏，一面讀書準備應試，一面躬耕隴畝，供一家衣食之需。乾隆四十四年（1779）曾應山東鄉試不售；四十六年，南行遊粵，依業師袁春舫於雲陽、新會縣署，往來羊城，看十三行。翌年，師卒於官。衍東歸里，家居生活日以困窘。乾隆四十九年甲辰（1784），他窮極無聊，「爲一孔道士所惑，嚴冬風雪中，脫皮裘質典庫而候爐火，一日汞走煙飛，道士故作懊悔之狀，余揮拳痛擊，道士伏地妝黿爬而去，余則相鼠無皮矣」（《小豆棚・燒丹》）。乾隆五十一、五十二年山東大旱，餓殍遍野，「草根枝蔓，每斤十錢，……（百姓）數十爲群，沿村奪食，夜則放火」（《小豆棚・張孝廉》），曾衍東與妻孔氏磨麥賣餅爲生，不輟讀書應試。乾隆五十一、五十三年兩應鄉試，均報罷。曾衍東爲忙衣食，「以筆墨邀遊齊魯間」，先後於單父縣署、濟南及任城和希齋巡漕處做內記室，繼而遊幕湖北、四川，所至兼售字畫，暇則搜奇志異，寫作筆記小說，「歲得束脯百餘金，臘底言歸，一家八口，從無卒歲之虞」（《小豆棚・床前影》）。其間曾過武昌，訪族侄勳陽太守曾省軒，相留彌月，贈金二百，歸來後即用這筆錢在嘉祥城中營造了新居「小豆棚」。《日長隨筆》記小豆棚方位布置甚詳：

> 余家居住城中，北衡山後，瓦房六間，草房十間。兩進，外爲雨絲草堂，多種粗花野卉。院則大槐三章，可代天蓬，讀書與會客，

〔註3〕〔清〕曾衍東《日長隨筆》，過錄本複印件。
〔註4〕《日長隨筆》。

> 皆是此地。後則住家，……前鄰馮姓屋，我同一溝，雨後水必由伊
> 家行。伊常堵塞，使水滿我牆屋。常與之值，不一而足，彼終不暢
> 其洫，轉資爲隴斷焉。無已，遂攜出老妻小兒輩掘地挖溝，九曲其
> 道，使倒通於山，逆流而於後衡山下，再由北而入龍王廟池中。如
> 是，歲無水害。明年，我中得薦，群謂陽宅以水法爲要。此溝逆上
> 出水，誠爲有力之龍，故吉。

今其居不存，據此可想望當年輪廓，考其遺址方位。

曾衍東長期未能中舉，除客觀的原因外，還由於他本人未能專注於此道，甚至「壯歲幕遊，以不仕自詡」，結果「忙忙衣食，經書荒蕪」〔註5〕，屢試不售。新居落成的第二年，他大約因爲幕遊的厭倦，漸覺所謂「高尚不仕」的幕僚，「不作官而辦官事，貪官祿，一官辭而他官延之」的虛僞，而陡起「丈夫之仕與女子之嫁，皆人道之常」的想法，奮以讀書求官：

> 後辛亥，在小豆棚溫經，早起，設几，焚香跪讀，覆以綠袱。
> 有小僧惠通來……曰：「居士眞讀書人。」次年壬子，獲鄉薦。《書
> 經》《春秋》文皆進呈本，七十人中，無此選也。〔註6〕

壬子是乾隆五十七年（1792）。這年他 42 歲。第二年入京會試報罷；越三年乾隆六十年乙卯（1795）再應會試，又報罷。滯留京師，鬻字賣畫之餘，完成了一二十年慘淡營構的文言小說集《小豆棚》，自序云：「把那些閒情、閒話、閒事、閒人，竟成一部閒書於我這忙人之手。」其實他之所謂「忙」，不過忙衣食，進而因貧求仕忙科舉，骨子裏仍是一個文藝家，而非功名利祿之徒。

乙卯試後，第二年嘉慶元年丙辰，曾衍東仍在京師。春二月，世弟袁猷壯病疾，爲視湯藥二十五日。袁卒，衍東爲治喪事罷而歸。同年鄉里以孝廉方正薦，衍東上書力辭。他的理由是自己「實在沒有克孝克廉克方克正的事體，如何可以舉得」〔註7〕。這件事，除了他生性淡泊率眞的一面外，遙揣他的心思，大約還有這類人情面子上的事不少花錢，而曾衍東不屑做也做不起罷。但是，「幾回打落孫山外，提筆天街賣畫圖」〔註8〕的滋味總不是好受的。他曾爲人作《瘦馬圖》並題《瘦馬圖》寫此間心境：

〔註5〕《日長隨筆》

〔註6〕《日長隨筆》。

〔註7〕《日長隨筆》

〔註8〕《啞然詩句·京華》，過錄本複印件。

世無九方誰相憐，鹽車躑躅泰岱前。但念死骨市幽燕，黃金高
臺是何時？從見死馬埋秋睽，倩誰一顧再三顧？名同齊景無譽稱。
傷哉瘦馬為之臨，一筆一淚憂心焚。余年今亦四十七，老之將至悲
吾生，馬兮馬兮悲吾行。〔註9〕

他以瘦馬自況，抒發的是懷才不遇、壯志難酬的鬱憤。「老之將至」云云，意
中似乎對出仕已不抱多少希望了。

　　但是，皇權弄人，在曾衍東五十歲老之將至之年，做官的機會反倒來了。
嘉慶五年，清制為應會試三科以前的舉人朝考授官，謂之大挑，曾衍東以一
等獲挑楚北為知縣。中舉以來，近十年困頓場屋，一旦得官，閤家歡喜，但
他孤清剛直的傲岸性格又使家人心生隱憂。他晚年寫《紗帽行》追憶此情說：

一舉孝廉四十春，屢上長安不進士。天生容貌甚昂藏，一等加
人出而仕。家人聞報家人喜，戚友妻奴喜轉愁。官人秉性山不改，
傲岸安能合眾流。但悲強項難折腰，賈禍不免自家辱。危乎危乎做
官去，未必能享庸庸福。……〔註10〕

但他既已認定「丈夫之仕與女子之嫁，皆人道之常」，也就不顧一切地上任去
了。「莫負讀書志，當為報國身」〔註11〕——他還是決心要做一番事業。

　　從嘉慶六年（1801）至十五年，他先在楚北做縣令三四年，後調任咸寧
知縣。咸寧民情健訟，號為難治。曾衍東到任，嚴格約束差役、書吏，不許
擾民，教諭秀才，不使「包訟」，「人所不能做的事體，我偏要做去；人所不
能減的東西，我偏要減去」〔註12〕，在咸寧一年，「訟幾乎息」〔註13〕。大約
因為政績卓著，嘉慶十一年二月，曾衍東被調任湖北首邑江夏縣令。這是一
個督撫藩臬府道上司衙門蝟集的所在，對於不知巴結一味剛直的曾衍東來
說，等於入了虎狼之穴。到任一年多，便得罪大府家奴，被上官摘其判案有
誤，「降兩級調用」。

　　在候補的日子裏，他一面典衣易米地苦熬，一面集平時畫論、畫法、畫贊
之類為《七如題畫小品》〔註14〕，手書上板刊行。《啞然絕句詩》（又題《啞然

〔註 9〕　《七如題畫小品》。
〔註10〕　《古榕雜綴‧紗帽行》。
〔註11〕　《啞然詩句‧筮仕咸寧》。
〔註12〕　《日長隨筆》。
〔註13〕　《七如題畫小品》。
〔註14〕　《啞然詩句》。

詩句》）也在嘉慶十三年付梓。同年奉派去監河工，繼赴福田築閘。種種苦差，一直做到嘉慶十六年，方准捐復為當陽縣令，九月因平反「逆倫大案」，觸怒巡撫韓某。韓「飛檄千里」，召曾衍東去武昌，命他不必多事。但曾衍東卻拼著「此官可去案不移」〔註15〕，堅持重新審理。大約為了制服他，上司於此際命他赴蒲城押解犯人。途中犯人以四百金行賄，曾衍東押解犯人到省，當堂呈交了賄金。這本是光明正大之事，對審案也有幫助，但上官卻誣他「先吞後吐」，比照詐財罪革職，流放溫州羈管，從此結束了他「一己謇謇撓眾人」的仕宦生涯。

嘉慶二十年（1815），六十五歲的曾衍東攜家小順江東下，徙赴溫州，止於同姓舊宦曾儒璋的後人曾立亭依綠園中入畫樓。不久，於園旁寶庵橋古榕樹下結廬，名其地曰「小西湖」，榜其門曰「掛冠自昔曾騎虎，閉戶於今好畫龍」，開始了他流罪的黯淡生涯。他在《古榕雜綴·小引》中說：

　　……直住得意懶心灰，了無生趣。最是沒飯吃，乃一樁要緊事。家中大口小口，啞啞待哺。溫州又特死煞，道士困窮，拙於謀生，不得已，只好塗塗抹抹，涽人眼目。畫幾張沒家數的畫，寫幾個奇而怪的字，換些銅錢，苦渡日子。

但他又不免把做官時強項的態度帶到作畫中來。「人索我畫，我卻不畫；人不索我畫，我偏要畫」。一次正當「餓腹難充」之際，有龍泉大賈傲以多金買畫，曾衍東卻把畫流連不捨，「不做嗟來把畫鬻」〔註16〕，寧肯「家人支骨立，牢豕叫空腸」。嘉慶二十三年，他受永嘉知縣吳兼山聘為西席。鬻字賣畫之外，多了一條舌耕的生路，但生活仍無多少改善。《古榕雜綴·晚歸》一詩描繪了他當時困窘的情景。

　　橋邊水響樹風寒，銜帳歸來步懶殘。兒女冷迎皆骨相，祖孫愁戴一皮冠。室多病口加餐少，衣不完身交質難。支得先生薪俸來，油鹽柴米許多端。

衍東號七如，取花酒琴棋詩字畫無不如心，柴米油鹽醬醋茶無不如意之意，但是他到溫州以後，竟無一件如心如意之事，更可憐幾十年與他相濡以沫的夫人孔氏也在此間去世，還不知何故，「大兒問罪去，二三留一孫」，姬妾怨他讀書誤一生，「怒來燒我書」〔註17〕。他的窮愁潦倒，真算到了極點：

〔註15〕　《古榕雜綴·紗帽行》。
〔註16〕　《古榕雜綴·鬻畫》。
〔註17〕　《古榕雜綴·漫成》。

怎教人耐得心煩。去了頭銜，摘了朝冠。夢兒裏斷了朝參，影
兒裏撇了眾官。苦的是老來窮，萬里孤單，愁的是亡命囚徒東海鯤。

無生路，穿也無衫，食也無餐，斷髮文身，盡消磨甌越荊蠻。〔註18〕
古人作詩，有「為賦新詞強說愁」〔註19〕的。這裡曾衍東卻只是紀實。

但是，曾衍東是個豪縱而曠達的人。不僅能長歌當哭，還善於苦中作樂。
永嘉山水和他自幼酷好的詩書畫，給了他超越窮愁的力量。年復一年，他遊
遍溫州江心寺、仙岩、雁蕩諸名勝。紙上丹青，筆下吟詠，使他鬱怒的心情
漸漸沉靜安恬。他在《古榕雜綴·自苦之一》中寫道：「得罪原非猶致仕，投
荒也好當還鄉。閉門風雨憑他惡，放筆煙雲任我狂。今日便愁復明日，笑予
何苦不歡暢？」加以漸漸人熟地熟，有了吳兼山、顧蘭泉、項維仁等一些朋
友，詩畫往來，稍不寂寞。日常則穿七品官服，提菜籃，到府門前菜市場買
豆腐，至今溫州老一輩人還多能知道當年有這樣一位怪人七道士，他的真名
反倒湮而不顯。

嘉慶二十五年（1820）庚辰八月，道光帝繼位。次年改元，大赦天下。
曾衍東遇赦，時年七十歲。雖然罪余之身，曾衍東還是想回到故鄉去。但老
而且貧，無資啟程，一年年挨下來，終於客死在溫州。生前，他整理成溫後
至遇赦五年間的詩作，編為《古榕雜綴》；把平時雜記之作編定為《日長隨筆》；
還訂補舊作《小豆棚》，寫下一些識語。而更大量的是創作書畫篆刻，今存所
治印文有「八十書畫」，《雙魚圖》畫款署「八十老人曾道士畫」。他大約活到
八十多歲，道光十年（1830）以後還在世，卒年無考。他有三個兒子，嘉祥
《曾氏族譜》載一子名興炎，大約是長子；曾氏詩文中提到他最小的兒子名
寶兒，餘亦無考。

曾衍東仕途坎坷的原因，除某些偶然的因素外，根本在於他那一種舉止
疏狂而內心古板的儒家處世態度，他曾作《道士解》以明志云：

有士志於道，不恥惡衣食。因以道士名，即是道士實。如何世
俗人，誤我黃冠流。我為曾子裔，家在聖人州。道非道外道，士乃
七十士。行年近古稀，讀書無別事。道士志於道，修身以力行。忠
孝作藩籬，無術問長生（「生」字原闕，據文意補）。〔註20〕

〔註18〕 《古榕雜綴·折桂令》。
〔註19〕 〔宋〕辛棄疾《醜奴兒·少年不識愁滋味》。
〔註20〕 《古榕雜綴》。

他在《日長隨筆》中說：「世論多以阮籍爲放曠不羈之士，……蓋以迹不（以）心也。」意中乃以阮籍眞尊禮法爲同調。彭左海《〈曾衍東〉傳》則說他「慕鄭板橋之爲人」。看來曾衍東思想上與歷代清流、畸士、狂狷之徒確有淵源的聯繫。——他們太正統了，因而在江河日下的頹風中，顯得不合時宜，動輒得咎，結果成了世俗所謂「異端」，而走向了他們願望反面。但這樣一來，卻成就了了他作爲一位有獨特個性的文學家、藝術家。

作爲文學家，曾衍東有詩集《啞然詩句》《古榕雜綴》《七道士詩抄》。小說《小豆棚》，雜記《日長隨筆》等數種。他的詩多記生平仕歷、交遊聞見、日常細事，往往隨手拈來，信筆而成，於中寄託性情，抒寫懷抱。刊於戍溫前的《啞然絕句詩》〔註21〕，最有特色。近人周作人《知堂書話·曾衍東詩》是今見最早介紹他詩作的文章，曾錄其自序云：

> 七如詩句，多不成話，卻又好笑。以其不成話，便當覆瓿；因其多好笑，擱在巾箱，捨不得糟蹋他了。久之成堆，公然一集。古云「下士聞道大笑之。不笑不足以爲道。」

周氏對曾衍東的詩風很感奇怪，評曰：「曾君聖裔，而喜作打油詩，豈不怕世人攢呵聚詈耶？此一事亦令我感到興趣。前見孔傳鐸所作《申椒集》及《紅萼詞》各二卷，多雋豔可喜，此人乃衍聖公也。雖是性質略略不同，但亦可謂無獨而有偶矣。」

其實，曾衍東的怪處不僅是喜作打油詩，而且作爲「聖裔」，對治儒家經典卻極少興趣。他的著作中幾乎沒有解經的文字，而標新立異，獨任性情。周氏文章中引清人方士淦《蔗餘偶筆》一則云：「『樓未起時先有鶴，筆從擱後更無詩。』曾大令衍東題黃鶴樓太白堂楹帖也，超妙之作，足冠斯樓。阮太傅總制楚中，命去之，然早已膾炙人口矣。」他的才情和爲人，爲乾嘉間一班考據癖的迂儒所不容，無怪乎其詩名湮而不彰。

作爲小說家，曾衍東的唯一著作是《小豆棚》。這部文言短篇小說集，從他青年時代開始寫作，四十五歲時大體全成，後來又不斷訂補，自謂「半世功名」所在，格外珍視。事實上也受到社會的歡迎，溫州圖書館現存兩種殘抄本，間有他人評語，說明此書最早以抄本流行並有人賞評。後亦有上海申報館仿聚珍版印本、重印本、題名《聊齋補遺》的僞「張香濤先生著」本，上海大達圖書供應社排印本、臺灣文豐公司排印本等，可謂流傳不輟。譽之

〔註21〕 甌海公報社排印本題作《啞然詩句》。

者以爲「較《豆棚閒話》更覺取精用宏」〔註 22〕，「其文筆綜漁洋、留仙、曉嵐、隨園諸作之長而一之，蓋《夷堅志》後一書而已」〔註 23〕。今人陳汝衡先生也以爲「其所敘事，頗多新奇可喜，在清人筆記小說中尙屬佳構」〔註 24〕。

曾衍東另有筆記雜著《日長隨筆》，是他生前手書冊頁，未刊。內容駁雜，舉凡生平遭際、修身養性、治家從政、經史考訂、遺聞軼事、故書雜抄等，無所不包。中間不免迂腐之論，但也不乏精彩的見解或經驗之談。如論讀書要精熟，做人「心胸眼界，總要放得闊大，不必作局促相」，體諒生意人辛苦，要買賣公道等，都誠摯中肯，有益世道人心。

作爲書畫篆刻家，曾衍東終生不懈地追求自己的風格，卓然成家。他的畫「筆墨狂放，大致以奇怪取勝；鑴圖章，摩古出奇」〔註 25〕，「用筆似青藤、板橋，而狂放過之」（《甌雅》），當時「得之者無不拱璧珍之」（光緒《嘉祥縣志》）。今知他的畫存有《雙魚圖》，溫州胡一鷗先生寄我美籍華裔學者、畫家、書法家蔣彝著《中國書法》一書，把曾衍東的一幅書畫作爲「一幅動人的書畫並用的範例」，列爲該書的插圖一，目錄著爲「上海劉茂池（譯音）收藏」，大約還在世間。一生治印甚多，今存數十方，皆精美。但他作爲藝術家留給後世的財富主要還是一部《七如題畫小品》，其中論創作「今畫」（當代題材畫）、畫主「性靈天趣」，不拘成法，「作畫要有閱歷，閱歷久，乃能發新穎」等見解，足稱一家言，文字也清新可喜。此書今已附刊於拙注中州古籍出版社《小豆棚》中。

「驚人歲月千撾鼓，老我乾坤百盞燈。」這是曾衍東自作《元霄燈鼓圖》的題句，讀來使人有勝事長新、年華暗老之感。進而想人生天地之間，能爲時代和後人創造一點有價值的東西，才可以得到眞正的安慰。在這個意義上，曾衍東雖然沒有成爲大家，但他多方面的造詣成就，已足以使他活在後世人的心裏，——他是不朽的。

（原載《濟寧師專學報》1994 年第 1 期）

〔註 22〕 項震新《〈小豆棚〉序》。
〔註 23〕 無名氏《〈小豆棚〉小引》。
〔註 24〕 《小豆棚》，陳汝衡《說苑珍聞》，上海古籍出版社 1981 年版。
〔註 25〕 彭左海《曾衍東傳》。